U0746819

词学范畴研究论集

CIXUE FANCHOU YANJIU LUNJI

杨柏岭 著

安徽师范大学出版社
·芜湖·

责任编辑：房国贵
装帧设计：杨　群　欧阳显根
责任印制：郭行洲

图书在版编目（CIP）数据

词学范畴研究论集/ 杨柏岭著. —芜湖：安徽师范大学出版社，2014.11
（安徽师范大学文学院学术文库）
ISBN 978-7-5676-1222-8
Ⅰ．①词… Ⅱ．①杨… Ⅲ．①词学—中国—文集 Ⅳ．①I207.23-53

中国版本图书馆 CIP 数据核字（2014）第 041409 号

本书由安徽师范大学教育基金会宝文基金资助出版

词学范畴研究论集

杨柏岭　著

出版发行：安徽师范大学出版社
　　　　　芜湖市九华南路189号安徽师范大学花津校区　　邮政编码：241002
网　　　址：http://www.ahnupress.com/
发 行 部：0553-3883578　5910327　5910310（传真）　　　E-mail：asdcbsfxb@126.com
印　　　刷：安徽芜湖新华印务有限责任公司
版　　　次：2014年11月第1版
印　　　次：2014年11月第1次印刷
规　　　格：700×1000　　1/16
印　　　张：19.25
字　　　数：303千
书　　　号：ISBN 978-7-5676-1222-8
定　　　价：38.00元

总　序

安徽师范大学文学院的前身是1928年建立的省立安徽大学中国文学系,是安徽省高校办学历史最悠久的四个院系之一。这里人才荟萃,刘文典、郁达夫、苏雪林、周予同、潘重规、卫仲璠、宛敏灏、张涤华、祖保泉等著名学者都曾在此工作过,他们高尚的师德、杰出的学术成就凝固成了我院的优良传统,培养出了一大批出类拔萃的各类人才。

文学院现设有汉语言文学、汉语言、秘书学、汉语国际教育等4个本科专业;文学研究所、语言研究所、古籍整理研究所、美育与审美文化研究所、艺术文化学研究中心等5个研究所(中心)。拥有中国语言文学博士后科研流动站,中国语言文学一级学科博士点,中国语言文学、艺术学理论2个一级学科硕士学位点;设有中国古代文学等10个硕士学位二级学科授权点和学科教学(语文)、汉语国际教育两个专业学位点;有1个安徽省A类重点学科(中国语言文学),3个安徽省B类重点学科(中国古代文学、汉语言文字学、中国现当代文学);1个国家级特色专业建设点(汉语言文学专业),1个国家级教学团队(中国古代文学),2门国家级精品课程(文学理论、大学语文),1个省级刊物(《学语文》)。

文学院师资科研力量雄厚,现有专任教师82人,其中教授26人,副教授40人,博士51人。2009年以来,本学科共主持省部级以上科研项目74项,其中国家社科基金项目20项(含重大招标项目1项),获得省部级以上奖励13项。教师中,有国家首届教学名师1人,享受国务院特殊津贴12人,皖江学者3人,二级教授8人,5人入选省级学术与技术带头人,6人入选省级学术与技术带头人后备人选。

走过80多年的风雨征程,目前中文学科方向齐全,拥有很多相对稳定、特色鲜明的研究领域。唐诗研究、"二陆"研究、宋辽金文学研究、词学研究、现代小说及理论批评研究、当代文学现象研究、《文心雕龙》研究、古典诗歌接受史研究、梵汉对音研究、句法语义接口研究、儿童语言习得研究等在全国居于领先地位或在学术界有较大影响。特别是李商隐研究的系列成果已成为传世经典，国务院学位委员会委员、北京大学教授袁行霈先生说，本学科的李商隐研究，直接推动了《中国文学史》的改写。

经过几代人的薪火相传，中文学科养成了严谨扎实的学术传统，培育了开拓创新的学术精神，打造了精诚合作的学术团队，形成了理论研究与服务社会相结合、扎根传统与关注当下相结合、立足本位与学科交融相结合、历代书面文献与当代口传文献并重的学科特色。

新世纪以来，随着老一辈学者相继退休，中文学科逐渐进入了新老交替的时期，如何继承、弘扬老一辈学者的学术传统，如何开启中文学科的新篇章，成了摆在我们面前的迫切任务。基于这一初衷，我们特编选了这套丛书，名之为"安徽师范大学文学院学术文库"，计划做成开放式丛书，一直出版下去。我们认为对过去的学术成果进行阶段性归纳汇集，很有必要，也很有意义，可以向学界整体推介我院的学术研究，展现学术影响力。

现在呈现在读者眼前的是第一辑，文集作者均是资深教授或博士生导师，有年高德劭的老一辈专家，有能独当一面的中年学术骨干，有崭露头角的青年才俊，可以反映出文学院近年科研的研究特点与研究范式。

新时代，新篇章。文学院经过八十余年的风雨砥砺，取得了辉煌的成就。赭塔晴岚见证了我们的发展，花津水韵预示着我们会更上层楼；"傍青冥而颉颃白日，出幽谷而翱翔碧云"。我们坚信，承载着八十多年的历史积淀，文学院的各项事业必将走向更大的辉煌！

我们拭目以待……

丁　放　储泰松
2014 年 8 月

前　言

　　作为一种概念或观念，范畴是一种更高层次的类的概念、思维的基本单位、命题的基本元素以及意义的载体。在揭示对象的本质性上，相对于一般术语或概念，范畴的规范性、范式性及体系性更为突出。范畴的生成及意义，不仅为了"述说"对象的情状，区分对象之间的关系，揭示对象的存在，而且标志着人类思维、认识及言说水平的提升。

　　在西方，范畴理论源自苏格拉底、柏拉图对普遍性概念的考察，而亚里士多德较早地赋予范畴本体的意义，并进行了较为系统的研究。他虽然没有对范畴下定义，但其《范畴篇》对列举的十类范畴（实体、数量、性质、关系、地点、时间、姿态、状况、主动、被动）以及《形而上学》第五卷"哲学辞典"对提出的30个哲学术语均作了系统的分析，进而围绕"存在"以及如何"述谓"对象等问题，从语言学、认知心理学、逻辑学等角度肯定了范畴的本体性、认识论的价值，奠定了西方范畴理论的基石，并得到后来者的继承与发展。如康德对范畴理论即作出了重要贡献，除了《纯粹理性批判》提出了知识的十二范畴，还将范畴视为先验的理性，指出因为范畴才使经验化为知识。康德"此十二项范畴依逻辑命题性质而建立，故在一定程度上代表了亚氏古典逻辑系统"，但"较亚氏范畴有了长足的进步，这就是更加整合并发展了语言的逻辑结构，并赋与知识观念和知识对象为这种范畴所决定的逻辑性格，为知识奠定了超越、推演方法学的基础，并提供一个批评与证明的标准"①。又如，黑格尔在《精神现象学》中指出，"范畴本来的意义是指存在物的本质性"，范畴就是"作为思维着的现实的那种存在物的本质

---

① 成中英：《论中西哲学精神》，东方出版中心1991年版，第124—125页。

性或单纯统一"①,因此像"每一个哲学系统即是一个范畴"②一样,其他学科也是借助概念、范畴表现其内容。

与西方不同,范畴在中国,如《尚书》中的"洪范九畴"则从"归类范物,且具有价值规范、制度法则的意义"及其"对社会与人生的实用性"③的层面,开启了以实用、指导性质为主要特点,兼有本体论、认识论意义的中国范畴理论发展方向。这一特点在名实关系等话题的讨论及实践中得以进一步丰富。《论语·子路》篇载孔子之言云:"名不正,则言不顺;言不顺,则事不成……君子名之必可言也,言之必可行也。"这些话指出了"名""言"与"事"间的一致性要求及其对政治、伦理等行为的积极作用。本着这种名实一致、思维与对象统一的准则,荀子《正名》进而曰:"名无固宜,约之以命。约定俗成谓之宜,异于约则谓之不宜。名无固实,约之以命实,约定俗成谓之实名。名有固善,径易而不拂,谓之善名。"此论强调了社会约定性在范畴使用中的重要性,而这种约定俗成往往又充溢着政治、伦理等方面的规定性。

因此,如果说西方范畴理论侧重从语言逻辑角度强调范畴的认识论、本体论意义,那么中国范畴理论则多通过直觉、经验等方式践行认识论、本体论的意义。求证于中国文艺,尤重直觉的中国文艺评点,既缺少西方那种处于知识逻辑体系中的范畴,也缺乏处在严密范畴理论体系中的范畴,但在诸如本末、源流、原道等一本万殊或万殊一本思维模式的强化之下,那些直觉评点所用语词、概念的范畴思维范式同样十分突出。可以说,中国诗文评点构建了一种富有中国特色的广义范畴形态。《易经·系辞》有云:"形而上者谓之道,形而下者谓之器。"反映在中国诗文评点中,往往是所评对象品级越高,评鉴语词的形而上意味就越浓,反之亦然。然无论是偏重艺术技巧("器")的形而下语词,还是走向艺术精神("道")的形而上语词,均具有范畴形态的意义。

这一特点在中国词论史上有显黠的表现:一方面,作为"君子雅士不为"的词,"词之为技"意识下的评鉴术语极为丰富,如脆、涩、谐协、妥溜、密疏、放收、质实、空中语等,直至晚清孙麟趾在《词迳》中,比较系统地提出作词的 16 字诀,即"清、轻、新、雅、灵、脆、婉、转、留、托、

---

① 黑格尔:《精神现象学》(上卷),贺麟、王玖兴译,商务印书馆1979年版,第157页。
② 黑格尔:《哲学史讲演录》(第一卷),贺麟、王太庆译,商务印书馆1981年版,第38页。
③ 成中英:《论中西哲学精神》,东方出版中心1991年版,第127页。

澹、空、皴、韵、超、浑"，其中多着眼于艺术技巧层面。另一方面，一部
词学史即是一部尊词观念的发展史，"词之为学"乃至"词之为道"的意
识亦与尊词观念俱进，而词论史上的"特举一义，以自取重"①的评词
现象日渐显豁就是证明。自欧阳炯《花间集序》由"俗艳"求"清雅"的
意向、北宋词坛生发的本色论、李清照提出词"别是一家"说、张炎主张
"清空雅正"、明代张綖明确以婉约和豪放解读宋词风格、杨慎以"词
品"冠名词话、清代浙西词派倡导"清空醇雅"、常州词派以"比兴""寄
托""词史"说词、刘熙载以"厚而清"论词、陈廷焯论主"沉郁顿挫"、
况周颐主"重拙大""浑成""穆境"等……到了王国维，则在吸纳西学范
畴理论范式的基础上，明确说："言气质、言格律、言神韵，不如言境
界。有境界，本也。气质、格律、神韵，末也。有境界而三者随之
矣。"②而在此之前，如江顺诒《词学集成》已从术语、概念角度，拈出
"词源、词体、词音、词韵、词派、词法、词境、词品"八个范畴，较早地建
构了中国传统词学的体系。

　　作为韵文之一体，词体别是一家，有着属于自己的内在要求与
外在规定，然而范畴固有一种种属关系，其运用亦多具有一种社会
约定性，加上中国词学史呈现出回归诗学、文学乃至文化传统的演
进规律，形成了诸如以诗评词、以经评词、以史评词等批评范式，于
是那些看似着眼词学系统内部的质的范畴，往往多处于词学自律与
诗学等他律的共生关系之中。这可谓中国词学范畴的一大特点。
或是传统诗学等范畴的直接移植，词家借用传统话语解说学词的认
知、经验与感受。如，源自诗学的词家"正变"说以一种"逻辑"高于
"历史"的眼光统摄了千古词统，凝结着词家对词学史的一种体认；
比兴、寄托说在汲取诗学固有的审美兼实用的人文关怀传统的同
时，亦暗藏着词家的时代体验、价值判断。或是受到传统诗学等文
艺思想的启示，而为词家首创的范畴。如，受到"赋心""文心""诗
心"等范畴启发所提出的"词心"，便体现了词家依赖词体艺术的自
性，诠释词家心性，构筑词人心理情感本体的美学取径；受到"诗品"
"文品""画品"等范畴启示而提出的"词品"，便在传统人文合一的思
想中，阐释了词学活动的特殊性；受到"诗史"观念影响而提出"词

---

　　① 蒋兆兰：《词说自序》，载唐圭璋编：《词话丛编》，中华书局1986年版，第4625页。
　　② 王国维：《人间词话删稿》，《人间词话》，滕咸惠译评，吉林文史出版社1999年版，第106页。

史",立足词学本位,切入时代心理,无疑抬高了词体的社会地位;至于"意境"(境界)中的子范畴"词境"说,既丰富了词学思想,也成为中国境界美学的重要组成部分。词学范畴的上述特征实则昭示着词学批评的某些范式思维,或表现为词与诗等其他文体,抑或是词学与诗学、经学等学术形态间的离合关系;或表现为道与技(形而上与形而下)、本与末、源与流、趣与品(审美与伦理)等之间的对立统一关系;或表现为音与文、俗与雅、情与志、密与疏、实与虚、巧与拙、妥溜与枯涩、婉约与豪放等词学系统内的对待关系……

由范畴入手,不仅易于把握词论的基本思想,而且由核心范畴发生及演变可以管窥词学思想的变化过程。虽说词学评鉴术语丰富繁杂,但从词家使用的时代性来看,还是呈现一定的规律。如从词家词学观的核心术语来看,呈现出由形而下的语词为主到形而上的语词为主的特点,彰显着词之为学意识的强化特色。与此相关的就是词的"雅化"走向,由破体到尊体的路径选择,由词体本色到诗学、经学等领域的回归方向。我曾多次简单地描述过,中国传统艺术精神呈现着"味—雅—境"的审美层次结构,且这个结构也是一种历史推进的动态过程。尽管"味""雅""境"的艺术理念或趣味均并存于各个时代,但从审美范畴相对成熟的时期来说,较早出现的是以钟嵘《诗品》为代表的"滋味"说,其次是以宋元时期艺术理念为代表的"清雅"韵味,直至清末臻至成熟的境界学说。

而作为中国文艺样式之一种,唐宋时期词的演进以及中国传统词学思想的演变,在自身系统内亦重新演绎了这个规律。尽管某个时代或许有反复,但北宋以前词论,或如《花间集序》所谓"镂玉雕琼,拟化工而迥巧;裁花剪叶,夺春艳以争鲜",陈师道《后山诗话》"退之以文为诗,子瞻以诗为词,如教坊雷大使之舞,虽极天下之工,要非本色"之说,其中"化工""巧""艳""鲜""本色"等,多着眼于"滋味"的内涵。在词可歌的时代,人们更习惯耳目之娱,通过词的表演形式唤起自己以生理、心理愉悦为主要内容的精神享受。李清照《词论》可谓一个中介,一方面主张词体协音律、尊重词可歌的耳目享受,另一方面主情致、尚雅化,推动并强化了北宋后词学的"雅化"走向。如南宋末张炎主张"清雅"、清初浙西派主张"醇雅"、清中后期常州派主张"雅正",即是词学"雅化"历史中的典范。与此同时,以雅为内核的如"格""品"等范畴也活跃于词坛。此类范畴多以善为内质,尤重因主体人格力量带来的以内在观照为形式的心理体验。在历史沿革中,传统的境界学说具有哲学、道德、艺术、审美等多层内涵。词家本着建构词学艺术本位的需要,兼取"味""雅"等观念之优长,明末清初以后便逐渐强化了以境评词的观念,至晚清以江顺诒、况周颐、王国维等人则逐渐将"境界"推上了词学理论系统的本体位置,成为词学史上极为璀璨的一道风景线。

　　最后,需要说明的,本书共收录论文20篇,从唐宋至清末,讨论了传统词学史上词体的婉丽、善感、雅化、正变、比兴、词心、词品、词境、词史、词学门径、有厚入无间、厚而清、折中柔厚、沉郁、重拙大等数十个词学范畴的内涵、历史演变及词学建构价值。这些范畴各自相对独立,同时贯穿起来,又构筑成一部相对完整的词学理论发展简史。当然,诚如前面所述,范畴是观念,但一般观念乃至高一级概念也并非科学意义上的范畴。本书收录的部分论文所涉及的命题,或许只能是词论史上的术语罢了,因此以范畴命名本身就带有风险。同时,如今反思所收文章,多是从对词学史的建设性角度分析研究的,其实范畴是人类重要的思维方式与认识工具,但同样也会成为人类认识、思维的障碍,扮演着如洛克说的"文饰人的愚陋,遮掩人的错误"的作用,尤其是滥用或浅用之后,也会陷入"把文字当作是事实本身"①的虚妄之境。如何摆脱因为术语、概念乃至范畴"文饰""遮掩"而带来的词学研究的虚妄之境,入乎词史之内而出乎词史之外,是我本人亦是当下词学研究者需要关注的话题。

　　是为序。

杨柏岭

2013年11月23日于芜湖

---

① 洛克:《人类理智论》,商务印书馆1983年版,第485页。

目 录

词娱情而婉丽

——从中国古代娱情文学观说起

　　文艺具有娱情功能是文艺理论的一个定律,像唐宋词、明清戏曲小说等文艺样式以及晚明文学的文娱观,便是研究者常谈论的话题。或许受到当前文艺的娱乐休闲特点的影响,近年有学者又重提中国古代娱情文学观的问题①。综合目前的研究,仍有几个问题值得思考:颇受争议的娱情思想,是否仅仅就是形而下的心理事实,中国古代学人对娱情的态度到底如何? 作为中国古代文学功能之一的娱情观念,其实际的生存状况如何? 唐宋词娱情观念能否由功能论提升到本体论? 娱情词的本色特征有哪些? 这些问题的解决,必将加深对"词娱情而婉丽"这个主张以及唐宋词地位等问题的认识。

一、有情与无情:娱情观念的核心之争

　　《楚辞》王逸注云"娱,乐也",《说文解字》曰"娱,戏也",娱情指以娱乐、赏玩和游戏的态度对待情感。康德曾专论过情感自由的问题,他说"享受这一词指快乐的内心化"②,但这种快乐仅属于经验心理学,决不能成为形上学。中国哲学也曾批判过这种经验心理的快乐主义,但是与西方哲学是理智型哲学不同,"中国传统哲学从一开始就很重视情感,并把它作为自己的重要课题,建立了自己的形上学"③。中国哲学是一种情感哲学,在肯定了娱情表层心理存在的同时,加以疏导、抑制甚或抛弃,发掘了娱情深层心理的意义,倡导了一种不离情感

---

　　① 詹福瑞、赵树功:《从志思蓄愤到遣兴娱情——论六朝时期的文学娱情观》,《文艺研究》2006年第1期。

　　② 康德:《判断力批判》(上),宗白华、韦卓民译,商务印书馆1993年版,第43页。

　　③ 蒙培元:《论中国传统的情感哲学》,《哲学研究》1994年第1期。

而超情感的精神境界。这其中诚如蒙培元先生所论,儒家提倡的是有情而无情的道德境界,道家提倡的是无情而有情的美学境界,儒道二家围绕情之有无问题,从不同的角度共同建构了超越经验心理的快乐主义,臻至精神自由的情感哲学。

孔子曰:"富与贵,是人之所欲也;不以其道得之,不处也。贫与贱,是人之所恶也;不以其道得之,不去也。"(《论语·里仁》)儒家哲学清楚地认识到,趋利避贫的快乐意识是人人趋同的一种价值观,有欲有情乃是人性的根源。但是儒学是建立在道德情感之上的,自然人性的情感欲求并非儒学的现实取径,它的现实取径是对人的自然情感予以教育,强调享乐的得之有道。尽管富贵天命化了,享乐为人的性情,但对于富贵者还当教之以"养心莫善于寡欲"(《孟子·尽心下》),希望人们的善心不要被物欲损害,在寡欲中修养善性,求其放心。而主张人性恶的荀子可能比孔孟更重视"寡欲"的后天修为功夫,因为"不富无以养民情,不教无以理民性"(《荀子·大略》),像尧、禹者"非生而具者也,夫起于变故,成乎修为①,待尽而后备者也"(《荀子·荣辱》)。尽管儒家哲学存在现实原则压抑快乐原则的问题,但快乐原则仍是哲人追求的最高目的。李泽厚说:

> "礼乐传统"中的"乐者,乐也",在孔子这里获得了全人格塑造的自觉意识的含义。它不只在使人快乐,使人的情、感、欲符合社会的规范、要求而得到宣泄和满足,而且还使这快乐本身成为人生的最高理想和人格的最终实现。②

由此,我们不能只看到儒家哲学对待情感的严肃态度,而忽视这种情感教育具有以心灵快乐为目的的道德关怀。儒者心中的人性既有欲也有情,但一旦以仁孝等道德情感为内容,那么就像孔子倡导的"从心所欲,不逾矩"(《论语·为政》)的圣人境地,走向一种道德情感的快乐体验。这也正如王弼主张的圣人有情而无累于情,故而顺乎人之常情,表现为一种超越性的本体体验;又如程颢说的"圣人之常,以其情

① "修为",原作"修修之为",俞樾曰:"'修之'二字衍文也。"俞樾:《诸子平议》卷十二,清光绪二十五年刻春在堂全书本。

② 李泽厚:《美学三书》,天津社会科学院出版社2003年版,第241页。

顺万事而无情"①，可以消除私情，走向"万物一体之仁"的天人合一的快乐境界。

如果说儒家哲学以情感教育实现快乐的道德境界，那么老庄学说则是通过"忘情之适"阐释他们无情而有情的审美快乐。以庄子为例，他的"忘情之适"的心灵活动至少有这么几个过程：起因于"栗"，世俗的情是无法娱乐的，因为有"情"即有是非、荣辱、生死等对待观念，于是有"情"之人始终生活在"栗""畏"之中。创始于"净"，即"吾丧我"的"忘"的过程，其中"忘情"就是突出的内容，因为"情"势必影响他的快乐原则。构成于"静"，要"忘"，人就必须"离形去知"，在意志力的控制下，思维会聚于"道"，从而使"忘情"得到保证。活动于"游"，既是心游也是游心，这是忘情中的"同于大通""与道合一"的精神体验。愉悦于"适"，庄子至此获得的是"忘情之情"，此"情"可谓"大情"，以顺应自然的情性重塑"情"的内涵。若能臻至此境，即是庄子的忘情之适，也是一种适情、娱情。

"夫天下之所尊者，富贵寿善也；所乐者，身安厚味美服好色音声也。"（《庄子·至乐》）然而老庄反对的正是这种缺乏超越性的世俗观念，"否定自然生命的纷驰、心理的情绪和意念造作这三层"②。他们无情而有情的学思也确实有针对道德规范对情感自由约束的一面，并多用反传统的形式批判了世俗之情，但是老庄比孔孟更强调生活的快乐体验。像庄子笔下的大鹏游用自由的飞翔和飞翔的自由来比喻精神的快乐和心灵的解释，还有蝴蝶梦以及鱼之乐等命题中的"至乐"，都流露出庄子对快乐的炽热情感。可以说，"作为庄子的最高人格理想和生命境地的审美快乐，不止是一种心理的快乐事实，而更重要的是一种超越的本体态度"。③

至此，提出文学的娱情观本当有着中国哲学深厚的土壤，至少也可以说因为中国哲学以情感哲学为主，以超越性情感体验为旨归的特点，不至于令人谈娱情而色变。事实上，在中国文学史上不乏这种以超越性的娱情为内容的作品，更有甚者融合儒道释三家哲学关于情感的态度，构建着中国文学深层的艺术精神。如，"玄学风流"便多以现

---

① 程颢、程颐：《二程集》，王孝鱼点校，中华书局2004年版，第460页。
② 牟宗三：《中国哲学十九讲》，上海古籍出版社1998年版，第89页。
③ 李泽厚：《美学三书》，天津社会科学院出版社2003年版，第267、271页。

实"娱情"为基点,表现出"越名教而任自然"或"即名教即自然"的审美态度及真醇性灵。如陶潜被冯友兰称为"真正风流底人","有情而无我,他的情与万物的情有一种共鸣"①。陶潜"情甚亲切"的风流、"示己志"的玩心,始终洋溢恻怛为民的气节。可见这已不仅仅是庄子的"忘情之适",而是一种"有情之适"。清代刘熙载说"陶诗有'贤者回也'、'吾与点也'意"②,说的即是这种有情的快乐。

二、言志、缘情到文娱:娱情观的文学空间

在近些年关于中国古代娱情文学观讨论的文章中,学者们大多把娱情看作与言志、缘情对立的现象。他们认为,在以儒家道德建设为重的时代,人们习惯从"发乎情,止乎礼义"角度解读文艺的价值,指出为文习艺要顺乎启迪道德理性的要求,成为修身进德的途径。而娱情毕竟以人的心情愉悦为目的,要求"发乎情,止乎快乐",自由地对待情感本身。因此,娱情观难以成为儒者的现实创作主张,而像诗言志、乐者所以象德也、赋要卒章显志、绘画要晓之鉴戒等文艺教化观,才能占据中国文学批评的主流位置。同时,老庄的"忘情之适"虽有反对伦理之情的意思,但毕竟以精神的绝对自由为目的为过程,否定了五色、五音以及人类感知觉的意义,因此,也很难直接生发出尊重世俗情感的文学娱情观。

不过,话又说回来,当我们从中国情感哲学追求超越性娱情观念的特点出发,便可以看出言志、缘情等在文学娱情观的形成中所发挥的积极作用。《毛诗序》云:"诗者,志之所之也,在心为志,发言为诗,情动于中而形于言。"这个"情动为志"的阶段正是儒家对情感予以教化的过程,但正如作文习艺只是修身进德的方式一样,"言志"也不是儒家教化的最终归宿,而只是走向超越性娱情的一个路径。"缘情"说因为可以生发出"志"的襟抱,故而能以"言志"说修补的姿态存在。更何况,这个渊源于屈原"发愤以抒情"、司马迁《离骚》,盖自怨生",在六朝时期成熟的"诗缘情"观念,不仅省略了"情动为志"的教化过程,而且内蕴着一定程度的任情因素,与六朝时期的娱情观原本就有着密切

---

① 冯友兰:《三松堂学术文集》,北京大学出版社1984年版,第615页。
② 刘熙载:《诗概》,《刘熙载文集》,薛正兴点校,江苏古籍出版社2001年版,第97页。

的关系。

由此,那种视"娱情"与言志、缘情等文学观为完全对立的观点,忽视了中国情感哲学追求"至乐"的特点。不仅如此,我们还要承认这样的事实:儒家的教化文艺观在净化娱情表层心理的同时,并没有彻底清除文艺的娱情功能,而是要求在娱心自乐中磨砺情性。这与贺拉斯说的"寓教于乐,既劝谕读者,又使他喜爱,才能符合众望"①一样,娱乐(趣味)乃是实施教化(益处)的有效形式。更何况享乐是人类的一种趋同化心理,随着生活水平的提高、政治生活的驱动或是思想的解放,总会在某个时期形成为较普遍的社会享乐风气,以及以情性的自由释放为特征的社会心理。

从这个层面上说,文娱观与文学艺术活动是同步的。不过,像《诗三百》中部分作品的娱情功能在后代的接受中已逐渐被抹杀,而沾染了教化的色彩。其实,孔子所指责的以淫乱雅的郑卫之音,正是以强烈的娱情性而被时人所喜爱。同时,郑卫之音能入选《诗三百》中,说明娱乐功能已是编者的标准之一。汉代一度出现的国富民强的享乐心理,便直接体现在汉赋的艺术特征上:题材上以狩猎、冶游、宫殿、都城等为主,笔法上以构筑立体感的铺陈为主,思想上以渲染国家强盛且"卒章显志"等为主。然正如《汉书·王褒传》载汉宣帝刘询的话有:"辞赋,大者与古诗同义,小者辩丽可喜。譬如女工有绮縠,音乐有郑卫,今世俗犹皆以此虞说耳目。辞赋比之,尚有仁义风谕,鸟兽草木多闻之观,贤于倡优博弈远矣。"②尽管如此,写赋、献赋仍有"以娱宾客"之要求,赏赋者也以娱悦耳目的消遣为目的,如此我们便理解了汉赋题材上的娱乐特点、语言上的密丽风格以及接受上的享乐心态。

时至六朝,人们由忧生忧时,进而追求适意人生,甚至在恣肆放诞中袒露情怀。在此社会风气中,个体情感在心理结构中的地位日渐突出,文学艺术的情感、美感及娱乐功能得到了加强。曹植《七启》云"驰骋足用荡思,游猎可以娱情",《晋书·郭象传》说郭象"常闲居,以文论自娱",萧统《文选序》说文章之美"譬陶匏异器,并为入耳之娱;黼黻不同,俱为悦目之玩",《世说新语·言语》中王羲之说"年在桑榆,自然至此,正赖丝竹陶写,恒恐儿辈觉,损欣乐之趣……"人生哀乐正赖丝竹

---

① 贺拉斯:《诗艺》,杨周翰译,人民文学出版社1962年版,第155页。
② 班固:《汉书》,中华书局1982年版,第2829页。

诗文陶写，此时的人在寄兴消愁等一般性慰藉功能的基础上，强调了寻求艺术活动的欣乐之趣。可以说，"在六朝时期，无论文学观念与创作倾向都发生了很大变化，遣兴娱情的文学观念由弱到强，并且影响到了一个时代的文学创作"①。

盛唐时期展现的是一种开放的、自由的、激情的富贵气象，多元的文化为人们提供了价值实现的多种可能。时人以人间的现实欢欣与生命的浪漫跃动，为盛世感动甚至亢奋。在儒者心中，一统天下即在眼前；在道家看来，至德之世即在心中；在佛徒心中，佛国即在当世。进而，"有唐中叶，为风气转变之会"②，社会心理逐渐走向了追求日常化的享乐生活，激情安闲下来，自由世俗化了，日趋繁华、安闲和享乐③。于是，白居易既有"唯歌生民病，愿得天子知"（《寄唐生诗》）的讽喻诗，也有知足葆和、吟咏情性的闲适诗；韩愈文学志向既在于"学古道而欲兼通其辞"（《题欧阳生哀辞后》），也在于"文章自娱戏，金石日击撞"（《病中赠张十八》）。由此，我们既看到了体现社会立场的功利主义、教化主义、现实诉求、淑世精神，也看到了体现个人立场的享乐主义、表现主义、自我娱情、审美追求等，中国文学固有的深刻紧张关系在中唐时期更加凸现出来④。

这种社会关怀与自我娱情的紧张关系在晚唐五代直至两宋时期仍然存在，并构成了宋代人格、学术及文化上的显豁特征，但是根源于享乐心理的"玩心"已化为此时期人们普遍的心态，成为他们世俗生活方式的依据。此时不光"国朝诸王弟多嗜富贵"⑤，一般性文人也有"当圣君贪才，天下右文之时，是不容不富贵者"的心理。于是，尽管此时在文学观上，不乏坚持如"庄子以义命为大戒，士当后穷达、先所守"⑥的要求，但像词艺这种体现人间性、世俗化享乐情怀的娱情创作及主张已经成为一代文学的代表。

不过，词人的娱情由放荡，经放诞，到放达，并不合乎中国情感哲学规定的快乐原则的逻辑，也缺乏新的理论依据。词人多是凭借着感性

---

① 詹福瑞、赵树功：《从志思蓄愤到遣兴娱情——论六朝时期的文学娱情观》，《文艺研究》2006年第1期。
② 吕思勉：《隋唐五代史》，上海古籍出版社1984年版，第1330页。
③ 李泽厚：《美学三书》，天津社会科学院出版社2003年版，第134页。
④ 杨国安：《试论中唐两大诗派创作中的共同走向》，《文学遗产》2007年第4期。
⑤ 蔡絛：《铁围山丛谈》，中华书局1983年版，第5页。
⑥ 陈造：《题夏文庄》，《江湖长翁集》卷三十一，明万历本。

的自由,享受着这个娱情创作逻辑的存在。此后,明代中后期人文思想的启蒙者接续了这个话题,并掀起了以"文娱"观念为主的文学时代思潮。他们在"人必有私"的基石上,肯定童心,解放性灵,以"大自在""大快活""大解脱"的"真乐"①演绎王守仁"乐是心之本体"的命题。以此理论支撑,他们重构了士大夫"生可无愧,死可不朽"的价值观,认为"真乐有五,不可不知"②,把人的自然性情之乐推尊到最高处。而本着童心的文学活动便是他们获得"真乐"的突出方式,以文娱情之乐自然就是他们的明确主张。像郑元勋在《媚幽阁文娱》初集《自序》中便说:"吾以为:文不足供人爱玩,则六经之外俱可烧。""文者奇葩,文翼之,怡人耳目,悦人性情也。""但念昔人放浪之际,每著文章自娱",而他自己"愧不能著,聊借是以收其放废,则亦宜以娱名"③……诸如此类,从文学创作标准、文学史批评准则等方面,正面提出了"文娱"观念。

至此,我们分析了中国古代娱情思想的复杂性,缕述了中国古代文娱观念史上几个关键性阶段,目的就是说明文学娱情观不仅是载道、言志、缘情等中国文学功能说的有力补充,而且具有一以贯之的连续性以及文学创作观念上的独立性。以下所分析的词艺术的娱情特点,就是这个想法的证明。

三、娱宾以遣兴:唐宋娱情填词观念

与部分学者刻意强调六朝时期的文学娱情观不同,对于唐宋词的娱情性质,似乎已是学界的共识而无须讨论了。不过,人们对此话题的研究,多是从词体功能论的角度加以评析的。尽管物体的功用可决定它的本质,但那种只承认娱情是词的功能而不是创作心态的认识,事实上抹杀了词的创作实际。同时,娱情并非词人填词的唯一心态,但纵览中国古代各种艺术样式,唯有"以余力游戏为词"的创作观影响了词的体性特点。若只从缘情、言志角度诠释词艺术,势必会出现种种穿凿附会的现象。因此,正面指出唐宋词的娱情观念,是我们必须要拓展的话题。

---

① 李贽:《焚书·续焚书》,中华书局1975年版,第4页。
② 袁宏道:《与龚惟长先生》,《袁宏道集笺校》,钱伯城笺校,上海古籍出版社1981年版,第205页。
③ 郑元勋:《媚幽阁文娱》,上海杂志公司1936年版,第1页。

词体兴起时,娱情色彩已有表现,《夜半乐》《虞美人》等教坊曲名即是证明;词体定型时,娱情已是填词的特色心态,欧阳炯《花间集序》说填词即在"用资羽盖之欢";词体转型时,无论是传统词风延续者还是变革者,大都不会否认以娱情填词为词体的本色心态。只是"宋人有词,宋人自小之",尽管词人经常说"以余力游戏为词"之类的话,但出发点大多是"玩心于歌舞,则凡可以娱情志、悦耳目者,必备致而后慊,则渐流于侈肆而不自觉矣"①,总有一种戒备或自责的心理。不过,与后来依据传统诗学观尊词的言论比较,唐宋人那些关于当时填词实况的记录,虽多闪烁其词,但真实了许多。

首先,"谑浪游戏"说。《汉书·司马相如传》有"娱游往来"句,颜师古注曰"娱,戏也",游戏是娱情心态之一。艺术与游戏之间存在一定的关联,华夏民族理性成熟较早,先期也有"游于艺""逍遥游"的说法,但可以说是有"游"无"戏",且此"游"已非游戏之意,而是合乎理性又超越理性的自由、快乐。不过,词人可以直接以游戏心态参与填词活动,兑现当下的享乐意识。胡寅《向子谔〈酒边集〉后序》说词曲为古乐府的末造,"文章豪放之士鲜不寄意于此者,随亦自扫其迹,曰谑浪游戏而已也"②。以游戏为词的说法,尽管存在贬抑词体的语气,但又传递了词场中人对"情"的娱乐态度,以致颇具创作责任感的苏轼在《南歌子》(师唱谁家曲)中亦调侃曰:"我也逢场作戏。"以此来说明参与词的活动时的心态。

其次,"娱宾遣兴"说。陈世修《阳春集序》说冯延巳"以金陵盛时,内外无事,朋僚亲旧,或当燕集,多运藻思为乐府新词,俾歌者倚丝竹而歌之,所以娱宾而遣兴也"。娱宾重在娱他人,遣兴则重在娱己,二者有指向之别但无截然分割的可能,皆以娱情游戏为目的。北宋舒亶《菩萨蛮》说"樽前休话人生事,人生只合樽前醉",确有颓废行乐的情绪,但此种主题实为宴会歌场词的本色话题,目的是助酒谈兴,活跃宴会氛围。缘情、言志的创作,由感性臻至理性,由情至理,由有限而追求合乎文化规范的无限;而娱情的创作,樽前一笑,率然抒一时情致,重在无需理性约束的感官满足及当下兴奋。此种状态下的唐宋词人沉湎歌酒不假,但正如陈世修《阳春集序》说的既娱宾又遣兴,既"清商

---

① 方苞:《礼记析疑》卷二十七《经解》"乐之失奢"一则,清文渊阁四库全书本。
② 向子谔:《酒边集》卷首,《百家词》本,天津古籍书店1992年影印本,第595页。

自娱"又"吟咏情性",正是个体追逐快乐意义的一个表现。

第三,"聊佐清欢"说。"清欢"是歌词娱情的另一种情形,属于士大夫雅玩的一种。这种雅玩,也多有歌妓活动,但已不是幽帘相欢的浓艳,而多是清风明月、曲水临流的清艳;不是以观歌妓色艺为目的,而多是以赏自然美景为归宿;不是在士与歌妓关系中寻求欢娱,而多是在人与自然中会意欢欣。但即便如此,与词有关的艺术活动的娱情性仍是词人"欢然会意"的主流。欧阳修在《西湖念语》中便记录了"清欢"的审美经验,如"清风明月,幸属于闲人"的闲雅心境所带来的解赏心态,"偶来常胜于特来"的解赏心态所带来的自由洒脱,"欢然而会意"的自足快乐所焕发的"敢陈薄伎,聊佐清欢"的填词欲望。毕竟是清欢的娱情,故而他填《采桑子》组词时,便强化了西湖风光好与词人身心快适之间的同构效应,并暗含着对"俗欢"的反思。如第四首云:

> 群芳过后西湖好,狼藉残红。飞絮濛濛。垂柳阑干尽日风。　笙歌散尽游人去,始觉春空。垂下帘栊。双燕归来细雨中。

此词借暮春景物表现词人的胸怀恬适之趣,笔法上独写静境,构思巧妙,意味深长:"作者此词皆从世俗繁华生活之中渗透一层着眼。盖世俗之人多在群芳正盛之时游观西湖;作者却于飞花、飞絮之外得出寂静之境。世俗之游人皆随笙歌散去;作者却于人散、春空之后,领略自然之趣。"①由此组词可见,欧阳修"带有遣玩的意兴,他不是对那些个肤浅的欢乐的追逐,因为他是透过悲慨来写欢乐。这里有一个遣字,是透过对于悲慨、对于忧伤的一种排遣,而转为欣赏的"②。这是词人使自己从忧患苦难中挣扎出来的处理方法,也是词体娱情在雅玩中的一个变化。

第四,"乐然后笑"说。晏几道《小山词自序》说填写花间樽前即兴酬唱词,只是"持酒听之,为一笑乐"而已;王明清《笱翁长短句后序》说左誊(字与言,号笱翁)词"调高韵胜,好事者尤所争先快睹,豪右左戚,

① 刘永济:《唐五代两宋词简析》,上海古籍出版社1981年版,第40页。
② 叶嘉莹:《唐宋词十七讲》,河北教育出版社1997年版,第213页。

尊席一笑,增气忘倦"①,郭应祥有词集《笑笑词》,而詹傅《笑笑词序》
有云:

> 傅窃闻之,下士闻道大笑之,不笑不足以为道。乐然后笑,
> 人不厌其笑,则知笑之为辞,盖一名而二义也。遁斋先生以宏
> 博之学,发为经纬之文,形于言语议论,著于发策决科,高妙天
> 下,模楷后学,以其绪余寓于长短句,岂惟足以接张于湖、吴敬
> 斋之源流而已。窃窥其措辞命意,若连冈平陇,忽断而后续;其
> 下语造句,若奇葩丽草,自然而敷荣。虽参诸欧、苏、柳、晏,曾
> 无间然,而先生自谓诗不甚工,棋不甚高,常以自娱。人或从而
> 笑之,岂非类下士之闻道也欤? 先生亦有时而笑人,岂非得乐
> 然后笑之笑也欤? ②

詹傅此序紧扣"笑笑"二字来写,但思路从老子之言。《老子》四十一章
云:"上士闻道,勤而行之;中士闻道,若存若亡;下士闻道,大笑之。不
笑不足以为道。"此处,"大笑"之"笑"是下士闻道时的当下行为,而"不
笑不足以为道"中的"笑",则是老子为道的哲学态度。詹傅说的"笑之
为辞,盖一名而二义也""乐,然后笑"与"人不厌其笑",既是对老子之
言的说明,也是在扣住"笑笑词"中的二"笑"。不过,历来老子注本多
释"笑"为"嘲笑",但詹傅却以"乐"释之。这个变化与其说是对老子言
"笑"的新解,不如说是对填词"自娱"态度的肯定。詹傅说,词人郭应
祥有经天纬地之才,尤善于策论之文,为后学楷模,他只是"以其绪余,
寓于长短句",当然也不是想在词史上留名,而只是"常以自娱"而已。
对此,"人或从而笑之",如同下士闻道之笑。针对他人对自己自娱行
为之笑,郭应祥亦有时而笑之,可谓"得乐然后笑之笑也",更是由自娱
到自适。由此,詹傅以老子为道之论比喻"笑笑",实则已把"乐,然后
笑"的自娱,看成填词的"道"。"不笑不足以为道",足见自娱的快乐在
填词态度中的突出地位。

至此,从词人填词体验来说,无论是游戏为词、娱宾遣兴、聊佐清

---

① 王明清:《玉照新志》卷四,《投辖录·玉照新志》,汪新森、朱菊如校点,上海古籍出版社1991年版,
第67—68页。

② 张惠民:《宋代词学资料汇编》,汕头大学出版社1993年版,第232页。

欢,还是乐而后笑,终归于一种自适情怀。歌词娱情有娱人与自娱的双重性,若从词体娱情的历史来看,有一个由重娱人到重自娱的变化规律。与此同步的,则是由重娱人的俗唱向重自娱的雅唱的歌词唱法的变化,以及由多代言到多自述情怀的填词方式等方面的转变。而词人由娱人到自娱的适情体验的变化,实则也反映出词体娱情向传统"适情"艺术精神的回归特点。适情,本是华夏文化快乐原则的一种心理形式,故苏轼《哨遍》(睡起画堂)也说"醉乡路稳不妨行,但人生、要适情耳"。不过,词人在传达适情体验时,更强调娱情的方式。晏几道《小山词自序》在分析自己早期填词心态时,便说:"作五、七字语,期以自娱,不独叙其所怀,兼写一时杯酒间闻见,所同游者意中事。"在"叙其所怀"的言志、缘情基础上,词人将其拓展为自娱的娱情目的。

四、歌板尽清欢:词体娱情的场环境

词人典型的有情之娱与贪恋欢娱、玩心十足的时代心理有关,但是若仅仅看到这一点,就略显笼统。我们在此基础上,重点分析燕集歌场环境、歌者传唱方式等对词人娱情态度生成的作用。由此便会明白,为何在众多艺术样式中,只有娱情才真正成为词体的本色特点。

(一)词的活动场所是"娱"的生成场

在唐宋时期,本色的词艺术是用来歌唱、表演的。与朝廷、家庭等环境不同,词的活动空间是一个娱乐的场所,固有一种"燕寓欢情"[①]的性质。从存在主义观点来说,社会中的人是一个扮演者,当顺应存在的空间而扮演这个空间的自由人。进入词的活动空间,就当扮演一个"娱"(自娱和娱人)者。从这个意义上说,道德文章者在词的活动场中的恣肆、放诞的表现,以及词的自由、解放、娱乐的体性特点,都与词体活动场的娱乐性质有关。正如墙壁之于绘画,音乐厅之于音乐……这一个个"场"不仅是客观存在的某种氛围,而且给进场者提供了深层的心理暗示:犹如一条界线,分隔出一个个期待扮演的空间;也如一个个中介,引导着种种扮演的方式,影响人们的审美活动。如果离开词的宴集歌场环境,就无法真正理解歌词重"娱"的创作及欣赏特点。如

---

① 林正大:《风雅遗音序》,载张惠民编:《宋代词学资料汇编》,汕头大学出版社1993年版,第235页。

冯延巳《金错刀》云：

> 双玉斗,百琼壶。佳人欢饮笑喧呼。麒麟欲画时难偶,鸥鹭何猜兴不孤。　歌宛转,醉模糊。高烧银烛卧流苏。只销几觉懵腾睡,身外功名任有无。

初读此词,感觉词中男性人物形象确实不是现实中的冯延巳了。若忽视了娱乐场的作用,而只从知人论世角度出发,必然会指摘冯延巳:"本功名之士,而故为此放任旷荡之言。本多猜忌,而曰'鸥鹭何猜';本于国政无所措施,而曰'麒麟欲画时难偶';本贪禄位,而曰'身外功名任有无'。如只读其词,必为所欺。"①其实,词人冯延巳以娱情态度刻画了娱乐场中的词人形象,因此说冯延巳故意为此放任旷荡的诡诈巧言,则是基于缘情、言志创作原则批评的结果。歌场中的话(歌词)无须负责任,因为大家知道这是逢场作戏;歌场中的歌词多抒发违背传统价值观念的主题,因为进入歌场原本即是本着娱乐的心态。于是,当批评家们以人文合一的道德理念要求词人,而不考虑词的活动空间的性质,必将得出一系列的错误意见。如何正确批评歌词,或许应当接受林正大的话:"不惟可以燕寓欢情,亦足以想象昔贤之高致。"②

　　(二)词的活动场是"情"的催化场

　　娱字从女,《楚辞·九歌·东君》曰"羌声色兮娱人,观者兮忘归",唐宋歌词传唱又"尤重女音",故宴会歌场的快乐多与歌妓的声色活动有关。于是,在词的活动场的娱乐氛围中,尤其在士与歌妓模式的催化下,两性情思便成为唐宋词流行的主题,且得到了词人大胆、自由、奔放甚至放诞的表现。因为词人是以娱情心态表现了受到道德观念约束的两性情思,这绝非传统的言志、缘情理论所能解决了的。因为这不仅要释放"玩心",变"玩物丧志"为"不耽玩为耻",而且要在道德观念之外给"情欲"以自由的空间。那种主张以礼约情、以理灭情,或无情、节情等观念的人们,是无法体验到"情"本身带来的愉悦感的。而世俗享乐心理下的词人"休闲",却能摆脱诸多束缚,以人之常情视之。

　　于是,以普遍的享乐心理为基础,在本为娱乐场的小空间,词人不

---

① 刘永济:《唐五代两宋词简析》,上海古籍出版社1981年版,第28页。
② 林正大:《风雅遗音序》,载张惠民编:《宋代词学资料汇编》,汕头大学出版社1993年版,第235页。

停地咏叹"正是破瓜年纪,含情惯得人饶"(和凝《何满子》)、"年少宴游人之常情"(无名氏《玉泉子》)等情感主题。这些词句所论,表面上是某些词人狎妓行径的反映,实际上是当时对"情"争论的一种反映。当然,娱情之"情"外延广泛,但为"少年行乐之情"解脱,无疑具有一种爆发力。比较而言,主张性本情末者,即便是由情求性,也是"发乎情,止乎礼义"的言志;主张去情养性者,即便是适意人生,也是无情之适的得意忘言……但词人"贪恋欢娱"的娱情,可以娱乐心情、游戏心情。言志、缘情者很难容纳娱情主题,但娱情中可以遣兴、缘情、言志。这或许就是情的解放焕发的自由态势。

(三)词的活动方式强化了"娱情"的心态

词的创作过程有两个主体,即词的作者与传唱者,二者相互依存,而后方有完美的整体效果。传唱者(主要是歌妓)的职业性质决定了她们以娱人心态参与了词的活动,她们的表演主要就是娱乐于人。而此时的词作者在词的娱乐场及传唱方式的作用下,也改变了立言甚至是缘情的心态,既要考虑适合歌妓传播口吻的问题,也要处理观众到歌场寻求快乐的需求。从这个意义上说,早期小词典型地体现杜夫海纳关于审美对象的判断:

> 审美对象……双重地与主观性相联系。一是与观众的主观性相联系:它要求观众去知觉它的鲜明形相;二是与创作者的主观性相联系:它要求创作者为创作它而活动,而创作者则借此以表现自己。①

唐宋词的生成及其发展实际上就是围绕这两个主观性(创作者的主观性又包括词的作者和传唱者)变化而变化的。一个简单的事实是:歌场的歌词,观众的主观性强于创作者的主观性,表现为先娱他而后自娱的娱乐方式;案头的歌词,词人的主观性强于读者的主观性,体现为先自娱而后娱他的适意方式。二者的变化或许可以这么理解:前者是动的、表演的、娱乐的,后者是静的、缘情的、言志的。可见,"娱情"更适宜于合乐可歌词的创作心态。早期歌词的代言方式、"空中语"的自

---

① 米盖尔·杜夫海纳:《美学与哲学》,孙菲译,中国社会科学出版社1985年版,第57页。

我认识，说明词作者填词始终有一个需要表演的前提。因此，他不会像写作案头文章那样，把文章看作自身价值实现的一个实证，而是以娱人心态填词，甚至不会把歌词看成他的作品，因为他知道进入歌场的作品是属于传唱者和听众的。歌词期待传唱者和听众的认可，甚至高于作为一个文字作家的首创精神。若从审美角度说，作为"娱"者的词人及听众的身份使他知道，审美对象不只是他的歌词（与言志、缘情作品不同），而是能唤起听众娱乐感受的表演，是歌场环境在听众心目中呈现的东西。

由此，早期词人是在一种虽由己出但却是代人抒情、为人抒情的心态中创作的，他可以跳出人文合一、文由情生等观念之外，融入歌场的娱乐环境，以娱乐的心态填词创作。即便绘己形、叙己事、抒己情，也可以在"空中语"的歌词接受观念中，心存逃脱被指摘的可能念想，而能大胆、自由地袒露潜在的欲念。

五、词虽小却好：娱情词的艺术特色

与诗歌言志、寄托创作传统比较，"美人香草，古来多寓意之文，而减字偷声，达者作逢场之戏"[①]，与陆机《文赋》说的"诗缘情而绮靡"比较，那么本色的歌词就是"娱情而婉丽"，以娱情填词，题材、主题、风格等艺术要求必然产生变化。尽管唐宋时期，词人的填词心态总体上在向缘情、言志转变，但以娱情填词仍是多数人在品味词体时所认可的本色心态。其中的矛盾心态，正如清代刘熙载所说："齐梁小赋，唐末小诗，五代小词，虽小却好，虽好却小，盖所谓'儿女情多，风云气少'也。"[②]概括而言，有这么几种情况：

（一）道德禁区的突破与优秀传统的淡化

词娱情的出现并非孤立现象，所传递的是一个时代性的心理。中唐以后，诸多传统观念发生了裂变。如迫于纷乱的时代氛围，当时士大夫渐离仁义忠信之心，"皆恬然以苟生为得"[③]，颠倒了传统的荣辱观；商业经济的畸形发展又滋养了一种浇薄风气，士大夫追求"歌、酒、

---

① 叶申芗：《本事词自序》，载唐圭璋编：《词话丛编》，中华书局1986年版，第2295页。
② 刘熙载：《词曲概》，《刘熙载文集》，薛正兴点校，江苏古籍出版社2001年版，第150页。
③ 欧阳修：《新五代史》卷三十三《死事传序》，中华书局2000年版，第235页。

女人"，私奔失节者衣锦还乡却以"此际叨尘，亦不相辱"① 自诩，颠倒
了传统的夫妻伦理观；生活在这种社会风气中，士行杂尘，不修边幅，
喜弦吹之音，为侧艳之词，淡化了求仁义谋进取的人生态度，颠覆了
"三立"人生价值观……② 与社会心理变化吻合的，是文艺审美趣味上
的变化，由言志为咏性、缘情，甚至娱情。因言志等教化观念的制约，
为传统道德设防的题材及主题，像娱乐情绪、两性情思等，在词体之前
的文学门类中，始终难以得到真实客观的表现。而娱情态度下的词的
创作，消除了道德观念的束缚，自由地呈现着人的自然性情，高唱"无
物似情浓"（张先《木兰花令》）的主题，由早期文学显意识下的创作走
向了人类潜意识的挖掘。不过与道德禁区的突破相对应的，则是文学
史上一些优秀传统如充满责任感的忧患意识、以人文合一为准的的文
生于情等，被娱情词人所淡化。娱情词的悲美已不是那种厚重的渗透
历史感的忧患之美，而多是以享乐意识为基础的富贵担忧情绪；娱情
词中的词人生命意识的抒发，已缺少作者身心主动坦露的力度，而多
是在娱乐中的遣兴行为。

（二）题材的狭窄与主题的幽深

王国维说："词之为体，要眇宜修。能言诗之所不能言，而不能尽
言诗之所能言。诗之境阔，词之言长。"③ 因为欢娱场的局限，娱情词
的题材是狭窄的，主要以流连光景、簸弄风月、伤春伤别、儿女情长等
题材为主，但是由于跳出道德观念的束缚，词人在自由表现中，可以细
腻地、深刻地揭示此类题材的幽深主题，词体亦具有动态揭示心灵幽
微处的内倾性艺术效果。词体狭长、径窄却又情深、幽微，既是其短处
也是其长处。词体的情深，可谓中国传统哲学及文化情感性的反映，
而词体的深幽，又可谓中国人内向性格及审美心理内向性的一次深
化。因为自古以来生存空间的相对封闭，传统农耕生产方式使人的心
理结构趋于内向紧缩。处在游戏状态的小词，在想象力展开的方式上
也表现出显著的内倾性特色。尤需说明的是，内倾性更是宋型文化的
标志。不仅表现在宋朝的精英文化上，如注重"内在的道德建设和情
性涵养"的"士大夫文化"，反映在理学文化的"内圣"路线，而且在大众

---

① 孙光宪：《北梦琐言》卷四，贾二强点校，中华书局2002年版，第91页。

② 龙建国：《唐宋词与传播》，百花洲文艺出版社2004年版，第2—10页。

③ 王国维：《人间词话删稿》，载唐圭璋编：《词话丛编》，中华书局1986年版，第4258页。

文化上如宋词,也有显著的内倾性品格①。由此,与音乐体制有关的内倾性的词因具有宋型文化的典型性,故成为宋代文学的代表。

(三)感性的自由与设色的婉丽

也是由于享乐心理及宴集歌场的作用,词人很注重当下的感性把玩。爱情主题上谋求结合,结合唯有当下,海誓山盟也急待交代当下的相思心情,由此才是最为真实的见证和表白。富贵闲适主题上,把玩现在亦是典型的呈现方式:或许富贵不再,此时及时行乐;或许富贵即将逝去,唯有今朝。伤春悲秋主题上,节序的感怀、时间的体悟,也唯有当下……词人习惯于当下的把玩,从中品味着感性的自由愉悦。与此一致的便是娱情词的婉丽风格。"《花间》绮琢处,于诗为靡。而于词则如古锦纹理,自有黯然异色。"②词人的艺术感觉以柔性、敏感、细腻、湿润为本色,既注重对象的外在风貌及环境的雕饰,又强化了对内心活动的精心修饰。这种装饰意识与词的娱乐场中滋生的娱情态度(尤其是"性"的眼光)关系密切,"词须宛转绵丽,浅至儇俏,挟春月烟花于闺襜内奏之,一语之艳,令人魂绝,一字之工,令人色飞,乃为贵耳"③。与自然界诸多异性寻伴不同,在人类社会中多是通过男性的追逐与女性自我的装饰(显现)来构筑两性的愉悦关系。词中占主导的女性形象——歌妓是一个重要的表演者,是作为一个"他者"被男性们欣赏的,色艺的包装是她们的职业性质;更何况"女为悦己者容",装饰(显现)自己的美是她们的内在需要。尽管这种装饰或许遭到了道德者的非议,娱情的词体观念也确实具有幽窗雅座中的小摆设特点,但从某种意义上说,词体突出的感觉性、装饰性,又唤起了中国古人似乎麻木的艺术感觉,通过刺激、满足、改造听众及读者的审美效果,确立了在中国艺术史上的特殊地位。

[原载《文学评论丛刊》第11卷2009年第2期,中国人民大学复印资料《中国古代近代文学研究》2009年第10期全文复印]

---

① 邓乔彬:《古代文艺的文化观照》,上海教育出版社2003年版,第473页。

② 邹祗谟:《远志斋词衷》,载唐圭璋编:《词话丛编》,中华书局1986年版,第651页。

③ 王世贞:《艺苑卮言》,载唐圭璋编:《词话丛编》,中华书局1986年版,第385页。

"词尤善感"与唐宋词艺术的感发本质

《说文》云:"感,动人心也。"作为中国古代审美心理最具代表性的描述词,"感"字积淀着丰富的内涵。叶嘉莹认为,兴发感动是中国诗歌的美学特质,但在诗词之间,人们常说"词之感人甚于诗"[1],甚至是"有韵之文,词尤善感"[2]。于是,"词尤善感"不仅涉及一般意义上的艺术魅力,更是唐宋词艺术的独特表现。

一、"空中语":词尤善感的感性语言

语言是人类思想情感的工具,也是思想情感本身,更是文化史的一部分。某种理念往往会用较为固定的语词来表述,而一个新的尤其是以反思姿态出现的学术思想,在语词使用中,或使用旧语词但必将重新解释,或避免使用旧语词而用新的言说方式。若分析庄子语词及其"三言"方式,便能看出那种反思以儒家语词使用为代表的心理机制。"一代有一代之文学",也同样反映在语词的使用上。语言艺术本是一种期待感性语词使用的审美活动,但某种艺术样式的语词活动必然会受到来自政治的、道德的、历史的、文化的乃至该类艺术样式创作理念的影响,而逐渐固定化、观念化,走入了陈旧的、理性的表述境地。在这种情形下,一种新的感性语词的艺术样式往往就会诞生。词体的出现及沿革历程,也有此类轨迹。可以说,词体是中国诗人寻找感性的一个新的载体,词人笔下的感性语词有一定的特殊性。

首先,词人既重视感官刺激,突出外部描写,将感觉通过生动形象的语言表达出来,也善于以此感觉语词传递人类幽微的心绪化活动。

---

① 蒋敦复:《芬陀利室词话》卷一,载唐圭璋编:《词话丛编》,中华书局1986年版,第3643页。
② 朱绶:《缇锦词自序》,《知止堂词录》,清光绪二十年湖南思贤书局刊本。

以下以《花间集》为例加以说明：

视觉语言的名物词极为丰富，描写女性容貌的如鬟、鬓、眉、眼、腮、面、靥、唇、额、领、胸、腕、臂、手、指、肌、腰等；女性衣装的如冠、钗、带、裙、袴、襦、衫、鞋等；女性居室的如扉、井、楼、殿、堂、梁、户、阁、闺阁、阶、栏、墙、房、窗等；闺阁器物的如炉、盏、盘、帏、衾、枕、屏、帐、被、帘、杯、扇、筝、簟、镜等；植物的如草、荷、竹、柳及各类花等；动物的如莺、燕、鸳鸯、凤、锦鸡、黄鹂、子规、鹤、蝉、鹧鸪、杜鹃、马、猩猩、蚤、猿等；天候的如夜、月、露、风、云、雾等……这些都不是抽象名词，也非香草美人式的寄托象征语词，而是形象丰富的直觉语词。

听觉语言或用象声词直接摹写，如韦庄《菩萨蛮》"遇酒且呵呵"及《天仙子》"惊睡觉，笑呵呵"的近于自然的笑声，韦庄《喜迁莺》"人汹汹，鼓冬冬"中的鼓声，毛文锡《喜迁莺》"传枝偎叶语关关"及牛希济《临江仙》"娇莺独语关关"中的鸟鸣，孙光宪《渔歌子》"桨声伊轧知何向"中的桨声等；或是通过闻、听等人类感知声音的听觉行为，强化听觉捕捉自然声响的实际效果及随后的想象活动，如温庭筠《菩萨蛮》"觉来闻晓莺"、韦庄《菩萨蛮》"画船听雨眠"、毛文锡《赞成功》"坐听晨钟"、李珣《南乡子》"愁听猩猩啼瘴雨"、张泌《浣溪沙》"依稀闻道太狂生"（"太狂生"是男子听到女子说的话）……这些听觉语词尤其强调自然声响及其艺术表现心绪的能力。

在嗅觉行为的臭与香上，尤为重视香。原本香的自然是香，原本无所谓香臭的也有了香味，而原本臭的此时却是香，足见花间词的女性特色及唯美倾向。于是，读花间词，或嗅杏花香、早梅香、雪梅香、雪（指落花）飘香、木兰香、百花香、香蕊、香莲、兰麝飘香、橘柚香、藕花香、菊香、香檀等各类自然花木之香，或嗅酒香、香粉、香满衣、口脂香等人工之香，或嗅香闺、香车、香灯、香茵、香袖、香阁、香画、香鞯、香殿、香睡、香奁、帘幕香、香画、香钿、香泪、香阁、香帏、香砌、香阶等诸多通感之香……不管是实写、通感移觉，还是似香非香，嗅觉感知的语词特点都典型地表现出词体语言的直觉性质。

花间词人亦重视触觉语词的运用，如《花间集》中"软"出现12次、"暖"出现35次、"寒"出现46次、"冷"出现42次等。如此重视嗅觉和触觉语言,是词人注重感性、艺术感觉走向细腻的一个表征①。至此,像诗歌等其他语言艺术也会重视直觉语词的使用,但唐宋词人更强调通过感官语词直接传递心绪的能力,在感觉的自然程度、直觉语词运用的频率及感觉审美趣味的选择上,表现出了词人的独特性,一个与诗人不同的新感性体验。

其次,人类的感性是感觉者和感觉物的共同行为。感觉者要有灵敏的感知能力,感觉物要有形象显现的特点,如此才能在心物交感的过程中,创造出豁人耳目、沁人心脾的意象来。那些颜色、形状、声音、香臭、冷暖因直接作用于人类感官,而在人的心灵中呈现。敏感的艺术家不是去认识这些颜色、形状等,而是感受它们带给他的情思波动。与诗人相比,词人尤重直觉语词,突出表现为多由女性感觉及心理出发的特点。女性的感觉原本强于男性,尤其对感觉的艳、细、巧等十分敏感。这一特点既是词人重视感性的深入表现,也是词体由语词感性色彩表现出的体性特点。王世贞《艺苑卮言》曾云"《花间》以'小'语致巧""《草堂》以'丽'字取妍",说的便是由女性心理选择感性语词的审美特点。仍以花间词为例。如在视觉、听觉形象感受中,即多呈现出柔美、香软、艳丽的女性特点。这些视觉、听觉词语大多指向力量弱、体积小、形状巧、质地软的事物,女性容貌、女性衣装名词自不必说;居室建筑名词纵使有墙、房等名词代表体积较大之物,那也是绣墙、兰房;动物则多为禽类,纵使有马、猩猩、猿等体积较大的兽类,那也只和嘶、啼、语相连,而多不取吼、叫之词。在嗅觉形象感受中,香味的重视正是女性脂粉气的一种反映,而在触觉形象感受中,亦重软、小等,而轻视硬、大等。

再如"雨"字的使用也体现出敏感、细腻、柔美等女性特点。一是多用细微小弱的限定词或后缀状态的修饰,强化"雨"的轻灵细微的特征。如微雨、疏雨、细雨、乖雨、晚雨微微、烟雨微微、雨潇潇等。二是确实不大选择厚重拙质的语汇,但并非没有,只是词人在使用这些语词时,多强调厚大意象的消失状态或危害性,故而又习惯性地转入细小凄惨的柔美情调。这说明词人不是对这类厚大意象作审美的认同,而仍是以细腻柔弱的对象或状态为审美目的。如柳永《雨霖铃》云"寒

---

① 本话题关于《花间集》各类感觉语言的统计及部分观点,参见安徽师范大学唐宋文学专业汪红艳硕士论文《〈花间集〉语言研究》(2006年)。

蝉凄切，对长亭晚，骤雨初歇"，晏殊《采桑子》(红英一树春来早)云"无端一夜狂风雨，暗落繁枝"等。三是即便词人要表现一些阔大丰满的场景，往往也从小处着眼来衬染。如欧阳修《渔家傲》(粉蕊丹青描不得)云"夜雨染成天水碧"、《蝶恋花》(画阁归来春又晚)云"细雨满天风满院"等，同样证明词人重视细腻、柔美的特点。四是细微心思、灵敏感知还体现在对轻灵细巧场景的巧妙营构上，读来让人感动不已。如晏殊《浣溪沙》(小阁垂帘有燕过)云"一霎好风生翠幕，几回疏雨滴圆荷"，已经是疏雨，可是又滴在圆荷之上，动态的画面细微灵动。这些轻灵细巧的语词多半与柔性情感相联系，尤其是女性的那份特有的温顺感。晏殊《浣溪沙》(杨柳阴中驻彩旌)中的"雨条烟叶系人情"句，把这层意思说得甚是清楚。或是以"雨"拟人，或是"雨"中带情，雨条、雨声流淌着淡淡的、香香的、柔柔的、苦苦的情思。至此，正如清代王鸣盛评王初桐《崦塂山人词集》所说："词之为道最深，以为小技者乃不知妄谈，大约只一'细'字尽之，细者非必扫尽艳与豪两派也。"①

第三，本色词的语词当遵循歌词语言的特点，重视感性语词，以悦人、移情、感人为目的。如严有翼《艺苑雌黄》云柳永词"直以言多近俗，俗子易悦故也"②，沈谦说"词不在大小浅深，贵于移情""读之皆若身历其境，惝恍迷离，不能自主，文之至也"③。王国维论词以境界为最上，且以五代北宋词为有境界的代表，关注的即是歌词之词。不过，他又强调词人的雅量高致及生命意识的贯注，既要"能感之"又要"能写之"。因此，准确地说，他更为重视那些缘情的歌词之词：从"能感之"角度说，强调词人主体的用情自觉程度；从"能写之"角度说，主张"不隔"，写景须豁人耳目，写情须沁人心脾，反对使用代字、典故及涩语等。音乐呈现生命意味，亦以生命意味被人聆听、感受，并不担负逻辑地寻求"含义"的责任，这些特点影响了歌词语言的直观感性色彩。

与王氏强调的缘情的歌词之词相比，那些娱情的歌词之词则更重视悦人的层面，语词的感性直观色彩更为显豁。因为，此类词的兴发感动不是针对作者的，而是直接针对听众的，缺少王氏所说的作者能

---

① 谢章铤：《赌棋山庄词话》续编四引，载唐圭璋编：《词话丛编》，中华书局1986年版，第3549页。

② 胡仔：《苕溪渔隐丛话·后集》卷三十九引，人民文学出版社1981年版，第319页。

③ 沈谦：《填词杂说》，载唐圭璋编：《词话丛编》，中华书局1986年版，第629页。

感之的层面,更与诗言志创作理念相区别,却反而突出了听众的易感性质。诗言志中的"志"是"象征心的动向","所以诗本来是反映你内心情意感动的走向;而词不是……它是给歌曲的曲调所填写的歌词,它与内心是否感动没有太大的关系"①。"男子而作闺音"的填词方式正因为多"空中语",词人回避载道、言志,甚至非缘己情,以娱情、悦人为填词目的,恰恰能大胆摆脱旧有观念的束缚,敢破思想禁区,注重选用直接作用于生理性刺激而臻至精神性联想的语词,上述诸多的词句都是证明。又如秦观《画堂春》(东风吹柳日初长)云:"宝篆烟消龙凤,画屏云锁潇湘。夜寒微透薄罗裳,无限思量。"词中人的"无限思量",皆由对感觉的描画中呈现,句句写景入画,言少意多,凭借感觉说话。再如词中的比喻细微灵动,传递人们的生命体验,如喜欢用久、长之类的事物比喻愁绪,以短促、易毁的事物比喻快乐,这都与人们对痛苦、快乐的体验时间有关,即痛苦的难熬与幸福的短暂。

总之,语词是情思的工具也是情思鲜活的本身,词人乐于使用直觉语词,从传统思想上说,不仅表明词人感性的自由,也反映出他们自由的感性。读唐宋词,当不能忽视词人感性的个性内涵以及他们在语词使用中表现出的重塑新感性的艺术精神。

二、"按节寻声":词尤善感的节奏感知

词强于诗的兴发感动是词的体性的一次展现,根源于音乐艺术的感发性。"若夫感人之速者,莫如声,故词名倚声"②;"诗有韵,文无韵;词可按节寻声,诗不能尽被管弦",故而"后人之感,感于文不若感于诗,感于诗不若感于词"③;"后世之乐去诗远矣,词最近之。是故入人为深,感人为速"④;"词之腔调,弥近音乐。其异于近体而进于近体者,在此;其合于美艺之轨则而能集众制之长者,亦在此"⑤……置身歌场环境,以听众身份感受歌词,词的感发乃是由"小词流入管弦声"(晏殊《浣溪沙·杨柳阴中驻彩旌》)的媒介传递出来的;远离歌场环境,

① 叶嘉莹:《古典诗词讲演集》,河北教育出版社1997年版,第367页。
② 包世臣:《为朱震伯序月底修箫谱》,《艺舟双楫》卷三,清道光安吴四种本。
③ 陈廷焯:《白雨斋词话自叙》,载唐圭璋编:《词话丛编》,中华书局1986年版,第3750页。
④ 周济:《词辨自序》,载唐圭璋编:《词话丛编》,中华书局1986年版,第1637页。
⑤ 刘永济:《词论》卷上,上海古籍出版社1981年版,第34页。

以读者身份面对词作,则只能由那长短不一的句式咀嚼音乐的意味形式。节奏是音乐动态结构特长的体现,也是词体善感的又一个重要的艺术结构要素。

何谓"节奏"? 今人多主流动说,古人却多主节制说①。《左传》昭公元年医和曰"先王之乐,所以节百事也",马融《长笛赋》亦言"故聆曲引者,观法于节奏,察变于句投,以知礼制之不可逾越焉"……均取音乐之"节"为节制的意思。今人主流动,是因音乐的时间性、自由性、想象性等特点,能唤起人性解放的时代精神;古人主节制,乃因音乐有控制欲望的宣教功能。其实,若就音乐艺术自身规律而言,作为音乐艺术的结构——节奏本当具有节制的意思②,无节制即无音乐的流动。"奄忽灭没,晔然复扬""聿皇求索,乍近乍远。临危自放,若颓复反"……描绘的正是既流动且节制的音乐节奏之美。对任何一首优美的乐曲来说,行与止、流与留、纵与收、强与弱、浓与淡、快与慢等都是不可缺少的。唯有处理好这一系列关系,才能把自然声响纳入有意味的形式之中,合乎人类心情的复杂状态。

作为音乐文学,音乐节奏的限制与流动自然熏染了词人的艺术技法。只是后人无法亲临其境,切实感受唐宋歌词表演时的节奏韵味,但他们通过节奏的语言遗产——各类笔法技艺的赏析,如字法、句法、章法、修辞等,总结出唐宋词人的审美经验。而综观后代诸多词作笔法的经典意见,一个核心的理念便是不离节奏的古今义,在主流动与主约束之间寻觅美感韵味。或说留说涩,重在节制。"何谓留? 意欲畅达,词不能住,有一泻无余之病。贵能留住,如悬崖勒马,用于收处最宜"③;"以涩求梦窗,不如以留求梦窗……以留求梦窗,则穷高极深,一步一境"④。或说托说放,重在流动。"何谓托? 泥煞本题,词家最忌。托开说去,便不窘迫,即纵送之法也"⑤。像周邦彦《风流子》(枫林凋晚叶)"多少暗愁密意,惟有天知"等句,"此等语愈朴愈厚,愈厚愈

---

① 钱锺书:《管锥编》(第三册),中华书局1991年版,第982页。
② 这种说法,可从庄子"庖丁解牛"寓言中得到启示。庄子是主张超越节制、约束的,因此音乐的流动、奔放、自由成为他诠释体"道"的形象途径。但"庖丁解牛"等寓言却强调了由技至道的艰难过程。
③ 孙麟趾:《词迳》,载唐圭璋编:《词话丛编》,中华书局1986年版,第2556页。
④ 陈洵:《海绡说词》,载唐圭璋编:《词话丛编》,中华书局1986年版,第4841页。
⑤ 孙麟趾:《词迳》,载唐圭璋编:《词话丛编》,中华书局1986年版,第2556页。

雅,至真之情,由性灵肺腑中流出,不妨说尽而愈无尽"①。其实,由前诸例已知,主节制或主流动,都是程度上的不同,何况词家大多主张节制与流动并重,以求合节奏的艺术结构特色。

其中,最直接的笔法经验就是放与收。"词要放得开,最忌步步相连;又要收得回,最忌行行愈远"。然节奏之美乃浑然体验,流动的放与节制的收,固然可以大致演绎节奏的进程,但不能作机械的剖析,"必如天上人间,去来无迹,斯为入妙"②。若表现在词的对偶句中,则最忌堆砌板重,当以流动为尚,以流动救严整。如周邦彦《瑞龙吟》(章台路)"褪粉梅梢,试花桃树"及"名园露饮,东城闲步"二句属于流水对,因极流动,所以为妙,吻合了词体节制而流动的节奏韵致。若表现在词的结句中,则是住而未住、尽而未尽的紧要处。如苏轼《水龙吟》(楚山修竹如云)"作霜天晓",如奔马收缰,须勒得住,又似住而未住;而晁补之《忆少年》(无穷官柳)"况桃花颜色",如众流归海,要收得尽,又似尽而不尽者③。

节奏的节制与流动关系,在审美体验中,则应表现为一种无迹之象。当然,无迹之象也必须语言表达,故词论家更多地在论曲、折、衬、跌宕之笔等,从笔法上对节奏的浑然过程予以审美揭示。其中,词之用笔以曲为主,曲笔带有节奏外显为笔法的总称性质。若多用直笔,寥寥百字内外,将无回转的余地,因此"必反面侧面,前路后路,浅深远近,起伏回环,无垂不缩,无往不复,始有尺幅千里之观,玩索无尽之味"④。折笔是曲笔中的关键处,乃节奏运行时的易拨心弦处。若读晏殊《浣溪沙》(一向年光有限身)词,便觉"前半首笔意回曲,如石梁瀑布,作三折而下"⑤。衬跌笔法,有映衬、反衬、跌转、跌宕等,或衬或跌中,宕开新意,也是节奏的关键处。刘熙载甚至说"词之妙,全在衬跌",如文天祥《满江红·和王夫人》"世态便如翻覆雨,妾身元是分明月",《酹江月·和友人驿中言别》"镜里朱颜都变尽,只有丹心难灭",此两词的"每二句若非上句,则下句之声情不出矣"⑥。

① 况周颐:《蕙风词话》卷一,《蕙风词话辑注》,屈兴国辑注,江西人民出版社2000年版,第64页。
② 刘熙载:《词曲概》,《刘熙载文集》,薛正兴点校,江苏古籍出版社2001年版,第143页。
③ 参考沈雄《古今词话·词品》上卷,载唐圭璋编:《词话丛编》,中华书局1986年版,第839页。
④ 陈匪石:《声执》卷上,载唐圭璋编:《词话丛编》,中华书局1986年版,第4951页。
⑤ 俞陛云:《唐五代两宋词选释》,上海古籍出版社1985年版,第156页。
⑥ 刘熙载:《词曲概》,《刘熙载文集》,薛正兴点校,江苏古籍出版社2001年版,第144页。

词作的布局是节奏的审美再现,故而词论家又常用点染、浓淡、虚实等术语来表达对词体节奏美的感知。点染是中国画讲求阴阳明暗的一种手法,或点或染,或在点、染相间中实现中国画气韵生动、企慕空灵的艺术境界。刘熙载即云"词有点有染",如柳永《雨霖铃》(寒蝉凄切)"多情自古伤离别,更那堪、冷落清秋节。今宵酒醒何处,杨柳岸、晓风残月",先是点出离别,接着由冷落、今宵二句渲染之,而且"点染之间,不得有他语相隔,隔则警句亦成死灰矣"①。此论既吻合中国画的特点,也是词作节奏既限制且流动的时间体验的视觉感知。浓淡亦与绘画艺术有关,也是语言艺术的常用技巧,更是词史上直接与词体本色相关的命题。中国词坛历来有主浓、主淡两个传统,创作上有温、韦的严妆、淡妆之别,理论上或如彭孙遹说的"词以艳丽为本色,要是体制使然"②,或如吴衡照说的"词愈淡愈妙"③,而无论是浓是淡,要在自然本色,即便"词以艳丽为工,但艳丽中须近自然本色"④。

不过,这些主要从语言风格上说的,其实浓淡也可化为人们的一种节奏感知,表现为笔法上的一种疏密方式。除此之外,在情景关系的组合上,亦会出现以浓景写淡愁或以淡景写浓愁的艺术手法,传递着人们对节奏的体认。虚实问题是中国艺术的核心命题之一,上述诸多具体笔法都可以归结到虚实上面。从节奏上说,"实"指艺术形象具体的表现,倾向于直接、无流动的限制性;"虚"指艺术形象间接的表现,在空灵感中暗藏纵笔流动之韵。从艺术形象的特点上说,音乐节奏虽是直接性与间接性的和谐统一,但更强调形象的间接性,以大音希声为妙。从这个意义上说,张炎主张"词要清空,不要质实",是吻合词之为乐的艺术精神的。清空的姜夔词"如野云孤飞,去留无迹",但不是真的无迹,而是说他擅长构造一种让读者在阅读中感受到离迹畅想效果的形式。这正是音乐艺术追求的本色境界。

词作长短句式以节奏为根基,与律诗整齐句式比较,这是一种较为自由的结构。虽说这是词学史上的共识,但今人多惯以流动认识长

①刘熙载:《词曲概》,《刘熙载文集》,薛正兴点校,江苏古籍出版社2001年版,第147页。
②彭孙遹:《金粟词话》,载唐圭璋编:《词话丛编》,中华书局1986年版,第723页。
③吴衡照:《莲子居词话》卷四,载唐圭璋编:《词话丛编》,中华书局1986年版,第2475页。
④宗元鼎语,载徐釚《词苑丛谈》卷四,《词苑丛谈校笺》,王百里校笺,人民文学出版社1988年版,第254页。

短句的自由形式。仅有限制固然难有自由感，若没有限制的流动也非真正的自由，而是毫无含蓄的放纵。正如已经习惯在地球引力中生活的人群，在失重状态中也会生出诸多不适一样。况且古代艺术家在讨论节奏的自由感时，亦多主"自然从雕琢中出"的思想，既要掌握媒介的限制，又要超越之。而这种超越中的满足与愉悦感，不仅包含在限制中磨砺过程的体验，而且流动中亦始终内敛着种种限制因素。正如水的流动是自然的也是自由的，却是一种随物赋形，不断与物体摩擦的运动状态一样。姜夔《翠楼吟》(月冷龙沙)下片云："此地。宜有词仙，拥素云黄鹤，与君游戏。玉梯凝望久，叹芳草、萋萋千里。天涯情味。仗酒祓清愁，花销英气。西山外，晚来还卷，一帘秋霁。"此段在笔法结构上，"一纵一擸，笔如游龙，意味深厚，是白石最高之作"①。"笔如游龙"，自由快适，但"一纵一擸"才是游龙自由的运动特征。唯有"笔墨极尽飞舞之致"，笔法中呈现舞的韵味，才是节奏之美，一种合规律的自由。

进而，唯有一片深情，用笔奇崛巧构方能显现词笔之美。词笔往复回环，如春蚕抽丝，易写蟠结情感，但深情一片才是笔力的根本。梁启勋评辛弃疾《念奴娇·书东流村壁》词时说："相传此词乃写徽、钦二宗北迁之痛心事，一种幽愤之情，而以曼声出之，缠绵悱恻，真所谓回肠荡气者矣。"②幽愤以曼声出之，却具有非同凡响的感发效应。可见，笔以行意传情，外现长短句式、内充自由形式的节奏是词尤善感的又一重要因素。自然心情原本杂乱，但让心情呈现出艺术的节奏来，是音乐家的使命，也是词人的当行本色。以节奏为根基的长短句自由形式，可谓是人之情思最自然、适宜的艺术传递方式，故而具有一种感发人心的召唤结构。"我们叫作'音乐'的音调结构，与人类的情感形式——增强与减弱，流动与休止，冲突与解决，以及加速、抑制、极度兴奋、平缓和微妙的激发，梦的消失等等形式——在逻辑上有着惊人的一致。"③音乐是情感生活的音调摹写，只有从音乐艺术性才能真正解读歌词的笔法特点。这不仅因为音乐样式在艺术形式中具有纯粹性，而且因为歌词的合音乐性质。仅仅把握了词作情感的旋律，

---

① 陈廷焯：《白雨斋词话足本校注》，屈兴国校注，齐鲁书社1983年版，第135页。
② 梁启勋：《词学》(下编)，北京市中国书店1985年版，第14—15页。
③ 苏珊·朗格：《情感与形式》，刘大基、傅志强、周发祥译，中国社会科学出版社1986年版，第36页。

还不足以透彻了悟歌词情感节奏的艺术形式。前面分析的诸多笔法，之所以突出，原因即是在传递词人情思、感发读者心灵上，具有特殊的功效。如曲笔，郑文焯评苏轼《定风波》(莫听穿林打叶声)时说："此足征是翁坦荡之怀，任天而动。琢句亦瘦逸，能道眼前景，以曲笔直写胸臆，倚声能事尽之矣。"①如折笔，晏几道《采桑子》(别来长记西楼事)下阕以三折笔写之，通过时间上的过去、现在、将来三个变化，"深情若揭"②，精壮顿挫，具有能动摇人心的感发力度。沈祥龙也说过"词之妙，在透过，在翻转，在折进"，如欧阳炯《清平乐》"自是春心缭乱，非干春梦无凭"，透过也；"若说愁随春至，可怜怨煞东风"，翻转也；范仲淹《苏幕遮》"山映斜阳天接水，芳草无情，更在斜阳外"，折进也，但"三者不外用意深，而用笔曲"，意深才能笔曲，此乃词笔本色③。如跌宕，姜夔《琵琶仙》(双桨来时)全篇以跌宕之笔写绵邈之情，往复回环，情文兼至。如渲染，周邦彦《玉楼春》(桃溪不作从容住)，上阕大意已足，下阕加以渲染，便愈见精彩④。画家把水墨或淡颜色涂抹在画面，使色彩浓淡均净；文学家往往通过对环境、景物及人物的行为、心理，作多方面的描写、形容、烘托，兼用暗示、象征等手法，使被渲染的对象处在真幻、虚实之间，目的即在传情达意，营造感发读者的效果。

三、"香草美人"：经典意象的象征感发

叶申芗《本事词自序》曾说："美人香草，古来多寓意之文，而减字偷声，达者作逢场之戏。"⑤如说温庭筠词具有深美闳约的特点，便应该是温词意象感发出的，从人物精神世界的表现说的，实质上属于那种绮怨的深美闳约。"这首先必须与附会《离骚》的阐释途径相区别。用读屈原《离骚》的方式来读温词，读者与作者在有关生活基础、创作动机以及作品实用功能上，会出现一系列的错位。"⑥词作多香草美人意象，也有象征性的，但更多的或者说本色的则是感觉性、描述性、叙

① 郑文焯：《手批东坡乐府》，载唐圭璋编：《词话丛编》，中华书局1986年版，第4323页。

② 俞陛云：《唐五代两宋词选释》，上海古籍出版社1985年版，第188页。

③ 沈祥龙：《论词随笔》，载唐圭璋编：《词话丛编》，中华书局1986年版，第4057页。

④ 陈洵：《海绡说词》，载唐圭璋编：《词话丛编》，中华书局1986年版，第4874页。

⑤ 叶申芗：《本事词自序》，载唐圭璋编：《词话丛编》，中华书局1986年版，第2295页。

⑥ 丁放、余恕诚：《唐宋词概说》，安徽教育出版社2002年版，第59页。

述性、娱乐性的,以直觉性为主要特点。通过感性语词及自由节奏的分析,已可以看出词体本色意象捕捉、召唤感性生命意识的能力。不过,在惯以象征方式解读美人香草意象的诗学批评传统中,本为"逢场之戏"的词作意象在阅读中蕴涵着一种象征的理性传统,成为刺激词作的感发性,丰富词作多义性的又一个要素。尽管这是由读者强化的,但语词指向含义,意象指向意味;词作意象的感性、直觉性质提供了经典审美经验及象征意味生成的可能性,更何况意象的捕获本来就需要读者情思的灌注与想象的建构。

唐宋词意象的感发性呈现出极为复杂的状态,或是本色直觉意象原生态的审美感发,或是比兴寄托思想中既审美又道德的关怀解读……又可简单地分为赋、比、兴几种意象构筑方式。"赋"是即物即心,心中情思直接体现在物象的描绘之中。如苏轼《浣溪沙·咏橘》就纯用赋体,描写确肖。有再现功能的赋笔,对对象的刻画有助于感性的激发,但因为词的抒情性使得词人运用赋笔时,不需要提供一个极其完整的对象,否则就会遭遇"韵不足"或"质实"等方面的批评。清真词就很好地处理了赋笔抒情的问题,读者能感知对象的空间统一性,但这种统一根本上不是来自对对象外部把握,而是来自作品情感逻辑的一种内部凝聚力。"兴"是由物及心,先有物象,然后感发心中情思。这是人的一种不期而遇的心物共感的内感体悟方式,要求主体感于外物而体悟到内心,又可由内在感受而体悟到外物的生命精神,物我生命是贯通的。重视感性自由的词人,很善于构筑兴感意象,这是词体审美特征的表现之一。因此词中的兴到之作,是不能用深文罗织之法解读的①。至于有的"偶然揽景兴怀"之作也蕴涵着明显的道德关怀、学养内理,但因为是词人的率真之作,"非平日学养醇至不办",是"得力于义方之训深"②的自然呈现,也是"兴"而非"比"。"比"是由心及物,先有心中理念,然后寻找可供比拟的物象,理性作用似乎更为突出。王建《宫中调笑》四首分别以团扇、蝴蝶、罗袖、杨柳为起笔,就是《诗经》中的比体,不仅融情会景,而且不失题旨。不过比、兴缠夹,故词家常连用"比兴"或直接用"兴寄"来分析词中的某些意象。如贺铸名句"试问闲愁都几许? 一川烟草,满城风絮,梅子黄时雨","盖以三

---

① 王国维:《人间词话删稿》,载唐圭璋编:《词话丛编》,中华书局1986年版,第4261页。
② 况周颐:《蕙风词话》,《蕙风词话辑注》,屈兴国辑注,江西人民出版社2000年版,第261页。

者比愁之多也,尤为新奇,兼兴中有比,意味更长"①;郑域《昭君怨》(道是花来春末)感物兴怀,既有眼前的触著体验,也与比德思致有关,可谓"兴比甚佳"之作②。而辛弃疾《祝英台近》(宝钗分)则是典型的兴寄幽微的词作,一则"闺怨词也",另则"此必有所托而借闺怨以抒其志"③,乃自怜幽独,伤心人别有怀抱之作。

诗词皆有赋比兴,但词体比兴多于赋,这是词尤善感的原因之一。何况比兴读词传统在词作意象感发力上又有推波助澜的作用。晚清学者庄棫《复堂词序》曾说"自古词章皆关比兴,斯义不明,体制遂舛",刘熙载《词曲概》也说"六义之取,各有所当,不得以一时一境尽之",此论中内敛传统学者文化传承的自觉思想,但也说出了比兴寄托固有的关怀结构。历代学人凭借着一时一境的文化理念,由隐而显地构筑了"比兴"在传统文化视阈中的多层次意义:以心物共感的意向性为发生条件,以象为化生的媒介,在诗人与对象的沟通与对话思维中,既审美且实用,体现出浓郁的人文关怀情结。在诗人关怀心理的呈现层面上,则又是"比"显而"兴"隐。无论是着意经营,还是无心凑合,诗家常会由比兴的具体技法进而追逐比兴之义的人文旨归。历代学者接受比兴而强调比兴之义的价值旨归,激发了"比兴"固有的关怀特质,也充实了诸如"境生于象外"的艺术精神。

正是比兴之义既吻合了审美活动的诸多规律,又契合着传统文士们的忧患意识、经世致用观念等,故而总是有着无尽的被阐发空间。又由于时代或个人的特殊性,比兴特有的关怀力度也会因时因人而凸显。"长于感慨,兴之意为多",比兴之作"往往欢娱工,不如忧患作",出于感慨或忧患,比兴的人文关怀就有了用武之地。如北宋真宗以后的社会变迁,致使词中寄托"亦所在多有""至南宋,最多寄托"④,而清代诗家普遍性地接受比兴,也不能不说与明末清初的易代、晚清的由盛而衰的社会刺激场有关。如晚清冯桂芬《复陈诗议》就说过,古代"圣人盖惧上下之情之不通,而以诗通之",因为诗"宜乎上下之情之积不能通也"⑤。祈求上下之情的能通,正是诗中比兴的沟通与对话的思

① 罗大经:《鹤林玉露》卷七,中华书局1983年版,第127页。
② 杨慎:《词品》卷四,载唐圭璋编:《词话丛编》,中华书局1986年版,第496页。
③ 黄苏:《蓼园词评》,载唐圭璋编:《词话丛编》,中华书局1986年版,第3060页。
④ 詹安泰:《詹安泰词学论集》,汕头大学出版社1999年版,第222页。
⑤ 冯桂芬:《校邠庐抗议》,戴扬本评注,中州古籍出版社1998年版,第160、161页。

维取向。诗人利用比兴的人文关怀，或微而显，或婉而讽，或率而露，以一己的生命丰富着比兴的意味，体会着入出宇宙人生的感受和认识。由此可以说，比兴沟通着个性与群性、审美与伦理等一系列关系，也是联系传统积淀与时代感悟的一个鲜活纽带；比兴兼审美和实用的人文关怀，既构筑着诗人主体的心灵世界，也化育着艺术作品的时空境界，流动着不绝如缕的关怀宇宙人生的生命意识。

比兴是创造中国诗歌意象的典型方式，比兴的生命力又在诗学象征批评的传统（如比德、寄托等）中得到了进一步强化。可以说，这是历代诗家也是词家接受比兴的一个人文传统的心理前提。中国先民脱离神话步入文明时代，"巫祝卜史"扮演了人神沟通的媒介，他们"观物取象""立象尽意"，完成了由"游魂灵怪，触象而构""象物以应怪"①的神话意象到"易象"的过渡。可以说，这种具有譬喻象征意味的"易象"，承载着圣人沟通神意或天意的殷切希望，也开启了比兴人文关怀的先河。故章学诚说，"易象"不仅"通于比兴"，而且"与诗之比兴尤为表里"②。《诗三百》作者无疑是"比兴"丰富的创造者，也真正确立了比兴的审美意义，由神话思维的心物不分走向了艺术思维的心物共感，由神话意象、易象转化到审美意象。但审美之中的实用功能也至为明显，在与自然、社会、宗教沟通合一的期待中，或有意识"引类譬喻"而用"比"，或无意识地兼有"喻""起"义而用"兴"，投注情感，传达体验，其动力便在于那份天人合一的生命感动和人文关怀。在对自然物象的审美中，儒家的比德思想挺立了主体的道德情操。而比兴之义至屈原，又是一种质的转变。他在积极创造比兴审美意义的同时，张扬了沟通的个性强度，显露为一种"对话"层面的关怀③，"香草美人"的寄托意识十分突出，"比兴"人文指向的审美且实用的价值也更为显著。

自此以后，中国诗人既以"哀窈窕"为"思贤才"，"依诗取兴，引类譬喻"评说诗歌的内、外意，也有以此成诗的。尽管"吾国以物喻事，以男女喻君臣之谊，喻实而所喻亦实；但丁以事喻道，以男女喻天人之际，喻实而所喻则虚。一诗而史，一诗而玄。顾二者均非文章之极致也。言在于此，意在于彼，异床而必曰同梦，仍二而强谓之一；非索隐

---

① 郭璞：《注〈山海经〉叙》，《山海经》，周明初校注，浙江古籍出版社2000年版，第253、254页。

② 章学诚：《文史通义·易教下》，叶瑛校注，中华书局2004年版，第19页。

③ 杨柏岭：《诉说与对话：论〈离骚〉艺术运思的独特性》，《淮北煤炭师范学院学报》2001年第5期。

注解,不见作意"①。但诸如香草美人意象担负起作品象征感发的任务,尤其让诸多的词学研究者激动不已,已是历史的事实。其中,晚清词论家陈廷焯对此有过清晰的表述,他在《白雨斋词话自序》中说:

> 夫人心不能无所感,有感不能无所寄;寄托不厚,感人不深;厚而不郁,感其所感,不能感其所不感。伊古词章,不外比兴,《谷风》阴雨,犹自期以同心,攘诟忍尤,卒不改乎此度,为一室之悲歌,下千年之血泪,所感者深且远也。②

"感"是人的心意本能,感而有寄又是心能的自然结果。不过,只有厚而能郁的艺术作品结构,才能发挥感人至深的作用,不仅能感其所感,且能感其所不感。实施"感"的最佳方式之一即是比兴,由此则又有"深且远"的感动。此处,陈氏把感、有寄、沉郁、比兴、所感之间的关系逻辑化。一个"感"字构筑了词人情性、词作结构及意味、读者想象之间的艺术之链。可以说,"寄感""所感"才是陈氏艺术思想的本体,是艺术作品的审美本质。如人们常以抒情性为诗词的本质,但陈氏却说:"诗词所以寄感,非以徇情也。不得旨归,而徒骋才力,复何足重?唐贤云:'枉抛心力作词人。'不宜更蹈此弊。"③不得旨归而徒骋才力的言情,是陈氏所反对的,而唯有寄感沉郁方能"匪独体格之高,亦见性情之厚",表明了他以象征性解读意象的关怀指向。

比兴阅读是经典审美经验感动的一种。经典感发在唐宋词的阅读中十分普遍,一则是阅读者先结构的必然结果,二则阅读者也有抬高词体地位的目的,三则词作审美对象原本就有意义。不过若从审美的纯粹性而言,这种阅读不能成为一种套路,否则与主题先行一样影响了我们对审美对象的直观把握。一个较为纯粹的审美态度是要求阅读者悬隔与作品无关的经验,而后再进行联想。阅读者外在经验世界一经消解,作品的世界就会呈现出来。如此呈现出来的才更接近读者对作品本身的审美经验,否则就会张冠李戴,附会曲解作品意义。特别是词艺术,若先行经典阅读传统,就会采用读诗、读散文的方式来

---

① 钱锺书:《谈艺录》,中华书局1993年版,第231、232页。
② 陈廷焯:《白雨斋词话自序》,《白雨斋词话足本校注》,屈兴国校注,齐鲁书社1983年版,第1—2页。
③ 陈廷焯:《白雨斋词话足本校注》,屈兴国校注,齐鲁书社1983年版,第771页。

阅读,是很难直观到它的审美价值的。但是话又说回来,一个民族的审美习惯和文化传统在识别审美对象时,还是十分重要的。甚至可以说,有时候我们就是根据这个传统观照、品味它的存在,指出什么是真正的作品。因此,我们又不必对经典审美经验的阅读方式过分指责,因为包括比兴读词方式在内的经典感发,已在历史上发挥了词作"入人甚深"的感发作用。

其中,追寻"风骚之义"是词史上典型的经典感发方式。如风人方式,王国维即说过《诗·蒹葭》一篇最得风人深致,晏殊《蝶恋花》"昨夜西风凋碧树,独上高楼,望尽天涯路"名句"意颇近之",但"一洒落,一悲壮耳"①。又如骚雅传统,陈廷焯即说过"千古得骚之妙者,惟陈王之诗、飞卿之词,为能得其神,而不袭其貌","飞卿词全祖《离骚》,所以独绝千古,难乎为继",甚至像《菩萨蛮》诸阕"已臻绝诣,后者无能为继"②。再如风骚合一的方式,苏轼有《贺新郎》(乳燕飞华屋)词,项安世《项氏家说》卷八评曰:一则此词"兴寄最深,有《离骚》经之遗法,盖以兴君臣遇合之难";二则此词"其首尾布置,全类《邶·柏舟》"。至于作者是否真的受到风骚的影响,有时难以确定,但在阅读者那里,经"貌合",风骚经典审美经验的感发,使他们产生了"神亦合"的幻觉。甚至清代尤侗《彭骏孙延露词序》从古诗文经典感发角度重释"诗余"的"余"字云:

> 诗何以"余"哉?"小楼昨夜",《哀江头》之余也;"水殿风来",《清平调》之余也;"红藕香残",《古别离》之余也;"将军白发",《从军行》之余也;"晓风残月",《子夜》《懊侬》之余也;"大江东去",鼓角横吹之余也。诗以"余"亡,亦以"余"存。非"诗余"之能为存亡,则"诗余"之人存亡之也。③

类似这样的表述,正是借助风骚及古诗经典的审美经验,深层挖掘词作乃至词体体性审美意义的结果。这并不是简单的诗词异同比较问题,而是人类审美经验中常有的经典感发现象。这既体现在创作上的

---

① 王国维:《人间词话》,载唐圭璋编《词话丛编》,中华书局1986年版,第4244页。
② 陈廷焯:《白雨斋词话足本校注》,屈兴国校注,齐鲁书社1983年版,第688、15页。
③ 尤侗:《西堂杂俎二集》卷二,清康熙刻本。

情感抒发，也反映在接受者的阅读阐发上。新兴的文体固有特殊性，但生活在某个传统中的读者，他会依据传统尤其是经典范式来确定他心中的审美对象。如此，我们便理解了词学史上为何出现那么多的以其他文体标准来评说词体内涵的现象。

四、"言近意远"：词尤善感的时空体悟

"美之对象，非特别之物，而此物之种类之形式；又观之之我，非特别之我，而纯粹无欲之我也。夫空间、时间既为吾人直观之形式，物之现于空间皆并立，现于时间者皆相续，故现于空间、时间者，皆特别之物也。"①王国维从纯粹美的角度，指出了时空作为美的对象的独特存在形式，审美活动是无欲纯粹的我直观对象的时空形式的过程。以时空直观形式为美的对象，此时空形式也理当是分析艺术作品感发力需要注意的一个结构层面。如人们习惯于从情景关系或意象组合分析境界范畴，虽然这个方法有认识论上的依据，但情景及意象本身具有独立性，过多运用不免简单机械，且难以把握境界的深度焦点，即是"能观"的审美主体所体认到的艺术时空意识②。为了便于揭示唐宋词的时空形式特点，以下通过分析"隔"与"远"两个明显具有时空感的词语加以说明。"隔"意味遮挡、收敛、节制，"远"重视无遮挡、放纵、流动，如此便能从一个简易的角度把握"词之情文节奏，并皆有余于诗"③的感发本质。

先说"隔"。词学史有主张"不隔"的传统，如李渔说过："作词之家当以'一气如话'一语，认为四字金丹。'一气'则少隔绝之痕，'如话'则无隐晦之弊。"④刘熙载亦说："词有点有染……点、染之间，不得有他语相隔，隔则警句亦成死灰矣。"⑤至王国维论词则明确主张"不隔"才可能有境界，若"隔"则无境界。但是这个"不隔"传统主要是从"能写之"角度说的，而笔者此处讨论的是词人的一种"隔"的时空体验。《说文》曰："隔，障也。""隔"意味着有遮挡，被遮挡必有一个时空性的隐蔽物，遮挡滋生一种真实的当下体验，而遮挡的过程又是一次时空体验

---

① 王国维：《叔本华之哲学及其教育学说》，《王国维遗书》（三），上海书店出版社1996年版，第29页。
② 杨柏岭：《晚清民初词学思想建构》，安徽大学出版社2004年版，第209页。
③ 况周颐：《蕙风词话》卷一，《蕙风词话辑注》，屈兴国辑注，江西人民出版社2000年版，第4页。
④ 李渔：《窥词管见》，载唐圭璋：《词话丛编》，中华书局1986年版，第555页。
⑤ 刘熙载：《词曲概》，《刘熙载文集》，薛正兴点校，江苏古籍出版社2001年版，第147页。

的历程。似露却掩,似有若无,似近却远,经历着现在、过去与未来。人们总想着那些看不到的东西或是悠久的历史,被隐蔽的部分永远具有吸引力,也会在人的感知中得到完形;艺术家更擅长营造烟水迷离的境界,通过各种含蓄手法或"不隔"手段调动人们对遮挡面的想象。

其实,"隔"对词体艺术来说有着特殊的意义。词为歌场文化的一种,而"隔帘听"正是当时奏乐听歌的一个实际场景。如葛胜仲《浣溪沙》(东道殷勤玉𦥛飞)词小序云"少蕴内翰同年宠速,遣妓隐帘吹笙,因成一阕",王安中《临江仙》词便是"贺州刘师忠家隔帘听琵琶"而作:

> 凤拨鹍弦鸣夜永,直疑人在浔阳。轻云薄雾隔新妆。但闻儿女语,倏忽变轩昂。 且看金泥花那面,指痕微印红桑。几多余暖与真香。移船犹自可,卷箔又何妨。

此阕细致地描绘了隔帘听的音乐体验及想象活动。作为音乐表演活动的一个典型场景,唐教坊曲已有《隔帘听》曲调,后用作词调,宋词现仅存有柳永《隔帘听》(咫尺凤衾鸳帐)一首。此词有隔帘听场景的直接描绘,但已不完全吻合隔帘听原意,而在纳入士与歌妓模式中展示的同时,延伸到两性情思体验的一般性。不过,其《凤栖梧》云:

> 帘下清歌帘外宴。虽爱新声,不见如花面。牙板数敲珠一串,梁尘暗落琉璃盏。 桐树花深孤凤怨。渐遏遥天,不放行云散。坐上少年听未惯,玉山未倒肠先断。

在隔帘听场景下,写出了厌听喜睹的迫切心理。晏几道《清平乐》(红英落尽)云:"钿筝曾醉西楼。朱弦玉指梁州。曲罢翠帘高卷,几回新月如钩。"因相思而追忆过去的隔帘听经历,"曲罢翠帘高卷"细节也传递出由听而见的愉悦感。

除了隔帘听,与歌妓制度有关的帘隔现象也是士与歌妓关系的一种普遍存在。因为"隔",词人急于想表现帘隔者(主要是歌妓)外貌及心理活动。如温庭筠《南歌子》云"脸上金霞细,眉间翠钿深。欹枕覆鸳衾。隔帘莺百啭,感君心",先描绘歌妓外貌,次则强调这个女子隔帘听的感动,黄莺百啭勾起了被隔者的惜春怀春及感念情人的深情厚谊。韦庄《天仙子》云：

> 梦觉云屏依旧空，杜鹃声咽隔帘栊。玉郎薄幸去无踪。一日日，恨重重。泪界莲腮两线红。

此"隔"效果同前，但因被隔的一方性质不同（由"莺百啭"变为"杜鹃声咽"），而被隔的另一方情思体验也会有别。薛昭蕴《相见欢》（罗襦绣袂香红）下片则把被隔者在帘内的情思活动写得很具体："卷罗幕，凭妆阁，思无穷。暮雨轻烟魂断，隔帘栊。"……这一个个被隔者实是一个个审美对象，与此同时，因为"隔"，遮挡物本身也是词人着意刻画的意象，由此遮挡物，词人方能展开无尽的情思想象。如"帘"意象便是帘隔词中极有情趣的遮挡物，如高观国《御街行》专门"赋帘"云：

> 香波半窄深深院，正日上、花阴浅。青丝不动玉钩闲，看翠额、轻笼葱蒨。莺声似隔，篆烟微度，爱横影、参差满。　那回低挂朱阑畔，念闲损、无人卷。窥春偷倚不胜情，仿佛见、如花娇面。纤柔缓揭，瞥然飞去，不似春风燕。

此"帘"道尽帘隔现象的效果。从遮挡物带来的空间感来说，正如许昂霄感知的："莺声似隔"，帘外；"篆烟微度"，帘内；"仿佛见、如花娇面"，以上言帘垂；结处言帘卷[1]。从遮挡物所遮挡的内容来说，赋"帘"实则写人，写人又在抒情，神光离合，情思余味皆由"帘"字生出。其中，直接赋"帘"者，仅"玉钩""翠额"及"横影"三句，其余皆从侧处想象，似有若无，笔法细致。"香波"三句写"帘"的环境，"莺声"二句从虚处咏"帘"，转头描绘帘垂不卷的姿态，但笔意已在帘内之人，故下句有"仿佛见"之语，结句云帘中人纤柔缓揭，更见余思悠长。

　　由帘隔现象的个案分析，可知遮挡物在"隔"中扮演着重要角色。既诱惑着观赏者对被遮挡的想象，也因遮挡物的不同，传递词人不同的时空及生命体验，甚至可窥词的主题及词境变迁的痕迹。"诗余"状态的词，保留了由诗变词的诸多信息，遮挡物是比较丰富的，时空感也

---

[1] 许昂霄：《词综偶评》，载唐圭璋编：《词话丛编》，中华书局1986年版，第1560页。

较为开阔。敦煌曲子词《破阵子》（日暖风轻佳景）云"正时（是）越溪花捧艳，独隔千山与万津"，此处的遮挡物是羁旅者才能体验到的山与津，仕子宦途或征夫远涉等望乡关的"隔"，于是结尾才有"鱼笺岂易呈"的沟通欲望；《望江南》云"龙沙塞，远路隔烽波"，是唐室西遣使节已近边陲，却受寇阻，幸获沙洲授纳的歌咏之作，遮挡物是烽波，于是由自然距离的远隔，表达了与沙洲张义潮"路次合通和"的政治欲望；而《菩萨蛮》（敦煌古往出神将）云"只恨隔蕃部，情恳难申吐。早晚灭狼蕃，一齐拜圣颜"，遮挡物是蕃部，表明敦煌人沟通唐王朝的政治态度。

随着词体香艳性的成熟，遮挡物也渐次限于闺襜之内，词作主题也多言两性情思。其中帘隔现象最为典型，除此还有温庭筠《菩萨蛮》（水精帘里玻璃枕）"双鬓隔香红"，此"隔"顿使两鬓簪花对称如画；毛熙震《临江仙》（幽闺欲曙闻莺啭）云"隔帏残烛，犹照绮屏筝"，因帏而隔，残烛与幽闺相映成趣；冯延巳《喜迁莺》（宿莺啼）云"人语隔屏风"，因屏风而隔，乡梦断、忆离别，香寒灯绝的孤独幽绪在屏风之内……这些词的被隔者多为女性，情思多绮丽，词作风格亦多浓艳。而韦庄等人却表现出新的走向，如他的《浣溪沙》：

> 欲上秋千四体慵，拟交人送又心忪。画堂帘幕月明风。　此夜有情谁不极，隔墙梨雪又玲珑。玉容憔悴惹微红。

此词虽然也是写女子的残春伤感，但已非只是帘帏之内的独隔残灯的幽闭绮思，而是一个在画堂前欲荡秋千却无力的女子。因地点的变化，故才有"隔墙梨雪又玲珑"的被隔景象。这种选择闺襜外的自然景物为遮挡物的"隔"境，实则表明词人情思体验的变化。那墙外梨花洁白玲珑，不仅显示着花繁春残，强化了"此夜有情"，而且反衬了该女子因憔悴而微红的面容，体现了韦庄词淡妆清丽的修饰特色及美感信息。而他的《荷叶杯》（记得那年花下）云"惆怅晓莺残月，相别，从此隔音尘。如今俱是异乡人，相见更无因"等，其中的遮挡物已完全在闺襜之外，且多为男性尤其是漂泊形象的男性拥有的，词人由此抒发了爱的情思及乡关、故国情怀。此后随着填词心态的士心复苏，"隔"的时空体验在尊重词体本色的同时，又逐渐向诗人的襟抱靠拢，遮挡物的种类也越来越丰富。

上述只是从"隔"字的使用分析词人的遮挡时空体验。其实,有遮挡体验而无"隔"字的词作更为丰富。那么词人何以酷爱写"隔"境?一是词为抒情艺术,且以追念情怀为主,"隔"境是爱的相思心理及亲情、乡关、家国等思念心理的一种体验。爱的相思是因爱的结合或诺言未达的体验,此种体验唯有"隔"字最为贴近。正如牛希济《生查子》(新月曲如眉)说的"两朵隔墙花,早晚成连理",爱的双方即是两朵隔墙花,虽说有早晚成连理的祝愿,但许多迷离境界却尽在此"隔"的过程中。于是魏承班《谒金门》(长思忆)云:"独坐思量愁似织。断肠烟水隔。"此"隔"可谓相思词境的代表性说法,思人因烟水距离而"隔",而思人的断肠又可谓愁思如织,愈理愈乱,恰似烟水迷离,足见相思之深。乡关之隔,在韦庄、柳永词中多有表述,而家国之隔生发出的思念心理多见于南宋词中。如辛弃疾《菩萨蛮·书江西造口壁》词中的"长安"指汴京,词人遥望西北,"无数"之"山"隔之,喻恢复之难。或许可以说,正是词人有恢复之难的感知,故而才有无数山隔之的联想。接着,又由"青山遮不住"的江水东流,强化了词人雄心收敛、慷慨悲凉的情怀。

二是"隔"境体现了词人观照生命意识的审美态度。"隔"根本上是一种心理的时空感受。因交通、信息的限制,古人对"隔"的体验,思念之中往往渗透家园意识的温馨,流动着缕缕古典式的脉脉韵味与美感。时空之隔对古人来说,虽然是一件十分痛苦的事情,却也使古人有了审视自己情感的闲暇,激发起艺术的想象①。除了大量的空间遮挡现象,也有时间之隔,如牛峤《菩萨蛮》(画屏重叠巫阳翠)说的"风流今古隔",蔡伸《减字木兰花》(船回沙尾)说的"转首相逢又隔年"等。正因为"隔"中流露着古人深刻的生命意识,且能以审美态度观照,故而他们对"隔"的体验可谓入细入微。如孙光宪《生查子》词写春游时的恋情,上片云"暖日策花骢,嚲辔垂杨陌。芳草惹烟青,落絮随风白",写少年公子在美好春光中的潇洒惬意的悠游形象;下片云"谁家绣毂动香尘,隐映神仙客",写他忽见车中一个犹如神仙般美丽的女子,可惜"狂杀玉鞭郎,咫尺音容隔",这个"隔"字反而构筑公子对女子

---

① 如今人们消除信息之"隔",现代科技消解了因距离而带来的思念情怀,但又滋生出另一种"隔":陌生感成为人与人之间、个人身心之间的重要体验。

音容的审美观照,强化了他的想望之情。又如皇甫松《采莲子》云:"船动湖光滟滟秋_{举棹}。贪看年少信船流_{年少}。无端隔水抛莲子_{举棹},遥被人知半日羞_{年少}。"以隔水限制抛莲子这个爱情象征性行为,爱的情思立刻荡漾起缕缕美韵;没有"水"的遮挡,就没有下句的"羞";而以"无端"修饰"隔水抛莲子"行为,更是强化了"隔"的趣味,把爱情心理的美感传递得惟妙惟肖。因此,此"隔"境既是自然实境,也是风俗景况,更具艺术情味。

至此,"隔"字从某种意义上说体现了审美主体的直观态度,艺术家会把那些物质的、功利的东西"隔"开。同时,"隔"意味着遮挡,遮挡又意味时空的有限,但此有限时空并非词人的愿望所在,词人写"隔"的目的在强化情思的无尽、时空的无限。因此"隔"境也是一种具有感发作用的符号形式,何况因为被隔而处在一个可以静观的状态,而有了被深度挖掘的可能。可以说,在有限的时空中挖掘无限的情思感慨,正是词人擅长的笔法。如黄庭坚《望江东》云"江水西头隔烟树。望不见、江东路。思量只有梦来去。更不怕、江阑住",清晰地表述了因"隔"而引起的无限思量、相思梦。又如欧阳修《蝶恋花》(落花浮水树临池)云"隔帘风雨闭门时。此情风月知",吴文英《浣溪沙》云"门隔花深梦旧游,夕阳无语燕归愁,玉纤香动小帘钩"……奇幻或许在门外风雨、旧游之梦,但无不是由"隔帘""门隔"生出,情思亦真亦幻,被隔者形象亦十分传神。

次说"远"。"远"是古代一个具有独立内涵的美学范畴,是体现艺术感发力的典型术语。"远"的艺术精神,似虚则实、似浅却深、似形有神,如望眼平川的平远,一览众山的高远,抑或是察微洞幽的深远,浸润着古代艺术的时空体验,也印证着艺术活动的内在规律,昭示着审美主体胸次的宽广恬淡和精神的愉悦畅达。如李之仪《鹧鸪天》(收尽微风不见江)词虽在演绎陶潜诗歌的愉悦之境,但其中"心既远,味偏长"句,实则指出"远"的艺术精神本质是一种心远,心远则有"味",如此便"须知粗布胜无裳。从今认得归田乐,何必桃源是故乡"。令人惊叹:古人的精神家园在那颗恬淡愉悦的审美心灵之中。

作为传统艺术精神的"远"走进唐宋词人的艺术趣味,可以说与词体的题材、主题及体性等有密切关系。如同"隔",古人对"远"亦有直接且深切的体会。黯然销魂,惟别而已,是一种充满着伦理情调的中国古人的人生体验。赠别送归、羁旅漂泊、游子思妇、远宦戍边等题材及天涯落寞、望远思家等主题,在诗歌中的大量出现就是说明。词中此类作品更为丰富,且影响了词体的体性特征。词调中就有《望远行》《思远人》等,谢章铤即说过"词多发于临远送归,故不胜其缠绵悱恻"①。词人在面对实际的时空之"远"的同时,又由实际的时空远感构筑一种心理距离,滋育着创作者自由想象的空间。何况词人也在时空之恋中寄寓自己的人生感悟,"算人生、悲莫悲于轻别"(柳永《倾杯乐·离宴殷勤》)、"大都世间,最苦惟聚散"(周邦彦《荔枝香近·夜来寒侵酒席》)等已把聚散离别上升到人生哲理的高度,生命的远思总是活跃着一种耐人咀嚼的审美意韵。伤春悲秋词也是酝酿"远"的温床,面对自然节序的次第变化,无论是时间的流逝还是生命的荒芜,总会唤起词家那种想留住而又无可奈何的"时间之远"。还有词中普遍存在的相思主题,或是"渐成倚声熟套"的"楼危阁迥,凝睇含愁,阑干凭暖",或是"厥理易明"的"客羁臣逐,士耽女怀,孤愤单情,伤高望远"②,词人内心揣摩的往往多是相思双方当下的"时空之远"。若从词体体制角度说,或是因为要吻合抽象、无形的音乐主题,故而也会强化词人对远的艺术感知;或是因为要刻画闺阁形象的心绪,也会通过描绘那种流行的远妆远饰来传递。如欧阳修《诉衷情》(清晨帘幕卷轻霜)专赋"眉意"云"都缘自有离恨,故画作远山长",眉黛之远妆已非简单的性感、美感的装饰,而是与离恨、相思有关的情思修饰,此"远眉"已经情感化了。

可以说,唐宋词人全身心面对了"远","远"凝聚着他们对生命的时空形式的审美感知与想象,在何谓"远"以及如何表现"远"上为后世提供了丰富的审美经验。"远"始终处在运动状态:或是体现为一种时间性的活动,但活动就会留下轨迹,轨迹的延续性又说明活动是在空间中完成的;或是体现为空间性的移动,但移动本身又是一个时间性的过程。同时,"远"的运动不仅指肢体的外在活动,而且指运动者的内心活动,经过可感知的运动走向依赖想象的心灵活动。通过淡淡的运动轨迹,抒发情思体验,感悟生命的厚度,正是词人十分擅长的身心运动。进而,对善于捕捉心灵内在生活的词人来说,"远"虽是一种延

---

① 谢章铤:《赌棋山庄词话》卷十,载唐圭璋编:《词话丛编》,中华书局1986年版,第3461页。
② 钱锺书:《管锥编》(第三册),中华书局1991年版,第877页。

伸,但更是一种深度,因此不能只从最遥远的层面来理解词人感知的"远",而应该从心灵深处揭示词人的"远"感。如晏殊《诉衷情》词很好地说明词人对"远"的运动规律的认识,涵盖了"远"的多重意义:

> 芙蓉金菊斗馨香,天气欲重阳。远村秋色如画,红树间疏黄。　流水淡,碧天长,路茫茫。凭高目断,鸿雁来时,无限思量。

此词"远村"以下,句句皆围绕"远"字展开,由感知的目远(远村的平远、凭高目断的高远等)到无限思量的心远,潜藏在目远与心远中的则是所思念的人之远,而全词又具有感发读者想象的味远。

（1）目远。"远"本是客观的时空存在,也先须成为主体的感知对象方能被获取。词人的嗅觉之远,如晏殊《喜迁莺》(歌敛黛)"金炉暖,龙香远",李之仪《鹊桥仙》(宿云收尽)"玉徽声断,宝钗香远",谢逸《点绛唇》(金气秋分)"桂子飘香远",姜夔《玉梅令》(疏疏雪片)"有玉梅几树,背立怨东风,高花未吐,暗香已远"……嗅觉的敏锐是词人重视感性信息描绘的一大体现。词人的听觉之远,如张先《泛青苔》(绿净无痕)"响箫鼓,远破重云",欧阳修《蝶恋花》(越女采莲秋水畔)"隐隐歌声归棹远",舒亶《点绛唇·周园分题得湖上闻乐》"一片笙歌远",吴亿《烛影摇红》(楼雪初消)"细听归路,璧月光中,玉箫声远"……词是需要歌唱的,音乐效果既是词艺术的体现,也是词作的一大题材,以"远"修饰声音艺术,正说明词人对听觉的重视。当然,在"远"的感知及特征的构筑中,视觉是最具力量的,故此处用"目远"来代表。

"目远"无非说的是望得远、望不尽。如张先《木兰花》(相离徒有相逢梦)说的"远目不堪空际送",晁补之《梁州令叠韵》(田野闲来惯)说的"平芜一带烟光浅,过尽南归雁。俱远,凭栏送目空肠断"……远目、送目等术语说明人的视觉既能逼视前景,亦能远眺背景,由前景到背景的自由观看,又说明视觉适宜表现运动状态的"远"。多写临远送别的词人,既善用日常经验如长亭短亭、马、路等构筑"远"的感知,也擅长表现目远的层次性。如范仲淹《苏幕遮》(碧云天)云"山映斜阳天接水。芳草无情,更在斜阳外",韩缜《凤箫吟》(锁离愁)云"绣帏人念远,暗垂珠泪,泣送征轮。长亭长在眼,更重重、远水孤云。但望极楼高,尽日目断王孙"等。不过,词是抒情的艺术,那些原本在时间渐进中呈现的空间层叠感,多融化为时空合一状态的浑然意识。于是,词人写目远时,常减弱"送"的过程,而通过一个个视觉感知的"远"的片段,强化注目"远"景的浑然境界。如晏殊《踏莎行》(祖席离歌)的"斜阳只送平波远",晁补之《木兰花·遐观楼》的"小楼新创堪临远,一带寒山都入眼",周邦彦《夜飞鹊》(河桥送人处)的"斜月远堕余辉"……还有如张炎《壶中天》(扬舲万里)的"浪挟天浮,山邀云去,银浦横空碧",虽无"远"字,实则能写远景如画,化为身观的整体感知印象。

(2)心远。主体认知的应目会心,艺术作品中的一切景语皆情语,是人们熟知的审美规律。从感官功能上说,人类的身观在进化中业已观念性了,生理本能与内在心灵有了贯通性,感官活动建立在身心合一的基础上,客观时空存在也须化为心灵的时空形式,方能被感知。从审美活动规律来看,身观与会心亦不可强分,不仅身观的目的是会心,身观之乐后才有会心之乐,而且会心也是应目的基础,唯主体有轻松、快乐的审美心境,而后才有身观之乐。《吕氏春秋·适音》云"耳之情欲声,心不乐,五音在前弗听;目之情欲色,心弗乐,五色在前弗视",身观偏向于本能欲望,会心之乐才是克服身观之乐的条件,也是身观之乐的归宿。何况,若能突破身观的局限,乃至"吾丧我",心灵活动便可游于天地精神,以致无限和永恒。可以说,"远"的艺术思维正是身心贯通而又超越身观的心灵体认,是宇宙人生的自然时空之远的一种审美化、精神化的反映。况且,唐宋词的内倾性、心绪化的抒情特色,又强化了时空观念在传递生命意识的情思符号的性质。词人知道,人所想象的永远比感知的要多得多。

《招魂》曰"目极千里兮伤春心",由应目到会心,由目远到心远,唐宋词人更是在心与物之间搭建着一个个情感桥梁,并用心地装饰着这个桥梁。秦观《木兰花慢》(过秦淮望断)云"对触目凄凉,红凋岸蓼,翠减汀苹","触目凄凉"是应目会心的意向性结构,接着就是装饰性的描绘与印证。这种"心随望远"(毛滂《蓦山溪·东堂先晓》)的心灵活动与身观之间的密切关系,在孙光宪《浣溪沙》(蓼岸风多橘柚香)中是"目送征鸿飞杳杳,思随流水去茫茫",在欧阳修《踏莎行》(候馆梅残)中为"离愁渐远渐无穷,迢迢不断如春水",在许玠《菩萨蛮》(西风又转芦花雪)中是"绣衾寒不暖,愁远天无岸"……这些词中的人是凝望,是痴望,也是怅望,或是由目送而至思、忆、愁,或是把心远比作身观之远,但都是在强调心远活动始终伴随目远而运动,典型地记录了应目会心、身心贯通的思路:眼力越突出,伸展的境界越广阔,逗引出的情思就越悠长、深幽、无穷。如果说"心随望远""思随流水"等经验还重在心远对身观之远的依赖,那么如晏殊《玉楼春》(绿杨芳草长亭路)"天涯地角有穷时,只有相思无尽处",晏几道《清商怨》"要问相思,天涯犹自短"等词句,则是尤重心远的无限。身观之远再远也是有限的,终归有穷尽的时候,唯有如相思的心远才能真正无尽,很好地修饰了词人"无情不似多情苦,一寸还成千万缕"的春恨、相思主题。

　　此番体验既吻合了词体重情的特点,也暗含着古人对信息沟通艰难等方面的生命感受。如李白《菩萨蛮》(平林漠漠烟如织)云"玉阶空伫立,宿鸟归飞急。何处是归程,长亭接短亭",盼归的心情之急与征程之艰交织一处,典型地写出了相思主题中的家园意识的特点。此词境界亦如梁元帝《荡妇秋思赋》云:"登楼一望,唯见远树含烟。平原如此,不知道路几千?"距离之隔带来的种种辛苦,尽在其中。难怪况周颐感慨说,此篇赋可当作词来读,是"至佳之词境"①。在那些具有羁旅经验的词人词作中,如柳永在突出以相思无尽为主的心远主题时,便喜欢从信息媒介角度来写心远的无奈。他的《留客住》(偶登眺)云"旅情悄。远信沉沉,离魂杳杳",于是只能"对景伤怀,度日无言谁表。惆怅旧欢何处,后约难凭,看看春又老";他的《倾杯》(鹜落霜洲)云"为忆。芳容别后,水遥山远,何计凭鳞翼",于是只能"想绣阁深沉,争知憔悴损、天涯行客"……无论是时间之远(忆)还是空间之远(水遥山远),都因沟通条件的不足,而无奈地转入情思的念远(想)。古人对情思悠长韵味的审美,与他们的生命体验是如此默契、温馨,今人读来,怎能不生出"古雅峭拔"的感叹!

　　(3)人远。"人远"虽不是"远"的逻辑层次,但确是唐宋词人"远"的时空感的关键处。因为身观之远与心知之远,大多是因人远而发,以怀念远人为目的。这是唐宋词多抒发赠别送归、羁旅漂泊、游子思妇、远宦戍边等主题性质决定的。张先《虞美人》(恩如明月家家到)词,作于熙宁七年(1074)六月陈襄即将离杭州赴知应天府时,其中云"一帆

---

① 况周颐:《蕙风词话》卷一,《蕙风词话辑注》,屈兴国辑注,江西人民出版社2000年版,第45页。

秋色共云遥。眼力不知人远、上江桥",眼力有限,唯有心中念想方能跟随远去的友人,上桥眺望也只是心头想念的一种徒然举动。宋祁《浪淘沙近》(少年不管)为别刘敞(原父)词,结尾云"倚阑桡,望水远、天远、人远",显然人远才是关键。此意在他的《鹧鸪天》(画毂雕鞍狭路逢)词中说得更为直接:"刘郎已恨蓬山远,更隔蓬山几万重。"结句用的是李商隐诗句,但在层叠、回旋的节奏感中,指出念远正是因怀念山那边的人。欧阳修也善于此技,他的《踏莎行》(候馆梅残)云"平芜尽处是春山,行人更在春山外",有限的眼力看似抚慰了伤感的心灵,但无限的心思却因山那边的人而愈增悠长。多羁旅行役经验的柳永,在《鹧鸪天》上片富有总结性地说:"吹破残烟入夜风。一轩明月上帘栊。因惊路远人还远,纵得心同寝未同。"以爱的结合心理为基准,在路远人还远的感叹中,指出相思无尽的必然性。

路远人还远,同时也是因人远而景(路)远,进而思更远。欧阳修《玉楼春》(春山敛黛低歌扇)云"青门柳色随人远",韩琦《点绛唇》(病起恹恹)云"人远波空翠",张元干《兰陵王》(绮霞散)云"念人似天远",张仲宇《如梦令》(送过雕梁旧燕)云"人与暮云俱远"等词句皆在强调人远与景远的浑然性,不过根本上说这些仍然是肠断、魂断下的愁无际的形象说法。除此,词人尤为擅长的是抒发对远人的远思。如词人经常说的念远、怀远、伤远、愁远、梦远等情思活动的远想、远恨,已把"远"当作情思传递的生命时空符号,而"远"的各类心灵活动的主导对象都是指人。同时,词中各类远思与念远者的登高远望等行为多有关联。登高远望本是士人抒发幽思的一个传统,使人惨凄抑郁,惆怅不平,兴废思虑,震荡心灵。李峤《楚望赋》之《序》曰:"登高能赋,谓感物造端者也。夫情以物感,而心由目畅。非历览无以寄杼轴之怀,非高远无以开沉郁之绪。"①唐宋词中,当然有客羁臣逐、孤愤单情的伤高望远,但更具本色的则是一种士耽女怀,对远去情人的爱情浪漫的企慕或追悔。如范仲淹《苏幕遮》说的"明月楼高休独倚,酒入愁肠,化作相思泪",而张先《一丛花令》"伤高怀远几时穷,无物似情浓"句说得最凝练,典型地写出了登高远望,暗牵愁绪,想玉郎何处去的词体言情模式。

---

① 周绍良主编:《全唐文新编》(第2部第1册),吉林文史出版社2000年版,第2728页。

"远"是时空的一种延伸，更是一种心灵的深度。因此，无论是登高念远的户外活动，还是幽闭孤独者的室内远想，在展示主体心灵延伸的同时，亦更见情思幽深之美。《思远人》可谓是词人写"远"的本色词调，反映出远人在目远与心远中的关键地位。试读赵令畤《思远人》：

> 素玉朝来有好怀。一枝梅粉照人开。晴云欲向杯中起，春色先从脸上来。　深院落，小楼台。玉盘香篆看徘徊。须知月色撩人恨，数夜春寒不下阶。

词中的女子活动的地点主要在楼台，亦是一种登高远望，但此是小楼台，且处在深深院落中。该女子心烦意乱，但又是一种静谧的执著的闺思，全词不写远人，因远人已在闺思的胸怀中，此情只有月色知，故而词人专写主体内心的远恨绵绵的幽深情思。这种"远恨"或许所怀对象确实在远方，或许只是"咫尺天涯"的爱的相思体验，或许又是对曾经交往，如今隔断，却仍难忘的藕断丝连的绵绵怨情……因相知而不能相见，或因相见而不能相知的远恨绵绵之感，都是由于有个"远人"的存在。因为"人"，因为远去的"人"，因为"远"而无法沟通的"人"，词人"但梦随人远，心与山遥"（吕渭老《望海潮〈侧寒斜雨〉》），畅游在自己的心梦之中，滋生出一系列敏感的梦中寻行为，细腻地呈现出词体的幽深体性。如周邦彦《秋蕊香》：

> 乳鸭池塘水暖。风紧柳花迎面。午妆粉指印窗眼。曲里长眉翠浅。　问知社日停针线。探新燕。宝钗落枕梦春远。帘影参差满院。

俞平伯评此词曰：盖娇慵姿悦，以"梦"字揆之；所梦伊何，以"春"括之；春梦何凭，"远"字尽之……长吟三复，庶会词心[1]。

（4）味远。身观之远有层次，心观之远也有层次，远的层次若反映在对象的描绘上，或许表现为由刻画细密的工笔到挥斥阔略的写

---

[1] 俞平伯：《读词偶得·清真词释》，人民文学出版社2000年版，第120页。

意,但不能根据所看所想之物的近与远来判断所描绘文字的含蓄有无。诗家有言"状难写之景如在目前",目的在求言外之意;画家有言"远人无目,远水无波,远山无皴",目的也在描画含蓄的远景;词家在远的描绘上也不例外。不过此处的"味远",主要从词的感发性上说的一种味之不尽的远韵魅力。刘大櫆《论文偶记》说过:"文贵远,远必含蓄。或句上有句,或句下有句,或句中有句,或句外有句,说出者少,不说出者多,乃可谓之远……远则味永,文至味永,则无以加。"与文相比,词艺术更以态浓意远,令人回味见长。清代学者李慈铭就说过:"余于词非当家,所作者真诗余耳。然于此中颇有微悟,盖必若近若远,忽去忽来,如蛱蝶穿花,深深款款;又须于无情无绪中,令人十步九回,如佛言食蜜、中边皆甜。"①

因此,当我们徜徉于历代词话、词集序跋题词之中,总会不在经意之中与"远"相遇:意远、神远、闲远、淡远、清远、幽远、深远、高远、浑远、所托甚远、托兴高远、追寻已远等。词家以"远"论词,正是对词作艺术时空结构的一种解读:是词作兴发感动艺术本质带给读者的一种无穷尽的想象,也是读者以雅意雅怀去完形词作境界的一种精神远游。于是,"远"的艺术张力便与含蓄不尽、耐人寻绎、含蓄无限意、言有尽而意无穷、象外之象等观念相互契合。对词家来说,诸如意浓、思深、思力深厚、情真景真等,是"远"得以生成的一个基本前提;比兴寄托、笔法曲折等,又是"远"之实现的重要途径。黄苏谈到以"远"字传递艺术感受时,便常与比兴寄托思想相联系。在他看来,"远"正是他论词求比兴寄托的一个直接艺术效果。李重元《忆王孙》词云:"萋萋芳草忆王孙,柳外楼高空断魂。杜宇声声不忍闻。欲黄昏,雨打梨花深闭门。"黄苏评点前先征引了沈际飞的话:"一句一思,因'楼高'曰'空',因'闭门'曰'深',俱可味。"然后加按语云:"高楼远望,'空'字已凄恻,况闻杜宇乎? 末句尤比兴深远,言有尽而意无穷。"②面对"生平事迹皆不详"的李重元,甚至该词一题为秦观作的争议,如果说,沈际飞的"一句一思"及"俱可味"可以称为"客观"赏析,那么黄苏的"比兴深远"则明显强化了读者的创造性。

与黄苏类似,晚清词家以比兴寄托说词,几乎都有这样的特点:在

---

① 李慈铭:《越缦堂读书记》卷八,上海书店出版社2000年版,第1230页。
② 黄苏:《蓼园词评》,载唐圭璋编:《词话丛编》,中华书局1986年版,第3023页。

词作可"味"的前提下,充分调动读者用心,借助词人倾注在词作中的审美经验而顺乎自己的想象奔腾向前。这直接影响了词论中"远"字的频繁出现,以此捕捉他们对词作感染力的瞬间感受。以比兴论词的黄苏,其评点也有张惠言那样的固陋之嫌,但这类宦情、远谪之词,通过"远"字,使得家与国的紧张关系得以显现。那种路遥水远、天涯落寞之感总会唤起黄苏的遐想,张扬了他的寄托哀怨、有"爱国"思想倾向的词学旨趣。

作为词作艺术感发力的"远",最终指向是在读者用心中实现的"抚玩无斁,追寻已远",而就词作来说即在于那种言有尽而意无穷的结构。因此,"远"仍然在词人、词作及读者之间构筑了一条意脉不断的生命之流。写人体物时,出神理、神味,可谓"远",如周济说周邦彦《满庭芳》(凤老莺雏)上片体物入微,夹入上下文中,似褒似贬,效果是"神味最远"①。词作的结构尤其是结语,更能孕育词作的"远"韵,如黄苏说秦观《满庭芳》(碧水澄秋)"意亦曲而能达",结句便有"清远"之味②。词人的笔法慧心,更能激动起读者细微的"远"感,如周济说柳永词虽"恶滥可笑者多",但"珍重下笔,则北宋高手",或是"其铺叙委婉,言近意远,森秀幽淡之趣在骨"③,或是"于写景中见情",故有"淡远"之妙④。但最能体现词家"远"的实质的则是频繁出现的意远、旨远之类。他们认为"意"有"在句中"和"在句外"⑤之别,"意远"便是基于句中而实现于句外,是言外的超越神韵。由此"远"韵,词家悟出了词体绮艳的独特体性。读了周邦彦《木兰花》(桃溪不作从容住),周济便说"只赋天台事,态浓意远"⑥。读了朱彝尊的艳词,谢章铤说"即纸醉金迷,亦复令人意远"等⑦。极注重感官直觉层面的艳词艳语,也能令读者神观飞跃,不论其联想何事何物,激发其何种情思,但"远"之畅想足以证明词体的感发力度以及词家的词学旨趣。

当然,在词家的论词话语中,"远"并非达到涵盖词作艺术的全部

---

① 周济:《宋四家词选眉批》,载唐圭璋编:《词话丛编》,中华书局1986年版,第1648页。

② 黄苏:《蓼园词评》,载唐圭璋编:《词话丛编》,中华书局1986年版,第3068页。

③ 周济:《介存斋论词杂著》,载唐圭璋编:《词话丛编》,中华书局1986年版,第1633页。

④ 周济:《宋四家词选眉批》,载唐圭璋编:《词话丛编》,中华书局1986年版,第1653页。

⑤ 黄苏:《蓼园词评》,载唐圭璋编:《词话丛编》,中华书局1986年版,第3036页。

⑥ 周济:《宋四家词选眉批》,载唐圭璋编:《词话丛编》,中华书局1986年版,第1648页。

⑦ 谢章铤:《赌棋山庄词话》卷二,载唐圭璋编:《词话丛编》,中华书局1986年版,第3342页。

魅力,但毕竟以它出现的频率诉说着它存在的价值。"远"以词作本身的感发性为基石,在词人和读者的雅量深致参与下,践诺着词作艺术的超越之韵,折射出传统的艺术精神,体会着艺术精神的真趣美韵。主言能尽意者,其归趣仍在于言近旨远;主言不能尽意者,其旨趣更在于境生象外;主为文辞达而已者,此"达"总有个顺逆曲折的笔法讲究,其意趣往往还是落实在含蓄不尽之妙之中。于是"远"意味着距离和难度,而能观主体的创造性正表现在迎难而上,在克难的历程中感受着艺术带给人类的精神愉悦。

五、"词贵浑涵":词尤感人的美感意味

"浑"字本义为大水涌流声,《说文》曰"浑,溷流声也",段玉裁《说文解字注》曰"郦善长谓二水合流为浑涛,今人谓水浊为浑","浑"有浑浊意,但亦有浑然化一的纯、朴、无杂质的混合之意,未经人工锻炼的自然天成……在中国古代,"浑"实有文化原型的意味。浑天说便是中国古代关于天体的一种学说,此说表明"浑"成为古人心中关于宇宙本体的一种象征。《书·舜典》有"琼玑玉衡"语,孔颖达疏引三国吴王藩《浑天说》云:"天之形状似鸟卵,地居其中,天包地外,犹卵之裹黄,圆如弹丸,故曰浑天,言其形体浑浑然也。"此意强化了古人对宇宙起源的浑沌认识,指世界开辟前元气未分、模糊一团的状态。浑的浑化一体、自然淳朴,又成为老庄学说泯灭对待区别的道论的博大象征。如《老子》十五章云"敦兮其若朴,旷兮其若谷,浑兮其若浊",而《庄子·应帝王》七窍凿而浑沌灭的寓言更具形象意义,庄子以此表明自己对自然淳朴状态的推崇。进而,"浑"亦是中国古典美学的至高理念:消除对待、融化一体等,合乎中国美学的和合精神;模糊混合、浑涵无穷,合乎心物交感的审美经验;多种因素组合却又自然无痕,合乎中国艺术的自然旨归。评人物,在晋时王戎目中的山涛形象"如璞玉浑金,人皆钦其宝,莫知名其器"[①];评诗歌,在明代谢榛心中,"盛唐人突然而起,以韵为主,意到辞工,不假雕饰;或命意得句,以韵发端,浑成无迹,此所以为盛唐也。"[②]

---

① 刘义庆:《世说新语·赏誉》,《世说新语校注》,朱奇志校注,岳麓书社2007年版,第216页。
② 谢榛:《四溟诗话》,载吴文治主编:《明诗话全编》(叁),江苏古籍出版社1997年版,第3124页。

　　那么,何谓"浑"? 孙麟趾说"词至浑,功候十分矣",当如冯延巳《鹊踏枝》(庭院深深深几许)"泪眼问花花不语,乱红飞过秋千去"等,"皆以深厚见长者也"①。孙氏既以"浑"为词体感发性的深义形式,也以"浑"为词作功候的至境。词论史上有显豁的"标举一义"现象,而在那看似个案主张的系列中,实有一种流动的整体性,呈现出"辨径还浑"审美思想的历史发展脉络。这一特点尤以清代词学最为突出,从清初以来的诸多地域词选的编选到浙西词家倡导"醇雅清空",揭开了此时词学理念兼重词学与古典美学、学词路径与理论主张结合之路。至周济的"寄托"说则以宋四家为易学门径,揭示"以还清真之浑化"的论词美学旗帜。蒋敦复"有厚入无间"词说,从彰显个性角度力透常州词派"不期厚而厚"的浑涵美趣。刘熙载"厚而清"词说本着迁善改过的治学精神,以陆王心学的道德本心及存养工夫为哲学基础,整合浙、常词学旨趣,臻至"节而和,和而节"的浑化和谐的极境。谭献主张词人能"婉约深至,时造虚浑,要为第一流矣"②,要求词人填词能入能出、既涩且顺、非滑非薄,"折中柔厚"。陈廷焯"沉郁"说反映出探求词学浑化旨趣时的困惑,存在着传统诗学精神的本初理念和词作艺术的本性观念之间的矛盾,尽管如此,"词贵浑涵,刻挚不能浑涵,终为下乘"③仍是他的至高理念。冯煦主张周邦彦胜于史达祖,"则又在'浑'之一字","词至于浑,而无可复进矣"④,到王鹏运、况周颐的"重拙大"说,分别从词格、词笔和词旨方面提出词作审美理想,既分层阐释浑化美趣,又从学词门径角度指出"以浑成之一境为学人必赴之程境,更有进于浑成者"⑤,"浑化"外更有"自然"的美学目的。直至王国维境界说在延续传统艺术浑化旨趣的同时,依赖西方美学理论,建构了"意与境浑"的现代美学体验论。以下便结合唐宋词的特点,剖析词论家"辨径还浑"的论词审美走向,指出词体浑化感发的几个关键部分。

　　(一)词心的浑

　　心灵的作用奇妙无穷,艺术心灵活动更具有独特性。陆机《文赋》云"恒患意不称物,文不逮意。盖非知之难,能之难也。""知"道怎样做

① 孙麟趾:《词迳》,载唐圭璋编:《词话丛编》,中华书局1986年版,第2556页。
② 谭献:《复堂日记》,范旭仑、牟晓朋整理,河北教育出版社2001年版,第37页。
③ 陈廷焯:《白雨斋词话》卷六,载唐圭璋编:《词话丛编》,中华书局1986年版,第3912页。
④ 冯煦:《蒿庵论词》,载唐圭璋编:《词话丛编》,中华书局1986年版,第3589页。
⑤ 况周颐:《宋词三百首序》,载《蕙风词话辑注》,屈兴国辑注,江西人民出版社2000年版,第583页。

而会做,那是科学认识,目的是使人"明";艺术活动不是"知"的问题,而是一种实践,需要人的独特的审美直觉力,目的是使人"不明""模糊"。"浑其心"既是老庄学说、神秘宗教对道心的描绘,也是艺术家对心灵浑然体认能力的概括。用心特点是中国古代区分文体差异的一个本色标准,词人就十分重视本色词心的浑化未画的神秘性、整体性。冯煦说"他人之词,词才也;少游,词心也",心、才对举,才者,七窍凿也,痕迹显露;心者,浑沌未凿也,自然无痕,故词心"得之于内,不可以传"①。况周颐说"无词境,即无词心",词境指平日阅历与目前境界融合的当下状态,由此境感发,心灵状态的天资与学力等才能发挥作用,但境与心是浑然的交感,当顺其自然,若"矫揉勉强为之"便"非合作也"。在心、境交感中,并非说人"心"没有能动性,"境之穷达,天也,无可如何者也。雅俗,人也,可择而处者也",人的能动性表现在求雅避俗上,但根本上说,境与心的关系是一种天人合一关系,以浑而未画的"一"为本体。况氏曾动情地描绘过这种艺术思维中的合一特征:"吾听风雨,吾览江山,常觉风雨江山外有万不得已者在。此万不得已者,即词心也。而能以吾言写吾心,即吾词也。此万不得已者,由吾心酝酿而出,即吾词之真也。非可强为,亦无庸强求,视吾心之酝酿何如耳。吾心为主,而书卷其辅也。书卷多,吾言尤易出耳。"②在心灵酝酿中体验心、境交感的浑融的小宇宙,印证天人合一的浑化的大宇宙,此"万不得已"的"真"即是词心浑化的"一",非可强为,亦无庸强求,天生无七窍,却有"浑沌之术"的善感善觉的澄明洞察力。

从目前的资料来看,"词心"术语由晚清冯煦较早确立,沈曾植等人沿用,至况周颐大放光芒,但描绘为词的用心则是词论史上的一大话题。黄庭坚《小山词序》说晏几道有四"痴":

> 余尝论:叔原固人英也,其痴亦自绝人。爱叔原者,皆愠而问其目,曰:"仕宦连蹇而不能一傍贵人之门,是一痴也;论文自有体,不肯一作新进士语,此又一痴也;费资千百万,家人寒饥,而面有孺子之色,此又一痴也;人百负之而不恨,己信人,终不疑其欺己,此又一痴也。"

---

① 冯煦:《蒿庵论词》,载唐圭璋编:《词话丛编》,中华书局1986年版,第3587页。

② 况周颐:《蕙风词话》卷一,《蕙风词话辑注》,屈兴国辑注,江西人民出版社2000年版,第10、23页。

"艺术家是为了主观存在而牺牲客观存在的那个人,他选定存在于自己的作品之中,而不存在于世界和历史之中。他之所以有时逃避日常生活的准则,那是因为他隐隐约约地想到,人们绝不根据他的日常生活的行为才能理解他,判断他。那些自觉精神错乱、失去理智或精神失常的人对此可能有更加清楚和痛苦的感受。对他们来说,真正的生活是在别处,是在作品得到公众时所展示的那个作品世界里。"① 由此,四"痴"的意思并不难理解,黄庭坚的目的无非在说晏几道"平生潜心六艺,玩思百家,持论甚高,未尝以沽世",说明他有一种审美人格,以一种诗化的个性存在着,体现出一个纯粹艺术家的精神特点。痴是一种无分别对待的执著的心灵体验,"未尝以沽世"②的"痴"乃是痴迷于一种纯情、真情、童心,痴迷于无实际功用、视为小道的艺术、审美活动。此种"痴迷"对以言情为主、地位不高的词体来说,尤当成为词人个性化心灵的情感特征。词人的这种痴迷,在同样沉湎于纯情、真情、童心及地位不高的小说创作的曹雪芹那里,也得到了延续。曹氏曾自叹写作《红楼梦》是"都云作者痴,谁解其中味",便是一个纯粹艺术家的思想疑惑。词学家刘逸生就说过:"晏几道是在贾宝玉这个理想人物诞生以前几百年就出现的贾宝玉型的真实人物。"③ 不仅晏几道,其实词人就是一个个情痴、艺术痴,正如欧阳修《玉楼春》(尊前拟把归期说)词总结的"人生自是有情痴,此恨不关风与月",道出了"词人"词心的本质。词人虽常借助风月抒怀,但情在己而不在物。

这么说,是因为词心的浑化体验既表现为"痴",也表现为"醉"。刘熙载说过:"文所不能言之意,诗或能言之。大抵文善醒,诗善醉,醉中语亦有醒时道不到者。盖其天机之发,不可思议也。"④ 文以明道,重理性而善醒,故刘氏论文旨曰"维此圣人,瞻言百里"(《诗·大雅·柔桑》),文之善醒犹如圣人能清醒自察,有远虑。诗以言志、缘情,重感性而善醉,故刘氏论诗旨曰"百尔所思,不如我所之"(《诗·鄘风·载驰》),诗之善醉犹如百人所思不如我一人所想到的,更显悲切郁愤,有

---

① 米·杜夫海纳:《审美经验现象学》,韩树站译,文化艺术出版社1992年版,第144页。
② 黄庭坚:《小山词序》,《二晏词笺注》,张草纫笺注,上海古籍出版社2008年版,第603页。
③ 刘逸生:《宋词小札》,广东人民出版社1981年版,第117页。
④ 刘熙载:《诗概》,《刘熙载文集》,薛正兴点校,江苏古籍出版社2001年版,第117页。

感人肺腑的魅力。人们常认为"我思故我在""我醒故我真",然有时思不如想,醒不如醉,"醉中语亦有醒时道不到者"。此"醉"并非与"维此圣人,瞻言百里"相对的"维彼愚人,覆狂以喜"的愚蠢,而是艺术活动巅峰状态才有的一种浑然一体的审美体验。这或有"天机之发,不可思议"的因素,但摆脱理性束缚的醉时语,有时能由显至潜,在想象中大胆绽放着情思的真实性。表现在作品中,那些醉时的迷离之语却又是朦胧之象,多有无理而妙的感发作用。刘氏虽没有说"词更善醉",但顺着他的思路,活跃在酒馆歌场,且以娱情、言情见长的词体则必然是"更善醉"。黄庭坚《转调丑奴儿》(得意许多时)云"长醉赏、月影花枝",李之仪《采桑子》(相逢未几还相别)云"细雨濛濛。一片离愁醉眼中",而朱敦儒《一落索》(惯被好花留住)则说"少年场上醉乡中,容易放春归去"……其实,在刘氏之前,王士禛即说过:"苏公自云:'吾醉后作草书,觉酒气拂拂,从十指间出。'黄鲁(直)亦云:'东坡书挟海上风涛之气。'读坡词当作如是观。"①王氏主张以醉意观苏词,虽因为词中多醉时语,但更指填词当须有一种"醉"心,求的是一种浑然气势的艺术精神。

词人确实多醉酒之作,也多有咏醉酒之词,但本质上是一种情醉、心醉,较于善醉的诗又有变化。郭麐就说过,咏酒醉之诗,唐人于鹄《醉后寄山中友人》有"不知谁送出深松",宋人华岳《醉归》有"阿谁扶我上雕鞍",皆善于描写,但晏几道《玉楼春》咏酒醉,则"真能委曲言情"②。该词云:

> 当年信道情无价,桃叶尊前论别夜。脸红心绪学梅妆,眉翠工夫如月画。 来时醉倒旗亭下,知是阿谁扶上马。忆曾挑尽五更灯,不记临分多少话。

显然,这首词刻画出一位因情而醉、醉而非醉的情痴,道出了词中常见话题"情与酒"的关系:酒能使人身醉,情却令人心醉,而酒、情交织则令人身、心皆醉。词中类似的话题,不胜枚举。如冯延巳《鹊踏枝》云"谁道闲情抛弃久? 每到春来,惆怅还依旧。日日花前常病酒,不辞镜

---

① 王士禛:《花草蒙拾》,载唐圭璋编:《词话丛编》,中华书局1986年版,第681页。
② 郭麐:《灵芬馆词话》卷二,载唐圭璋编:《词话丛编》,中华书局1986年版,第1530页。

里朱颜瘦",秦湛《卜算子》(春透水波明)云"拟倩东风浣此情,情更浓
于酒"……总之,正如柳永说的"今宵酒醒何处? 杨柳岸、晓风残月",
亦如史达祖《湘江静》(暮草堆青云浸浦)说的"酒易醒,思正苦"。词心
的醉意在于词人的"心事缥缈",情思难醒,且说不清、道不明。尽管词
的生成场离不开"酒""色",但词人者,伤心人也,沉醉在解不开的情思
疙瘩的纠缠之中,酒醉之后尚可以醒,但情醉后便绵绵不绝、沉湎
难醒。

痴与醉说明词心的浑融体验,乃神物交感、意与境浑的意向性结
构。刘永济分析况周颐词心时即说:"是故神物交接之际,有以神感物
者焉,有以物动神者焉","追神与物交会,情景融合,即神即物,两不可
分","文家得之,自成妙境"。①既然词心在心物交感、神与物游中孕
育化生,那么酝酿于心且灌注于词的"万不得已者",自然就是词人神
物交接之际的体认之真。这个"真"在王国维那里便是"词人者,不失
其赤子之心也"。此"赤子之心"来源于叔本华等人的天才观,而与明
代李贽"最初一念之本心"的"童心"有异曲同工之妙。叔本华、王国维
二人"赤子"无欲念而意志多,阅世愈浅,则性情愈真;李贽"童心"祈求
人的自然本性,以此对抗伦理学上的"闻见道理"和诗学上的"格调法
度"。但他们无不主张离开成见的自由、摆脱世俗的天真、超越功利的
审美、泯灭对待的浑化。从人类文明的进程上说,物我不分、主客同
一、浑然一体的思维方式在原始人心灵中具有原型性的意义。随着人
类理性的不断发展,这种浑然整体原型虽被压抑,但并不会消失,因为
个体生命之旅似乎在印证着人类文明的进程。文学家对童心的礼赞,
从某种意义上说,正是在呼唤那种被压抑了的"美丽、神秘和富于自觉
性"(荣格语)的浑然一体的原型②,由此便有以"深厚见长"的文化传
统的悠远底蕴。

(二)词笔的浑

泯灭对待的浑化是中国艺术的精神旨归,唐宋词在继承的同时也
有一些独特性。一是感官互用的浑然直觉性。人类的寻常官感,虽在
进化中各有攸司,但此后亦每通有无而忘彼此,从而超越个别对待而
臻至通融境域的整体官感,即心理学上说的"通感"。从某种意义上

---

① 刘永济:《词论》,上海古籍出版社1981年版,第71页。
② 周春生:《直觉与东西方文化》,上海人民出版社2001年版,第16页。

说，原始思维中多有官感互用现象，通感心理亦根源于人们对宇宙浑化整体的原型认识。如《老子》云"俗人昭昭，我独昏昏，俗人察察，我独闷闷"及《庄子·天地》云"浑沌氏之术"等，皆是"浑其心"的通感，"欲以浑沦之心，上师浑成之物"①，体道目的正在于俾道裂朴散而复归宁一；而释家亦惯言六根互相为用的问题，如《五灯会元》卷一二云"鼻里音声耳里香，眼中咸淡舌玄黄，意能觉触身分别，冰室如春九夏凉"，便是极好的证明。因为官感相融，能全身心地拥抱着对象的整体，具有心凝形释、浑然无彼此的效果，故而古人十分重视官感共享的通感地位。如庄子解释"心斋"时便云："若一志，无听之以耳，而听之以心；无听之以心，而听之以气。耳止于听，心止于符，气也者，虚而待物者也。惟道集虚，虚者，心斋也。"（《庄子·人间世》）由耳、心到气，是个不断超越局限的过程，心斋是与道合一的心灵浑化状态，强调在官感互融基础上达到的"神会而不以官受"②的妙境。

官感互通共享，是以直觉为本的艺术思维惯用的方法。于是，人们经常会说艺术思维起源于原始思维，老庄哲学又具有艺术精神，而在诗文赋等文体中找出通感的例子是十分容易的事。但是必须说明的是，词是合乐可唱的，是有意识地强化诗、乐一体的艺术样式，加上词体诞生及传播的香艳氛围以及女性填词心态的出现等，都强化了词体的感性及其官感互用的色彩。可以说，以通感填词，调动听众的官感以及官感互融的能力，是填词家笔法的一大秘诀。如宋祁《玉楼春》"红杏枝头春意闹"中的"闹"字，得到王国维"著一'闹'字，而境界全出"的高度评价后，一直备受词学批评者的关注。在他之前，戏曲家李渔曾对这个"闹"字大发牢骚："若红杏之在枝头，忽然加一闹字，此语殊难着解。争斗有声之谓闹。桃李争春则有之，红杏闹春，予实未之见也。'闹'字可用，则'吵'字、'斗'字、'打'字皆可用矣……予谓闹字极粗极俗，且听不入耳。非但不可加于此句，并不当见之诗词。"③李渔得出这个结论，是因为他以理解力解读词的结果，既说"此语殊难着解"，又从"闹"字本义予以证明。而王国维以审美直观读词，故能指出"闹"字的感性呈现功能。同时，"闹"字与李渔提出的"吵""斗""打"等

---

① 钱锺书：《管锥编》（第二册），中华书局1991年版，第436页。
② 钱锺书：《管锥编》（第二册），中华书局1991年版，第482页。
③ 李渔：《窥词管见》，载唐圭璋编：《词话丛编》，中华书局1986年版，第553页。

字并不一样。后几字或是具体动作，或是抽象的概念词，而"闹"是感官打通后的浑然，体现了审美直观的官感互通特点。"闹"字有如此功效，词人们当然不会轻易放过，晏几道《临江仙》（浅浅余寒春半）云"风吹梅蕊闹，雨细杏花香"，王灼《虞美人》（别来杨柳团轻絮）也说"拼了如今醉倒、闹香中"等。由枝头红杏烘托春意，此红杏有入目的形色、触鼻的气息、音响的揣称、心感的闲适……"闹"字的官感融合，化为意向性的片段印象，构成词心的当下实在，既豁人耳目，又沁人心脾。

二是真气贯注的浑然整体性。词学史上，最具笔法浑成美誉的是清真词。较早的如南宋张炎说"美成词，只当看他浑成处，于软媚中有气魄，采唐诗融化如自己者，乃其所长"[1]，从融化诗句、诗乐和谐、风格调和等方面，指出清真词的浑厚特点。清代周济又从学词门径的角度指出"以还清真之浑化"的终极目标，如"钩勒之妙，无如清真"。钩勒是中国绘画技术的用语，以线条钩描出物象的轮廓，使之形态分明。清真词描摹物态最善钩勒，且"他人一钩勒便薄，清真愈钩勒愈浑厚"[2]，每一笔钩勒都有作用。清真词布局词作章法，亦善"作两边绾合"等法[3]。于是清真词境的浑化，在读者重构时就能体会出一种深厚的意味。若读其《满庭芳·夏日溧水无想山作》词，便知该词具有的层层脱卸、笔笔钩勒、一气浑成、面面圆成的笔法特征。即便王国维对清真词颇有微词，但仍然肯定他"言情体物，穷极工巧"[4]的笔法美感。以清真词为准的，宣扬的是笔法的浑成美感。在他们看来，词笔变幻无端的婉曲性、细微要眇的灵动感，非刻意"有字处为曲折"，也非无曲折的直率，而是"一气旋转，以求其浑成"，一种有真气贯注的整体性。

填词时，字、句、章、韵、律等词体因素须和谐融洽，复与脱、疏与密、空与实、奇与正、离与合、抑与扬、放与收、工与易、宽与紧、垂与缩、衬与跌、承接与转换等一系列关系，须在一气旋转中实现"融贯浑成"。这种词笔，不是停留在徒有外在痕迹的"针缕之密"，而是体现为一种意到而非笔到的韵味。"词之章法，不外相摩相荡"，"融会章法，按

---

① 张炎：《词源》卷下，载唐圭璋编：《词话丛编》，中华书局1986年版，第266页。
② 周济：《介存斋论词杂著》，载唐圭璋编：《词话丛编》，中华书局1986年版，第1632页。
③ 陈洵：《海绡说词》，载唐圭璋编：《词话丛编》，中华书局1986年版，第4867页。
④ 王国维：《人间词话》，载唐圭璋编：《词话丛编》，中华书局1986年版，第4246页。

脉理节拍而出之","空中荡漾,最是词家妙诀","词以炼章法为隐,炼字句为秀"……具体地说,"大抵起句非渐引即顿入,其妙在笔未到而气已吞;收句非绕回即宕开,其妙在言虽止而意无尽;对句非四字六字即五字七字,其妙在不类于赋与诗"①,"词换头处谓之过变,须辞意断而仍续、合而仍分。前虚则后实,前实则后虚,过变乃虚实转捩处"②……顾复初曾以"涩"字论之,他在《胡延苾匋馆词集序》中云,"词本遣兴之具,譬之作小楷书,方欲运法而笔画已了",因此"不以'涩'持之,则无含蓄、浑厚之趣"③。况周颐进而说,"涩之中有味、有韵、有境界",若"涩"中有"真气贯注",其至者,可使疏宕,"次"者亦"不失凝重"④。"涩"笔的韵味,其实是在欲落不落,无垂不缩,无字处为曲折中完成的,以简约之笔传递无穷之意味,含蓄而不拉杂。当然,词笔力避轻艳纤巧,追逐含蓄浑厚,这并非简单的技艺问题,而是当以词人醇厚性情为内理,下意栩栩欲动而归于一气贯穿,如天上人间,去来无迹,而中有山重水复、柳暗花明之致。如此,读者方有赖以品味的想象空间,补完充实,不冗不碎,神韵天然。

三是合乎规律的自然无痕。磨砺词笔,枯涩之中有一种细细品味的美感,但执著于有规范,目的在走向合规律的自由。那种随物赋形、依乎天理,直至点水成冰的臻至自然,才是至乐之境。词家指出,词人应当有掏肾搜肝的磨炼精神,又须回避词笔的"过炼"或"太炼","过炼者气伤于辞"⑤,"太炼则伤气,太郁则伤意"⑥。既重规范的磨砺,又要超越规范,以鼓荡真气的自然为归,其旨趣即在于刘熙载说的"极炼如不炼,出色而本色,人籁悉归天籁矣"⑦。如,词中句与字有似"触著"者即是此境,像晏殊名句"无可奈何花落去,似曾相识燕归来"是触著之句,宋祁名句"红杏枝头春意闹"中"闹"字是触著之字。至此可以说,真气鼓荡为词笔的骨力,出色而本色、至语只是常语等是词笔的个性,极炼如不炼、合乎天籁的自然之理则是词笔由技至道的艺术关怀。

---

① 刘熙载:《词曲概》,《刘熙载文集》,薛正兴点校,江苏古籍出版社2001年版,第143页。

② 沈祥龙:《论词随笔》,载唐圭璋编:《词话丛编》,中华书局1986年版,第4051页。

③ 胡延:《苾匋馆词集》六卷卷首,清光绪二十九年金陵粮储道廨刻本。

④ 况周颐:《蕙风词话》,《蕙风词话辑注》,屈兴国辑注,江西人民出版社2000年版,第249页。

⑤ 姚燮:《疏影楼词自序》,《大梅山馆全集》,清咸丰四年甲寅大梅山馆刊本。

⑥ 谢章铤:《赌棋山庄词话续编三》,载唐圭璋编:《词话丛编》,中华书局1986年版,第3523页。

⑦ 刘熙载:《词曲概》,《刘熙载文集》,薛正兴点校,江苏古籍出版社2001年版,第149页。

"笔墨之妙,真乃一片化工"①,讲究融合的自然无痕,此为"浑"的本然要求。由此,反观周济的"以还清真之浑化",就会获得新的启示。周济《宋四家词选》旨在为后学者寻觅学词途径,故对有法可依的地方极为推崇,但他最终的词学理想还是在于寻找无门径。因此理解"以还清真之浑化",必须扣住学词易于取径的层面才能落到实处。也就是说,周济并不认为清真词为艺术上的最高典范,而只是能浑化且又有词法上集大成的合适模范。其实,周济本不看好清真词,《词辨自序》里曾说"余不喜清真,而晋卿推其沉著拗怒,比之少陵",然后"抵牾者一年,晋卿益厌玉田,而余遂笃好清真"。即便如此,他后期肯定"美成思力,独绝千古"时,也作了这样的比喻:"如颜平原书,虽未臻两晋,而唐初之法,至此大备。后有作者,莫能出其范围矣"②。言下之意就是清真词虽后无来者,但前有古人。因此,撇开门径易学的层面来看,他的词学追求确实暗含着力追也是逆追前代词人的复古情结。譬如,周济在继承张惠言以"深美闳约"评价温庭筠词的基础上,进而说"北宋含蓄之妙,逼近温、韦,非点水成冰时,安能脱口即是"③"飞卿酝酿最深,故其言不怒不慑,备刚柔之气"。之所以没有说"以还飞卿之浑化",主要是因为温词的浑厚气象,已是"神理超越,不复可以迹象求矣",极不易学,然若"细绎之,正字字有脉络"④。

(三)词境的浑

艺术的浑沌精神体验,不能不从老子之道说起。作为老子思想核心的"道",是老子在对宇宙人生的玄思追问中,抽象出的一种具有生命形式的精神境界。《老子》曾说:"有物混成,先天地生。"此"物"不是感官把握的一种具体的存有物,而是心灵体悟的一种境界形态;说明老子不是从神的角度来理解宇宙创生的,在巫史文化中,由巫趋向史。作为一种精神现象,却又不完全是精神现象的"道",只能用境界形态来说明,而不能用经验的存有方式去认识这个"道"。老子又说"道之为物,惟恍惟惚","是谓无状之状,无物之象,是谓惚恍"。"无物之象"很能代表老子对"道"的体认。"物"是有具体形状的,是人们从存

---

① 陈廷焯:《词坛丛话》评贺铸词,载唐圭璋编:《词话丛编》,中华书局1986年版,第3722页。
② 周济:《介存斋论词杂著》,载唐圭璋编:《词话丛编》,中华书局1986年版,第1632页。
③ 周济:《宋四家词选目录序论》,载唐圭璋编:《词话丛编》,中华书局1986年版,第1645页。
④ 周济:《介存斋论词杂著》,载唐圭璋编:《词话丛编》,中华书局1986年版,第1631页。

有论角度认识的结果,但"道"却是"无物之象"。故而"道"是视之不见、听之不闻、搏之不得的,不是官感所能感知的,而是要用心去想象、去直觉的浑沌之状。

观物游艺,每遇浑沌之境,而诗乐结合、注重感性、情思浸润的词体则更讲究"无物之象"的迷离恍惚。晚清谭献论词主虚浑之境,他的体验即多呈现为"惝恍迷离"特色。其中,既是他的时代感悟的朦胧再现,所谓"浩劫茫茫,是为词史"是也①,也是他对艺术迷离性的一种观照,所谓"至境迷离"、"惝恍迷离,得神光离合之妙"、"迷离恺快,若近若远"等②。沈祥龙也说过:"词贵意藏于内,而迷离其言以出之,令读者郁伊怆快,于言外有所感触。"③况周颐论词不排斥"语语都在目前"的不隔之境,但他更欣赏王半塘的教导:"填词固以可解不可解,所谓烟水迷离之致,为无上乘耶。"④陈匪石则富有总结性地说:"夫论词者,不曰'烟水迷离之致',即曰'低徊要眇之情'。"⑤词中烟水迷离、低徊要眇之境,从某种意义上说,正是"一边写景,即景见情;一边写情,即情见景;双烟一气,善学者自能于意境中求之"的情景交融、意与境浑的结果⑥。

因此,"词家之妙境,所谓如絮浮水,似沾非著也",写景抒情,心迹与物象映带,各自隐现离合,若近似远、如即如离,不可端倪,如镜花水月,是二是一,自然神采高骞,兴会洋溢。写人者,如柳永《木兰花令》(有个人人真堪羡)说的"问著佯羞回却面",如即如离,亦迎亦拒之状;咏物者,如东坡《卜算子·雁》、白石《暗香》《疏影》等,当有可喻不可喻的兴寄之美;抒情者,如周邦彦《拜星月慢》(夜色催更)说的"怎奈何一缕相思,隔溪山不断",似近而远,亦十二分决绝却十二分缠绵。又如,"春梦正关情","梦"体现出词人"想象的实感",这个实感就是"情"。苏轼《永遇乐》(明月如霜)云"古今如梦,何曾梦觉,但有旧欢新怨",晏几道《阮郎归》(旧香残粉似当初)云"梦魂纵有也成虚,那堪和梦无",

① 谭献:《箧中词》今集续卷三评汪清冕《齐天乐》(劫灰堆里兵初洗)词。
② 分别见《箧中词》今集卷二评厉鹗《曲游春》(一水仙源曲)、徐瑶《惜红衣》(云母屏前)词时引用尤侗语、吴锡麒《望湘人》(惯留寒弄暝)。
③ 沈祥龙:《论词随笔》,载唐圭璋编:《词话丛编》,中华书局1986年版,第4048页。
④ 况周颐:《蕙风词话》,《蕙风词话辑注》,屈兴国辑注,江西人民出版社2000年版,第26页。
⑤ 陈匪石:《声执》卷上,载唐圭璋编:《词话丛编》,中华书局1986年版,第4948页。
⑥ 陈洵:《海绡说词》,载唐圭璋编:《词话丛编》,中华书局1986年版,第4868页。

贺铸《望湘人》云"厌莺声到枕，花气动帘，醉魂愁梦相半"……情感体验原本就交错缤纷，加以梦幻出之，愈增迷离恍惚的效果；更甚者又以官感共享修饰梦幻，则别是一番滋味。如李从周《清平乐》（东风无用）说的"门外湿云如梦"，云与梦皆来去飘忽，境状模糊，何况还是"湿云如梦"，体物会心，如絮浮水。

进而，词境之浑表现为时空合一状态的体认。人们常说西方有分别的时、空观念，而中国古代则是时空一体的。分别的时、空观念或许带给人科学的逻辑思维，但不一定合乎存在的本质，特别是艺术活动中的审美体验。于是，近代以来，西方学者强调对时间空间化与空间时间化的哲学的、美学的探讨。如"在此"、"此在"即是时空相互确认的状态，"此"既有时间意义也有空间意义。"时间比空间具有较少的直觉属性"，所以"各种时间关系可以而且应该通过一种外在直觉来表现"，于是时间"变成已认识的、可以测定的时间，变成一种我可以控制的时间"，空间化的时间已"不是'我是'的流量，而是一种'我有'的时间，同时也是一种'有我'的时间"。同样，时间也是空间的符号，因为"空间也不能在时间之外得到确定"。如看到一群物体，则意味着是在同一瞬间看到许多物体；再如旅行者估计路程，习惯上是用时间来测量空间的……空间性的存在直觉，必须依赖人类自我意识中的一种连续综合的行为[1]。

与西方学者多以客观观察和逻辑分析讨论时空关系不同，中国古人天然沉浸在时空一体的意识中，不必靠形式逻辑，而是"比物取象，目击道存"[2]，"超以象外，得其环中"[3]，可直接体认。"我们的空间感觉随着我们的时间感觉而节奏化了、音乐化了！""一个充满音乐情趣的宇宙（时空合一体）是中国画家、诗人的艺术境界。"[4]中国艺术家面对的"在此"，即是这种可以直觉的充满情趣的宇宙。他们在心物交融中构筑着意与境浑的艺术理想，印证的也是时空一体的内在精神。其中

---

① 米·杜夫海纳：《审美经验现象学》，韩树站译，文化艺术出版社1992年版，第282、283页。

② 许印芳：《二十四诗品跋》，《诗品集解 续诗品注·附录》，郭绍虞辑注，人民文学出版社1963年版，第73页。

③ 司空图：《二十四诗品·雄浑》，《诗品集解 续诗品注》，郭绍虞辑注，人民文学出版社1963年版，第3页。

④ 宗白华：《中国诗画中所表现的空间意识》，《宗白华全集》（第二卷），安徽教育出版社1994版，第434页。

"古诗词写情思悠久,每以道里遥远相较量,亦言时间而出于空间也"①,就是典型的思路。中国诗人抒发的时空一体意识,也不是在确认"我是",而是在描绘"我有"或"有我"。传统的言志、缘情、写意理论,及比兴缠夹中却独标兴体等艺术主张,都在说明中国的艺术是把自己(心物交感、时、空合一体)作为审美对象来认识的,中国艺术感兴趣的是表现个体的自我世界,一种心物交感的"此在"状态。正如况周颐谈到词心时说的"吾听风雨,吾览江山,常觉风雨江山外有万不得已者在"中的"万不得已者"②。如,词人常用追忆下的审美片段来传递心灵的信息。那些已被生活旅程损耗的残片,在"此时"却成为一个个逝而不返的完美瞬间,凝结着词人的审美经验,成为表现浑沌境界的一种直观形式。这个足以感动词人自身的情思片段,正是一个充满音乐情趣的时空合一的小宇宙,体现了中国艺术的浑然整体意识。

总之,词的感发作用的层次如况周颐说的:笔圆下乘,意圆中乘,神圆上乘;能圆见学力,能方见天分③。在古人心中,"形之浑简完备者,无过于圆",因此大概自六朝以还,谈艺者于"圆"字已闻之耳熟而言之口滑矣④。此种现象正是以"圆"证"浑"思致的反映。中国先哲言道体道妙,以浑圆为象,比喻道体完整不可分割的圆通性,无起无迄,如蛇自噬其尾;艺术家言艺术之妙,从艺术用心、笔法运用及境界呈现,亦以浑圆为象,追求水月镜花,浑融周匝,不露色相之妙。

[原载《唐宋词审美文化阐释》第十二章,黄山书社2007年版,辑入本集有改动]

---

① 钱锺书:《管锥编》(第五册),中华书局1991年版,第19页。
② 况周颐:《蕙风词话》卷一,《蕙风词话辑注》,屈兴国辑注,江西人民出版社2000年版,第23页。
③ 况周颐:《蕙风词话》卷一,《蕙风词话辑注》,屈兴国辑注,江西人民出版社2000年版,第11页。
④ 钱锺书:《谈艺录》,中华书局1993年版,第111、433页。

词的雅化与尊词观念的演变

  "词"自诞生之时起,就一直为自己的合法地位而奋斗。在一定意义上,一部中国传统词学发展史,就是一部尊词观念的流变史。综观这段历史,尊词观念的一个核心层面就是以"诗"(含文等,下同)为参照,以雅为旨归。正如清代查礼所说:"词不同乎诗而后佳,然词不离乎诗方能雅。"①这句话不仅道出了词体发展的内在矛盾,而且揭示出了词体雅化与尊词观念演变的特殊规律。

一、词的雅化的逻辑走向

  雅化是词学发展的一大走向,它与尊词观念的演变有着密切的关系。但人们从理论上认识这一点,经历了"自诗观词,以雅为目""诗词互观,以雅为尚""自词观诗,以雅为本"等三个阶段,贯穿了传统词学发展的全过程。

  (一)自诗观词,以雅为目

  唐五代两宋时期,人们常以"先入为主"的诗文眼光来审视新生的词体,人们总忘不掉诸如诗三百、汉乐府、唐诗文那浩渺无穷的艺术魅力,他们认为现有文体已足以厚载人类情怀。更何况,词体一开始即与正统诗教精神背道而驰,如一婴孩,呱呱坠地就描眉画目、涂脂抹粉、身着艳冶之服。于是,"宋人有词,宋人自小之"②的"自诗观词"便成为宋人的一种习惯性思维。

  这时期,人们常以挑剔的眼光审视这既艳且俗,承北里倡风、南朝宫体遗韵的"怪胎",君子雅士们时常唾弃责骂、鄙薄讥弹之,甚至那些因词闻名的大家也认为"词"只是"谑浪游戏而已"。尽管第一部词话

---

① 查礼:《铜鼓书堂词话》,载唐圭璋编:《词话丛编》,中华书局1986年版,第1482页。
② 胡震亨:《宋名家词叙》,载施蛰存编:《词籍序跋萃编》,中国社会科学出版社1994年版,第717页。

杨湜《本事曲》与第一部诗话只相差十年,但不仅词话乃因诗话而起,词话多附见诗话、杂谈中,很少单独成书,而且唐宋正史及官藏书目几乎皆不专收词籍,《宋史·艺文志》偶附词籍(仅十二三种),也在各家诗文集后。总之,在诗的背景下,词只是个幽魂,缺少个性、缺乏内涵,难以捉摸,亦难以独尊。表面上,这时期形成了有不同社会阶层构成的"词人群",出现了一些专业词人;以诗为词、以文入词、以赋为词的创作方法丰富了词艺,带来了蓬勃的生机;人们努力地为词正名,如命名为劝酒、长短句、乐章、近体乐府等。然而实际上,这些恰恰表现了"自诗观词"、诗尊词卑思想的存在及顽固性。正因为词为诗的附庸,不为正统所接受,而又要发展,才出现以上诸种现象。欧阳修《归田录》卷二载:钱惟演在西洛常语僚属言,"平生惟好读书,坐则读经史,卧则读小说,上厕则阅小词"①。这番话可以说是对"诗"尊而"词"卑之观念的最通俗的注解,也是当时读书人最普遍的看法。

　　不过,与唐诗相比,五代诗多造作而少浑厚,宋诗多理趣而少情趣,于是唐诗中那股博大浑厚、情味盎然的生命力在诗歌史上即将成为记忆。而此时,"词"却从嘤嘤啼吟中茁壮成长,它那要眇宜修的声韵、细腻绮丽的情感、缠绵婉转的笔法、由俗而雅的趣味满足了时人的需求。尤其部分词人"遂变伶工之词而为士大夫之词"②,借词浇心中垒块,抒发一己情怀,寄托人类普遍情思,增强了词人的主体意识。那种"以诗文赋为词"的创作方法,客观上又拓展了词的艺术空间和表现功能。于是,人们开始重新审视词体,逐渐认识到词的独特性,以传统艺术精神读解词体艺术,探觅词的特质,以期抬高词体地位。其中一个核心的思想便是"雅化"。

　　客观而言,个别词人能近乎自觉地"以雅入词",部分词论家能从理论上指出词的发展必须走雅化之路,视雅为词的基质,这在传统词学史中确属尊词观念的一大飞跃。但必须说明的是,这时期所谓"词的雅化",大多是一些词选家的选词标准而已;在理论上,所谓"词需雅化"只是以强调"雅"为选词的重要条件。严格地说,即使那些先锋者也只认识到了"词不离乎诗方能雅",而没有真正认识到"词不同乎诗而后佳"。此时人们依然习惯从"自诗观词"的角度填词评词,视词为

---

　　① 欧阳修:《归田录》卷二,《宋元笔记小说大观》(一),上海古籍出版社2001年版,第620页。
　　② 王国维:《人间词话》,载唐圭璋编:《词话丛编》,中华书局1986年版,第4242页。

诗的附庸。所以清代朱彝尊指出："言情之作，易流于秽，此宋人选词，多以雅为目。"①沈祥龙亦说："宋人选词，多以雅名。"②"以雅为目""以雅名"既道出了词创作时的"自诗观词"的态度，也表明了人们引雅入词、推尊词体的愿望与渴求。这种渴求北宋时初见端倪，至南宋则屡变而日上。万俟咏召试入官后，删去侧艳词，仅存雅词；曾慥有《乐府雅词》，铜阳居士有《复雅歌词》，张孝祥有《紫薇雅词》，赵彦端有《介庵雅词》，程正伯有《书舟雅词》等。如此强烈的渴求，标示着词学观念发展的一个新阶段的到来。

（二）诗词互观，以雅为尚

元明时代，词坛比较沉寂，基本上承袭了宋人的词学观念。但正因为有了这个过渡，有清一代对词多了一份较为冷静的态度，随着时间的推延，唐五代两宋词已逐渐被典雅化；再因为有了曲、小说等通俗文体的兴起与发展，从而在这些"俗"体的参照与衬托下，词的"雅"质得到进一步的凸现；又因为宋以后词的唱法失传，至清代，词已成为一种格律化的诗……于是，这时期人们的尊词观念为之一变，诗词互观、诗词并尊的观念渐趋走进寻常百姓家。特别是阳羡、浙西、常州派词人，结社吟唱，主派立宗，蔚成大观。

清人有了诗词互观这个新视角，使得宋人词学的一些尊词观点如诗词同源、同理、同工等也流行开来。此时词家置词于传统艺术的大背景中，认为只要词与"诗"共源同理同工，那么词体便自然而尊。又在"词虽与诗异体，其源则一"③的基本认识下，诸如六义、比兴寄托、兴观群怨、雅正、温柔敦厚等传统诗学精神便走进清代词家视野中。可以说，这时期词学观念直指传统诗教的灵魂。所以朱彝尊说"念倚声虽小道，当其为之，必崇尔雅，斥淫哇，极其能事，则亦足以宣昭六义，鼓吹元音"④，张惠言说"盖诗之比兴，变风之义，骚人之歌，则近之矣"⑤，刘熙载说"词之兴、观、群、怨，岂下于诗哉！"⑥同时，他们从诗词

① 朱彝尊：《词综·发凡》，载朱彝尊、汪森辑：《词综》，中华书局1981年版，第10页。
② 沈祥龙：《论词随笔》，载唐圭璋编：《词话丛编》，中华书局1986年版，第4055页。
③ 谢章铤：《赌棋山庄词话》卷一，载唐圭璋编：《词话丛编》，中华书局1986年版，第3321页。
④ 朱彝尊：《静惕堂词序》，载施蛰存编：《词籍序跋萃编》，中国社会科学出版社1994年版，第543页。
⑤ 张惠言：《词选序》，载唐圭璋编：《词话丛编》，中华书局1986年版，第1617页。
⑥ 刘熙载：《艺概》卷四，《刘熙载集》，刘立人、陈文和点校，华东师范大学出版社1993年版，第145页。

互观出发，也提出了一些新的观点，突出的就是"翻词入诗"。如李佳说："词有发于天籁，自然佳妙，不假功力强为……可以通于诗文。"①杜文澜亦指出"词之五字偶句有可入诗者"，如宋初徐昌图《临江仙》（饮散离亭西去）词上片结句"淡云孤雁远，寒日暮天红""均可入诗"，而下片结句"残灯孤枕梦，轻浪五更风"，则"断非诗矣"②。早先"自诗观词"，词人多以诗为词，翻诗意诗法入词，借诗的尊严感化和拯救词的生命。可是，当"诗词互观"，诗词间就可以平等对话，既可翻诗入词，也可翻词入诗。因此，诗词互观直接推尊了词体，为研究词的起源、界定词的艺术特征，提供了新的思路。

时至清代，词派林立，主张不一，但论词大多"宗法雅正"，一时词坛"雅"成风尚。这是诗词互观的自然结果。此时，人们大多主张，同诗一样，词体充实雅质，读词当辨雅正，作词当以雅入词，评词要以雅为准的，词的格、意、韵皆当贵雅。可以看出，清人尚"雅"已有较大的变化，已从宋人选词"以雅为目"发展为填词的一种普遍的自觉的要求，"作词欲雅"已是清人的共识。朱彝尊在《乐府雅词跋》里说："作长短句必曰'雅词'，盖词以雅为尚。得是编，《草堂诗余》可废矣。"③此虽是评南宋词，但实也传递了清代前期的词坛风尚。乾嘉之际，张惠言从词的诗性出发，指出了词有抒发"贤人君子"情怀的功能，而"贤人君子"又是以"雅心雅意"为主要价值取向。所以，潘曾玮评张惠言《词选》说"窃尝观其去取次第之所在，大要惩昌狂雕琢之流弊，而思遵之于风雅之归"④。总之，诚如郭麐所说："近人莫不宗法雅词，厌弃浮艳。"⑤一语道破了清人尚雅的词学观念。

（三）自词观诗，以雅为本

逮乎清末，词学观念有了新的转变，"词之为学"成为共识。这时期形成了以陈廷焯、晚清四大词人、王国维等为代表的强大的词人学者群。他们从不同角度和层面研习词学，呈现一派壮观景象，词学一时成为显学。正如况周颐所说："词之为道，智者之事。""唐宋以还，大

---

① 李佳：《左庵词话》卷上，载唐圭璋编：《词话丛编》，中华书局1986年版，第3105页。
② 杜文澜：《憩园词话》卷一，载唐圭璋编：《词话丛编》，中华书局1986年版，第2859—2860页。
③ 朱彝尊：《乐府雅词跋》，载施蛰存编：《词籍序跋萃编》，中国社会科学出版社1994年版，第652页。
④ 潘曾玮：《词辨序》，载唐圭璋编：《词话丛编》，中华书局1986年版，第1638页。
⑤ 郭麐：《灵芬馆词话》卷二，载唐圭璋编：《词话丛编》，中华书局1986年版，第1524页。

雅鸿达,笃好而专精之,谓之词学。"① "性情与襟抱,非外铄我,我固有之。则夫词者,君子为己之学也。"② 他旗帜鲜明地指出,学词如同研经习诗一样,是人们求知探真,成为智者君子的途径之一。于是,"词"已成为一个独立的问学对象,"自词观诗"的观念也就应运而生。

自词观诗,词体之尊臻于顶峰。这一点,我们可以从清末民初词坛的一些流行观点如词体固尊、词难诗易或词优诗劣,以及探本求源的思维方式中得到进一步证明。其一,词体固尊。如郑文焯云:"唐五代两宋词人,皆文章尔雅,硕宿耆英;虽理学大儒,亦工为之;可征词体固尊,非近世所鄙为淫曲箧弄者可同日而语也。"③ 况周颐也说词"自有元音,上通雅乐。别黑白而定一尊,亘古今而不敝"④。这里,固尊、定一尊、亘古今等语,充分说明了词体不必因攀附诗文,寻求与诗文同源同理同工而尊。言下之意,词学史上的词体尊卑的争论至此可以告一段落。其二,词难诗易或词优诗劣。"诗词互观"者往往在注意到诗词有别的同时,更关心诗词间的同义同妙。而"自词观诗"者则不同,它在关注诗词间同理的同时,更注意两者的区别,甚至会提出词优诗劣等尊词观念。陈廷焯说:"诗词一理,然亦有不尽同者。"于是他从推崇"沉郁"的角度说:"诗之高境,亦在沉郁,然或以古朴胜,或以冲淡胜,或以钜丽胜,或以雄苍胜。纳沉郁于四者之中,固是化境,即不尽沉郁,如五七言大篇,畅所欲言者,亦别有可观。若词则舍沉郁之外,更无以为词。"⑤ 正因为此时词家超越了诗词一理的思想,故而深化了对词体特性的认识,翻开了辉煌的一页。如陈廷焯说"夫人心不能无所感……后人之感,感于文不若感于诗,感于诗不若感于词",因为"诗有韵,文无韵。词可按节寻声,诗不能尽被管弦",故词"其情长,其味永,其为言也哀以思,其感人也深以婉"⑥。况周颐论词则频繁地使用词心、词笔、词境等反映词体独特性的术语,认为"词之情文节奏,并皆有余于诗"⑦。王国维也说:"词之为体,要眇宜修。能言诗之所不能

① 况周颐:《蕙风词话》卷一,载唐圭璋编:《词话丛编》,中华书局1986年版,第4405页。
② 况周颐:《词学讲义》,《词学季刊》1933年创刊号,第107页。
③ 叶恭绰辑:《郑大鹤先生论词手简》,《词学季刊》1933年第一卷第3号,第128页。
④ 况周颐:《蕙风词话》卷一,载唐圭璋编:《词话丛编》,中华书局1986年版,第4405页。
⑤ 陈廷焯:《白雨斋词话》卷一,载唐圭璋编:《词话丛编》,中华书局1986年版,第3776页。
⑥ 陈廷焯:《白雨斋词话自叙》,载唐圭璋编:《词话丛编》,中华书局1986年版,第3750页。
⑦ 况周颐:《蕙风词话》卷一,载唐圭璋编:《词话丛编》,中华书局1986年版,第4406页。

言,而不能尽言诗之所能言。诗之境阔,词之言长。"①以上两种思想皆与探源求本的思维方式相联系。陈廷焯论词要洞悉词的本原,直揭三昧;况周颐论词要觅元音、通雅乐、辨黑白,直揭词的本色;王国维论词要探究词之能观的原由,直揭词的本然……在这个思路下,他们已经从理性上肯定了词的特性和价值。尽管各人的主张不同,或主"沉郁",或倡"重拙大",或以"境界"为帜,但是他们都有个共同的词学思想,即"以雅为本"。

以雅为本是自词观诗的必然结果,这意味着"词不离乎诗方能雅"的时代已经过去,因为"雅"原本就是词的内容,是词的本然形式。陈廷焯论词力图洞悉词的本原,揭示词的三昧,上溯国风、离骚之旨,而一本于温柔敦厚雅正。他主张沉郁,然沉郁虽高,"雅"才是灵魂。于是,他说:"入门之始,先辨雅俗;雅俗既分,归诸忠厚;既得忠厚,再求沉郁;沉郁之中,运以顿挫,方是词中最上乘。"②张德瀛《词征》卷五说:"制词当别雅、郑,非特诗然。"而况周颐"自有元音,上通雅乐"说得就更明确。进而言之,此时,人们在视"雅"为词的基质的前提下,对"雅"本身的认识也逐渐深入和全面。他们已经认识到"雅"的多层次性如雅格、雅意、雅心、雅韵,而且普遍重视词作的内在之雅。如此,方能理解"以雅为本"的本质内涵,才能品味出蒋兆兰"逮乎晚清,词家极盛,大抵原本风雅"③这句话的含义。

二、词的雅化是必然规律

"雅"是中国传统艺术精神的一个重要层面,词的雅化规律不仅是中国传统艺术精神的自然选择,而且也是尊词观念独特性的反映。

"雅"的本义为楚鸟。说文曰:"雅,楚鸟也……秦谓之雅。"然而后代人使用"雅"多非楚鸟之义,而是种种假借、引申之义。或指先秦古乐,如《诗经》中的大、小雅;或指合乎规范的为人之道,如充实礼教精神的"雅正";或指与粗俗相对的高雅品位等。于是,"雅士"就成了传统文人学士的一种理想人格,"雅"也成了中国古代艺术精神的一种理

---

① 王国维:《人间词话删稿》,载唐圭璋编:《词话丛编》,中华书局1986年版,第4258页。
② 陈廷焯:《白雨斋词话》卷七,载唐圭璋编:《词话丛编》,中华书局1986年版,第3943页。
③ 蒋兆兰:《词说自序》,载唐圭璋编:《词话丛编》,中华书局1986年版,第4625页。

想品级。由此看来,王国维撰写《古雅之在美学上之位置》一文,拣出"古雅"一词,绝非虚设。他在中西比较中,确实看出了中国艺术观念里重"雅"的特点。只是我们现在反而缺少王国维那冷静客观的科学态度,以至陷入一种盲目接受西方艺术观念的误区。如常用一个"美"字涵盖甚至取代中国艺术的众多品级和标准。这不仅混淆了"美"与"审美"的界限,而且抹杀了中国传统艺术精神的个性特征。

简单地说,中国传统艺术精神呈现着"味—雅—境"的审美层次结构。这里,"味"以美为内容,指因对象形式唤起的以生理愉悦为主要内容的精神享受;"雅"以善为内涵,指因主体人格力量带来的以内在观照为形式的心理体验;"境"以真为内质,指因主客体交融滋生的以超越时空为特征的艺术形象。因此,中国古代艺术并不以"美"为最高标准,而是"境"(含神、韵等)。但是,在由"味"至"境"去创造或实现艺术极境时,"雅"则是不可忽视的桥梁与中介。在古代,"雅"已成为文人墨客的当然意识,唯有"雅",才充分体现了艺术主体的情思,才有生命意味;唯有"雅",才具有内在观照性,才有使主体心神由有限跃入无限的可能。在文人雅士的心中,"雅"就是艺术精神的生命之泉,清澈宁静而又沁人心脾,具有独特的价值。

进一步说,"雅"一旦与艺术形式相结合,那它就不是一个单一的概念,而有着雅意、雅格、雅韵等多重层面。雅意是作品内在形式诸如情、理、意等方面的要求,雅格是作品外在形式诸如字、词、句、律等方面的要求,雅韵则是作品艺术感染力的要求。其中,雅意是基础,雅韵是目的,雅格是载体。就中国传统艺术思想而言,雅的内在观照主要有两个走向:一是以道禅思想为主体的典雅,如《二十四诗品·典雅》,那玉壶、茅屋、修竹、幽鸟、眠琴、淡菊等意象就是最好的说明;二是以儒家思想为核心的雅正,诸如发乎情止乎礼义、思无邪、约情合中、和而不流等。不管哪种走向,中国古人皆十分看中"雅"的艺术价值,它依赖"美",又超越"美",诚如清代潘德舆所言:"夫所谓雅者,非第词之雅驯而已,其作此诗之由,必脱弃势利,而后谓之雅也。今种种斗靡骋妍之诗,皆趋势弋利之心所流露也。词纵雅而心不雅矣,心不雅则词亦不能掩矣。"①"雅"与诸多艺术风格皆有着密切联系,正因为有了

---

① 潘德舆:《养一斋诗话》卷一,载郭绍虞编选:《清诗话续编》,富寿荪校点,上海古籍出版社1883年版,第2007页。

"雅"，才有高华、沉郁、冲淡、典则、苍劲、飘逸等。否则，作品便易涉纤、巧、浅、俚、佻、淫、靡也。因而"雅"具有较高的艺术魅力，负荷着艺术家的生命体验，创造着艺术佳境；又能令读者神观飞跃，缔构和最终实现艺术的极境。

作为中国传统艺术的一大门类，词体观念的发展正印证了传统艺术精神的这一内在逻辑。可以说，词学思想的演变就是传统艺术精神的一个缩影，词的雅化乃是一种必然规律。唐五代时期，词的创作以"伶工之词"为主，词作者代人言的风气盛行。词人往往轻视自我意识的抒发，故而十分重视歌妓的形态美与词的形式美，以"悦耳悦目"为审美旨归，较多地停留在"味"的层面，还没有普遍地自觉地进行自我内在的观照。故而"雅"不曾有意地渗进词的创作之中，更不用说那象外之象的境界了。欧阳炯《花间集序》对此有过细致描绘："绮筵公子，绣幌佳人，递叶叶之花笺，文抽丽锦；举纤纤之玉指，拍按香檀。不无清绝之词，用助娇娆之态。"然而，当伶工之词发展到士大夫词，情况就发生了变化。不仅那"代人言"的填词方式已成了文人抒情言志的障碍，那"自南朝之宫体，扇北里之倡风"的俗艳，遭到他们的讥弹鄙薄，而且那"悦耳悦目"的形式愉悦感也不能满足他们的审美欲求。

于是，在中国传统艺术精神的熏染和召唤下，词的雅化便势在必行。因为"雅化"，词人就能从对词的外在形式美过渡到对自我的内在观照；就能增强他的主体意识，超越词体外在形式的束缚，去探觅自我的心灵时空。也正因为有了"雅"这个中介的魔力，词人才有再次超越的可能，才能顺应"天人合一"的思维模式，心神自由驰骋，游于"极玄之域"，创造出"声文谐会"的词境来。当然，必须说明的是，词的雅化体现了中国传统艺术精神的自然选择性，但并不意味着以否定词的"味"或"境"为目的。其实，在词的发展过程中，味、雅、境等艺术精神相互依存，相摩相荡，共同建构着词的特质。

近年来，学界较多地关注了词的雅化问题，但往往只局限于宋代甚至南宋，没有拓展到整个词学史；只看到了词的雅化与尊词观念有联系，缺少细致的分析；只指出了"雅"的重要性，没有置于中国传统艺术精神中探讨，更没有认识到"雅"对词的特质建构的作用；只看到词的雅化的存在，没有作出合理性的解释，更没有摆正"雅"与其他风格的关系。以上诸点，前文皆给予了解释，这里再以宋词为参照，进一步探讨"醇雅"与"豪放""婉约"的关系。我们知道"雅"不是孤立存在的，而总是与其他风格相伴而生的。同时，"雅"也有自己的独立性，在与其他风格相联系中能够凸现为一种独立风格。不仅"一体者，不失其命意措辞之雅而已。所以平、奇、浓、淡、巧、拙、清、浊，无不可为诗，而无不可以为雅"，而且"雅"本身也有着多种类型，"诗无一格，而雅亦无一格"①。这样，我们就会对宋词的风格有了较为全新的认识。

谈到宋词的风格，人们在感慨其异彩纷呈之余，总不会忘记豪放、婉约二派。其实，北宋词家就已经有了这两种观念。苏轼论词"自是一家"和李清照论词"别是一家"，就含有豪放词和婉约词孰为正宗、孰为本色的思考。后经明代张綖的加强，以至于在一定程度上，豪放与婉约成了宋词风格的代名词。一些人揪心于二者的区别，泾渭分明，壁垒森严。更有甚者恪守这种二分法，抹杀与豪放、婉约相并列的其他风格。其实，苏轼的"自是一家"与李清照的"别是一家"都认为"雅"是本色词的基质，无"雅"之豪放，则为粗俗；无"雅"之婉约，则为俚俗。"雅"是豪放、婉约相联系的纽带。另一方面，随着词的雅化的逐步深入，南宋词家如姜夔等人作词独标雅格，"以健笔写柔情"②，刻意在婉约、豪放之外另辟一径，形成一种既含婉约、豪放，又别具特色的清刚醇雅风格。此风气发端于南宋，至清代尤其是浙西词派则大盛。正如汪森《词综序》所说："鄱阳姜夔出，句琢字炼，归于醇雅。"③因此，宋词除了婉约、豪放基本风格外，理应有醇雅一格存在。蔡宗茂《拜石山房词钞序》曰："词胜于宋代，自姜、张以格胜，苏、辛以气胜，秦、柳以情胜，而其派乃分。"④谢章铤说得更明确："宋词三派：曰婉丽，曰豪宕，曰醇雅。"⑤

三、词的雅化相关问题刍议

关于词的雅化与尊词观念的演变及其二者的关系，仍有许多问题

---

① 叶燮：《汪秋原浪斋二集诗序》，《已畦文集》卷九，长沙叶氏梦篆楼1917年刊本。

② 夏承焘：《论姜白石的词风（代序）》，载夏承焘校《姜白石词校注》，吴无闻注释，广东人民出版社1983年版，第9页。

③ 朱彝尊、汪森辑：《词综》，上海古籍出版社1978年版，第1页。

④ 顾翰：《拜石山房词钞》，清光绪十五年许增榆园丛刻本。

⑤ 谢章铤：《赌棋山庄词话》卷九，载唐圭璋编：《词话丛编》，中华书局1986年版，第3443页。

值得探讨。这里，我们再从词学史的角度，作一些补充说明。

（一）尊词观念的演变不是突变的直线运动

前面缕述的只是尊词观念发展的逻辑规律。在这貌似清晰的发展脉络里，流动着的实则是一个复杂的旋律：词学家自身的新旧冲突，个别先锋者振臂疾呼与时人的普遍冷落，创作实践与理论认识的矛盾……总之，新旧思想交替发展，矛盾重重无法谐调。如两宋时期，"自诗观词，以雅为目"占主导，但如李清照等即已萌发了诗词互观的观念，姜夔、吴文英、张炎等对词的雅化的认识，已达到了较高的水准。不过，元明时代没能顺流而下，甚至是一度滑坡，直到清代中期方重振续篇。清代中叶，"诗词互观，以雅为尚"占主导，但如李调元认为"词非诗之余，乃诗之源也"①，偏激中却透露出"自词观诗"的倾向。时至晚清，"自词观诗"占主导，在词体固尊的氛围中，自诗观词、诗庄词媚、诗尊词卑的意识仍始终存在着。其实，这种思想几乎贯穿于整个传统词学史，几乎所有的词人在彰显词体之尊的同时，又在叹息词为艳科、为末技、为小道；在以雅为尚、以雅为本的旗帜下，所填词却不能脱俗。朱彝尊所说的"念倚声虽小道，当其为之，必崇尔雅，斥淫哇"，这个转折的语气，反映的正是词人们那无法克服的困惑，展示了尊词观念演变中那艰辛的历程。总之，尊词观念的演变不是突变的直线运动。

（二）推尊词体不是词的诗化，词的雅化也不等于回归诗教正统

从某种程度上说，尊词、词的雅化观念里确实缠夹着诗化和回归正统诗教的倾向。人们总想借助诗的正统地位来拔高词体。尤其自宋代以后，词的唱法失传，由歌词变成了一种格律诗，词体诗化的强度增大。甚至有些人认为诗词间只是句式、音律有差异，内质上无异。其论词主张，特别在阐释词的雅化时，明显走向正统诗教之路。如张炎论及"雅词"标准，云"词欲雅而正。志之所之，一为情所役，则失其雅正之音"②；朱彝尊以六义、元音充实词的雅意；刘熙载认为"词导源于古诗，故亦兼具六义也"，要求"中正为雅，多哇为郑"③；陈廷焯主张

---

① 李调元：《雨村词话序》，载唐圭璋编：《词话丛编》，中华书局1986年版，第1377页。

② 张炎：《词源》卷下，载唐圭璋编：《词话丛编》，中华书局1986年版，第266页。

③ 刘熙载：《艺概》卷四，《刘熙载集》，刘立人、陈文和点校，华东师范大学出版社1993年版，第133页。

"温厚和平,诗教之正,亦词之根本也"①;况周颐论词也以儒教复归为宗旨,以为惟有真率自然地抒发儒教思想,方可称为"重拙大",以为词人只有饱含浓烈的儒教精神,才可以说具有了襟抱雅量。但是,这只是问题的一个方面,而且并不是主要方面。

其实,综观中国传统词学史,词体之尊的主流不是以损失词的个性为代价的。相反,词人总是在寻找迥别于诗而自尊的个性特色。即使那些论词有"诗化"倾向的词学家也不例外,如上文所提到的几个人。再如明末沈谦《填词杂说》有言:"承诗启曲者,词也。上不可似诗,下不可似曲。"清代江顺诒《词学集成》卷七也说:"诗词曲三者之意境各不同,岂在字句之末。"因此,词的雅化导致推尊词体不是简单地回归正统诗教,而是一种升华;词的雅化不仅做到了由缘情向言志的过渡,而且把二者完美地结合起来,是缘情与言志的折中方式。前面已述,"雅"有儒家与道释两个走向。如果仅仅抓住"雅正"不放,那么就不符合"雅"的内涵,也不符合雅词的实际情况。同时,从传统诗学的缘情与言志而言,词的初创期多缘情,但不免"缘情而绮靡",以至格调低下,俗艳之作时有滋生。于是,在词的雅化过程中,苏轼"以诗为词",主其词"自是一家",其豪放词不仅以"志"救"情",更是以"气"融情融志;李清照倡词"别是一家",并不是纯粹依赖缘情原则和婉约风格来反对词体的诗化,而是以情融气融志,寻觅词的个性如合乐性等;姜夔践行词的醇雅,也不是摒弃豪放与婉约、缘情与言志,而是在二者的融合中凸现雅格。因此,我们完全可以说,词的雅化离不开传统诗学的熏染,但也是寻觅词体内在特殊性的反映,研究词的特征不能忽视词的雅化。

(三)词的雅化并不代表词学发展的最终方向

雅俗观念体现着中国古代艺术的通变思想。刘勰《文心雕龙·通变》曾说:"斯斟酌乎质文之间,而隐括乎雅俗之际,可与言通变矣。"叶燮也说:"诗道之不能不变于古今而日趋于异也。日趋于异,而变之中有不变者存,请得一言以蔽之,曰雅。"②词的雅化也体现着词学观念的通变思想。然而在中国传统艺术精神中,"雅"只是一个品级,且不是最高品级。一味"以雅为本",固然能关注词人的内在情思,但也会

① 陈廷焯:《白雨斋词话》卷七,载唐圭璋编:《词话丛编》,中华书局1986年版,第3939页。
② 叶燮:《汪秋原浪斋二集诗序》,《已畦文集》卷九,1917年长沙叶氏梦篆楼刊本。

忽视词体自身的形式要求,导致诗词一理,失去词的独特个性。如果词学发展最终方向是"以雅为本",那将预示着词学的衰落。南宋以后词人创作的衰微便是证明。如果说姜夔、吴文英等人雅词还能使人神观飞跃,那是因为他们识音知曲,按音谱填词,能扣住词体自身的内在规律。即便如此,南宋雅词也不如北宋词人的兴到之作。北宋时期如欧阳修、苏轼、秦观、李清照等一些天才词人的兴到之作,情真理足,词笔包举,淋漓尽致,词味盎然,不自觉中完成了中国艺术精神"味—雅—境"的飞跃,滋养了后代的词学理论。南宋后,音谱不存,词变成了只"按词谱"创作的格律诗。那些崇雅的词人往往只关注内容雅正,不顾词的艺术形式的自身要求,因而他们从词中所品味出的韵趣,只是雅中之趣而已,而不是词的本色趣味。诚如谢章铤那形象的分析:"词宜雅矣,而尤贵得趣。雅而不趣,是古乐府;趣而不雅,是南北曲。李唐、五代多雅趣并擅之作。雅如美人之貌,趣是美人之态。有貌无态,如皋不笑,终觉寡情;有态无貌,东施效颦,亦将却步。"①

总之,"雅"能使词坛中兴,但无法使词回到极盛。雅化只是尊词观念演变的核心思想之一,只是词学发展的一个层面,绝不是词学发展的全部。有鉴于此,王国维敏感地指出:"词以境界为最上。"这不仅撷取中国艺术精神的极品——"境"为词的特质,而且在阐释中超越了传统词学的束缚,为后人研究词学指明了一个新的方向。

[原载《安徽师范大学学报》(人文社会科学版)1999年第4期,辑入本集有改动]

---

① 谢章铤:《赌棋山庄词话》卷十一,载唐圭璋编:《词话丛编》,中华书局1986年版,第3461页。

正变说与词家的词学史观念

作为词论语境中的正变说,研究者一直颇为关注,视为一种具有独立精神的词学范畴,并从评词标准、填词门径等方面作出过较为丰富的分析。但因正变理论演绎出的词学史观念,似未引起学者们的足够注意。比较而言,词家们更善于由正变观念人为设定词学发展的走向,总结他们心中的词学史。本论题便尝试论述,希望这种尝试合乎实际,并对当今文学史写作的反思有点启迪。

一、本色、自然与正变

本色是一个缠夹的概念,纵观文学史上的本色争论,各家多在说自己主张的是本色观念,但各自的主张又不一致,甚至完全相左。此种现象的出现与人们对本色概念、以本色讨论的对象以及持有标准的认识有关。讨论"本色",在弄清它的概念后,可能更应该关心"本色的什么"及"什么的本色",那些或明或暗的限定词和修饰语的内容,才是本色主张者的真正目的。

本色,一读为"běnshǎi",指物品没有经过染色的原来的颜色,古人以青、黄、赤、白、黑等五色为本色;一读为"běnsè",指本来的面貌。读法不同,但意思相近,都是一种未经修饰、加工、改变的自然的、纯粹的状态。由原本怎样到理当如何,皆可以说是本色概念的内涵。从哲学思致上说,本色美趣往往体现在本末观念中的返本复初的寻根意识。从寻根角度说,本色指那个"本"那个"初",但是又与返本复初不完全相同。返本复初的寻根多是在一本万殊思致下的无穷追问,本色的寻根则会受到对象的时空限制而适可而止。一本思致与本色趣味的差别,或许可以这样区分:二者同时缠夹着本源与本质两个概念。但如马丁·海德格尔在《艺术作品的本源》中说的,本源指一件东西从何而来,通过什么它成为一件东西,这件东西是什么,它又如何是这件东西的,本质指的是一件东西是什么以及如何成为那件东西的,因此,某种东西的本源说的就是这件东西的本质的来源。

与本色相关的还有一个"自然"的概念。本色的内涵中有自然的意思,本色美趣也有以自然为旨归的一面,但也不能完全等同。蔡嵩云曾说"词尚自然固矣,但亦不可一概论",原因即是:"尚自然,为初期之词;讲人工,为进步之词;词坛上各占地位,学者不妨各就性之所近而习之。"蔡氏主张自然与人工并举,不必"是丹非素",确属通论。这对纠正纯粹以自然释本色的说法,有较大的启发意义。从本色的本义说,似乎指的是"素"而非"丹",是自然而非人工,但上文说过,本色有本初的意思,却更重视对象在成熟时期本质的本初状态。因此,"素"有自然的本色,"丹"亦有人工的本色。"无论何种文艺,其在初期,莫不出乎自然,本无所谓法。渐进则法立,更进则法密。"[1]自然是无法的,人工是有法的,二者之间是对立的,但本色既不与自然对立,也不完全与人工对立。因为本色的标准,在初期体现在自然的朦胧状态,在后期体现为显在的"法",只要此"法"没有违背某个对象的刻板印象、基本的规范,都可以看成本色性的延续。以小令为例,花间、后主、正中之词均自然多于人工,法在潜在状态,小令的本色由此滋生。宋初如欧、秦、二晏之流,所作以精到胜,人工甚于自然,法在显在状态。虽与唐五代小令稍异,但宋代不曾有人说他们不是本色的小令。因为按谱填词、可歌且以女音为美、婉约、柔媚等诸多规范仍然延续着。慢词的发展是另一番情况,但认定慢词本色的道理是一样。自然与本色的区别,或许可以通过陈师道、蔡嵩云对苏轼词的批评中进一步得出。在陈氏看来,因为苏轼词表现出与时曲不一样的歌唱方式及风格,故说苏轼词非本色当行;而在蔡氏看来,苏轼填词表现出与人工对立的无法之法,故而他的词是"纯任自然者"。当然,若有人持的是自然无法的本色标准,那又当另作别论,因为此时自然就是本色的具体内容。

艺术创作多由惯性控制,某种艺术样式形成的惯性,就是本色的意识。由此,本色更为接近的意思是指某个对象在成熟时期原初的、基本的法则、规律等,具有一种抽象意义的纯粹的本质形式。可见,本

---

① 蔡嵩云:《柯亭词论》,载唐圭璋编:《词话丛编》,中华书局1986年版,第4902页。

色的概念是在所讨论对象的某种状态业已成熟而又出现另外现象的背景下,才应运而生的。本色的内涵大多指的是某个对象首次成熟时的当行状态。本色概念缠夹,难以确解,既与讨论的对象、同一对象的范围、对象的成熟程度有关,也与讨论者持有的标准有关。但就本色概念本身而言,则近似于人们熟悉的"格"术语。

本色是词体较早觉醒的意识,也是宋以后词家重要的批评标准。同时,伴随着宋末词学批评借助传统的思想趋向,本色论在随后的命运中也未能例外。这其中与正变观结合或完全消融在正变观中,显得尤为突出。因为本色亦可称正色,故词家谈正变最初是围绕本色论、辨析婉约与豪放孰为正宗开始的,确定了本色也就确立了正变中的正色。但是正变说进入词学批评,还有其他的意义,即以正变观探讨词学发展的历程。于是,正变既要确立词体本色,也要寻觅千古词统的正统代表,构筑词学思想史的系统性。与纯粹本色论相比,词家的正变观是词学研究走向传统学术领域的一个表现。因为建构词学系统与古代文化血脉的一统关系,是正变说的典型特征。

本色论或许更局限于词体体制、风格等本身因素,是词家关乎填词的一种当行意识。于是坚持从纯粹本色思维出发,可能更多地在讨论词离乎诗学等传统的特点。而正变说的标准要在词体自性的基础上借助传统文化的他性力量,以词体本色为起点再寻觅它的源头,是扩大了的词体本色论。因此,尽管词家正变说的标准多种多样,但"复古"是一个基本取向。一是追寻和接续宋代以后已失的"词统",多侧重词体自性的艺术感染力,寻找"词之真种子";二是追溯和探明词体所承续的"艺统"的精神源头,正本清源、竟其原委。

至此可以说,与"自然"相比,"本色"指向一种成熟的格法规范;而与"正变"相比,"本色"又是渐进"自然"的概念了;正变论可以包容本色论,正变说的标准中始终缠夹着本色意识。于是,由自然论、本色论到正变说,词学思想丰富了,但对词体本然状态而言,词家的本色论尤其是正变说真可谓是合理性与偏颇性并存。

二、正变说在清代乾嘉之前的演变

正变说源于汉儒说《诗》。《毛诗序》云:"至于王道衰,礼义废,政教失、国异政、家殊俗，而变风变雅作矣。"郑玄《诗谱序》对此作了具体发挥，以文王、武王、成王、周公等政治清明时代的诗"谓之诗之正经"，以懿、夷、厉、幽等政治衰败时代的诗"谓之变风变雅"。"正经"者突出"美"的功能，"变风变雅"者强调"刺"的功能，似无褒贬之义。《毛诗序》便云"变风发乎情，止乎礼义"，因"变"而不失其"正"，亦有鞭笞不良政治之功。不过，后来诗家的正变诗学旨趣，多有褒贬倾向。他们说的"变"，已有"变而失正"的意味，而此时的"变风变雅"也演化为正变中的"正"。词家论词的正变基本属于后一种情况（但也有变而不失正者），"正"即是正调、正宗、正体、正始等，"变"即是远离本位的变调、变格、变体、失常等。

词家谈正变最初是围绕本色论，辨析婉约与豪放孰为正宗开始的。陈师道说苏轼"以诗为词，如教坊雷大使之舞，虽极天下之工，要非本色"，隐然有婉约为正、豪放为变的意思，但还未明澈。明代张綖《诗余图谱》较早地明确将词的风格分"词情蕴藉"的婉约和"气象恢宏"的豪放二派。徐师曾《文体明辨》延续张綖的二分法，且云："盖虽各因其质，而词贵感人，要当以婉约为正。否则虽极精工，终乖本色，非有识之所取也。"[①] 以词的本色论为基点，明确提出"以婉约为正"。之后，"以婉约为正"的词家不胜枚举，如王世贞、何良俊、沈际飞、王骥德……尽管这些词家依据的标准和例举的代表不尽相同，甚至他们之间也有争论，但均建立在婉约更合乎词体本色的基点上。

当然，在"以婉约为正"占据舆论上风的词学语境里，肯定豪放者也大有人在。这又有两条路径：一是重豪放而抑婉约。如，由于地理疆域、民族气质及"苏学北行"等因素影响的金元词坛，在"清劲能树骨"[②] 的词学旨趣主导下，元好问便说过"乐府以来，东坡为第一，以后便到辛稼轩"[③] 的话。明代俞彦也说苏轼词"无一语著人间烟火，此自大罗天上一种，不必与少游、易安辈较量体裁也"[④]。直到晚清刘熙载，才真正提出以豪放为正的正变观。二是由于独以婉约为本色的观点，有违艺术活动"各因其质"的个体性原则，陷入褊狭的泥沼，致使部

---

① 徐师曾：《文体明辨序说》，载吴纳、徐师曾著：《文章辨体序说 文体明辨序说》，人民文学出版社1998年版，第165页。

② 况周颐：《蕙风词话》卷三，《蕙风词话辑注》，屈兴国辑注，江西人民出版社2000年版，第118页。

③ 元好问：《遗山自题乐府引》，《元好问全集》卷四五，山西人民出版社1990年版，第267页。

④ 俞彦：《爰园词话》，载唐圭璋编：《词话丛编》，中华书局1986年版，第402页。

分词家能在平等对待诸种风格的基础上肯定了豪放。明代孟称舜较早地"本于作者之情"的"寄兴不一",或低徊宛恋、或缠绵凄怆、或嘲笑愤怅、或淋漓痛快,主张只要"作者极情尽态,而听者洞心耸耳","如是者皆为当行,皆为本色"①。清初徐喈凤延续了这个思想:"婉约固是本色,豪放亦未尝非本色也。"②王士禛亦云"名家当行,固有二派"③,而且那种合乎本色的"变"正是他乐意追求的。因为词体本具有在"诗之为功既穷"的情况下"虽百变而不穷"④的特色。可以说,上述数人都从创作与鉴赏的心理机制提出了不离性情、各因其质的"新"的词体本色当行论,实属通达之见。

以时代论盛衰的词学源流论是词家正变说的又一个突出内容。如明末陈子龙以词体"厥有盛衰"的规律为前提,针对明词衰弊不振的状况,主张推尊五代北宋词:"自金陵二主以至靖康,代有作者","斯为最盛也",而"南渡以还,此声遂渺","元滥填词,兹无论也","明兴以来,才人辈出,文宗两汉,诗俪开元,独斯小道,有惭宋辙"⑤。此论虽看出词之"盛衰",却知"变"而不知"通"。此后,云间派其他诸子及其支流西泠派词家,亦多持五代北宋词为盛、其余时代词渐衰的复古、褊狭的词统观。至清初,邹祗谟对这种词学源流思想予以了驳斥。他在《倚声初集序》里指出,词体的"变"有其必然之理,但"变"并非"变穷"和"遂渺",像南宋蒋捷、史达祖、姜夔、吴文英词就有"警迈瑰奇,穷姿构彩"之美,辛弃疾、刘过、陈亮、陆游词也有"超乎有高望远举之思"……因此,应当以一种融通的眼光审视正与变,既"非前工而后拙"也非"今雅而昔郑"⑥。

不过,词家对以时代论词学盛衰的认识,并未因邹祗谟等人的通达之见而沿着融通之路走下去。在随后的"康乾盛世",顺应"清真雅正"文制而兴起的浙西词派,便揭起了标举醇雅、宗法南宋、推尊姜张

---

① 孟称舜:《古今词统序》,《孟称舜集》,朱颖辉辑校,中华书局2005年版,第555页。

② 徐喈凤:《荫绿轩词证》,《荫绿轩词》附录,清康熙刻本。

③ 王士禛:《花草蒙拾》,载唐圭璋编:《词话丛编》,中华书局1986年版,第681页。另,王士禛《花草蒙拾》说过温庭筠、韦庄词"谓之正始则可"及"谓苏、黄、稼轩为词之变体是也"但这主要是针对明代王世贞把温、韦定为"词之变体"而论的,并不是从孰更合乎词体的本色当行角度言说的。

④ 王士禛:《倚声集序》,《带经堂集》卷四十一,清康熙五十年程哲七略书堂刻本。

⑤ 陈子龙:《幽兰草词序》,《安雅堂稿》,孙启治校点,辽宁教育出版社2003年版,第73页。

⑥ 邹祗谟、王士禛编:《倚声初集》卷首,清顺治十七年刻本。

的宗旨。朱彝尊《词综·发凡》提出："世人言词,必称北宋。然词至南宋始极其工,至宋季始极其变。"这个"变"既非陈子龙感受的"遂渺",也非王士禛领会的"本色",而是以"崇尚醇雅"为旨归的"变而后能正",乃系一种走向极端的"变"。即便他们宗法南宋,也只是其中的醇雅一派,而非对南宋词的整体肯定。这种缺乏融通眼光的正变观,既陷入"今雅而昔郑"的泥沼,又烙下"过涉冥搜"的印痕,埋藏着深层的危机。此危机很快便在浙派末流的衰弊词风,以及乾嘉之际词学反思的潮流中得到了证明。

三、正变说在清后期词坛的新变

在乾嘉之际的词学反思潮流中,一部分是浙派的后劲,如针对阳羡派及浙派前期各自狭隘的门户观,吴锡麒便主张婉约与豪放"一陶并铸,双峡分流,情貌无遗,正变斯备"①,郭麐则提出"一代有一代之作者,一人有一人之独至"②。如此审视前人词学,既遵循了艺术活动的主体性原则,又颇具进化论色彩。不过,他们无法超越浙派前贤设下的价值规范,于是有限的反思又大打折扣。经学家焦循也有令人耳目一新的言论:"一代有一代之所胜,舍其所胜,以就其所不胜,皆寄人篱下者耳。"③这对那种取径狭隘的正变观确有救弊之功,但诚如钱锺书批评的,像王国维"谓某体至某朝而始盛,可也",若如焦循"谓某体限于某朝,作者之多,即证作品之佳,则又买菜求益之见矣"④。如何改变浙派论词的"过涉冥搜"之弊,如何能以通达态度形塑正变说,以至于以融通识见来消除那种"先入为主"的正变观念,还是在乾嘉之际词学反思潮流中逐渐崛起的以常州词派为主的清末词家。

首先,"婉约为正,豪放为变"的观点在惯性的延续中出现了一些新变化。如戈载说:"词以空灵为主,而不入于粗豪;以婉约为宗,而不流于柔曼。"在传统的婉约为正、浙派的醇雅清空的底色上,归结为"意旨绵邈,音节和谐,乐府之正轨也"⑤的"新"标准,体现了由浙派向常

---

① 吴锡麒:《董琴南楚香山馆词钞序》,《有正味斋骈体文》卷八,清嘉庆十三年刻本。

② 郭麐:《与汪楣庵论文书》,《灵芬馆杂著续编》卷四,《灵芬馆全集》,嘉庆二十五年刊。

③ 焦循:《易余籥录》卷十五,清光绪十二年德化李氏木犀轩丛书本。

④ 钱锺书:《谈艺录》,中华书局1993年版,第30页。

⑤ 戈载语,见江顺诒《词学集成》卷五,载唐圭璋编:《词话丛编》,中华书局1986年版,第3265页。

州词派转变时期的词学特色。又如,蒋兆兰对于豪放词,赞许东坡"以浩瀚之气行之,遂开豪迈一派"的气魄,稼轩"运深沉之思于雄杰之中"的胆识,刘过、陆游等人"嗣响稼轩,卓卓可传"以及陈维崧等人的"才力雄富,气概卓荦"等,但他依然明确主张"词家正轨,自以婉约为宗",因而"苏辛派至此可谓竭尽人才能事,后之人无可措手,不容作、亦不必作也"①。与孟称舜"本于作者之情"的超越之论、王士禛的正变皆为本色的融通之说相比,蒋兆兰显然在强调婉约更合乎词体本色。而与以婉约为正的正统观比较,他虽然不承认豪放词的词体本色地位,却也不否认豪放词的价值。像戈载、蒋兆兰这样的"以婉约为正"的观念,在清中后期词坛并非孤立现象。个中缘由,当与此时词家推尊苏辛词有关。如,周济肯定了辛弃疾词"由北开南""以还清真之浑化"的词学门径地位,谢章铤触于时势变化,指出"读苏辛词,知词中有人,词中有品"②,到了刘熙载那里,苏辛词则成为承继李白词"声情悲壮"的正调。《词曲概》云:"太白《忆秦娥》声情悲壮,晚唐、五代惟趋婉丽。至东坡始能复古,后世论词者,或转以东坡为变调,不知晚唐、五代乃变调也。"③尽管这里存在李白是否为词家"鼻祖"的问题,但即便李白不是词家"鼻祖",也只能推导出苏轼词不是"复古"抑或非"正调"的结论,但依然不能动摇刘熙载对苏辛词的推尊。"论词莫先于品"是他论词的一个基本前提,在他的三品之中,苏轼词即居上品,辛弃疾词也是由"峥嵘突兀"走向"上品"的代表,而那些曾被"婉约为宗"主张者所肯定的词坛名家,却大多因为"绮靡""旨荡""风云气少"等理由,多剔除在"上品"之外。

其次,以时代盛衰而论词之正变,在清末词坛尤呈空前之势。这一方面宗法浙派,以南宋词为尚者在晚清词坛(尤其在前中期)仍然存在。咸丰间词人姚椿就有过"词之义至南宋而正,至国朝而续"④的主张。此言的一个突出特点就是把朱彝尊说的词至南宋"始极工"、至宋季"始极变",变成了"至南宋而正"。也就是说,姚椿是以通常意义的正变观进一步诠释了浙西词派的词学旨趣,说明了浙派词学思想在自

① 蒋兆兰:《词说》,载唐圭璋编:《词话丛编》,中华书局1986年版,第4632页。
② 谢章铤:《赌棋山庄词话》卷九,载唐圭璋编:《词话丛编》,中华书局1986年版,第3444页。
③ 刘熙载:《艺概笺注》,王气中笺注,贵州人民出版社1986年版,第314页。
④ 姚椿:《万竹楼词引》,朱和羲《万竹楼词》卷首,清道光三十年刻本。

身的演变中,由冥搜之失而出现的更为狭隘的走向。另一方面可能急于要改变浙派"家法若斯,庸非巨谬"①的弊端,晚清词家在重申正变说时,又掀起了以"晚唐五代北宋为宗"的词学思想浪潮。从张惠言以"深美闳约"定位五代温庭筠词,周济以"无寄托"解说北宋词,蒋敦复以"有厚入无间""力追南唐北宋诸家",潘四农认为"词之有北宋,犹诗之有盛唐",陈廷焯在"一本万殊"的思维模式下要穷追"温韦宗风,一灯不灭"的精神,沈曾植则以五代词的"香弱"、花间词的"促碎"为词体的固有境界,直至王国维提出"五代北宋之词所以独绝者"在"境界"……可见,宗法唐五代北宋词,已成为这时期词体正变思想的主导倾向。

　　不过,与前代那种"过涉冥搜"的词学门径比较,晚清词家在更为推尊晚唐五代北宋词时,又大多能从一种融通的眼光审视词体正变问题。如,孙兆溎呈现的是一种力图从浙派门户中跳出的迹象:他先是承认"词以蕴蓄缠绵、波折俏丽为工,故以南宋为词宗",继而一个转折,认为如苏轼的《念奴娇》(大江东去)、岳飞的《满江红》(怒发冲冠)词也能"令人增长意气",最后在"似乎两宗不可偏废"中提出了"各得其宜,始为持平之论"②的观点。又如,周济表现的是基于北宋立场且又能兼取的路径:一方面北宋词体现他论词的终极标准,即"无寄托"的"浑涵之诣"③,故而认为北宋词高于南宋词;另一方面南宋词足证他"意能尊体"的词学门径,即"有寄托"的"既成格调",故而认为两宋词各有盛衰优劣高下。晚清词家这种以推尊为主、以融通为辅的正变观,既是他们痛革前代"褊狭冥搜"的结果,也是他们词学主张的直接表现。浙派落实"醇雅清空"主张时,只是"以二窗为祖祢"而"视辛、刘若仇雠"④,在某种意义上说,他们的词学研究无法涵盖唐五代两宋词的全貌,仅仅是撷取词学"自性"的一个局部而已。而晚清词家在词学"自性"的基础上,又多以突出"他性"力量的方式确立词体的"本原",并以此通观整个词学发展史,筛选合乎他们要求的词家词作。如,在陈廷焯看来,未能找准论词的"沉郁"本原,一切言论都是"似是而非,

---

① 文廷式:《云起轩词钞序》,载汪叔子编:《文廷式集》(上),中华书局1993年版,第155页。
② 孙兆溎:《片玉山房词话》,载唐圭璋编:《词话丛编》,中华书局1986年版,第1673—1674页。
③ 周济:《介存斋论词杂著》,载唐圭璋编:《词话丛编》,中华书局1986年版,第1630页。
④ 文廷式:《云起轩词钞序》,载汪叔子编:《文廷式集》(上),中华书局1993年版,第155页。

不关痛痒语也"。相反,不仅"两宋词家各有独至处,流派虽分,本原则一"①,而且"诚能本诸忠厚,而出以沉郁,豪放亦可,婉约亦可,否则豪放嫌其粗鲁,婉约又病其纤弱也"②。如此,彻底解决婉约与豪放之间、唐五代北宋与南宋之间的正变之争,就有了一以贯之的标准。当然,清末词家尽管具有了融通不同风格、时代词学,提出不以风格、时代论正变,甚至像王国维等人业已出现了淡化正变观念的现象,但他们又从各自一元化性质的词学主张构建了新的正变体系。这可能就是正变说在清末词坛演变的新特色。

四、正变说对词学史观念的构建价值

自明末卓人月、许士俊《古今词统》后,已有较为明确的"词统"意识,时至清末,词学更是有了"千古词宗"。对此,词家们虽有那种以时间经脉为次序的词学发展史,但由正变观念而人为设定的词学走向,似乎才是他们真正的用心所在。

首先来看以时间经脉(尤其是朝代更迭)为次序的词学发展史观,这是一种以"史"为经,以"逻辑"为纬的词学史。如杜文澜在《论词三十则》第二则就曾按时间顺序,采用总体概括与典型个案结合的方式,从词的宫调、音律角度缕述了词学演变的盛衰史:肇自隋、唐,盛于两宋,旧谱零落于南渡之末,宫调失传于元季,委靡于有明一代,振兴于"国初",铸为伟词③。宽泛地说,词家在小令、慢词等词的体制,咏物、言情等词的类型上,都有过按时间顺序缕述的演变史。若从必须以词作为本位构筑词学史的角度说,那些以时代先后为体例的各类词选也具有词学史的意义。不过,总体而言,这种依时间顺序排列,客观记载和阐述历代词学现象及其演变关系的词学史,在清末词话中并不为盛。比较而言,被人褒为"词话比《雕龙》"④的况周颐自定本《蕙风词话》五卷,倒有一种历史和逻辑相结合的意味。卷一是他词学纲领的综论,卷四是考据杂论之类,而卷二、三、五分别集中评品唐五代两宋

①陈廷焯:《白雨斋词话》卷六,载唐圭璋编:《词话丛编》,中华书局1986年版,第3909页。

②陈廷焯:《白雨斋词话》卷一,载唐圭璋编:《词话丛编》,中华书局1986年版,第3785页。

③杜文澜:《憩园词话》卷一,载唐圭璋编:《词话丛编》,中华书局1986年版,第2851—2852页。

④卢前:《望江南·饮虹簃论清词百家》,载张璋等编纂:《历代词话续编》(下),大象出版社2005年版,第1072页。

词、金元词、明清词,其中卷三第一则是五代、宋、辽、金词的总论,卷五第一则是明清词的总论。可见,这个体例安排大致呈现出了词学史的性质,而不同时代的总论也可见各时代词学之间的转换关系;若细读之,还可发现,在动态地批评自唐五代到宋元明清那浩如烟海的词人词作之中,也有一种全面且较客观的态度。如既肯定了两宋词的极盛地位,也十分重视词学发展的其他时期;既能选出名人佳作,又注重对一般性词作的整理与收集。从这个意义上说,《蕙风词话》五卷具有接近一般意义的文学史概念的词学史意义,并不为过。

其次来看那种由正变观念而人为设定的词学走向。词家的词学史观念常与词体正变意识相交织,他们理解的词学史也多是一种在正变观念下的"词统"形态,从而在一定程度上具有了接受观念的文学史意味。这一点自清代乾嘉以后尤为明显,兹以张惠言、陈廷焯为例加以说明。表面看来,张惠言《词选序》是按照唐代、五代、宋代及宋以后的朝代先后次序,简述词学发展历程的,但实质上又是张惠言在其"正变"标准下的词家分类说明。在他看来,词的正声以"深美闳约""文有其质"为特征,词的变声乃是"词之杂流",表现出"荡而不反,傲而不理,枝而不物"的特征。从这个正变观念出发,张惠言透视了各个朝代的词学,如在"并有述造"的唐代词家中,以温庭筠最高;五代之际,词之杂流兴起;而号称极盛的宋代,亦正变各半;至于元之末而规矩隳,此后四百余年的词家"皆可谓安蔽乖方,迷不知门户"。可见,张惠言如此表述他的词学史观念,其依据便源自他的词体正变观念。他认为,词的正声自宋亡而绝,词的变声却自五代便滋生,宋人已有"迷不知门户"者,这通过他对柳永等数子者的批评中可以看出。而且,词的正变与词的源流也有着十分密切的关系,如蜀主孟昶、南唐二主词虽为杂流,但因"近古"(即距离唐代词这个正声源头不远),故工者亦有绝伦之作,而后进者们因为"去古",放浪通脱,弥以驰逐,"不务原其指意"①,故而距离正声越来越远。

如果说张惠言的词学史观是在时代框架中内敛正变之理,那么陈廷焯便是在正变模式下贯穿着时代的脉络。在他看来,千古词宗的原委体系,自宋以后,"嗣是六百余年,鲜有知者"②,枝叶虽荣,本根已

---

① 张惠言:《词选序》,载唐圭璋编:《词话丛编》,中华书局1986年版,第1617页。

② 陈廷焯:《白雨斋词话》卷五,载唐圭璋编:《词话丛编》,中华书局1986年版,第3877页。

槁,直至张惠言一揭其旨,庄棫集其成,词之原委才有个本末清晰的脉络。于是,自认为是庄棫嫡传者的他,自然要肩负进一步澄清词之原委的责任。似乎这个问题不弄清楚,词的精义就永远埋藏在渣滓之中,词学也就永无振兴的机会。在《白雨斋词话》中,他对词之原委问题既有多次的总体概述,也在《大雅集》《放歌集》《闲情集》《别调集》等选集序言中作了分类梳理。他以"本原—创古—变古—亡灭—复古"的演变走向逻辑化了的"千古词宗"原委系统,由此反映出了他的词学史观。他认为诗词皆是以"温厚和平"为本原,不过也有区别。为诗者,"措语则以平远雍穆为正,沉郁顿挫为变";为词者,"措语即以沉郁顿挫为正,更不必以平远雍穆为贵"①。诗之"变"者是杜甫,虽变而不失其正,词之"正"者以诗歌的变调为正声,始作俑者是温庭筠、韦庄二位词人。在广义诗歌史上,温、韦也属变古;而在词史上,温、韦却属"创古者"。明白了这个道理,于是,他宽泛地说:"自温、韦以迄玉田,词之正也,亦词之古也。元、明而后,词之变也。茗柯、蒿庵,其复古者也。"②由此,他完成了对词学史的逻辑陈述。进而,词之原委系统也成为他评介词人词作地位的一个历时性标准。他不仅始终在寻觅"温韦宗风,一灯不灭"③的本原精神,而且细致地缕析了不同时代、不同词人在词学原委系统中的各自地位。同是正声,却有与词体古意的远近关系;同是变声,却有与词体正声、古意的疏密关系;同是复古,却有是否洞达本原的差异。至此,正变标准已成为他解读"千古词宗"的核心思想。

张、陈二人的词学史观念虽有差异,但共同的倾向都在于贯彻各自的正变说,沿袭的是"一本万殊"的中国古代"通变"史观。这种思维方式往往以一种"逻辑"高于"历史"的眼光统摄了千古词统,这固然能对部分词家创作给予合理判断,但无法做到对多数词家的历史界定。"本来正变的产生,主要是'史'的因素,而优劣之分,是纯粹属于'文学批评'的问题。历来各家词话,常以'正变'和'优劣'混为一谈;或论及'正变'时,多少含有等差的区别,那是不正确的。词的发展,可以分正

---

① 陈廷焯:《白雨斋词话》卷八,载唐圭璋编:《词话丛编》,中华书局1986年版,第3976页。
② 陈廷焯:《白雨斋词话》卷七,载唐圭璋编:《词话丛编》,中华书局1986年版,第3942页。
③ 陈廷焯:《白雨斋词话》卷一,载唐圭璋编:《词话丛编》,中华书局1986年版,第3777页。

变，但不能以正变定优劣，两者之间应该划分清楚。"①当然，若能以一种具有生命力的"本原"，审视不同时代的词学演变，给人以一种整体性的观照，如此的由正变理论演绎的词学史，对当今撰写文学史也有一定的启迪意义。

五、正变说的复古情结

由正变说演绎的词学史的生命力理论——正变说的标准是多种多样的，但"复古"是一个基本取向。宋代以后，词家正变说中的"复古"有两个基本指向：一是追寻和接续宋代以后已失的"词统"，多侧重词体"自性"的艺术感发力，寻找"词之真种子"②；二是追溯和探明词体所承续的精神源头，多借助"他性"来正本清源、竟其原委，理清词体"上通雅乐，自有元音"③的本原规定。在"自性"和"他性"结合的基本规律中，词家尤其是清末民初词家似乎更青睐"他性"的力量。这种"复古"其实已把词学研究置于深邃的诗学积淀甚至是悠远的文化传统之中。如张惠言说的"《诗》之比兴变风之义，骚人之歌"，周济说的有寄托与无寄托等，便强化了以传统诗学"比兴""寄托"观念构筑词学理论的意图。又如，谢章铤论词十分推崇苏辛派，但也曾说过"盖曼衍绮靡，词之正宗，安能尽以铁板铜琶相律"的话，这乃是基于他"亦知词固有兴观群怨，事父事君，而与《雅》《颂》同文者"④的认识。而丁绍仪能反思厉鹗"专以南宋为宗"的褊狭见解，以及当时"一时靡然从之，奉为正宗""去北宋疏越之音远矣"的风气⑤，也是因他论词主张把自来诗家的性灵、才学、格调三说合而为一，令其有了较为开阔的视野。至于前面已说的陈廷焯的词体原委思想，更是鲜明体现了词家在词体"自性"的基础上祈求"他性"的特点。他以"沉郁顿挫"论词，虽说与他早年学习杜甫诗的经历有关，但关键在于"变古"的杜陵诗"亦非敢于变风骚也""不变而变，乃真变矣"⑥。综观这些词学的"标准"，十分突

① 梁荣基：《词学理论综考》，北京大学出版社1991年版，第85页。
② 谢章铤：《赌棋山庄词话》卷四，载唐圭璋编：《词话丛编》，中华书局1986年版，第3363页。
③ 况周颐：《蕙风词话》卷一，载唐圭璋编：《词话丛编》，中华书局1986年版，第4405页。
④ 谢章铤：《赌棋山庄词话》卷十一，载唐圭璋编：《词话丛编》，中华书局1986年版，第3465页。
⑤ 丁绍仪：《听秋声馆词话》卷六，载唐圭璋编：《词话丛编》，中华书局1986年版，第2649页。
⑥ 陈廷焯：《白雨斋词话》卷七，载唐圭璋编：《词话丛编》，中华书局1986年版，第3942页。

出的是,像风骚之义、比兴寄托、温柔敦厚、醇雅中正等,已成为词家依赖"他性"评词的核心标准。这些原本体现传统诗学思想的精神之源,此时已成为他们观照词体正变的根本性也是普遍性的标准。他们频繁使用这些词语,同时也谆谆教导着,"雅俗正变之殊,学者诚不可不辨"①,"能抒情合度,绝无叫嚣靡曼之音,得词之正轨"②,"欲使世之谭艺者,群晓然于此事,自有正变,上媲骚雅,异出同归"③。这些言论前代词学家也曾有过类似的表述,但如此普遍、如此强烈非清中后期词坛莫属。

词家论正变而"复古",不是无意识的流露,而是一种有目的的标举。以五代北宋词为盛的云间词派便是,以南宋为极工极变而又"冥搜"姜张的浙西词派也是如此。至晚清词坛,这种镶嵌复古意识的正变说的势头并不亚于前代。在他们看来,因为宋以后,"词统"业已衰灭,那么若要振兴词学,拟古、复古实属必然之路。而词作若能复古"风骚之义""醇雅中正""比兴寄托"之类,便有了"意"尊、"格"尊,也就有了词体的本色当行。潘祖荫在《刊周济宋四家词选序》里曾云周济"与董晋卿辈同期复古,意仍张氏,言不苟同"。陈廷焯充分肯定了"千古词宗"的"复古之功,兴于茗柯;必也,成于蒿庵"。他本人也由初为倚声时的不能复古,转而走向"大旨归于忠厚,不敢有背风骚之旨"的路子,并且以常州词派承接者的口吻明确表态,"过此以往,精益求精,思欲鼓吹蒿庵,共成茗柯复古之志"④。当然,他一味抬高庄棫的词坛地位,除了庄棫对他有知遇之恩,还有乡人互捧的原因。即便如此,上述言论也足以证明他论词体正变,已有接续宋代以后"词统",以"复古"求"新变"的自觉认识。沿着这个"复古"之路,甚至可以发现,词家论词体正变、学词门径时,多采用一种逆归式思维性质的上溯方式。如张惠言《词选序》说五代"词之杂流,由此起矣",不过"至其工者,往往绝伦",因为"近古然也";周济提出了"问途碧山,历梦窗、稼轩,以还清真之浑化"的词学门径;蒋敦复要"力追南唐北宋诸家"……还有像"本于乐府""上溯风骚""源于风雅"等。这些带有逆归式思维的论说,具体呈现了词学"复

①吴衡照:《莲子居词话》卷一,载唐圭璋编:《词话丛编》,中华书局1986年版,第2417页。

②杜文澜评汤贻汾《画梅楼词集》语,《憩园词话》卷三,载唐圭璋编:《词话丛编》,中华书局1986年版,第2905页。

③冯煦:《蒿庵论词》,载唐圭璋编:《词话丛编》,中华书局1986年版,第3594页。

④陈廷焯:《白雨斋词话》卷五,载唐圭璋编:《词话丛编》,中华书局1986年版,第3885页。

古"思想以及由正变理论演绎的词学史的特点。

清末词家"复古"有着特殊的背景。乾嘉期间，文化专制政策驱赶着汉学家们走入专骛考据的狭小天地里，"学与政疏离""实事求是，护惜古人"的复古之风滋生蔓延；咸丰年间，内忧外患的社会又刺激了士人们深藏心底的传统忧患意识；同光新政时期，儒学复归成为治学者的一个共同的精神指向；清末民初的易代氛围，也唤起了一批传统知识分子的重振风雅、再整名教的愿望。而一批"钻故纸堆"的汉学家亲自参与词学研究活动，对词学复古思潮又起到了直接的推动作用。如果说，张惠言编《词选》有受弟子之请的偶然因素，那么，像追步戴震扬州学派的焦循、凌廷堪等，表彰奖掖公羊学的宋翔凤、潘祖荫等，倾向于经今文学派的谭献等涉足词坛，就证明这是清中后期词坛的一种普遍现象。

然而，分析评价词学领域的这个"复古"情结，决不是只揭示出外在的社会政治背景和文化氛围即可，也不是仅从乾嘉后所谓"主流"思想来审视的问题。前者回避了词学发展的自性要求，后者必将会导致类似"再讲'正'、'变'义理，只能是束缚多于导引，重新变'多元'为'一尊'"①的指责言论。客观而论，那种经学眼光、考据之路，微言大义的取径等，以及"庶以爱厚古人，而祛学者之惑"②"洞悉本原，直揭三昧"③的词学研究用心，虽多为促使词学发展的"他性"，但无在一定程度上合乎词体的某些"自性"，彰显了词体特有的感发力度。宋代以后音理失传，词体在创作实践这个决定其生命活力的基点上，失却了血液的滋润；自古皆存的词为小道观念及绮靡淫游之习，致使传统文士必须为此寻找精神骨力的支撑；而宋以后各个时代的努力，或是取径狭隘的"冥搜"，或是远离本源而沉湎词之"末""流"……诸如此类，决定了晚清词家要上溯寻觅词体的"真种子"，真正接续六百余年来失却的"词统"。

于是，凌廷堪、江顺诒、蒋敦复等人心存希冀，探觅词体音理之源，即便大多数词家万不得已以求格律之路，也只是因为他们自认为有通达音理本原的可能。于是，以常州词派为主的词家追逐"意能尊体""意能称体"时，刻意强化如风骚之义、醇雅中正等合乎诗教思想的伦理精

① 严迪昌：《清词史》，江苏古籍出版社1990年版，第430页。
② 周济：《词辨自序》，载唐圭璋编：《词话丛编》，中华书局1986年版，第1637页。
③ 陈廷焯：《白雨斋词话》卷一，载唐圭璋编：《词话丛编》，中华书局1986年版，第3775页。

神,这也是因为他们本能地选择了自认为最高的价值准则。因此,如同我们不能狭隘地认为乾嘉时期的"复古"是"锢天下聪明智慧,使尽出于无用之一途"①,也不能完全忽视了词学发展的本位性,而简单地认为晚清词学是近代学术中的一个滞后的凝固物。且不说,乾嘉后的词学在创作上有感于时事风云的词作大量存在,由周济等人"词史"说到王国维的"境界"呈现出的词学接触时代、求证新学的发展痕迹。仅就"复古"而言,晚清词学研究多"惟古是从"不假,但并非全是"株守古训",不仅始终存在词学观念本身的"以复古为解放"的心迹,而且也正是这个"复古"填补了词学研究史上的一大空白,带给了此时词家审视"千古词宗"的信心和魄力!

[部分内容原以《正变说与晚清词家的词学史观念》为题刊于《淮北煤炭师范学院学报》(社会科学版)2003年第4期,中国人民大学复印资料《中国古代近代文学研究》2003年第12期全文复印,辑入本集有改动]

---

① 魏源:《武进李申耆先生传》,《魏源集》(上册),中华书局1981年版,第359页。

比兴说与传统词学思想的构建

晚清学者庄棫《复堂词叙》曾云"自古词章,皆关比、兴,斯义不明,体制遂舛"①,今人更谓"比兴,乃是中国诗歌的根本大法"②,比兴之于中国古典诗学的意义可见一斑。不过,比兴之义原本就是阐释的结果,也必将在后人的阐释中得以新生。刘熙载在《词曲概》里便感慨而言:"六义之取,各有所当,不得以一时一境尽之。"③鉴于这种传统诗学背景,词家撷取"比兴",特标"寄托",追寻"风骚之义",彰显"读者用心",既求合了词家各自的社会心理,充实了比兴的传统意谓,也培育了词学的根基,构筑了词学思想的新颖理念。

一、审美与实用:比兴之义的双重指向

历代学人凭借着一时一境的文化理念,由隐而显地构筑了"比兴"在传统文化视阈中的多层次意义:以心物共感的意向性为发生条件,以象为化生的媒介,在诗人与对象的沟通与对话思维中,既审美且实用,体现出浓郁的人文关怀。可以说,这是历代诗人词家接受"比兴"的人文心理前提。

中国先民脱离神话步入文明时代,"巫祝卜史"扮演了人神沟通的媒介,他们"观物取象""立象尽意",完成了由"游魂灵怪,触象而构""象物以应怪"④的神话意象到"易象"的过渡。可以说,这种具有譬喻象征意味的"易象",承载着圣人沟通神意或天意的殷切希望,也开启了"比兴"人文关怀的先河。故章学诚在《文史通义·易教下》中说:

① 陈廷焯:《白雨斋词话》卷五引,载唐圭璋编:《词话丛编》,中华书局1986年版,第3878页。
② 胡晓明:《中国诗学之精神》,江西人民出版社2001年版,第3页。
③ 刘熙载:《词曲概》,《刘熙载集》,刘立人、陈文和点校,华东师范大学出版社1993年版,第133页。
④ 郭璞:《注〈山海经〉叙》,《山海经》,李荣庆、马敏注译,中州古籍出版社2008年版,第264、265页。

"《易》象通于《诗》之比兴","与《诗》之比兴,尤为表里"①。《诗》作者无疑是"比兴"丰富的创造者,也真正确立了比兴的审美意义,由神话思维的心物不分走向了艺术思维的心物共感,由神话意象、"易象"转化到审美意象。但审美之中的实用功能也至为明显,在与自然、社会、宗教沟通合一的期待中,或有意识"引类譬喻"而用"比",或无意识地兼有"喻""起"义而用"兴",投注情感,传达体验,其动力便在于那份天人合一的生命感动和人文关怀。比兴之义至屈原,又是一种质的转变。他在积极创造比兴审美意义的同时,张扬了沟通的个性强度,显露为一种"对话"②层面的关怀,"香草美人"的寄托意识十分突出,"比兴"人文指向的实用价值也更为显著。

今人多非议汉儒的比兴观念,认为他们远离比兴的原意,而一味作穿凿附会的联系,单一化追逐比兴的喻义,机械地以美刺分说"兴、比",以及突出比兴的实用功能而削弱审美意义等。其实,他们以"温柔敦厚""主文谲谏"等解释"比兴",也表明了"道"与"势"之间紧张关系的存在,以及与"势"沟通和对话的心理需要。他们时而责难屈原的"露才扬己",但并不否定诗人的关怀心理,而只是认为依"道"而行者须摆正既明且哲的对话角色,以及主文谲谏的对话方式而已。基于此,解诗说诗时,就可以把"比兴"与各种政治与历史事件联系起来。这种联系确有上述所言之弊,但又突出和利用了比兴的人文关怀指向,更何况汉儒的"附会从两汉唐宋到明清一直流传"③。这一现象表明,比兴的人文指向是固有的,也是传统文化不断滋育的。唯有如此,才能真正读懂比兴受宠的内在缘由。

当然,比与兴二者既可分训也可合训。刘勰释"兴"即兼有"喻"与"起"二义。学界多认为这是刘勰折中思想的表现,其实,这恰恰反映了比兴之义及其关系的"缠夹不已"④。不过,无论多么"缠夹",刘勰及后来学者也并未偏离比兴的基本特征。故而,《文心雕龙·比兴》赞曰"诗人比兴,触物圆览",《神思》也说"萌芽比兴"之前须"神用象通,情变所孕;物以貌求,心以理应",旧题贾岛《二南密旨》更云"兴者,情

① 章学诚著,仓修良编:《文史通义新编》,上海古籍出版社1993年版,第9、8页。
② 杨柏岭:《诉说与对话:论〈离骚〉艺术运思的独特性》,《淮北煤炭师范学院学报》(哲学社会科学版)2001年第5期。
③ 李泽厚:《美的历程》,中国社会科学出版社1992年版,第56页。
④ 朱自清:《诗言志辨》,华东师范大学出版社1996年版,第54页。

也。谓外感于物，内动于情，情不可遏，故曰兴"①……可以说，在比兴观念的传统阐释史中，比兴那种心物共感的意向性、以各类"象"为沟通对话媒介、率情任性的生命自诉、主文谲谏的含蓄传达等，始终契合着审美的主题及功能；而那种占卜、索引、美刺等以及指向各类对象的关怀意愿，则拓展着实用的主题及功能。当然，审美和实用之于比兴，常互相错综，能有所偏重，而不能有所偏废，共同构筑了比兴的人文关怀指向。

但总体而言，在诗人关怀心理的呈现层面上，则又是"比"显而"兴"隐。索物生"比"，侧重自觉的象征，是一种"着意经营"式的有意识关怀；触物滋"兴"，倾向于不自觉的象征，是一种"无心凑合"②的关怀感动。无论是着意经营，还是无心凑合，诗家常会由比兴的具体技法进而追逐比兴之义的人文旨归。以唐代为例，陈子昂论诗特标"兴寄""风骨"，由"兴之托喻"而强调"感兴寄托"，突出"兴"之"有感之词"③的意味；皎然《诗式》解释比兴曰"取象曰比，取义曰兴，义即象下之意"④，以"象""义"诠释"比、兴"，且拈出"象下之意"；至于独孤及的"以比兴宏道"⑤，梁肃的"用比兴之义，行易简之道"⑥等，虽有明显的教化色彩，但对托喻、起发之后的"彼义"关怀都是十分清楚的。接受比兴而强调比兴之义的价值旨归，不仅激发了比兴固有的关怀特质，也充实了诸如"境生象外"的诗学精神。

正是比兴之义既吻合了审美活动的诸多规律，也契合着传统文士们的忧患意识、经世致用观念等，故而总是有着无尽的被阐发空间。又由于时代或个人的特殊性，比兴特有的关怀力度也会因时因人而凸显。"长于感慨，兴之意为多"，比兴之作"往往欢娱工，不如忧患作"，出于感慨或忧患，比兴的人文关怀就有了用武之地。如北宋真宗以后的社会变迁，致使词中寄托"亦所在多有""至南宋，最多寄托"⑦，而清代

---

① 张伯伟编撰：《全唐五代诗格校考》，山西人民出版社1996年版，第348页。

② 钱锺书：《管锥篇》（第一册），中华书局1991年版，第63页。

③ 西晋挚虞《文章流别论》："兴者，有感之词也。"严可均辑：《全上古三代秦汉三国六朝文·全晋文》第四册，河北教育出版社1997年版，第801页。

④ 皎然：《诗式校注》，李壮鹰校注，人民文学出版社2003年版，第31页。

⑤ 独孤及：《萧府君文章集录序》，载董诰《全唐文》卷三百八十九，清嘉庆内府刻本。

⑥ 梁肃：《丞相鄴侯李泌文集序》，载董诰《全唐文》卷五百十八，清嘉庆内府刻本。

⑦ 詹安泰：《论寄托》，《词学季刊》第三卷第三号。

尤其是乾嘉以后诗家普遍性地接受比兴，不能不说与乾隆中期以后由盛而衰的社会刺激场有关。冯桂芬《复陈诗议》就曾说古代"圣人盖惧上下之情之不通，而以诗通之"，因为诗"宜乎上下之情之积不能通也"①。祈求上下之情的能通，正是诗中比兴的沟通与对话的思维取向。诗人利用比兴的人文关怀，或微而显，或婉而讽，或率而露，以一己的生命丰富着比兴的意味，体会着入出宇宙人生的感动和超越。由此可以说，比兴沟通着个性与群性、审美与伦理等一系列关系，也是联系传统积淀与时代感悟的一个鲜活纽带；比兴兼审美和实用的人文关怀既构筑着诗人主体的心灵世界，也化育着艺术作品的时空境界，流动着不绝如缕的关怀宇宙人生的生命意识。

二、风骚之义：词家撷取比兴的诗学精神

词家接受比兴，也甚为关注比兴的人文价值，其中，追逐"风骚之义"可谓是它在传统诗学精神中的一个突出表现。不过，作为传统诗学史的一个重要命题，"宗经辨骚"问题仍有两点未引起当代研究者的重视：一是"宗经辨骚"的各种态度都未曾否认比兴的人文关怀；二是词学领域并没有狭义诗学史上的"宗经辨骚"意识。由此，词家视"比兴"为落实"风骚之义"的笔法手段，而"风骚之义"则是词作"比兴"的一种诗学意义上的关怀。

"宗经辨骚"的意识滋生于汉代，是汉代经师们强化文学的经学思想、功利主义，尊《诗》为"经"，而部分学者贬抑屈骚的结果。在个性彰显、文学自觉及审美意识发展的魏晋南北朝时代，屈骚地位有了一定程度的抬升，不过"经骚之辨"意识仍然存在。刘勰就专门写了《宗经》和《辨骚》两篇，甚至此时承继班固之论而走向极端者也有，如刘献之说的"观屈原《离骚》之作，自是狂人，死其宜矣，何足惜矣"②。此后的诗学思想史上，像刘向、王逸等人"举以方经"③、像班固的贬中有褒、像刘勰持"四同""四异"的折中之言、像刘献之的极端之论，皆时而有之。但若从比兴的人文关怀角度说，褒者自然多肯定"《离骚》之文，依

①冯桂芬：《校邠庐抗议》，戴扬本评注，中州古籍出版社1998年版，第160—161页。
②李延寿：《北史》卷八十一，中华书局1974年版，第2713页。
③刘勰：《文心雕龙·辨骚》，《文心雕龙解说》，祖保泉解说，安徽教育出版社1993年版，第79页。

《诗》取兴,引类譬喻"①的价值,贬者也未完全否认屈骚的比兴及其人文指向。故而像班固等人,也承认屈骚有"讽谏"及"恻隐古诗之义"②的价值;刘勰说经、骚"四同",其三就是"比兴之义",而"规讽之旨""忠怨之辞"③等也有肯定比兴人文关怀的意义;即便刘献之深恶痛绝屈原的个性彰显,实也反衬出他要寻求比兴"主文而谲谏"的关怀方式。

词家谈及比兴,究及风骚之义,有个由弱渐强的进程。宋人论词围绕词体的雅化,已经认识到"风雅""骚雅"对构建词学思想的意义。如继铜阳居士、张镃、王灼等人之后,张炎《词源》又明确拈出"骚雅",虽语焉不详,但"在艺术上要出以比兴寄托,继承《离骚》'芳草美人'的传统"④的意图是十分明显的。宋代以后,辨词体而意在尊词体者,常常溯源至《诗》《骚》,但直到明末清初,以"比兴寄托"说词并求合"风骚之义"的言论方正式出现。如史惟圆说:"夫作者非有《国风》美人、《离骚》香草之志意,以优柔而涵濡之,则其入也不微而其出也不厚。"⑤此后,浙西词家更是有意识地提出了以"风骚之义"为圭臬的"比兴寄托"说,突出的即是朱彝尊《陈纬云红盐词序》说的:"善言词者,假闺房儿女子之言,通之于《离骚》、变雅之义,此尤不得志于时者所宜寄情焉耳。"⑥而普遍性接受"比兴寄托",且以"风骚之义"为诗学价值之旨归,则是到了晚清词坛。甚至可以说,"比兴寄托"不仅是这个时期词学最普遍的思想之一,而且也是广义诗学思想史上的精彩章节。

不过,与传统的狭义诗学不同,词学领域追逐"风骚之义",却消解了传统诗学的"宗经辨骚"意识。以晚清词家言说为例,分而析之者有之,如谭献《复堂词录序》认为词体承继着"四始六义"的精神,且谓"词不必无《颂》,而大旨近《雅》,于《雅》不能大,然亦非小,殆《雅》之变者欤"⑦等,没有提到屈骚,但他在《江顺诒愿为明镜室词稿叙》里说:"旌德江君,赋士不遇……于是玲珑其声,有所不敢放;屈曲其旨,有所不敢章。"对此,江顺诒说:"夫声至于'不敢放',至于'不敢章',是亦《离骚》

---

① 王逸:《离骚经序》,《楚辞补注》,洪兴祖补注,中华书局1983年版,第2页。
② 班固:《汉书·艺文志》,载陈国庆编:《汉书艺文志注释汇编》,中华书局2006年版,第183页。
③ 刘勰:《文心雕龙·辨骚》,《文心雕龙解说》,祖保泉解说,安徽教育出版社1993年版,第79页。
④ 方智范、邓乔彬、周圣伟、高建中:《中国词学批评史》,中国社会科学出版社1994年版,第92—98页。
⑤ 陈维崧:《蝶庵词序》引,《陈迦陵文集》卷二,四部丛刊景清本。
⑥ 朱彝尊:《曝书亭集》卷四十,四部丛刊景清康熙本。
⑦ 谭献:《复堂词录序》,载唐圭璋编:《词话丛编》,中华书局1986年版,第3987—3988页。

《小雅》之意,而出之劳人思妇之口乎？吾愿世之为词者,同臻斯境也。"①而更多的人则是并列风骚,合而尊之,而不可偏废。如张惠言《词选序》云词体"盖《诗》之比兴变风之义、骚人之歌,则近之矣";金应珪《词选后序》分析"近世为词,厥有三蔽"缘由时,说"谈词则风骚若河汉,非其惑欤";周济标举词体"非寄托不入,专寄托不出",《词辨自序》说以"意内而言外"为词乃是"变风骚人之遗";王昶说"词至碧山、玉田,伤时感事,上与风骚合旨",以为"通人之言,识解自卓"②;丁绍仪认为"《离骚》之芳草美人,即《国风》之卷耳淑女,古人每借闺襜以寓讽刺",甚至提出"词之旨趣,实本风骚,情苟不深,语必不艳"③的词体观⋯⋯诸如此类,不仅难见"宗诗"而"抑骚"者,词家有时反而更为偏重骚体。如宋翔凤说姜夔"流落江湖,不忘君国,皆借托比兴,于长短句寄之",像《齐天乐》《扬州慢》《暗香》《疏影》等阕即见"屈宋之心"④;沈祥龙则直截了当地说:"屈、宋之作亦曰词,香草美人,惊采绝艳,后世倚声家所由祖也。故词不得楚骚之意,非淫靡即粗浅。"⑤

词家以"比兴寄托"说词,且力追"风骚"传统,又超越传统论诗者常有的"宗经辨骚"意识,甚至更为强化"屈宋之心",其原因主要有:

一是"风骚"的原创性作用以及推尊词体的需要。也就是说,根柢于"风骚"既是古代文士提高修养的重要途径,也与词家对词体地位及现状的特殊认识有关。蒋兆兰《词说自序》论词就"推本屈、宋、徐、庾之旨""要使本末兼修,古今同化",因为他"又虑近世学者根柢不具,则枝叶不荣"⑥。在他看来,论词若能根柢"风骚",便可拯救学无本原、词统紊乱、词体不尊、枝叶不荣等一系列现象。

二是词作外在形式有如同"风骚"类似的同构性。"风骚"在后代阐释中,常具有"借闺怨写幽思"之类的特点,尤其是屈骚那"惊采绝艳"的风貌以及"美人香草"的寄托性,与"不无清绝之词,用助娇娆之态"

---

① 江顺诒:《词学集成》卷七,载唐圭璋:《词话丛编》,中华书局1986年版,第3294页。案:谭献《愿为明镜室词稿叙》全文载江顺诒《愿为明镜室词稿》二卷本(同治己巳刊于武林,癸酉仲春重校)。对照江氏《词学集成》卷七引,"夫声"下一段不见于谭献《叙》中。可知,包括笔者在内诸多研究者之前均将此段视为谭献语,乃系大误。此段当是江顺诒案语内容,唐圭璋编《词话丛编》句读有误。
② 吴衡照:《莲子居词话》卷四引,载唐圭璋编《词话丛编》,中华书局1986年版,第2467页。
③ 丁绍仪:《听秋声馆词话》卷九,载唐圭璋编《词话丛编》,中华书局1986年版,第2698页。
④ 宗翔凤:《乐府余论》,载唐圭璋编《词话丛编》,中华书局1986年版,第2503页。
⑤ 沈祥龙:《论词随笔》,载唐圭璋编《词话丛编》,中华书局1986年版,第4048页。
⑥ 蒋兆兰:《词说自序》,载唐圭璋编《词话丛编》,中华书局1986年版,第4625页。

的绮艳词风一样，能给人以直觉上相似性。故，"填词婉丽深窈，可通于比兴"，词家常有此观念。不过，若从正变观来看，词体相对于诗体的"流变"性和屈骚相对于《诗经》的地位，也有一种同构性，这也是屈骚在词学领域呈上升趋势的原因之一。词家往往就是在先承认屈骚为"变而不失正"的前提下，解说词体的"变中有正"，以此达到尊词的目的。

三是清代乾嘉以后词家尤重比兴与社会变迁有关。此时，词家身处内忧外患的社会，滋生出的社会参与意识和救世激情，对比兴关怀指向有着深刻的认同心理。陈廷焯曾分析过诗人词家使用比兴的缘由及要求："感慨时事，发为诗歌，便已力据上游，特不宜说破，只可用比兴体，即比兴中亦须含蓄不露，斯为沉郁，斯为忠厚。"①此言确实说出了比兴的秘诀，浓郁的关怀之心唯有留在虚处，呈现出来的是不留痕迹的象征性意象，而诗人真正关注的则是以"忠厚"为内容的"象下之意"。陈廷焯承接的还是比兴的"主文谲谏"式的对话方式，但"感慨时事"业已揭示出比兴人文关怀的真正用心。如此，方能品味出清末词家普遍接受"比兴"的社会心理，才能咀嚼出他们"文不苟作，寄托寓焉，所谓文外有事在也，于词亦然"②的歌诗陈政动机，也才能真正读懂谭献以"辨于用心"为中介的"比兴柔厚之旨"③。

至此，比兴不仅构筑了词体的艺术感发性，而且蕴藏着词家的社会关怀情结。"词之旨趣，实本风骚"，"风骚"固有的原创力以及经历代阐释而充实的"风骚之义"，成为"比兴"在诗学精神上的价值选择。这看似是词学思想对于传统诗学精神的回归，对传统文士而言有着必然性，但因为"比兴"固有着对一时一境社会心理的期待关怀，"风骚之义"在词学思想中又有一种复古中求新变的特色。

三、寄托之辨：比兴在词学领域的延伸

词家在利用"风骚之义"规范词体他性的同时，也十分关注词的自

①陈廷焯：《白雨斋词话》卷二，载唐圭璋编：《词话丛编》，中华书局1986年版，第3797页。
②冯煦：《朱校东坡乐府序》，载施蛰存主编：《词籍序跋萃编》，中国社会科学出版社1994年版，第65页。
③谭献辑：《清词一千首（箧中词）》，罗仲鼎校点，西泠印社出版社2007年版，第214页。

性。朱彝尊、张惠言等人引比兴说词，但或是为了落实"醇雅"的途径，或是说词体"意内而言外"与比兴等"近之"，都没有词体自性非比兴寄托不能统摄的意思。可周济不同，他颇为自豪的"始识康庄"，就是通过宋四家门径实施他的"夫词，非寄托不入，专寄托不出"的宗旨。此说固然有以寄托达到"意能尊词"的目的，也没有把"寄托"看成词体的惟一特质，但确实强化了部分词家所确立的词体尤擅于比兴，甚至词非寄托不可的观念。像说词体"其文绮靡，其情柔曼，其称物近而托兴远且微"①"比兴之义，升降之故，视诗较著"②"词深于兴，则觉事异而情同，事浅而情深"③之类的提法，在清代词坛就颇有市场。这些观念的确洞察到词体较之于其他文体的易感性、深幽性，但褊狭之嫌则又无可辩驳。刻意强化词体"比兴寄托"优越于其他文体的观念，既不合乎诗学史、词学史的实际，也给客观解读词作带来负面效应，故而持异议者也大有人在。比周济长一岁的叶申芗便云："然美人香草，古来多寓意之文；而减字偷声，达者作逢场之戏。"④从历代填词本事的角度指出词体虽有"美人香草"的外在形式，但并非都有"寓意"在。陆蓥《问花楼词话自序》亦云："盖古人流连光景，托物起兴，有宜诗者，有宜词者。"⑤此言虽出于尊词目的而肯定"托物起兴"有宜于词，但也客观指出了"比兴寄托"并非词体优胜，更非词体专有。谭献虽说周济《宋四家词选》"陈义甚高，胜于宛邻《词选》"，但也鲜明地指出："以有寄托入，以无寄托出，千古辞章之能事尽，岂独填词为然？"⑥而况周颐说的"词贵有寄托"，他所贵者恰恰是针对周济"非寄托不入"之"非"而来的，要求平等看待"即性灵即寄托"对于各类文体的作用，能如此即便无寄托也可"卓绝千古"⑦。至此，词家完成由"比兴"的普遍存在性，经词体特殊性而又返归普遍性的思索历程。

进而，围绕比兴的传统意蕴，词家又完成了由"比之义"向"兴之

　　① 谢章铤：《叶辰溪我闻室词叙》，《谢章铤集》，吉林文史出版社2009年版，第7页。此句是在与诗"六"、曲"狎"比较后而言的，显然强调了词体深于比兴的特质。

　　② 谭献：《复堂词录序》，载唐圭璋编：《词话丛编》，中华书局1986年版，第3987页。

　　③ 刘熙载：《词曲概》，《刘熙载集》，刘立人、陈文和点校，华东师范大学出版社1993年版，第142页。

　　④ 叶申芗：《本事词自序》，载唐圭璋：《词话丛编》，中华书局1986年版，第2295页。

　　⑤ 陆蓥：《问花楼词话自序》，载唐圭璋编：《词话丛编》，中华书局1986年版，第2537页。

　　⑥ 谭献：《复堂日记》，范旭仑、牟晓朋整理，河北教育出版社2001年版，第65页。

　　⑦ 况周颐：《蕙风词话》卷二，《蕙风词话辑注》，屈兴国辑注，江西人民出版社2000年版，第246页。

义"深掘,追求"真寄托"的求索历程。张惠言论词说到比兴而未言"寄托"。由于受到他治《易》的观念及方法特别是《易·系辞传》中"比物连类"等思想的影响,他习惯从"易象""取譬明理"①的托喻来理解比兴,从而在"风谣里巷男女哀乐"与"贤人君子幽约怨悱不能自言之情"之间,构筑一种自觉性的、机械的、显在的"托喻"关系。或许因为这种对比兴的狭隘诠释和比附运用,故而周济论词时少言比兴而多讲"寄托",可见他对张惠言"破"而后"立"的心迹。其实,"一物一事,引而伸之,触类多通"与"意感偶生,假类毕达"的"有寄托",贯彻了"比"及"兴之托喻"意思;"赋情独深,逐境必寤,酝酿日久,冥发妄中"的"无寄托",落实了"兴之起情"意思;而由"非寄托不入"到"专寄托不出",不仅恢复了比兴的传统意蕴尤其是"兴"的兼训之义,也沿袭了"独标'兴'体"的传统走向。

之后,词家又在此基础上逐渐丢弃了"有寄托"而力追起"无寄托"来。起初,像谢章铤是以周济寄托思想评析了张惠言的比兴观,他要"为能寻词源者进一解"的总体态度是:"词本于诗,当知比兴,固已",且"皋文之说不可弃,亦不可泥也",既因为张惠言论词"大旨在于有寄托,能蕴藉,是固倚声家之金针也",也由于"究之《尊前》《花外》,岂无即境之篇,必欲深求,殆将穿凿"②。接着,杜文澜要承楚骚传统,以追逐无痕之寄托,像"哀感顽艳,得楚骚之遗","以其寄托无痕"而"自然名隽"的,"尤足为近词取则"③。进而,陈廷焯以"特不宜说破"不仅规范了"兴",也要求了"比",认为"字字譬喻,然不得谓之比",唯有"低回深婉,托讽于有意无意之间,可谓精于'比'义"④,体现了"比"当"兴"化的倾向。到了况周颐则从正反两面说明"流露于不自知,触发于弗克自己"的寄托思想:或借助三袁公安派及清代袁枚的"性灵说",提出"即性灵,即寄托"而"非二物相比附";或批驳张惠言的比兴观和周济的有寄托思想,认为"横亘一寄托于搦管之先,此物此志,千首一律,则是门面语耳,略无变化之陈言耳",即便"于无变化中求变化,而其所谓

---

① 钱锺书:《管锥编》(第一册),中华书局1996年版,第14页。
② 谢章铤:《赌棋山庄词话》续编一,载唐圭璋编:《词话丛编》,中华书局1986年版,第3486页。
③ 杜文澜:《憩园词话》卷二,载唐圭璋编:《词话丛编》,中华书局1986年版,第2882页。
④ 陈廷焯:《白雨斋词话》卷八,《白雨斋词话足本校注》,屈兴国校注,齐鲁书社1983年版,第610—611页。

寄托，乃益非真"①；以主张寄托的自然真实为基本目标，在发挥周济的无寄托思想之后，又进而追逐"兴"的那种不自知、无意识的起情感动旨趣。

至此，晚清民初词家理解的"真寄托"，恰如清代法式善自题《诗龛》所云的"情有不容已，语有不自知。天籁与人籁，感召而成诗"，实已回到了创作动机原初的自然状态，这便是他们能从创作角度，正确解读比兴寄托与词体体性关系的理论依据。尽管如此，周济的"寄托说"在词史上举足轻重的地位，是无可非议的。这不仅成为此时词家反思"比兴"的起点和阐发"寄托"的中介，而且它对词学思想的建构意义，也诚如谭献说因周济有"从有寄托入，以无寄托出"之论，然后词"体益尊，学益大"②。何况从创作的实际情况看，周济适度肯定的"有寄托"能注重学词者经历的层次，也颇有实用价值，而他从"入"到"出"的寄托门径观念，更深得传统文化的义理。试读释道安《安般注序》中"出入"之说：

> 安般者，出入也。道之所寄，无往不因；德之所寓，无往不托。是故安般寄息以守成，四禅寓骸以成定也。寄息故有六阶之差，寓骸故有四级之别。阶差者，损之又损之，以至于无为；级别者，忘之又忘之，以至于无欲也。无为故无形而不因，无欲故无事而不适。无形而不因，故能开物；无事而不适，故能成务。成务者，即万有而自彼；开物者，使天下兼忘我也。彼我双废者，守于唯守也。③

这段关于安般的"出入"之义理，说的虽是人之为生的哲理，但其中超越"阶差""级别"之色相有欲，而臻至"无为""无欲"既因且适的"彼我双废"的境界，若移植于艺术体验，则极为吻合。所寄之"道"须有"因"，所寓之"德"当有"托"，也就是说企及"守成""成定"之境，当须有"六阶之差"的"寄息"和"有四级之别"的"寓骸"，但最终须通过"损之又损之""忘之又忘之"的澄明工夫，方能实现由"入"而"出"的自由

① 况周颐：《蕙风词话》卷五，《蕙风词话辑注》，屈兴国辑注，江西人民出版社2000年版，第246页。
② 谭献：《复堂日记》，范旭仑、牟晓朋整理，河北教育出版社2001年版，第72页。
③ 释道安：《安般注序》，载释僧祐：《出三藏记集》，中华书局1995年版，第244—245页。

境界。"入"是有意识的自觉行为,而能"出"便呈现出"彼我双废"的无意识的不自觉体认。史惟圆的"入微出厚"及周济的"非寄托不入,专寄托不出",通过词学旨趣就体现了这种精神。他们说的"美人""香草"何尝不是释道安说的"寄息"和"寓骸",由入而出后的"志意"或"感动"又何尝不是释道安说的"道、德"及"安般"。因此,理解周济的寄托思想,除了要弄清"寄托之有无"在技巧方法上的各自涵义,还更要揣摩出"入出"转换的过程及其词学旨趣的终极指向。如此,才更能体会出寄托思想包含的生命的、审美的、文化的厚蕴,方可说"寄托"是解读词学思想的一个独特话语。

四、读者用心:"比兴"在词学思想中的转义

抬高"读者用心"的诗学思想之源,或许可见之于传统的"见仁见智""诗无达诂"、王夫之的"作者用一致之思,读者各以其情而自得"等说法,但若考察了谭献"作者之用心未必然,而读者之用心何必不然"的生成过程,便能发现词家抬高"读者用心"观念主要是他们以比兴寄托说词的结果。

谭献"二十二(1854)旅病会稽,乃始为词"[①],之后数年潜心于浙派词说,对于词有"未尝深观之"的感叹。此时他已开始喜欢思索作者与读者用心之间的关系,只是主张"喜寻其旨于人事,论作者之世,思作者之人"。"三十而后",词学思想逐渐发生变化,直至五十始定,坚定了由"比兴柔厚之旨"而导致"读者之用心"的突出,这相对于他早期的喜寻"作者之心",确实是质的转变。这前后期的变化,一个关键处即是他三十而后的"乃复得先正(张惠言、周济)绪言,以相启发",特别是"先正"的比兴寄托说词思想。谭献明确说过他与庄棫"亦以比兴柔厚之旨,相赠处者二十年"[②]。这二十年,他先是"欲撰《箧中词》以衍张茗柯、周介存之学",于光绪二年开始着手时,已感到"常州派兴,虽不无皮傅,而比兴斯盛"[③],次年[④]便录成《箧中词》写本朝人词五卷"以相

---

① 本节谭献语凡未注明出处者皆出自《复堂词录序》,载唐圭璋编:《词话丛编》,中华书局1986年版,第3987页。

② 谭献辑:《清词一千首(箧中词)》,罗仲鼎校点,西泠印社出版社2007年版,第214页。

③ 谭献:《复堂日记》,范旭仑、牟晓朋整理,河北教育出版社2001年版,第72页。

④ 《复堂日记》"己卯(1879)"年云"《箧中词》五卷前年录成",以此推当是"丁丑(1877)"年。

证明"。直至光绪八年,写定《复堂词录》前、正、后三集共十卷,并在《自叙》里系统述说了他五十始定之见的形成历程,而本年在检阅周济《宋四家词选》之后,又曾"欲删定《箧中词》",标准就是"选言尤雅,以比兴为本"①。

谭献抬高"读者用心",承接的正是"先正"比兴寄托的词学话语。他谈到张惠言评点苏轼《卜算子》(缺月挂疏桐)一词时说:"皋文《词选》,以《考槃》为比,其言非河汉也。此亦鄙人所谓'作者未必然,读者何必不然'。"②事实也如此,张惠言引类譬喻、贯穿比附的比兴解词,确实有发挥读者创造性的一面,尽管是单一性的,却显然对"读者之用心何必不然"观念的产生有刺激作用。谭献又曾以"金碧山水,一片空濛"描绘周济"有寄托入,无寄托出"的境界,对此学者多感费解。其实,"金碧山水"重在图说周济所说的"有寄托"作品的"表里相宣,斐然成章"的特征,"一片空濛"重在象征周济所说的"无寄托"作品的"见仁见智"的多元性,"金碧山水,一片空濛"昭示的由有到无、由入至出的整体虚浑正是谭献激赏的艺术极境:"反虚入浑,妙处传矣""婉约深至,时造虚浑,要为第一流矣"③。此种"运棹虚浑"不仅揭示了词作境象的感发性,也足以留给读者一片想象的天空。而这也正是周济寄托说的艺术追求。钱锺书喻之为"苹果之有核"的"有寄托",确也有况周颐说的"二物相比附""千首一律"④的弊病,但周济淡化了张惠言比附经学的痕迹,未对"此物此志"作单一性的类化硬性规定,都有因作者和读者心灵感受不同而导致的多种可能性。而钱锺书喻之为"洋葱之无心"⑤的"无寄托",更是明确要求"指事类情,仁者见仁,智者见智",在突出词人心灵感受的微妙性及作品固有空白韵味的模糊性的同时,强化了读者的期待视野以及创造性想象和发挥的权利。

谭献所以接受比兴寄托以至抬高"读者用心",也与他对词体流别及现状的认识有关。他"三十而后"对词已能"审其流别","年逾四十"则"益明",到五十始定,他的词体流别观一言以概之即是词体承继了古乐府之遗,承载了"四始六义之遗"的精神。因"其诸乐失""礼失而

---

① 谭献:《复堂日记》,范旭仑、牟晓朋整理,河北教育出版社2001年版,第299页。

② 谭献:《复堂词话》,载唐圭璋编:《词话丛编》,中华书局1986年版,第3993页。

③ 谭献:《复堂日记》,范旭仑、牟晓朋整理,河北教育出版社2001年版,第37页。

④ 况周颐:《蕙风词话》卷五,《蕙风词话辑注》,屈兴国辑注,江西人民出版社2000年版,第246页。

⑤ 钱锺书:《谈艺录》,中华书局1993年版,第611页。

求之野"，故"生今日而求乐之似，不得不有取于词矣"，"四始六义"的精神只好在"正变日备"的词体中求得。然而，"年逾四十"后，谭献又清楚地认识到为词者常"靡曼荧眩，变本加厉"。在左右为难的困境中，谭献惟一的选择只能是为词体救弊。如何救弊？于是，利用比兴寄托抬高词体品第就成为一种充满希望的途径。可是，尽管词体"比兴之义，升降之故，视诗较著"，但事实上"亦在于为之者矣"，要善于"辨于用心"才是。作为"为之者"之一的历代作者用心及其词作已成事实或者说是渺茫无着，因此尤为关键的则是另一个"为之者"的读者。于是，谭献在周济《词辨自序》"夫人感物而动，兴之所托，未必咸本庄雅"而要在"为之者"的基础上，由作者而至读者，提出了"甚且作者之用心未必然，而读者之用心何必不然"的论断。为此，他颇为自豪地说："言思拟议之穷，而喜怒哀乐之相发，向之未有得于诗者，今遂有得于词。"

从读者"以意逆志"探询作者之心的批评学角度说，出于"比兴"观念而强化的"读者用心"，的确具有认识词作艺术固有感发性的意义，而且"这种打破了对确定性的依恋，而转为对不确定性——意义多元解释的追求"[1]，也体现出某种多元的价值观。但是，诸如传统"知人论世""以意逆志"等学说对构建"读者之用心"的意义同样不能忽视。"人各有心，文各有意"，故"人之赏心，何必尽同"，但是"又安能以我意为人意，谓人意必尽如我意"[2]。"人之赏心"的不同应该是在"知人论世""以意逆志"基础上的"见仁见智"。如果以此为前提来结合"比兴"解读作品，或许真正能实现"作者之用心"与"读者之用心"共同完成作品生命意味这个接受理论的初衷。

道理是可以这么说的，可是在具体的批评实践中，词家在既尊重作者之心又吻合读者之意之间，常会萌生出一系列批评的无奈和困惑。宋翔凤谈到常被人以"猥弱"丑诋的欧阳修《望江南》（江南柳）时，便说"缘情绮靡之作，必欲附会秽事，则凡在词人，皆无全行，正不必为欧公辩也"[3]。欲罢不能而又内敛愤懑，这种矛盾心理在谢章铤那里

① 王岳川主编：《现象学与解释学文论》，山东教育出版社1999年版，第4页。

② 谢章铤：《赌棋山庄词话》续编二、续编三，载唐圭璋编：《词话丛编》，中华书局1986年版，第3501、3528页。

③ 宗翔凤：《乐府余论》，载唐圭璋编：《词话丛编》，中华书局1986年版，第2497页。

则又是另一种无奈的喟叹:"吾窃见后世之说诗者,风雨怀人之作,子衿忧时之篇,尚以桑中濮上疑之,则谓填词为轻薄子,夫复何辞?"①解诗难,解词更难,由此可见一斑。词体的香艳之风、美人香草之态给比兴说词者带来契机,也给贬抑词体者带来了口实。在难以认识"情"的自然真纯的一面,或对艳词别生枝叶、强立议论,或对托兴之作以桑中濮上疑之,这对部分词作的诠释皆属于"读者之用心何必不然"。而这两种无奈说到底都是因为"虽作者未必无此意,而作者亦未必定有此意",故只好"可神会而不可言传"②。

故而,为数不多的词家关于读词心理的描绘就显得难能可贵了。钱斐仲云:"读词之法,心细如发。先屏去一切闲思杂虑,然后心向之,目注之,谛审而咀味之,方见古人用心处。"③况周颐云:"读词之法,取前人名句意境绝佳者,将此意境缔构于吾想望中;然后澄思渺虑,以吾身入乎其中而涵泳玩索之。吾性灵与相浃而俱化,乃真实为吾有而外物不能夺。"④读者的创造性不是远离作者用心和文本实际的肆意发挥,而是"心向之、目注之、谛审而咀味之",是将前人名句"意境缔构于吾想望中"之后的"入乎其中"。因读者"性灵"之别,自然有"见仁见智"在;又因读者心神始终指向作品意境,故读者感受到的"真实"也自有作者及作品的本原在。如此,读者才能真正实施自身的权利,落实作品接受的多样性,有效延续了"比兴寄托"的多层级意味。

[原以《比兴与晚清词学思想的建构》为题刊于《延边大学学报》(社会科学版)2004年第3期,辑入本集有改动]

---

① 谢章铤:《赌棋山庄词话》卷十一,载唐圭璋编:《词话丛编》,中华书局1986年版,第3466页。
② 谢章铤:《赌棋山庄词话》续编一,载唐圭璋编:《词话丛编》,中华书局1986年版,第3486页。
③ 钱斐仲:《雨华庵词话》,载唐圭璋编:《词话丛编》,中华书局1986年版,第3012页。
④ 况周颐:《蕙风词话》卷一,《蕙风词话辑注》,屈兴国辑注,江西人民出版社2000年版,第21页。

词心说与词人心性的审美诠释

中国人素来谈艺说诗,动辄包裹六极,直指天地,以此充实古人的艺术慧心。画家意欲"以一管之笔,拟太虚之体"①,诗人试图"以追光蹑影之笔,写通天尽人之怀"②……"词心"是词家独创的论词术语,以此为前提,由为词之用心、人既有心及不失赤子之心,反映着词学思想的心化走向。依据词体自性,凭借外在他性,词家解读了词人心性的美学品味及德性内涵,构筑着词人的情感心理本体。

一、三家"词心"异同辨

"词心"由冯煦首创③,沈曾植沿用,至况周颐而大放光芒。他们几乎都从词体本位观照了词人参与词学活动时所特有的审美心态,追求贯穿词人、词作及读者之间的一种内在精神,呈现出明显的心化特色。冯煦云:

> 少游以绝尘之才,早与胜流,不可一世。而一谪南荒,遽丧灵宝。故所为词,寄慨身世,闲雅有情思,酒边花下,一往而深,而怨悱不乱,悄乎得《小雅》之遗,后主而后,一人而已。昔张天如论相如之赋云:"他人之赋,赋才也;长卿,赋心也。"予于少游之词亦云:"他人之词,词才也;少游,词心也。"得之于内,不可以传,虽子瞻之明隽,耆卿之幽秀,犹若有瞠乎后者,况其下邪?④

① 王微:《叙画》,俞剑华编:《中国画论类编》(上),中国古典艺术出版社1957年版,第585页。
② 王夫之:《古诗评选》卷四,《船山全书》第十四册,岳麓书社1996年版,第681页。
③ 不过,冯煦《宋六十一家词选序》曾云"予年十五,从宝应乔笙巢先生游,先生嗜倚声,日手毛氏《宋六十一家词》一编"等。所以陈廷焯把关于"少游,词心也"之类的话归结到乔笙巢的名下。陈廷焯:《白雨斋词话》卷六,载唐圭璋编:《词话丛编》,中华书局1986年版,第3909页。
④ 冯煦:《蒿庵论词》,载唐圭璋编:《词话丛编》,中华书局1986年版,第3586—3587页。

沈曾植云：

> 渔洋《花草蒙拾》，偶然涉笔，殊有通识。其述云间诸公论词云："五季犹有唐风，入宋便开元曲。故专意小令，冀复古音，屏去宋调，庶防流失。"谓其"长处在此，短处亦在此"。不独评议持平，且能举出当时词家心髓，识度固在诸公上也。
> 止庵而后，论词精当，莫若融斋。涉览既多，会心特远，非情深意超者，固不能契其渊旨。而得宋人词心处，融斋较止庵真际尤多。①

况周颐多次使用过"词心"，此录《蕙风词话》中代表性的几则：

> 填词要天资，要学力。平日之阅历，目前之境界，亦与有关系。无词境，即无词心。矫揉而强为之，非合作也。境之穷达，天也，无可如何者也。雅俗，人也，可择而处者也。
> 吾听风雨，吾览江山，常觉风雨江山外有万不得已者在。此万不得已者，即词心也。而能以吾言写吾心，即吾词也。此万不得已者，由吾心酝酿而出，即吾词之真也。非可强为，亦无庸强求，视吾心之酝酿何如耳。吾心为主，而书卷其辅也。书卷多，吾言尤易出耳。②
> 黄东浦《柳梢青》云："天涯翠巘层层。是多少长亭短亭。"《眼儿媚》云："当时不道春无价，幽梦费重寻。"此等语非深于词不能道，所谓词心也。③

上述三家"词心"有着各自的词学审美经验模式，冯煦与沈曾植是在评定前人词作时运用的，况周颐主要从自己填词和读词实践中总结出的。从冯煦到况周颐，"词心"对象由特指过渡到泛称，内涵也由特殊性而走向一种普遍性。冯煦使用"词心"之灵感源于"赋心"，只是作为秦观词独特性的一种界定，即一种能"上媲骚雅，异出

---

① 沈曾植：《菌阁琐谈》，载唐圭璋编：《词话丛编》，中华书局1986年版，第3607、3608页。
② 况周颐：《蕙风词话》卷一，《蕙风词话辑注》，屈兴国辑注，江西人民出版社2000年版，第9—10、23页。
③ 况周颐：《蕙风词话》卷二，《蕙风词话辑注》，屈兴国辑注，江西人民出版社2000年版，第103页。

同归"，悄得也是深得"《小雅》之遗"的"怨悱不乱"的词人心性。沈曾植的"词家心髓""宋人词心"是评论王士禛论云间数公词学及刘熙载词学时分别提出的，有着各自的语境和指称内容。与冯煦比较，此词心、心髓已非个别词人的独享，而由"宋人"到一般意义上的"词家"。指称对象的变化影响了词心、心髓内涵，但都是指词家的长处、本色及真际。至于况周颐，虽以"吾"字限定了解读词心的个人经验，但与冯煦的刻意转化、沈曾植并无解释的一般运用相比，他的"词心"观明显具有了普遍化及独立化的意义。此词心，乃是"深于词"的词家在填词和读词过程中体会到的一种本色心态，一种真正能与诗心、文心及赋心对举的词家心髓，即所谓"文人慧解，发于中而肆于外，秉笔为黄绢幼妇，在词即谓之词心"[1]。

当然，三家词心观也有诸多异曲同工之处，在各自语境中流动着晚清词家对词美旨趣的关怀。概括而言，约有三端：

其一，"深于词"，如此便限定词心富有词学审美经验的本色性。

在沈曾植眼里，刘熙载识得"宋人词心处"上，"真际"尤多于周济，因为他"涉览既多，会心特远"。"涉览既多"当然包括"深于词"，况且还能在比较中会心特远，情深意超，求通求精，不离词体本位。况周颐则明确说过"非深于词不能道"词心，词心是宋代词人黄东甫写出"天涯翠巘层层，是多少长亭短亭"，"当时不道春无价，幽梦费重寻"等词句的原动力。言下之意，词心孕育于深于词的词人的本色心态，敏感流动中自有一种"万不得已者"。冯煦没有明说"深于词"，但把赋才、赋心转换为词才、词心，词心唯独秦观所独享，自然有秦观深于词之意，况且秦观是否"深于词"，本无须多说。

其二，"有词境"，如此便限定词心为词人一种善感善觉的审美心态。

当然况周颐的"无词境，即无词心"中的"词境"，又分"平日之阅历"和"目前之境界"。前者累积词人丰厚的情感积淀，后者为词人填词营构着一个即时性的审美场。"吾览江山，吾听风雨"，此"听"此"览"已非耳闻目睹的日常态度，而升华为一种当下的审美观照。词心在词境之中酝酿而出，也是词境动态过程中的高峰体验。他诠释词心的

---

① 赵尊岳：《填词丛话》卷一，载《词学》（第三辑），华东师范大学出版社1985年版，第162页。

"万不得已"，也就是词境动态生成中"若有无端哀怨枨触于""万不得已"①。诚如他的得意门生赵尊岳所云："镜心自觉，此际极词境之至幽；即斯境，极词心之至慧。"②如果说况周颐重点分析了目前境界化生词心的作用，那么冯煦就突出了平日阅历孕育词心的必然性。秦观由早与胜流到一谪南荒的人生阅历，落差如万丈飞瀑，情深意超而直指词心，故所为词，寄慨身世，闲雅有情思，酒边花下，一往而深。因此，"有词境"虽分二端，但皆落实在词人的"善感善觉"③上，有了"其感其觉"，便有了孕育词心的可能。

其三，"得之于内"，如此便突出了词心直觉性的心化走向。

词心得之于内，是词人深于词、有词境的善感善觉，故而非可强求，亦无庸强为，难以言传甚至不可以传。冯煦认为即便苏轼之明隽、柳永之幽秀也未能得词心，沈曾植也仅说刘熙载较之于周济得宋人词心处真际较多而已，况周颐则云"视吾心之酝酿何如耳"才是关键。这种既纯粹且神秘的词心，实则直指词人深情厚谊的个性化、直觉性以及体认的真实性。当然，以心之酝酿为主，并非彻底排斥才气和书卷。冯煦对举词心与词才，但并未否认秦观"绝尘之才"对后期词心具有的辅助作用；沈曾植十分重视"涉览""识度"的地位，而况周颐则明确提出"填词要天资，要学力""吾心为主，而书卷其辅也"。不过，强调心化色彩，突出以心性为词的走向，这是词家赋予词心的一个价值旨归。因此，说词心得之于内，自有其合理性。那些才气、书卷气之作，其理多得之于外，多有迹可寻，可强求得之；而词心之作是词人以心性为词的结果，多得之于内，各人自有其感其觉，其妙多不可言传，亦不可强求得之。

当然，难以言传甚或不可以传并非真正无迹可寻，其实三家也都在试图传递着词心的内在神韵。他们无不力求从词体本位出发，以探寻词人投注于词学审美活动中的心灵体认：在词人便是词人为词用心的独特意识，在词作便是其中的当行本色，在读者就是心领神会的意蕴妙悟。

---

① 况周颐：《蕙风词话》卷一，《蕙风词话辑注》，屈兴国辑注，江西人民出版社2000年版，第22页。
② 赵尊岳：《纫佩轩诗词草序》，载吕景蕙：《纫佩轩诗词草》，上海百宋铸字印刷局1934年铅印。
③ 刘永济：《诵帚词笺》，载《古代文学理论研究丛刊》（第四辑），上海古籍出版社1981年版，第181页。

二、学词先以用心为主

词家的"词心"与刘勰使用的"文心",关注的焦点多有不同,但都突出审美主体的心性,强调为文习艺的心化色彩。这种解读词心纯粹化、精确化的路径,已经把词心上升到一种审美价值、生命意义的层面。可以说,词学活动因为有了追寻词心,而焕发出个体生命意识的勃动、词趣美韵的流动以及内在精神的贯穿。"匪夷所思之一念"或"自沉冥杳霭中来"①的词心包含着甚为复杂的用心过程,"得之于内"有个极难咀嚼的酝酿历程,"深于词""有词境"等也须有个善于用心的阶段。因此,借用刘勰以"为文之用心"诠释文心的思路,我们似可沿着冯煦、沈曾植、况周颐等人逐渐泛化词心的做法,而把词心理解为"为词之用心"。

其实,"为词之用心"是词家关注词体本位、解读词人心性、求得填词门径、绍介学词体会的一个焦点。周济《介存斋论词杂著》说"学词先以用心为主",吴骞《莲子居词钞序》说"大抵诗与词初无二致,顾视其用心之何如耳"②,谭献《箧中词叙》说"丽淫丽则,辨于用心"③,郑文焯《眉绿楼词序》对陆机"每观才士所作,窃有以得其用心"一语深有同感④……其中论述最全面的当属周济,《介存斋论词杂著》云:

> 学词先以用心为主,遇一事,见一物,即能沉思独往,冥然终日,出手自然不平。次则讲片段,次则讲离合,成片段而无离合,一览索然矣。次则讲色泽音节。⑤

词虽小道,工之不易,据此可见一斑,而此处周济论述的也仅是学词的三个环节。通过立意、结构和色泽音节三者的先后次序,反映出周济论词极重"意格"的思想。比较周济与况周颐关于学词用心的见解,由"先以用心为主"到"吾心为主",由"沉思独往,冥然终日"到"吾心之酝

---

① 况周颐:《蕙风词话》卷一,《蕙风词话辑注》,屈兴国辑注,江西人民出版社2000年版,第24页。
② 吴骞:《莲子居词钞序》,施蛰存主编:《词籍序跋萃编》,中国社会科学出版社1994年版,第555页。
③ 谭献:《复堂词话》,载唐圭璋编:《词话丛编》,中华书局1986年版,第3988页。
④ 郑文焯:《眉绿楼词序》,顾文彬《眉绿楼词》卷首,清光绪十年吴下刻本。
⑤ 周济:《介存斋论词杂著》,载唐圭璋编:《词话丛编》,中华书局1986年版,第1630页。

酿"……开启承继关系十分清晰。当然,周济注重绍介学词门径,况周颐更讲究一己的感悟。尽管如此,词家论词重视用心、趋向心化,当从周济始。周济不仅指出了学词用心的重要性,而且具体描绘了这个用心的过程。"遇一事,见一物,即能沉思独往,冥然终日",在《宋四家词选目录序论》里就是:"一物一事,引而伸之,触类多通。驱心若游丝之罥飞英,含毫如郢斤之斫蝇翼,以无厚入有间……"①显然这个驱心体验,离不开"夫词非寄托不入,专寄托不出"的学词门径意识。由于有寄托入和无寄托出,在周济看来,是词体独特性的体现,所以上述从庄子"技近于道"思想而来的运思体验,也就有了词心的实质性规范,超越了一般意义上的艺术心理。也由于周济多出于学词门径的考虑,故而极力寻觅为词用心的规律性。谈用心的对象、环节及先后次序,可谓有章法在;说寄托的门径、入出及层次,可谓有思路在;驱心的方法及效果,可谓有感受在。也许有人认为,周济无寄托思想主张的应该是无规律,何必以规律门径来束缚他的为词用心? 其实不然,冥发妄中、意为鲂鲤、罔识东西等正是无寄托的特征和艺术指标,以此为用心旨归,本是驱心规律的体现。

依据艺术体验及学词门径,周济提出"学词先以用心为主"。进而,他由这种词心观念的主动性发展为对词心的审美、德性建构以及情、思、才等心理因素的充实。"梅溪甚有心思,而用笔多涉尖巧,非大方家数,所谓一钩勒即薄者。梅溪词中喜用'偷'字,足以定其品格矣";"公谨敲金戛玉,嚼雪盥花,新妙无与为匹。公谨只是词人,颇有名心,未能自克。故虽才情诣力,色色绝人,终不能超然遐举"②。显然,力主"才情诣力",反对"心思""名心"是周济词人心性的思想核心。顺乎才情诣力,自然色色绝人,妙处敲金戛玉、嚼雪盥花,无与为匹;迎合"心思""名心",用笔尖巧,钩勒即薄,品格便低,终不能超然遐举。尤其当品味"(周密)只是词人,颇有名心,未能自克"句,把词人心性与名心对立,名心不在词人心性中立足生根。

这种泾渭分明的态度,目的在于构筑词人的审美人格,对词家心性作超越性的理解。不过,词心的无利害欲、非功利性与传统文士推崇的入世精神、经世致用的襟抱不同。前者为己,是有损于审美人格

---

① 周济:《宗四家词选目录序论》,载唐圭璋编:《词话丛编》,中华书局1986年版,第1643页。
② 周济:《介存斋论词杂著》,载唐圭璋编:《词话丛编》,中华书局1986年版,第1632、1634页。

的日常态度；后者为公、为天下，乃有益于审美人格的德性力量。而合善求美正是周济词学思想的体现，意能尊体的词体观、寄托盛衰的词史观等就是有力的佐证。有德者必有言，合善的性情自能开拓审美创造力。譬如，南宋人唐珏并非专业词人，但其《水龙吟·白莲》一首，王沂孙也"无以远过"，因为"信乎忠义之士，性情流露，不求工而自工"。为此，周济特别把唐珏这首《水龙吟·白莲》收录到《词辨》正卷，且"以终第一卷"，希望"后之览者，可以得吾意矣"①，足见他对词人德性力量的重视。

契合词体、合善求美的词心，便是一种"力"。可以说，周济论词常用的思力、才力、心力、才情诣力等，指向了词心固有的审美创造和德性力量。而对这一思想作重点发挥的却是谭献的"辨于用心"。《箧中词叙》曾言："昔人之论赋曰：'惩一而劝百。'又曰：'曲终而奏雅。'丽淫丽则，辨于用心；无小非大，皆曰立言。惟词亦有然矣。"谭献所云"辨于用心"有作者之用心、读者之用心之分，用心对象当求合词体体性，用心目的则以立言为旨归。如同周济，词体体性也是辨于用心的核心对象。以赋观词，谭献主张"丽"为词体外在特征，"《颂》或《雅》""淫或则"是词体内在可能走向；"丽而有则""不必无《颂》"但"大旨近《雅》"，方为词体体性的本然。为此，他在《箧中词叙》中曾把唐宋期间词人分为文士、君王、将相大臣、文学侍从、志士遗民等数种类型，以为"无小非大"，这些词人"皆作者也"，其填词"皆曰立言"②。至此，依据传统文艺思想，"辨于用心"既充实了词人心性，也由词心之"力"走向了词作的"立言"，显示了为词用心顺乎尊词观念、暗合时代感悟的有清一代词学的特征。

三、人既有心，词乃不朽

古人论文心、赋心及诗心等，认为能"囊括宇宙万物"，"其小无内，其大无垠"，词家论词人襟抱也是"尺素寸心，八极万仞，恢之弥广，斯按之逾深"③。前述词心、用心、驱心及辨心等并非抽象的存在，也非

---

① 周济：《介存斋论词杂著》，载唐圭璋编：《词话丛编》，中华书局1986年版，第1636页。
② 谭献：《复堂词话》，载唐圭璋编：《词话丛编》，中华书局1986年版，第3988页。
③ 况周颐：《蓼园词选序》，载唐圭璋编：《词话丛编》，中华书局1986年版，第584页。

只是艺术运思的审美心态，而具有一种实质性内容的生命体验。这是词人在宇宙人生中，凭借直觉性而非仅依靠才气书卷滋生的真切感受。譬如，作为况周颐词心的代码，"万不得已"除了那遏制不住的灵感突现及创作冲动，还有况氏有感时势变换的心灵磨难、身世之感。被冯煦称为词心独享者的秦观以及近乎有词心的李煜，人生大起大落、命运颠覆，乃"真古之伤心人也"，这也自有充实个体生命感悟的"万不得已"。在周济的体认中，词家用心对象之一的由有寄托到无寄托，更是自觉或不自觉地要求传达词人那升华的生命体验。

因此，具有词心的词家心性是能动的、易感的，也是生命化的。虽曰"不可强为，亦无庸强求"，但绝非既不"为"也不"求"。而"遇一事，见一物，即能沉思独往，冥然终日"，不免有些教条、死板，但从勤于用心、勇于驱心的角度说，道理又是不言自明。词人当主动地接纳生活的馈赠，在不幸遭际中寻觅词人之幸。此论在谢章铤那里有过理论的提炼、精彩的表述：

> 今日者，孤枕闻鸡，遥空唳鹤，兵气涨乎云霄，刀瘢留于草木。不得已而为词，其殆宜导扬盛烈，续铙歌鼓吹之音；抑将慨叹时艰，本小雅怨诽之义。人既有心，词乃不朽，此亦倚声家未辟之奇也。[1]

谢章铤"弱冠负异才，出语辄惊老宿"[2]，而论词的时代感便是突出的表现。其身遭逆夷四乱、生民涂炭的多艰时局，"不得已而为词"，但并未沉沦花间酒下或是逍遥避世，而是主张感愤时事，或"导扬盛烈，续铙歌鼓吹之音"；或"慨叹时艰，本小雅怨诽之义"。这已不是那种为掩盖心灵的空虚、良知的泯灭而说的"不得已"，而是有心人的一种悲壮情怀的感发。这个"有心"，正是词人有感于时事多艰而激发的一种责任感，与"拈大题目，出大意义""词史"等词论主张互为一体。"人既有心，词乃不朽"，尽管最终落实在词作的永恒价值，但更是对当时词人提出的一个高标准的要求。这个"人既有心"是真正立足于时代、社会之中的，不仅要求词人有关注社会之心，词人的心性中当充实

---

[1] 谢章铤：《赌棋山庄词话》续编五，载唐圭璋编：《词话丛编》，中华书局1986年版，第3567页。

[2] 刘存仁：《赌棋山庄词话序》，载唐圭璋编：《词话丛编》，中华书局1986年版，第3309页。

着时代的思索，而且要求词家在时代氛围中"炼人心性"。这在词作，便是"大意义"；在词人，就是未泯的良知和责任，就是"诗人怀抱间以词发之"①。这对谢章铤而言，如此，"词乃不朽""亦倚声家未辟之奇"；而在我们看来，这是关涉当时词家心性最富力度的一种词心观念。谢章铤要求的其实是儒家诗教的"变风变雅"之旨，是传统文士"怨诽而不乱"的爱国情愫。这种变风变雅，说的是哀世之音，流动的是慨叹哀怨之情，抑扬抗坠、驰荡不尽之思，但并不是简简单单的一己身世之感，而是要在触于时代而得的"其感其觉"中，升华到传统文士无可非议的价值理念。如此，便从德性充实上拓展了词家心性的内涵。

有了这层认识，检索词家的诸多词心观念，那急于要用言语表达的种种"万不得已"，其实都有各自的实质性规定。冯煦说秦观有词心，是由于秦观在"寄慨身世"中能"怨悱不乱，悄乎得《小雅》之遗"。对此，陈廷焯却不甚赞同。他一方面对"少游，词心也"等言，感慨而云"淮海何幸，有此知己！"但另一方面认为："少游《满庭芳》诸阕，大半被放后作，恋恋故国，不胜热中，其用心不逮东坡之忠厚。"②为词用心的忠厚与否是陈氏衡量词心有无的最高标准，而这个"忠厚之词心"又是一种以"哀怨"为情感基调，以"闲雅"为外在形式，以"激烈"为回避对象的心理结构，所谓"中有怨情，意味便厚""作词贵于悲郁中见忠厚。悲怨而激烈，其人非穷则夭"③等，就是证明。可见，同样是秦观词，各家说法也不尽相同，反映了词人感悟词心实质性内容的差异。

就"哀怨"而不"激切"来讲，这在秉承传统诗教精神的词家那里，很有市场。陈廷焯之前的黄苏也主张此说，阅读《蓼园词选》及《蓼园词评》，明显看出黄苏十分看重隐含在"不得已"中的凄怨而又非亡国之音的忠爱主题。他希望词人应该以"忠爱之思"为轴心，具有"先天下之忧而忧"、忧世、忧国甚或忧君情怀，可以凄清、凄怨，但不能有"亡国之音"和"激切之辞"等。而梁启超对这种只能"哀怨"而不能"激切"的含蓄蕴藉又予以了较为深刻的反思。他认为在向来批评家推尊的

---

① 陈璞：《梅窝词钞序》，陈良玉《梅窝词钞》卷首，清光绪元年刊本。
② 分别见陈廷焯：《白雨斋词话》卷六、卷一，载唐圭璋编：《词话丛编》，中华书局1986年版，第3909、3785页。
③ 陈廷焯：《白雨斋词话》卷四，载唐圭璋编：《词话丛编》，中华书局1986年版，第3848、3850页。

"蕴藉"和总认为别调的"热烈磅礴"之间，"不能偏有抑扬"，而且"其实亦不能严格的分别"。由此他在谈到词的表情法时，极力推崇奔进的和回荡的表情法，原因就是它们"专从热烈方面发挥"，指向"热烈磅礴"的词风①，能客观地反思温柔敦厚的诗教精神，也折射出梁启超对词人心性的理解。

四、词人当不失其赤子之心

回观前面所述，词人须涉览既多、命运多艰、感触尤深……然而，词家又多要求词人当不失其赤子之心，不可多阅世，恰似"赤子随母笑啼"的自然真醇。如此，词人俨然一个"老顽童"者也，至此，词家对词人的认识返本复初，旨趣便落实在求真上。中国古典文论论文有原人情结，言为心声，原人便落实到原心上。况周颐就认为"吾心酝酿"在词心生成中扮演着关键性角色。既然如此，追问此"心"的特征，就是晚清词家乐意谈及的话题。值得一议的有三端：

这个"真"是具有灵动生命意味的人心之诚正。王闿运云："靡靡之音，自能开发心思，为学者所不废也。周官教礼，不屏野舞缦乐。人心既正，要必有闲情逸致、游思别趣。如徒端坐正襟，茅塞其心，以为诚正，此迂儒枯禅之所为，岂知道哉？学者患不灵，不患不蠢，荡佚之衷，又不待学。"②这是王闿运词学思想日渐成熟时的妙言。他从学者的素质、人心为道的要求、词体本身特征及历史史实等角度，指出填词之道并非"君子不为"。就人心为道的要求来说，"人心既正，要必有闲情逸致、游思别趣"，诚正才是人心的内在魂灵。而这个诚正并非以屏弃闲情逸致和游思别趣为前提的，真正的诚正之心是包含这些内容的，这才是真正的知"道"。相反，那种以"徒端坐正襟，茅塞其心，以为诚正"者，只是"迂儒枯禅之所为"。质言之，他是从人性的丰富内涵为词体的生存状态寻觅到了合理的依据，对那种教条化的道学理念也有反思意义。道和人，皆应该是一种鲜活的生命存在，人之心以诚正为本，而诚正来源于人心感受的真实性，活跃着生命的符号。只有那些

---

① 梁启超：《中国韵文里头所表现的情感》，载夏晓虹编校：《梁启超卷》，河北教育出版社1996年版，第637—638页。

② 王闿运：《湘绮楼词选序》，载唐圭璋编：《词话丛编》，中华书局1986年版，第4281页。

"迂儒枯禅"才是放弃生命感受的真实,而大谈玄妙不合时宜的抽象说教。词家有了"灵"字,便有了生命的勃动、通变的条件和诚正的根本。

这个"真"也是指神物交感的词人心灵感受之真,体现了明显的心化主题。"吾听风雨,吾览江山,常觉风雨江山外有万不得已者在",传递了心物交感的传统艺术精神。不过,况周颐词心思想不仅是一般性的其感其觉,而是词人在"神物交接之际"时的那个亮点。理解这个亮点,关键就是他频繁说及的"万不得已"。此"万不得已"就是"词心",是"吾"与"风雨江山"构成审美关系下的产物,是词人"据梧冥坐,湛怀息机""莹然开朗""不知斯世何世"之高峰体验中的"万不得已"。那种投入宇宙人生的生命感悟、目前境界下的一般感动、审美体验中的普遍愉悦,并不能看作况周颐的词心(诚如前面分析的,有了"其感其觉",也只是有了孕育词心的可能)。他的"万不得已"近似我们常说的灵感状态,直指"神物交接之际"时的亮点。因此,"物是客体,神是词心"①的说法,离况周颐所说的"词心"幽深处甚远,既泛化了灵感的突现,也误解了神物交接的性质。词心亦神亦物,非神非物,乃是神物交感的意向性结构。诚如刘永济分析况周颐词心时所说"是故神物交接之际,有以神感物者焉,有以物动神者焉","迨神与物交会,情景融合,即神即物,两不可分","文家得之,自成妙境"②。词心是流动的,有一个贯穿在词学活动的生命之旅,而真实就是此番旅程的旗帜。况周颐说:"此万不得已者,由吾心酝酿而出,即吾词之真也。"既然词心在心物交感、神与物游中孕育化生,那么酝酿于心且移注于词的"万不得已者",自然就是词人神物交接之际的体认之真。词家对词家心性的强调,多多少少都与词心的这种真实性相关。结合前面对词心与词才的分析,词家从真实性上充实了词心的心化内涵:徒以才气和书卷填词,陷入世俗,遗忘自我,恃才傲物,褊狭而不自明;依心性填词,源于真切感悟,超越世俗趣味而独葆个性品格,精深者寄托遥深,实现一己生命体验的升华。

这个"真"更是赤子心灵的能观、能感和忠实。王国维说:"词人者,不失其赤子之心也。故生于深宫之中,长于妇人之手,是后主为人

---

① 屈兴国辑注:《蕙风词话辑注》,江西人民出版社2000年版,第23页。
② 刘永济:《词论》,上海古籍出版社1981年版,第71页。

君所短处,亦即词人所长处。"① "词人之忠实,不独对人事宜然,即对一草一木,亦须有忠实之意,否则所谓游词也。"② 此"赤子之心"来源于叔本华等人的天才观。叔本华曾言:"天才者,不失其赤子之心者也。盖人生至七年后,知识之机关即脑之质与量已达完全之域,而生殖之机关尚未发达,故赤子能感也,能思也,能教也……故自某方面观之,凡赤子皆天才也。又凡天才自某点观之,皆赤子也。"③ 叔本华、王国维的"赤子之心"与明代李贽"最初一念之本心"的"童心",有异曲同工之妙。除年龄断限上略有差异,叔、王二人"赤子"无欲念而意志多,阅世愈浅,则性情愈真;李贽"童心"祈求人之自然本性,以此对抗伦理学上的"闻见道理"和诗学上的"格调法度"。但他们无不主张离开成见的自由、摆脱世俗的天真、超越功利的审美。有了能感、忠实及能观的词家心性,词家便具有一种关爱情怀,这也是境界生成的前提。当然,不失其赤子之心,只是王国维词家心性思想的一个必要条件。在此基础上,词人或词体还应当"尤重内美"和"重之以修能"。姜夔"无内美而但有修能",故他的词有"可鄙"者④,"虽似蝉蜕尘埃,然终不免局促辕下";而苏轼、辛弃疾"雅量高致,有伯夷、柳下惠之风",故一"旷"一"豪"⑤,尽得词家风流。至此,王国维又在赤子之心的前提下,为词人融进了他所理解的高情远志。可以说德性力量与赤子之心辩证地统一在王国维的词家心性思想中。

[原以《晚清词家词心观念评说》为题刊于《文艺理论研究》2004年第3期,辑入本集有改动]

① 王国维:《人间词话》,载唐圭璋编:《词话丛编》,中华书局1986年版,第4242页。

② 王国维:《人间词话删稿》,载唐圭璋编:《词话丛编》,中华书局1986年版,第4266页。

③ 叔本华:《意志及观念之世界》,载王国维:《叔本华与尼采》,《王国维文集》,北京燕山出版社1997年版,第276页。

④ 王国维:《人间词话删稿》,载唐圭璋编:《词话丛编》,中华书局1986年版,第4266页。

⑤ 王国维:《人间词话》,载唐圭璋编:《词话丛编》,中华书局1986年版,第4250页。

词品观念的孕育发展及其意义

随着尊词观念的发展，词之品第格调便成为词家讨论的话题。不过，受"文品""诗品"等范畴启发的"词品"，在理论上的自觉与丰富还是在清代尤其是乾嘉以后的词坛。词学史上，王昶较早地提出"论词必论其人，与诗同"的问题，像"甘作权相堂吏"的史达祖与"故国遗民，哀时感事"的姜夔的人格，就不可"同日而语"，以至"臭味区别，不可倍蓰算矣"，故而两人词品也不可"比量工拙"①。此后，以品论词便呈蔓延之势。这个时期，词品说得以孕育发展，代表着此时词学的时代特征。本论题拟从称词体、重人格、序化评判、类化审美及词学意义构建等层面，试图多方位地审读词家的词品观念。

一、词之格调：词品说的称词体前提

词家多从"称词体"角度设定词品观念的前提，究词品而从格调说起，这是词家以格论词的客观情况决定的。刘熙载《诗概》曾说"诗格"有品格之格、格式之格之分②，词家以格论词亦略分两端：一则，"峻词体"派多倾向格式之格。丁绍仪云：作词"盖不曰赋、曰吟，而曰填，则格调最宜讲究"③，填词须严守格律，否则上去不分，平仄任意，踵讹袭陋，格调之舛在所难免。二则，"畅词趣"派以及与"峻词体"兼论的词家常倾向品格之格。陈廷焯是典型的畅词趣者，他便乐于用品格、格高、格胜等术语玩味温柔敦厚的词学旨归；而兼论者如谢章铤说，"纯写闺檐，不独词格之卑，抑亦靡薄无味，可厌之甚也"④，直接关涉他论

---

① 王昶：《江宾谷梅鹤词序》，嘉庆丁卯刻本《春融堂集》卷四十一。
② 薛正兴点校：《刘熙载集》，江苏古籍出版社2001年版，第118页。
③ 丁绍仪：《听秋声馆词话》卷一，载唐圭璋编：《词话丛编》，中华书局1986年版，第2575页。
④ 谢章铤：《赌棋山庄词话》卷四，载唐圭璋编：《词话丛编》，中华书局1986年版，第3366页。

词求"人既有心""炼人心性"的思想;况周颐则"慨自容若而后,数十年间,词格愈趋愈下"[1],指责浙西末流词家高语清空,实则词之格调薄、新艳、尖的现象。

格式侧重文体体性的规范性,品格关涉词人性情、词作意旨的诚笃流动。由此词家以格论词便出现了一个突出的现象:当着眼格式时,可不必晋升到品格,但若有品格意思时,则总是或隐或显地要以格式为前提。在他们看来,能合律、用字、炼句,讲片段、离合、色泽音节,即是入格,既成格调后词作才有了品第或品类的可能。譬如,况周颐《蕙风词话》卷三曾批其妾清姒学作小令"未能入格",原因是清姒不知用字之法;卷五却赞明人汤胤勋《浣溪沙》(燕垒雏空日正长)词"颇清润入格",因为"榴叶拥花当北户"句中"拥"字,能写出榴花的精神。在他看来,用字、炼字的入格要求,首当合乎四声平仄,继而避俗就雅、离形得似、映带全篇,如此方能层深求进,求得品第。卷一又说,学词的程序须"先求妥帖、停匀,再求和雅、深秀,乃至精稳、沉著",妥帖停匀是词体格式的基本要求,由此求和雅深秀、经"能品"的精稳、终达"更进于能品"的沉著气格。至于"重,沉著之谓,在气格,不在字句",不是说字句可有可无,实指不拘泥字句之意,正说明由炼字句晋升到气格的层深性。

即便倡性情流露、主意能尊词者,也未轻易忽视词体的格式规范。周济说,南宋唐珏"非词人也",但因为他是"忠义之士",一旦"性情流露"则"不求工而自工"[2]。虽然周济的目的主要在强化他"意能尊词"观点,但"不求工"不是"不工"而是"自工",格式上的"妥帖停匀",仍是唐珏《水龙吟·白莲》一首被置于《词辨》正卷的条件。其实,周济说先学词求空、求有寄托,"既成格调"而后求实、求无寄托,已对词品必期于合格式的道理阐述得甚为明白。更为典型的则是刘熙载《词曲概》说的:"词固必期合律,然雅颂合律,桑间濮上亦未尝不合律也。律和声,本于诗言志,可为专讲律者,进一格焉。"[3]专讲律者多留意格式,能合律便谓有格,可不必升到品格,但像刘熙载"论词莫先于品"者,则"律和声本于诗言志",诗言志有了本源性意义。尽管如此,

① 况周颐:《蕙风词话》卷五,《蕙风词话辑注》,屈兴国辑注,江西人民出版社2000年版,第236页。
② 周济:《介存斋论词杂著》,载唐圭璋编《词话丛编》,中华书局1986年版,第1636页。
③ 薛正兴点校:《刘熙载文集》,江苏古籍出版社2001年版,第146页。

他也承认"词固必期合律",称词体理当是词品的前提,仅有言志而不期合词律,可为文品、诗品,却难以成就词品。

二、绩学敦品:词品说的重人格基础

《易传·文言》首次提出"修辞立其诚"命题,经后人的阐释发挥,形成人文合一的文艺观。刘熙载论艺即是一个典型,不过,人文合一问题远非刘熙载等人理解的那样简单。整体上说人文合一是可行的,但个案分析就会出现矛盾;合伦理人格与艺术人格论人品,似可含混带过,分而析之必将陷入困境;人品有道德伦理的独立性,但文品也有不可取代的艺术本位性;倘若不从艺术人格角度把握人品,而简单对应人、文关系,必然背离艺术本位原则,尤其当谈论曾被称为"君子不为"的词体的品格问题,就更为复杂。

面对人文合一观,词家是有过反思的。陈廷焯曾说,"诗词原可观人品,而亦不尽然",像"甘作权相堂吏"以至身败名裂的史达祖、诣秦桧而不可恕的康与之等人,所填词却或"沉郁顿挫,温厚缠绵"或"哀感顽艳"①,足以够"品",肯定了词品的独立价值。况周颐也认识到人品与词品之间的缠夹多变,像晏殊"赋性刚峻,而词语特婉丽",蒋捷"词极秾丽,其人则抱节终身",故"词固不可概人也"②,绝非简单的对应化思路所能解决的。他们皆隐约地认识到人品构成本身的复杂性,陈廷焯说史达祖等人是"其才虽佳,其人无足称",对举"才"与"人",况周颐常从性、节、情等因素论词人心性,而沈祥龙明确主张"词品之高低"当于"真者,性情也,性情不可强"③来辨之,诸如此类,已触及到艺术人格的魂灵。进而,他们也感受到了词品有别于其他文体品第的独特性。因为君子不为的贬词观念存在,道德文章者撰写小词现象成为词学史上的热门话题。人们或为词人辩诬、或赋予词作寄托之意,其意皆在维护人文合一的原则。"词固不可概人"其实也有贬词的底色,但在突出词体特殊性的同时,却承认了君子为词的现象。

对应比附人文合一、尊重事实列举人文不尽合一、甚或指出"词固

---

① 陈廷焯:《白雨斋词话》卷五,载唐圭璋编:《词话丛编》,中华书局1986年版,第3894页。

② 况周颐:《蕙风词话》卷一,《蕙风词话辑注》,屈兴国辑注,江西人民出版社2000年版,第47页。

③ 沈祥龙:《论词随笔》,载唐圭璋编:《词话丛编》,中华书局1986年版,第4052页。

不可概人"的特殊性,词家们的思考还是不尽如人意。如对词人伦理品格及艺术品格的孰轻孰重,由艺术品格到词品转换变异的创作心理等,都牵扯到能否正确诠释和评价词品的问题。不过,话又说回来,"修辞立其诚"本身有合内外之道的美学意味,"修辞"是美的外在形象呈现,"诚"则兼善与真,须主体的内在充实。虽说后人解读人文合一中的"诚",多离开艺术人格的真实生命而落实到以善为修养魂灵的伦理人格,过分看重"听其言观其行"的行为实践而淡化艺术创作的心理情感活动,但由"合内外之道"地整体观照艺术活动到内在充实艺术主体,在"君子进德修业"进程中也渐趋贴近了艺术真谛。如此人文合一,作为一种美学理念和艺术理想,对创作和批评有着深远的指导意义。

前面已介绍的王昶,其以品论词的思路依然是由观其行而论其人以及对应化的贴标签,并未重视词人主体的精神体验及词品艺术本位。但诚如谢章铤说的,"夫人文合一,词虽小道,亦当知绩学敦品耳"①,能内在充实主体,重塑词人形象,则是词学发展的必然也是必要的选择。人品之于词品,具有本原性的化育之力。即便陈廷焯也首先承认"诗词原可观人品",况周颐也不否认"以吾言写吾心"的写心思想。孙麟趾《词迳》说"天之气清,人之品格高者,出笔必清",刘熙载《词曲概》说"词进而人亦进,其词可为也。词进而人退,其词不可为也",刘炳照《蒋兆兰青蘐盦词》题跋云"情愈至,品愈高"……深于情、要襟抱、炼心性乃至"不得已"的叹息,周济的"学词先以用心为主",谢章铤的"人既有心,词乃不朽"以及王国维的"词人者不失其赤子之心",直至词心观念的孕育与发展,无论是力度还是广度,以品论词现象皆足以反映清代中后期词学的时代特征。此时词家如此突出词人的德性与心性力量,用意便是由重塑词人形象来重词品,进而推尊词体、振兴词学。

三、品之纯驳:词品说的序化评判

称词体、重人格构筑了词品说的前提和基础,而像刘熙载"词之三品"的品第评判和郭麐、杨夑生、江顺诒等人词品的类化审美,则充实

---

① 谢章铤:《赌棋山庄词话》续编五,载唐圭璋编:《词话丛编》,中华书局1986年版,第3559页。

了以品论词的内在意味。

宋代后尤其清代以来,词家论词极好参正变、辨门径、讲雅俗、原本末,故论词求品第或以品级味词现象便逐渐蔓延开来。如张惠言从学词有正变、知门户出发,以传统礼学的序化思维切入词学研究,提出了以深美闳约、文有其质为正声,以荡而不反、放浪通脱为变声的正变观。较早地把他的正变观衍化为词作品第思想的,是其好友同榜进士许宗彦。许氏在《莲子居词话序》中说:"命意幽远,用情温厚,上也;辞旨儇薄,冶荡而忘反,醨其性命之理,则大雅君子弗为也。"如此,"览一篇之词,而品之纯驳,学之浅深,如或贡之"①。这种以正变为底色的"品之纯驳"二分法,普遍存在词坛,无须多举。序化品第观念尤成气候的是刘熙载的"词之三品"说。此前,包世臣《芬陀利室词集跋》曾说"论石品有三:曰绉、瘦、透,词亦若是而已",之后谭献《复堂词录序》也有"上之言志"、"永言次之"及"文焉而不物者"之分。但包世臣"三品"只是一种类化审美而非序化剖析,谭献既未以"品"冠之也不及刘熙载分析得透彻。因此,这里重点介绍刘熙载的词之三品说,《词曲概》云:

> 昔人论词,要如娇女步春。余谓更当有以益之日,如异军特起,如天际真人。
>
> "没些儿婴珊勃窣,也不是峥嵘突兀","管做彻元分人物",此陈同甫《三部乐》词也。余欲借其语以判词品,以"元分人物"为最上,"峥嵘突兀"犹不失为奇杰,"婴珊勃窣"则沦于侧媚矣。

结合刘熙载《词曲概》论词各则及相关艺术主张,他的词之三品可作如是解:上品,"元分人物""天际真人"者的词。这类词作内秉屈骚精神,像李白《菩萨蛮》《忆秦娥》两阕便近于屈原的《思美人》《哀郢》;有神仙出世之姿的风流标格和高轶古人的雄姿逸气,笔法颇似杜甫诗,无意不可入,无事不可言;代表着声情悲壮的词之正调,像苏轼的豪放词既非创格也非变调,而是"时与太白为近"的正调。中品,"峥嵘突兀""异军特起"者的词。既如张元干、张孝祥及陈亮词,言近旨远、兴观群怨之用不下于诗,人生感喟充实其中,风格豪宕,也如白石词的

---

① 许宗彦:《莲子居词话序》,载唐圭璋编:《词话丛编》,中华书局1986年版,第2388页。

在乐则琴，在花则梅，幽韵冷香，令人挹之无尽。因刘氏论词尤重"声情悲壮"之正调，故婉约词高者也只是中品，且一旦涉及绮语便会沦为下品。下品，"饕珊勃窣""娇女步春"者的词。如"类不出乎绮怨"的温庭筠词，"留连光景，惆怅自怜"的韦庄、冯延巳词，"绮罗香泽之态，所在尤多"的柳永词，"旨荡"的周美成词和"意贪"的史邦卿词等。刘熙载论词又主"厚而清"说，由此出发，或许能为词之三品说进一解：厚而清者，上品也；厚而欠清或清而欠厚者，中品也；欠厚且欠清者，下品也。苏轼词无疑为"厚而清"的典型；白石词有空诸所有的幽韵冷香，但缺少包诸所有的"气谊"襟抱，故白石词的有清而欠厚和陈亮、张元干等人词的有厚而欠清，皆当属中品；而那些"描头画角"抑或是"依花附草之态"，既无沉著内蕴，也无清远逸致，故为词的低品，略讲词品者亦知避之。

当然，刘熙载并未曾明确说过词家词作的品第归属问题。其实，对部分词人词作，其本人似乎也很难作出分类。如，天资甚迥的稼轩词，或许可视为上品。这足以与苏轼并论，刘氏说他二人皆是"至情至性人""故其词潇洒卓荦，悉出于温柔敦厚"，都是"声情悲壮"的正调。但距离真正上品词，他又认为稼轩词略欠"元分人物"特有的浑融开拓之力。进而，与苏轼比，晁补之"坦易之怀，磊落之气，差堪骖靳"，可在"悬崖撒手处"的洒脱上却"莫能追蹑矣"，但与堂庑颇大的晁补之比，辛弃疾的名作《摸鱼儿》(更能消)实为晁补之《摸鱼儿》(买陂塘)的波澜。如此，刘氏又认为稼轩与中品词家之间不可强论得失。如仿效稼轩体的姜夔"吐属气味，皆若秘响相通"，而陈亮"与稼轩为友，其人才相若，词亦相似"。由此，"龙腾虎掷，任古书中理语、瘦语，一经运用，便得风流"的稼轩词，可能应界说为由"峥嵘突兀"至"元分人物"的一个过渡。

如同借用陈亮《三部乐》(入脚西风)词句谈词之三品，刘熙载在《诗概》里也借助屈原《卜居》语句表述他的诗品观："人品悃款朴忠者最上；超然高举，诛茅力耕者次之；送往劳来，从俗富贵者无讥焉。"诗、词三品用语不同、文体旨趣不同，但都重视人格基础，以此落实人文合一的对应思路，由思想道德标准到突出词作意旨，诗人词家的情性德性才是作品品第的决定性因素。诚如前面分析的，过分看重词人伦理品格而远离艺术人格，过分强调思想道德标准而偏离艺术本位，过分突出人文合一的对应思维而淡化由人到文的转换复杂性,确实是刘熙载三品艺术观的不足。不过,刘氏的三品观源自韩愈《原性》"性之品有三"之论。在理学家看来,这个"性"虽然说义理之性不可以,因为"各种事物之义理之性,均可以说是无善无恶底",但说气质之性是可以的①。而承认气质之性存有品第,确实能激发传统文士心仪已久的理论张力,三品说得到部分词家认同,自有道理。如署名朱祖谋的《映庵词序》就说夏敬观词是"沉思孤迥,切情依黯",如同刘熙载论词说的"异军突起""天际真人",在西江(今江西)区域词学背景下,肯定了夏敬观词补西江前哲未逮之境、续北宋名流将坠之绪的成就。

四、各宜其宜:词品说的类化审美

分类辨识艺术妙境,并冠以"品"字,《二十四诗品》实属典范。受其影响,不同艺术门类都曾出现过拟作、续作。词学领域的拟作,皆出现在清中后期。这又有两种情况:一是郭麐的《词品十二则》及杨夒生续作十二首,以仿《二十四诗品》之意,只标妙境,作艺术风格上的分类描述。二是江顺诒《续词品二十则》(只有十九则),继承袁枚《补诗品》编写精神,既"标妙境"且"写苦心"②,触及了为词用心的多个层面。

与序化品第观念不同,这类词品是在"品之纯驳"中"纯"之层面展开的类化品格。传统艺术品类观也有高下之分,如能品、妙品及神品,但它们都不是"驳",而是"纯"品的一次再分类。恰如《易》的"六十四卦",各"卦"自有各自职能,但"乾、坤"两卦则是本体存在;也如周济祈求"无寄托"的终极品位,但并不摒弃"既成格调"的"有寄托"品位;更如陈廷焯说的,姜夒词"仙品"、苏轼词"神品"亦"仙品"、吴文英词"逸品"、张炎词"隽品"、辛弃疾词"豪品","然皆不离于正"③。对此,宗山《词学集成·识》明确指出:江顺诒《词品》各品是"盈廷之官,各司其司。八珍之味,各宜其宜",既标妙境也写苦心、"析缕分条,抒以论断"的各品,缺一不可,都是纯而不驳的品位。同样,郭麐、杨夒生以各自的艺术认知对词作艺术妙境作出了选择,标举风华,发明逸态,由驳到纯过滤后的各

---

① 冯友兰:《贞元六书》,华东师范大学出版社1996年版,第94—96页。
② 江顺诒:《词学集成》卷八,载唐圭璋编:《词话丛编》,中华书局1986年版,第3299页。
③ 陈廷焯:《白雨斋词话》卷八,载唐圭璋编:《词话丛编》,中华书局1986年版,第3961页。

品也是各宜其宜的性质。其中,也时见他们对各品的态度及旨趣倾向,但并无刘熙载的"略讲词品亦知避之"的意思,相反,他们总是试图肯定着各品存在的合理性。谢章铤曾说杨夔生"家世能词,涉历诸派,不专一格"①,这种创作上的"不专一格"自然也是他能写出不同风格妙境的前提。较之于浙派其他词家,郭麐论词也有"不专一格"的倾向,"写心""取性"是他词学的主导精神。故而,能不拘泥浙派而肯定东坡词,说苏轼"横绝一代之才,凌厉一世之气","雄词高唱,别为一宗"②,在"词之四体"中当有一席之地。基于此,他拈出《雄放》品,该品云"海潮东来,气吞江湖。快马斫阵,登高一呼……"显然是对苏轼"雄词"风格妙境的形象总结。但郭麐始终没有真正走出独标清绮的姜、张门庭,于是《雄放》品尾句特别强调"元气不死,乃与之俱",自反面陈述"雄放"品存在的条件。

　　"各宜其宜"的平等态度、"比物取象"的写作方式及风格妙境和填词苦心的观照对象等,导致了这种类化词品的美学品格。清代许印芳《二十四诗品跋》说:司空图"尝撰《二十四诗品》,分题系辞,字字创新,比物取象,目击道存"。比物取象,主要采用比喻、象征的艺术手法;目击道存,直觉外化各类风格妙境。如郭麐《幽秀》云"幽鸟不鸣,白云时起。此去人间,不知几里",《清脆》云"芭蕉洒雨,芙蓉拒霜。如气之秋,如冰之光";杨夔生《轻逸》云"悠悠长林,濛濛晓晖。天风徐来,一叶独飞",《独造》云"龙之不驯,虹之无端。畸士羽衣,露言雷喧"……他们对词作风格、品类及功能的认知,便是通过比物取象传达出来,这种写作方式本身就是审美创造活动。因受"写苦心"所限,江顺诒词品"抒以论断"色彩较前两者突出,有以诗论词的旨趣。如以"诗尚讽喻,词贵含蓄。绮丽单辞,支离全局"说《崇意》,以"无波不迴,无露不垂。得缩字诀,是谓之词"说《用笔》,以"宫商莫辨,喉齿不分。竞竞上去,是韵非音"说《考谱》等。但抒以论断与比物取象交叉运用,且以比物取象为主仍是他的基本方式,《敛气》《言情》《振采》《著我》《行空》《妙悟》等品尤为突出。

　　以道德批评为底色的序化品第,也借助比物取象方式。如刘熙载就用"娇女步春"或"鳘珊勃窣、异军特起"或"峥嵘突兀、天际真人"或"元分人物"来拟说词之三品。同时,以审美创造为旨归的类化观照,也有像刘熙载那种比人物取象的方式。如郭麐的处子、美人、鲛人、织女、

---

① 谢章铤:《赌棋山庄词话》续编五,载唐圭璋编:《词话丛编》,中华书局1986年版,第3560页。

② 郭麐:《灵芬馆词话》卷一,载唐圭璋编:《词话丛编》,中华书局1986年版,第1503页。

名士等,杨夔生的畸士、独客、美人等,江顺诒的国手、美人、郎、姜、仙人等。不过,相比之下,刘熙载诠释品第,用了"沦于侧媚""当不得个'贞'字""犹不失为奇杰""至情至性"等直接关乎人格的道德术语,可谓桎梏于"善"的理念中。而郭麐等人更喜欢取自然物象设喻象征,"语皆名隽""清和谐婉"①,直寻自然,目击道存。这其中自然有道德批评的因素,但更是一种审美的观照与权衡。咀嚼其味,既有轻视外物之意,故而"能以奴仆命风月",又有重视外物之意,故而"能与花鸟共忧乐",具有如王国维说的既"入乎其内"又"出乎其外"的能观态度。因此,他们往往能超越伦理束缚,而用心关注艺术时空本体的生命流动,具有艺术哲学的意味。如郭麐的"嫣然一笑,目成而已"(《幽秀》),"即之愈远,寻之无踪"(《高超》),"徐拂宝瑟,一唱三叹"(《委曲》);杨夔生的"望之弥远,识之自微"(《轻逸》),"饮真抱和,仙人与期"(《闲雅》),"佳语无心,得之自然"(《澄淡》),"味之无腴,揖之寡俦"(《孤瘦》);江顺诒的"但求羚角,莫画燕支"(《用笔》),"一往无前,神岂能炼"(《敛气》),"参之以禅,常观其妙"(《妙悟》)……诸如此类,不胜枚举,他们体悟词学艺术的深层意味,便在这些原本就有美感积淀的"物、象"中得以形象呈现。

五、莫先于品:词品说的词学建构价值

词品观念对词学的构建价值是多方面的,这里着重分析两点:

一是意格之尊更新词体观念。"词先辨品"②之论,较早见于康熙年间的《词洁》。不过,此书流传不广,"词先辨品"既不如后来王昶"论词必论其人"的明确,更没有刘熙载"论词莫先于品"的系统。尤其是,刘熙载本着救弊振衰解惑目的,试图把曾"不入品"的词体品格化,提出"论词莫先于品",细说"词之三品",以伦理道德批评切入词学研究,使得"论词莫先于品"有着双重意味:词体原本就有"品"在,故论词当先论品(品第);词中描头画角、依花附草、绮语之作实在太多,故论词当先品(过滤)之。论词先求品,承认词中自有"品胜""高品",求其根源,即以重人格为底色;征其所用,即以尊意格为旨归。如此,刘熙载

---

① 郭麐评杨夔生《续词品》语,见《灵芬馆词话》卷二,载唐圭璋编:《词话丛编》,中华书局1986年版,第1524、1525页。

② 先著、程洪辑:《词洁》卷四,载唐圭璋编:《词话丛编》,中华书局1986年版,第1359页。

《词曲概》提出"词导源于古诗,故亦兼具六义""律和声本于诗言志",言志成为衡量词作品第的关键。李白《菩萨蛮》词旨近于屈原《思美人》《哀郢》之"忧",张志和《渔歌子》词趣又似庄子《濠上》之"乐",故理当为品高之词;"周旨荡,而史意贪也",皆"未得君子之词",故实属品低之作。以追源词律为己任的江顺诒,谈到词品时也首先列出《崇意》;作为词体本原的"含蓄",用心便在"崇意",也即《尚识》品交代的"风雅之调,离骚之篇"。论词品、重意格,体现了也深化了词学以意为主的思想、经传释义的治词路径以及意能尊词的推尊意识。蒋敦复《香隐庵词跋》云:"作《词话》以'有厚入无间'及'炼意炼字句'之法告人,尊词品故也。"莫友芝《陈钟祥香草词序》说:"词自皋文选论出,其品第乃跻诗而上。"由尊意格来抬高词体艺术性,把词学纳入传统诗学思想体系中,确实有抹杀词体原生态鲜活灵动性的一面,但突出词中意格本不为过,况且若从词家的一时一境解读,也有不得已者在。

二是体制之辨充实词作风格及词体体性。"品"是道德的,也是美学的。刘熙载词品观念并非纯粹的道德批评,《词曲概》便云"叔原贵异、方回赡逸、耆卿细贴、少游清远,四家词趣各别,惟尚婉则同耳"。如此,婉而贵异、婉而赡逸、婉而细贴、婉而清远,便是四种不同的艺格。只是"论词莫先于品"对词作艺术性具有优先"筛选"权,致使道德批评远过审美赏鉴。因此,真正丰富词作风格学的,还是前面已说的词品类化思想,尤其是郭麐、杨夔生集中标举的二十四词品。不过,谢章铤并不赞同这种做法,他说:

> 夫词之于诗,不过体制稍殊,宗旨亦复何异? 而门径之广,家数之多,长短句实不及五七言。若其用,则以合乐,不得专论文字。引刻幽眇,颇难以言语形容。是固不必品,且亦不能品也。①

如何评价谢章铤的词"固不必品,且亦不能品",直接关系到对类化审美词品观念的态度问题。可以说,谢氏漠视了五个问题:一是诗原本合乐,即便格律化后也有内在情感节奏和外在声韵的要求;二是

---

① 谢章铤:《赌棋山庄词话》卷十二,载唐圭璋编:《词话丛编》,中华书局1986年版,第3476页。

词体原本合乐，但此时也只是一种"句读不葺之诗"，既然诗可以品，词亦当可品；三是沿《二十四诗品》之例，论词作风格类型冠之以"品"，实始于郭麔，但以风格论词以及论词感悟其中的妙境，则是词论的传统，何况谢氏自己也是如此；四是"引刻幽眇"确是词体一大特色，实难以言语传达，但"比物取象"之形容，未尝不可令人回味咀嚼；五是郭、杨并非没有注意到词体风格妙境的独特性，如，从郭麔《神韵》比取的物象如"杂花欲放，细柳初丝""明月未上，美人来迟""却扇一顾，群妍皆痴"，传递妙境信息如"其秀在骨，非铅非脂"及"渺渺若愁，依依相思"，当更接近词体的"神韵"意味，实有像"花间词"婉约艳丽的风格本色。从这个意义上说，郭、杨《词品》丰富了词作风格类型，并非虚言。而谢章铤指责它们"安知其不可以品诗哉"，拘牵《二十四诗品》"胶柱鼓瑟，可笑孰甚"等，确实有些偏激。

　　尽管郭、杨二人有集中审视词作风格的开创之功，也试图标出词家妙境，但谢章铤的指责也并非没有一点道理。谢氏认为，词之于诗，体制稍殊，宗旨相同。宗旨上，诗家门径和家数远比词家丰富，有了"骚坛久奉为金科玉律"的《二十四诗品》及"语言工妙，兴象深微"的袁枚《续诗品》，词"固不必品"；体制上，词体之用在于合乐而不得专论文字，有"引刻幽眇，颇难以言语形容"的特殊性，故词"亦不能品"。诚如前面已说，称词体应该是词品观念的一个基本前提。谢章铤的偏激指责，就意在揭示这个问题的重要性。真正依赖"比物取象"，形容出词体的"引刻幽眇"，确非易事，但标妙境而又能称词体，也是词家应该做到的。后来江顺诒出于峻词体意愿，通过写填词苦心，便基本做到了"称词体"。这不能不说是受到谢章铤指责郭、杨《词品》的启示。如《崇意》《尚识》《言情》《戒亵》论词体立意及题材内容，《考谱》《押韵》论词体音律，《用笔》《布局》《辨微》《振采》《结响》说填词技法，《敛气》《著我》说填词的主体，《行空》《妙悟》论填词的审美心态，《善改》《去暇》说填词的修改润色。细观这十九则，也始终贯彻"诗尚讽喻，词贵含蓄"文体体性之别，由填词经验总结填词苦心的传统积淀，虽已非纯粹的词作风格品类，但说他充实了词体体性思想，当并非过誉之辞。

　　［原以《晚清词家词品观念评说》为题刊于《文学前沿》第7辑，辑入本集有改动］

境界观念的词学走向及其意义

在历史沿革中,传统的境界学说具有哲学、艺术、审美等多层内涵。词家本着建构词学艺术本位的需要,亦强化了以境界评词的观念,且以此为契机,在深化解读词学艺术品位、审美价值的同时,亦丰富了境界理论的内涵。在传统文艺思想史上,词家的境界观念可谓一颗耀眼的明珠。本论题便就这个古典文艺思想研究领域的重要话题,对词境观念予以梳理和评说。

一、泛化与独尊:词境观念的存在形式

撇开那些只从语词意义上使用的各类"境"不谈,仅从艺术观念上说,"境界"说以其特有的艺术意味普遍活跃在明清尤其是清末词家的评论视阈中。这种普遍存在,既有传统境界理论移入词论话语的泛化运用,也有词家在此基础上的推尊,以及力图剖析词体独特性的用心。然而,"泛化"并不意味境界观念在词论世界的虚无,"独尊"也不完全昭示词境特质的揭示。这其中的缠夹关系,唯有结合词家一时一境的话语背景,才能得到较为客观的解读。

以境评词,明清词坛已有蔓延之势。如明末陈子龙《幽兰草词序》称赞代有作者的五代北宋词坛虽风格多样,"然皆境由情生,辞随意启,天机偶发,元音自成,繁促之中,尚存高浑,斯为最盛也",而明代王世贞词"取境似酌苏、柳间";《王介人诗余序》评说宋人填词有"非后世可及"的"四难",即用意难、铸调难、设色难及命篇难,其中命篇便有"其为境也婉媚"之难。①清初词坛,如刘体仁《七颂堂词绎》云"词中境界,有非诗之所能至者,体限之也"②,彭孙遹《金粟词话》亦曾用"佳

---

① 陈子龙:《陈子龙诗话》,载吴文治主编:《明诗话全编》(10),江苏古籍出版社1997年版,第10523页。
② 刘体仁:《七颂堂词绎》,载唐圭璋编:《词话丛编》,中华书局1986年版,第619页。

境"或"妙境"评说词家风格的独特性,如说柳永词"亦自有唐人妙境"①等。乾嘉之后,以境评词观念则有了长足的发展。其中境界与词体结合,出现了词境、词之境界、词家境界等吻合词体特性的专门术语。粗略统计,就有周济、戈载、谢章铤、张鸿卓、潘曾沂②、如山、谭献、陈廷焯、秦云、李佳、蔡宗茂、江顺诒、宗山、冯煦、王鹏运、赵万里、沈曾植、郑文焯、况周颐、梁启超、王国维、蒋兆兰等词家。而虽未明确使用,但以境界论词或论词作意境者,更是数以倍计。他们使用境界有一般意义上的借用,但更多的则是有意识的构建,折射出丰富的词学思想及词体观念。

此时词家普遍认为从境界可以悟出诗词曲等文体间的离合关系。陈廷焯云:"诗有诗境,词有词境,诗词一理也。""然有诗人所辟之境,词人尚未见者。"如陶潜、杜甫诗境,求之于词皆"未见有造此境者"。这里,他不是以参究诗词之"离"为主,而是力求诗词之"合",在诗词皆有境界这个"一理"上,希望后贤能完成这些"词中未造之境"。③除此,词家亦多是在寻求诗词相合的前提下,侧重分析词境与诗境、曲境等之间的相离处。如李佳云:"诗与词不同,词与曲境界亦难强合。"④江顺诒认为:"诗与文,不外情、境二字,而词家之情、境,尤有所宜。"⑤沈曾植亦有意识地探求"词家境界"的特殊性,他在批阅贺裳《皱水轩词筌》"词有人说部则佳"一则时就说:"词家境界隘于诗,然鬼语亦复何妨?"⑥像蒋捷《高阳台》(燕卷晴丝)"灯摇缥晕茸窗冷"句,就"自是秋坟鬼语,殊不睹所谓斧凿痕者"。可见,"鬼语"之境乃是词家境界固有之物,不必惶恐。同时,他又曾针对王世贞《艺苑卮言》中"花间犹伤促碎,至南唐李主父子而妙"的观点,再进一解云:"殊不知促碎正是唐余本色,所谓词之境界有非诗之所能至者,此亦一端也。"⑦可见,时至清代后期,境界观念已成为词家解读词体体性,参究

① 彭孙遹:《金粟词话》,载唐圭璋编:《词话丛编》,中华书局1986年版,第723页。
② 张鸿卓在《陈如升尺云楼词钞》"题词"中云:"织绡泉底,去尘风中,梅溪词境也。作者仿佛似之。"潘曾沂在《沈传桂清梦庵二白词序》里云:"知其工长短句,取读所制《二白词》,词境清且幽,如踏叶孤岭,落花空潭……"其余数人,在本论题其他部分皆有涉及。
③ 陈廷焯:《白雨斋词话》卷八,载唐圭璋编:《词话丛编》,中华书局1986年版,第3977页。
④ 李佳:《左庵词话》卷下,载唐圭璋编:《词话丛编》,中华书局1986年版,第3166页。
⑤ 江顺诒:《词学集成》卷七,载唐圭璋编:《词话丛编》,中华书局1986年版,第3290页。
⑥ 龙榆生辑:《沈曾植手批词话三种》,载唐圭璋编:《词话丛编》,中华书局1986年版,第3623页。
⑦ 沈曾植:《菌阁琐谈》,载唐圭璋编:《词话丛编》,中华书局1986年版,第3606—3607页。

诗词离合关系的一个独特视角。

不仅如此,此时词家还从构建词学体系的角度,肯定了词境的地位,像江顺诒、梁启超、况周颐和王国维等即是典型代表。从某种意义上说,《词学集成》八卷便是江顺诒、宗山对词学逻辑体系的一种解读,他们在构建词学体系的显豁意识下,于卷七专设词境卷,而且能成规模地汇集词境诸论。这已不同于那种在参究诗词离合关系下使用的"词境"术语,而是从建构词学逻辑体系层面下首次标举的范畴,其意义不可轻视。这一思路此后由况周颐、梁启超等人深化,最终在王国维那里得到了确立。

概而论之,如果说在江顺诒、宗山的词学世界,"词境"只是词学体系"衍其流"部分之一端,梁启超仅是把"新意境"视为贯彻他文艺功利观的突出层面,况周颐也仅仅把"词境"看成他词学思想的一个必不可少的环节,那么几乎与况周颐同时倡导词之境界的王国维,则把"境界"看作词体独特性的本体性存在,推上了词学思想的核心地位。换句话说,在他人看来,词中有境界并不意味着有高格、有名句,即便有深境、高境,也不一定令人满意,如陈廷焯即云:"境不深尚可,思多巧则有伤大雅矣。"①与此不同,王国维则认为"词以境界为最上。有境界则自成高格,自有名句。五代北宋之词所以独绝者在此"②,从词体的本体地位、对词作的艺术价值以及正宗词作的佐证等方面,把境界之于词学的意义推尊至前所未有的高度。

当然,若从合乎词体独特性的角度来看词家的境界观念,王国维的境界说并非能真正做到这一点。在一定意义上,他只是借助词学研究阐释他的艺术哲学观念。他自诩的拈出"境界"二字"为探其本也",也不能真正视为词体的艺术本质。相反,那些在一定程度上使用的词境观念,也许或多或少更能契合词体艺术的本色性。因此,我们应当在诗词离合关系下解读词家境界,在境界观念本身积淀的文艺系统质中分析词境的特殊质,如此才能真正做到立体化地解读词家境界观念的诸多内在规定。

---

① 陈廷焯:《白雨斋词话》卷三,载唐圭璋编:《词话丛编》,中华书局1986年版,第3833页。
② 王国维:《人间词话》,载唐圭璋编:《词话丛编》,中华书局1986年版,第4239页。

二、尊情与超境:词境观念的生命共感

作为艺术领域里的境界观念,其得以化生的一个基本前提就是"不离乎情,不泥乎境",在尊情与超境的辩证统一中流动着感物而动的生命意识。陈子龙《幽兰草词序》谈到"自金陵二主以至靖康"这段能在"繁促之中尚存高浑"的词学极盛期,曾说无论是"秾纤婉丽,极哀艳之情"者,还是"流畅淡逸,穷盼倩之趣"者,"皆境由情生,辞随意启,天机偶发,元音自成"。"境由情生"一语道破了词境的生命之本及其合乎自然的艺术旨趣。论者对此多有阐发,如康有为《味梨集序》在描述他"尝游词之世界"后,说"惟情深而文明者,能依声而厉长"①;况周颐读梁元帝《荡妇秋思赋》至"登楼一望,唯见远树含烟。平原如此,不知道路几千"时,感慨而言"此至佳之词境也",因其"看似平淡无奇,却情深而意真"②;王国维多次谈到姜夔词意境不足,而"有格而无情"就是其中的一个关键③等。当然,"境由情生"中的"情"并非人的自然之情,而是一种始终指向审美意象的一种内化情趣。故,尊情也必须以超情为前提。同时,这个"超情"又有"寡欲多情"的一面,"寡欲"即"与物无竞",如此方能摆脱"自然之关系";"多情"即"于人有情",如此方能做到有感而发。

进而言之,词家之情又是感物而动的结果,诚如谢章铤所说"情之悲乐,由于境之顺逆","此非强而致,伪而为也"④。此"境",又有况周颐所说的"平时之阅历"和"目前之境界"之分。前者直指词人的身世之感,酝酿着丰厚的情思积淀;后者或如"人静帘垂,灯昏香直"的写作氛围,或如"风雨江山"可以资用的外物景观,触发着词境化育的审美心态(一种即时性的场概念)。然而,唯有经过"自然的人化"以及由词人或"听"或"览"的内化处理,此"境"才能有情思荡漾、意味隽永之妙。故,词家营造境界在尊情之中,还当有超境之举。正是在这个心物共感的意义上,宗山《词学集成·识》概说"词境"卷主旨时所说的"不

---

① 陈永正编:《康有为诗文选》,广东人民出版社1983年版,第405页。
② 况周颐:《蕙风词话》卷一,《蕙风词话辑注》,屈兴国辑注,江西人民出版社2000年版,第45页。
③ 王国维:《人间词话》,载唐圭璋:《词话丛编》,中华书局1986年版,第4249页。
④ 谢章铤:《赌棋山庄词话》卷十,载唐圭璋编:《词话丛编》,中华书局1986年版,第3451页。

离乎情,不泥乎境"①,可揭词境之三昧。词境也是一个有情有相的小宇宙,这进一步证明了境界观念切入词学艺术领域,贯彻了传统的缘情精神和物感说思想。

这种"不离乎情,不泥乎境"的境界,说明艺术时空与人间的客观世相之间是一种不即不离的关系。王国维在分析"造境"与"写境"的异同关系时,便暗含着这个思想。所谓"必合乎自然"和"必邻于理想",所谓文学及美术必遗自然之物相互"关系、限制"之处,但"亦必从自然之法则"等②,皆说明艺术境界与人间世相之间的异质同构关系。而由人间世相至艺术境界,所不变的或者说有转化而仍然流动的则是一种浓郁的生命意识。谢章铤使用"境"类术语不多,但《赌棋山庄词话》仅有的数则所强调的就是词人生命体验之于词境的重要性。如他认为阅读魏秀仁《木南山馆词序》"一鳞一爪,一泪一声。鸷鸟盘空,天有苍凉之色。哀蝉乍警,时多凌厉之音",便"可以知其(梁履将)词境矣"③。类似的还有项鸿祚《忆云词甲稿自序》"实能自道其词境",王初桐《蠰𧍝山人词集》的王鸣盛评语、张龙辅跋尾,"皆有益于词境"的解读。联系这些词集,解读这些序跋评语,不难看出谢章铤的词境观念。这就是词人营构词境时,必须将他的身世之感及生命意识充实其中;读者解构词境也要体悟出词人的心性情思、身世况味及生命意绪。而把这一思想表述得最为明确的,则是他对浙西词派末流词风的反思。他说:"浙派不足尽人才,亦不足穷词境。"那么如何"尽人才"及"穷词境"? 于是他提出:"人既有心,词乃不朽。"如何才算"有心"?他认为就他所处"兵气涨乎云霄,刀瘢留于草木"的时代,词人应"殆宜导扬盛烈,续铙歌鼓吹之音",抑或"将慨叹时艰,本小雅怨诽之义"④。看来,词境中所鼓荡的生命意绪,不仅是词人面对传统艺术生命精神的一次自然选择,而且也须基于自身责任及生命感悟而作出的一种有意识灌注。

像谢章铤这样主张将身世之感打入词境的观念,在清末词坛是具有普遍性的。如赵庆熺(1792—1847)《花帘词序》专拈一个"愁",其中

---

① 江顺诒:《词学集成》,载唐圭璋编:《词话丛编》,中华书局1986年版,第3207页。
② 王国维:《人间词话》,载唐圭璋编:《词话丛编》,中华书局1986年版,第4240页。
③ 谢章铤:《赌棋山庄词话》续编五,载唐圭璋编:《词话丛编》,中华书局1986年版,第3576页。
④ 谢章铤:《赌棋山庄词话》续编五,载唐圭璋编:《词话丛编》,中华书局1986年版,第3567页。

有云：

> 花帘主人，工愁者也，词则善写愁者。不处愁境，不能言愁；必处愁境，何暇言愁？栩栩然，荒荒然，幽然，悄然，无端而愁，即无端其词。落花也，芳草也，夕阳、明月也，皆不必愁者也。不必愁而愁，斯视天下无非可愁之物，斯主人之所以能愁，主人之词所以能工。

江顺诒读了这篇序言加案语云："此专言愁，固作词者之妙境，而即读词者之佳话也。"①应该说，赵庆熺针对《花帘词》特点而专说"愁"境，确实受到了评说对象的限制，但是一个"愁"字则强化了词境化生中的浓郁的生命感悟，既要有"不离乎情、境"的真切感受，也要求"超越情、境"的审美态度。在这"不离"与"不泥"间，孕育化生了词境的生命活力和暗合词人敏感心灵的独创个性。况周颐汲取传统艺术精神中的虚静学说，在动态的描绘中捕捉词境的艺术审美体验，而始终含蕴着自己的身世之感，其屡次强化的"万不得已"者便带有明显的个体生命感悟。他读宋代洪适《渔家傲引》（子月水寒风又烈）一词时感慨而言："词境有高于此者乎？"就是因为他从这首词的境界中读出了"委心任运，不失其为我；知足常乐，不愿乎其外"②的生命智慧。王国维《人间词话》认为"五代北宋词所以独绝者"正在于"以境界为最上"，而被他尊崇的这些词人无不具有一颗颗真实易感的心灵。如"性情真"的李煜词在"自道身世之戚"的个体生命意绪中，升华为"俨有释迦、基督、担荷人类罪恶之意"的人类普遍之悲。尽管此处的生命意识呈现为一种普遍的宗教理念，但承载这些的还是词人所能感受到的个体性的生命意绪。所以他说"非自有境界，古人亦不为我用"③，而"释迦、基督"也只是以个人"担荷"了"人类罪恶之意"。

至此，基于"不离乎情，不泥乎境"，词境已成为词人心性、身世感怀及人文关怀的一种符号和象征；展示了词家感受时代所得到的心灵印记，指向词家内心的时空意识和生命意识。尽管各人赋予词境的生

---

① 江顺诒：《词学集成》卷七，载唐圭璋编：《词话丛编》，中华书局1986年版，第3289页
② 况周颐：《蕙风词话》卷二，《蕙风词话辑注》，屈兴国辑注，江西人民出版社2000年版，第76页。
③ 王国维：《人间词话删稿》，载唐圭璋编：《词话丛编》，中华书局1986年版，第4258页。

命意味具有个人的局限性,但注重词人个体的深情真意的思路以及汇集各家之"感"所带来的那丰厚斑斓的气象,确实丰富了境界范畴的文化品位。

三、时空意识:词境观念的深度焦点

人们常用情与景的组合关系对境界作简单化的解读,这种解读有认识论上的合理性,但也有方法论上的机械性。事实上,词家观照词境的深度焦点,则是词体本身具有的音乐形象性和图画形象性,究其实质则是"能观"的词人(审美主体)所体认到的艺术时空意识。

情景关系和"尊情与超境"问题密切相关。艺术活动的情景处理,既必从自然之法则,又"必遗其关系、限制之处",从而超越自然法则的束缚。对此,朱光潜用情趣、意象分释情、景①,颇能切中要害,有艺术认识论上的依据。客观地说,境界构成需要"情趣与意象契合",从这个角度解读境界也很方便,但不能因此而机械地使用它与境界之间的联系,把境界简单地解释为情与景之间的组合。因为情景关系之于境界并非充要条件,而只是构成境界的一个必要条件;因为情景关系在传统文艺思想中具有一种独立性的品格,是构成文艺作品艺术性的一般性规定,而不是化育境界的唯一元质。

词家喜谈情景关系,从中折射出他们各自丰富的词学思想,但大多并未由此引申出"境界"来。与王国维侧重分析情与景各自性质及营造境界的地位不同,周济则注重情与景在创作活动中的各自角色及组合后的艺术效果。既有像柳永词"于写景中见情"的"淡远",也有如贺铸词"于言情中布景"的"秾至"②。进而,他从情景关系分析了两宋词的异同,认为"北宋词多就景叙情,故珠圆玉润,四照玲珑",而"至稼轩、白石,一变而为即事叙景,使深者反浅,曲者反直"③。再者,他从情景关系解读了"寄托之有无"的词学思想,认为北宋人填词因能"赋情独深,逐境必寤",即善用那种"就景叙情""情景但取当前,无穷高极

---

① 朱光潜:《诗论》之第三章"诗的境界——情趣与意象",上海古籍出版社2001年版。

② 周济:《宋四家词选眉批》,载唐圭璋编:《词话丛编》,中华书局1986年版,第1653页。

③ 周济:《介存斋论词杂著》,载唐圭璋编:《词话丛编》,中华书局1986年版,第1634页。当然南宋词也有例外,如王沂孙赋物词的长处在于"能将人景情思一齐融入",乃"由其心细笔灵,取径曲,布势远故也",见《宋四家词选眉批》,载唐圭璋编:《词话丛编》,中华书局1986年版,第1656页。

深之趣"的情景关系,故多"无寄托";南宋人填词因刻意抒发忧时念乱情怀,多是"意感偶生,假类毕达",常用"即事叙景"处理情景关系,故多"有寄托"[①]。与周济一样,沈祥龙、张德瀛、蒋兆兰等人论词也喜欢撷取情景关系,从中他们看出了"诗有赋比兴,词则比兴多于赋"、"情景双绘,故称好句,而趣味无穷"[②],"词之诀曰情景交炼"以至"词之为道,其大旨如此"[③],"词宜融情入景,或即景抒情,方有韵味"[④]等。可见,情景关系已成为词家审视词体艺术性的一个有力角度,融入了他们各自的词学思想,但并非一定要与境界说相呼应(尽管这些词家大多也有以境评词的观念),言情景关系可以有境界,但未尝不可指向比兴、韵味、神味及趣味等。至于周济所说的"赋情独深,逐境必寤",与宗山"不离乎情,不泥乎境"意思相近,都是境界化生的一个必要条件,是观照境界的一个层面,但绝非充要条件,也不是解构境界的唯一途径。

走出过多受到王国维具有机械性倾向的以"景、情"为文学"二原质"来审视境界方法的干扰,再来分析词家观照词境的视野,我们似乎更能接近词家境界理论的内在肌理。这既有图画形象性的空间意识,也有音乐形象性的时间意识;二者互通有无,共同构筑了词境的情文节奏。对于分析境界观念着眼于人们的视觉思维而呈现出的艺术空间感,在关于境界说的讨论中多有涉及,有的甚至视此为境界最为根本的艺术特性。这主要是受到了王国维境界观念的影响。客观地说,王国维也极为重视词体艺术的音乐性,如《人间词话》就讨论了词之音律问题,且指出写景须"豁人耳目""剑南有气而乏韵"等词体须有音乐韵味的思想;《古雅之在美学上之位置》在阐释"第二形式之美"时,也暗暗吸收了叔本华的音乐理论,认为中国古代的神、韵、气、味等艺术思想多属于所谓的"第二形式",从而承认了包括词体在内的艺术美里流淌着音乐的旋律。但比较而言,他更重视词作的图画性、空间感以及接受者的视觉思维,这尤其表现在他对境界的理解上。所谓"境界有大小,不以是分优劣",所谓"太白纯以气象胜"等,皆是重视空间感

---

① 周济:《宋四家词选目录序论》,载唐圭璋编:《词话丛编》,中华书局1986年版,第1643—1645页。

② 沈祥龙:《论词随笔》,载唐圭璋编:《词话丛编》,中华书局1986年版,第4048页。

③ 张德瀛:《词微》,载唐圭璋编:《词话丛编》,中华书局1986年版,第4081页。

④ 蒋兆兰:《词说》,载唐圭璋编:《词话丛编》,中华书局1986年版,第4639页。

而淡化节奏、神韵等时间观念的反映。又如他使用的"以我观物""以物观我""眼界始大""隔雾看花之恨""雾里看花,终隔一层""以自然之眼观物""出乎其外,故能观之""政治家之眼""诗人之眼"等话语,尽管其中的"观""看""眼"等已具有了抽象的审美观照的意味,但如此突出视觉思维,其实反映了他潜意识里注重空间感的思维倾向性。

当然,空间意识原本就是境界观念的一种合理存在,更何况王国维等人也没有完全否定与此相伴而生的时间性。只是若要完整解读境界观念,便不能厚此薄彼。如此才能真正领悟到境界观念所承继的"时空一体""以时统空"等中国传统艺术精神。事实上,词家从注重音乐性、时间感及听觉思维解读境界者并不在少数。李佳云:"词必通音律而后精,然宫商角徵羽、平上去入一字之判,微乎其微。能于音律之学确有所解者,百无二三,此境未易言也。"①此后,况周颐也说"守律诚至苦,然亦有至乐之一境"②。尽管这两处的"境"说的是一种艺术造诣,但其中也承认了词体音乐性所具有的节奏之美及其带来的审美享受。或许沈曾植关于"促碎"的认识最具说服力。前面已说,在沈曾植看来,花间词的"促碎"正是"唐余本色",也是"非诗之所能至"的"词之境界"的一端。对此,他解释道:"五代之词促数,北宋盛时啴缓,皆缘燕乐音节蜕变而然。即其词可悬想其缠拍。《花间》之促碎,羯鼓之白雨点也;《乐章》之啴缓,玉笛之迟其声以媚之也。庆历以前词情可以追想。"③也就是说,词之音节、节拍不仅自有其境界,而且也制约着不同时代词之境界的特征。

进而论之,这种构成词境肌理的时空感,乃是源于词家心灵对时空意识的一种内在体验及直觉认知。王国维《人间词乙稿序》曾说:"原夫文学之所以有意境,以其能观也。"不过,他过于注重"观我"和"观物"的类型之别,从意和境"常互相错综,能有所偏重,而不能有所偏废"的静态构成层面,阐释审美主体的"纯粹的无意志的认识",而不太重视"能观"的审美主体所直觉到的那种动态变换的时空意识。④清代如山、况周颐等人对词境的诠释,或许可以弥补其中的不足。如

---

① 李佳:《左庵词话》上卷,载唐圭璋编:《词话丛编》,中华书局1986年版,第3103页。

② 况周颐:《蕙风词话》卷一,《蕙风词话辑注》,屈兴国辑注,江西人民出版社2000年版,第29页。

③ 沈曾植:《菌阁琐谈》,载唐圭璋编:《词话丛编》,中华书局1986年版,第3607页。

④ 至于王国维的"三境界"说,虽强调了境界构成的具有动态意义的层深变化,但主要说的是人生学问的境界。

山《心庵词序》①有言：

> "明月几时有？"词而仙者也。"吹皱一池春水"，词而禅者也。仙不易学，而禅可学。学矣，而非栖神幽遐，涵趣寥旷，通拈花之妙悟，穷非树之奇想，则动而为沾滞之音矣。其何以澄观一心，而腾踔万象。是故词之为境也，空潭印月，上下一澈，屏智识也；清磬出尘，妙香远闻，参净因也；鸟鸣珠箔，群花自落，超圆觉也……其言情也，及情而不过乎情；其体物也，寓物而不滞于物。吾知其游心太空而咒妙莲于飞钵矣。客曰："噫嘻，是非绮语障乎，是非妄幻想乎，是无尘而为有尘，无想而为有想乎？"余曰：不，不也。佛而情忘，渡胡为乎慈航？佛而意灭，镜胡为乎宝月？衣云鬘云，果非色身，胡为而珞珠缤纷也？花影幢影，果异人境，胡为而佛土严净也？然则，皈法为法，离法亦为法，庸知色相之非即妙相，绮业之非即慧业乎？心庵词殆有悟于斯矣……

如果说这段话以禅喻词过于玄虚，那么后来况周颐自述他所历之词境，便是一次具体的描绘：

> 人静帘垂。灯昏香直。窗外芙蓉残叶飒飒作秋声，与砌虫相和答。据梧冥坐，湛怀息机。每一念起，辄设理想排遣之。乃至万缘俱寂，吾心忽莹然开朗如满月，肌骨清凉，不知斯世何世也。斯时若有无端哀怨枨触于万不得已；即而察之，一切境象全失，唯有小窗虚幌，笔床砚匣，一一在吾目前。此词境也。三十年前，或月一至焉。今不可复得矣。②

他们或借助禅宗之"澄观"，或汲取传统艺术的"虚静"理论，强调了词境乃是一种动态的时空交错变换的审美体验：这需要一个由外及内、形神一体的静思工夫，需要一种"内向凝聚"到"定向会聚"的运思方式

---

① 如山：《心庵词序》，何兆瀛《心庵词存》，同治十二年武林刊。如山（1815—1885），满族镶蓝旗人，赫舍里氏，字冠九，曾任都转监运使。《心庵词》，何兆瀛（1809—1890）词集，不少人受江顺治《词学集成》卷七征引"如冠九山都转心庵词序"的影响，将该词集写成《都转心庵词序》。其实，"都转"乃是指称作序者如山的官职，非何兆瀛词集原有之名。因此序经过宗白华的阐释，影响至大，故特此说明。

② 况周颐：《蕙风词话》卷一，《蕙风词话辑注》，屈兴国辑注，江西人民出版社2000年版，第22页。

的参与；这是一种词人超越现实时空意识，完全沉浸于艺术时空氛围，忘乎所以地陶醉在自我创造之中的审美愉悦感；是一种心物交融、神与物游的创造性体验，澄澈、虚静的心灵由此便具有了超时空的想象力和创造力，词境也因有了动态的时空转换而具有了一种弹性的张力。在这个由"屏智识""参净因"到"超圆觉"，或者是由"湛怀息机"、"莹然开朗"到"万不得已"等层次的动态转换中，词人"其言情也，及情而不过乎情；其体物也，寓物而不滞于物"，于是那种"尊情、境"而又"超情、境"的境界方有孕育而生的可能。而词人所体会到的这种境界，乃是"肌骨清凉，不知斯世何世""游心太空"的超时空意识。这种超时空体验又时时流动着一灯不灭的生命意绪，况周颐感受到的是"无端哀怨"，如冠九悟出的是"皈法为法，离法亦为法"及"色相之非即妙相，绮业之非即慧业"。识见于此，词境可谓有"如五色之相宣，如八音之迭奏。洵乎无美不备，有境必臻，洋洋乎巨观也"①。

四、层次类别：词境观念的审美品格

境界的层次和类别，既是对境界观念的深化解读，也体现着词家具有各自倾向性的艺术旨趣。境界层次观主要有两种情况：一是所谓的"以情（意）胜""以景（境）胜"及"意与境浑"的路径，这尤以王国维说法为代表，即所谓"上焉者意与境浑"②。与此类似，稍加有别的是况周颐在评价元代许有壬《圭塘乐府》时所说的"以景胜""以境胜""以意胜"及"以度胜"等③。对此四种，况氏未作高低层次的评价，不过联系他所说的"词境以深静为至"及"词有穆之一境，静而兼厚、重、大也"等说法来看，它们与"深静""穆境"显然有层次差别（尽管他说《圭塘乐府》乃"元词中上驷也"）。二是较为普遍存在的"深（浅）境""高（下）境""胜（劣）境""厚（薄）境"等路径，这其实就是"妙造之境"和"非妙造之境"之别。这种境界层次观往往与词论家的随意性感悟有关，但用语又无不与自己的词论主张及艺术旨趣相联系。陈廷焯论词境就擅

---

① 秦恩复《日湖渔唱跋》（1829）称许"南渡词人"的一段话。载金启华等编：《唐宋词集序跋汇编》，江苏教育出版社1990年版，第286页。

② 樊志厚：《人间词乙稿序》，载唐圭璋编：《词话丛编》，中华书局1986年版，第4276页。

③ 况周颐：《蕙风词话》卷三，《蕙风词话辑注》，屈兴国辑注，江西人民出版社2000年版，第160—161页。

长此种分法,如《白雨斋词话》卷一说韦庄词"似直而纡,似达而郁,最为词中胜境",卷三说王士禛词"含蓄有味,但不能沉厚。盖含蓄之意境浅,沉厚之根柢深也",卷四说张惠言《水调歌头》五章"既沉郁,又疏快,最是高境"等。可见,境界并不是陈廷焯权衡词作优劣的最高标准,即便那些被他称作"胜境""深境"及"高境"者,也必须以"沉郁顿挫"为起点和归宿。再如况周颐从填词体验出发,以"意必己出"为轴心,从笔法技巧层面把词境分成"非妙造之境""妙造之境"两个层次。前者有"太易""太难"两种:"太易"说的是轻佻纤弱,"太难"指的是晦涩造作。后者有"难易之中""易之一境"两个层次:"难易之中"是由"太难""太易"向"易之一境"过渡的层次,体现其折中思维模式;"易之一境"系其一种理想词境,它超越"太难"或"太易",在"难易之中"后的一次升华,秉承了词境"情景真"的生命本原,也含蕴着"书卷足""满心而发,肆口而成"的词境艺术呈现之力。[①] 此种艺术境界其实就是他所说的"拙或顽"。

王国维对境界的态度,一言可概之,即《人间词乙稿序》说的"文学之工不工,亦视其意境之有无,与其深浅而已"。这种"有无"与"深浅"突出体现他对"诗人之境界"与"常人之境界""隔与不隔"等问题的认识上。不过,按照王国维的理解,"常人之境界"还不是真正意义上的审美境界或艺术境界,因为这只是一种日常态度,而不是那种超功利的审美态度,因为境界之生成必须有个"能观"的审美主体。因此,他在《清真先生遗事》中云:"一切境界,无不为诗人设。世无诗人,即无此种境界。"虽说"常人之境界"并非严格意义上的"非妙造之境",但就"诗人之境界"而言,他认为"亦有得有不得,且得之者亦各有深浅焉"。由此反观他的"有境界则自成高格,自有名句"中的"有境界",也当有深浅之别。至于"隔与不隔",有人以此拈出"隔境"与"不隔境"两种。事实上,王国维认为,"不隔"可以称为"有境界",而"隔"并无境界可言。在他看来,"隔"指的是如雾里看花的隐晦,喜用替代字、典故,意象过于古雅等,这种作品不仅"境界难出",而且根本就是"无境界"。因此,"隔与不隔"并非王国维境界观念的两个层次,拈出"隔境"显然有违王国维境界观的本来意思(尽管他对"不隔"的理解带有个人

---

① 况周颐:《蕙风词话》卷一,《蕙风词话辑注》,屈兴国辑注,江西人民出版社2000年版,第37页。

喜好,也有失偏颇)。当然,就"不隔之境"来说,王国维还是主张有层次的,其论词推尊五代北宋,故对于"语语都在目前"的"不隔",往往以这时期的词家为代表;而至于南宋词,虽有"不隔处",但"比之前人,自有浅深厚薄之别"①;对姜夔词中的"不隔"处来说,虽有"意境"但"去北宋人远甚"②。

其次,境界类别观指所分境界在各宜其宜的基础上,虽有词家艺术旨趣的倾向性,但已非层次上的高低差异。如王国维的"造境"与"写境"、"有我之境"和"无我之境"、"大境与小境"等。之所以有"造境"与"写境",是因为"此理想与写实二派之所由分"也。但"二者颇难分别",因为"大诗人所造之境,必合乎自然,所写之境,亦必邻于理想故也"③。可见,王国维受到西方现实主义与浪漫主义文艺思想的影响,结合自己的理解而拈出的"写境"与"造境",显然并无优劣之别。而"有我之境"和"无我之境",典型地体现了王国维的中西化合的文化形态观。一些学者受到《人间词乙稿序》里"上焉者意与境浑,其次或以境胜,或以意胜"的影响,认为"不知何者为我,何者为物"的无我之境高于"故物皆著我之色彩"的有我之境。其实,无论是"以我观物"的有我之境,还是"以物观物"的无我之境,皆须以"能观"为前提,均能也必须实现"意与境浑"的层面。"无我之境,人唯于静中得之;有我之境,于由动之静时得之。故一优美,一宏壮也"④,其中都须有一个审美静观的纯粹主体在,都有一个叔本华所说的"纯粹认识的状况"。而王国维所说的"无我之境""此在豪杰之士能自树立耳"之言,主要是在强调古人写"无我之境"的词作者少,以及以物观物的难度之大。有"无我之境"固然为高,但能写"有我之境"也值得称许。他推崇有明显主观色彩的李煜词就是一个有力的证明;而"有篇有句"者如欧阳修、苏轼、秦观、周邦彦、辛弃疾等人词⑤,或"古今人词之以意胜者,莫若欧阳公"⑥,或"苏辛,词中之狂","幼安之佳处,在有性情,有境界",或"少

① 王国维:《人间词话》,载唐圭璋编:《词话丛编》,中华书局1986年版,第4248页。
② 樊志厚:《人间词乙稿序》,载唐圭璋编:《词话丛编》,中华书局1986年版,第4276页。
③ 王国维:《人间词话》,载唐圭璋编:《词话丛编》,中华书局1986年版,第4239、4240页。
④ 王国维:《人间词话》,载唐圭璋编:《词话丛编》,中华书局1986年版,第4239页。
⑤ 王国维:《人间词话删稿》,载唐圭璋编:《词话丛编》,中华书局1986年版,第4265页。
⑥ 樊志厚:《人间词乙稿序》,载唐圭璋编:《词话丛编》,中华书局1986年版,第4277页。

游词境最凄婉"以至"变而凄厉"等①,无不具有"有我"在。至于"大境与小境",王国维明确说"境界有大小,不以是分优劣"。对此,况周颐也有类似的见解。

境界类别观另一个突出例子就是清代蔡宗茂的"三境界"说。他在《拜石山房词序》里围绕顾翰词的"意以曲而善托,调以杳而弥深"的艺术特点,描述了自己阅读的体验:

> 始读之,则万萼春深,百色妖露,积雪缟地,余霞绮天,一境也。再读之,则烟涛澒洞,霜飙飞摇,骏马下坂,泳鳞出水,又一境也。辛读之,而皎皎明月,仙仙白云,鸿雁高翔,坠叶如雨,不知其何以冲然而淡,翛然而远也。②

结合顾翰《拜石山房词》以及该篇序言,蔡氏所说的"三境界"可作如是观:始读之境界,犹如"秦、柳妍丽";再读之境界,犹如"苏、辛豪宕";又读之境界,犹如"姜、张清隽"。如此解释,才能契合顾翰学词"转益多师"的创作实际。蔡氏曾说顾翰"凡姜、张清隽,苏、辛豪宕,秦、柳妍丽,固已提袂而合唱,无俟改弦而更张已"。而蔡氏便在这"合唱"之中又将其解构出来,真可谓"按之弥深",而虽分三层将其解构,其实并没有褒贬之意。因为这三层对顾翰词来说是"提袂而合唱",并没有主次之分,皆是顾翰词境的合理的有机构成;因为所谓"妍丽、豪宕及清隽"三者"各造其极"而无轩轾,在蔡氏看来正是宋词三个流派的体现,即所谓"词盛于宋代,自姜、张以格胜,苏、辛以气胜,秦、柳以情胜,而其派乃分"者是也。看来,词境之表征可通过情、气、格之各自胜处来反映,而境界意义的生成,又必须有读者的参与,这在蔡氏"三境界"说中得到了充分的证明。但类似而略有分别的是江顺诒,他也是从宋词三派"各造其极"总结了蔡氏的"三境界",提出"始境,情胜也;又境,气胜也;终境,格胜也"③,不过已经改变了蔡氏三境界平等相待的主张,而更为重视"格胜"。认为蔡宗茂宋词三派理论"以苏、辛、秦、柳与姜、张

① 王国维:《人间词话》,载唐圭璋编:《词话丛编》,中华书局1986年版,第4250、4249、4245页。
② 顾翰:《拜石山房词钞》四卷卷首,榆园丛刻本。
③ 江顺诒:《词学集成》卷七,载唐圭璋编:《词话丛编》,中华书局1986年版,第3293页。

并论,究之格胜者,气与情不能逮"①。宗白华可能就是由于受到江顺诒影响而误读了蔡宗茂三境界说。②

词论家的词境层次和类别观有力地丰富了词作艺术的审美品格。其中,一些词家本来就是从词作风格、审美品格的层面,运用"境界"这一术语的。如江顺诒在《词学集成》卷七收集的一些被他认为能求得境界的序跋词论,大多具有词作风格的意义;而蔡宗茂的"三境界"说,也并没有脱尽他所说的宋词三派艺术风格的底色。还有像晚清秦云《香禅词跋》采用"比物取象"方式描绘的潘钟瑞《香禅词》"厥有四端"的"词境"(即悱恻、清远、洒落和婉丽)③,此"四境界"与郭麐、杨夔生等人的"词品"一样,皆侧重于对词作审美品格的归纳、描述,只是前者就个人词风而言,后者是对群体词风而设罢了。

五、语言超越:词之境界的艺术张力

词境充实着尊情境与超情境之间的辩证统一关系。"尊情境"揭示了词境那一灯不灭的生命意绪,"超情境"规范了词境的主体体认的时空意识。正如王国维所言,这种审视词境的方式昭示了"诗人"对宇宙人生既须入且须出的关系:诗人对宇宙人生,入乎其内,可获真切的生命体验,有了充盈而生动的写作材料,故既"能写之"也"有生气";出乎其外,"必遗其关系、限制之处"而化育出能观的审美主体,故既"能观之"又"有高致"④。然而,词境的进一步生成,不能仅仅停留在词人的心灵幻觉中,而必须"呈于吾心而见于外物"⑤,在"无端哀怨枨触于万不得已"的同时"能以吾言写吾心"⑥。

---

① 江顺诒:《词学集成》卷七,载唐圭璋编:《词话丛编》,中华书局1986年版,第3272页。

② 本文所持观点与宗白华先生不完全相同。我十分赞同他所说的"艺术意不是一个单层的平面的自然的再现,而是一个境界层深的创构",但不同意他用蔡宗茂所描绘的"三境界"证明他所说的"从直观感相的模写,活跃生命的传达,到最高灵境的启示,可以有三层"的"境界层深创构"。尽管单看江顺诒的"三境",可以解释为"'情'是心灵对于印象的直接反映,'气'是'生气远出'的生命,'格'是映射着人格的高尚格调",但这既远离蔡宗茂所论之本义,又是过于发挥之见。参见宗白华《中国意境之诞生》,见《艺境》,北京大学出版社1987年版。

③ 潘钟瑞:《香禅词》四卷,清光绪八年长洲潘氏刻本。

④ 王国维:《人间词话》,载唐圭璋编:《词话丛编》,中华书局1986年版,第4253页。

⑤ 王国维:《人间词话》附录一,载唐圭璋编:《词话丛编》,中华书局1986年版,第4271页。

⑥ 况周颐:《蕙风词话》卷一,《蕙风词话辑注》,屈兴国辑注,江西人民出版社2000年版,第22、23页。

由此，词境的探寻就必须落实在词作艺术本位之上。王国维"隔与不隔"的论题可以说就是从这个层面提出的。在他看来，"言情也必沁人心脾"及"写景也必豁人耳目"的无"隔雾看花之恨"的语言技艺，对词境的构筑有着方法论的本体意味。即便如强调"吾心酝酿"式的词境观的况周颐，也同样注重从"吾言尤易出"的角度品味词之境界。对他而言，意境的酝酿不仅要"于情中入深静"还要"于疏处运追逐"，不仅要"深于情"还要"工于言情"，如此，才可谓"尤能得词家三昧"[①]。王、况从各自的艺术趣味出发，或反对"隔雾看花"、或赞赏"如隔蓬山"，但无不从言语的层面解读了词的境界。

进而，境界的生成还必须处理好"不离乎言语"又"不泥乎言语"的辩证关系，最终必须实现对言语的超越，如此才能有"语必遥深"之妙。按照词家所言，境界与言语是一种本末关系。江顺诒《词学集成》卷七即云"诗词曲三者之意境各不同，岂在字句之末"，孙麟趾《词迳》云"学问到至高之境，无可言说。词之高妙在气味，不在字句也"，况周颐《蕙风词话》卷一也说"重者，沉著之谓。在气格，不在字句"。孙、况两人虽不是直接论及词境与字句的关系，但"词之高妙"也是"至高之境"之一种，"重者"也与所谓"穆之一境"相通。即便极重言语力量的王国维也主张境界的实现必须要有言语的超越。在他看来，有境界便"自有名句"，境界与名句之间也是一种本末关系。他说温庭筠词"句秀也"、韦庄词"骨秀也"、李煜词"神秀也"[②]，由"句""骨"到"神"印证着词境的浅深变化，也反映了言语超越的力度和深度。至此，化育词境，字句、言语的载体地位不可低估，但它们必须有肩负传达词人那"须臾之物"的境界酝酿，以及召唤读者想象，有一种使境界欲出的真气贯注的感发力。如此，言语才得以超越，而具有独立的审美价值，成为一种"有意味的形式"和"象征性的符号"。这种超越后的言语其实就是作品中的"象"。境界便是在这个"象"中得以生成，即"境生于象外"也。

如此方能认识词的境界与言语的本末关系。王国维说一个"闹"字令"红杏枝头春意闹"句"境界全出"；一个"弄"字使得"云破月来花

① 况周颐：《蕙风词话》卷一，《蕙风词话辑注》，屈兴国辑注，江西人民出版社2000年版，第130页。

② 王国维：《人间词话》，载唐圭璋编：《词话丛编》，中华书局1986年版，第4242页。

弄影"句"境界全出"①，就是因为此"闹"此"弄"具有了"沁人心脾"、"豁人耳目"的审美意象功能。况周颐谈到"词境以深静为至"时，例举宋代韩维《胡捣练令》"燕子渐归春悄。帘幕垂清晓"句，认为此句之所以有高境，"尤妙在一'渐'字"，有了这个"渐"字，那种"此中有人，如隔蓬山"的至静词境，才能在读者"思之思之，遂由浅而见深"中逐层呈现②。尽管与王国维艺术趣味不同，但从意象层面构建字句、言语的意味形式的思路，则是相同的。

"境生于象外"，于是境界便具有了它特有的艺术张力。词家分析词境的艺术感染力，便多着眼于言意关系，秉承了言近旨远、言有尽而意无穷、寄托遥深等传统艺术旨趣。刘熙载曾说"词之妙，莫妙于以不言言之，非不言也，寄言也"③，沈祥龙认为"含蓄无穷"的"词之要诀""其妙不外寄言而已"④，皆从不离乎言语、不泥乎言语的角度解释了词作的语言性质：言语含蕴的深层意味并非直言也非不言，而是秀而隐的寄言，如此方为词之妙。当然，刘熙载并未把寄言与词境直接联系，但词境的获得必与此有关系。江顺诒后来把此则辑入《词学集成》卷七词境卷，自然不是虚设。而令他感触尤深的即是词境的言近旨远的艺术感发力。毛大可《鹤门词序》有云："大抵词必有意、有调、有声、有色，人人知之。若别有气味，在声色之外，则人罕知者。"对此，江顺诒加按语云："此固词之妙境，而亦文之妙境。"⑤词境的孕育自然离不开词体固有的因素，但词境绝非这些因素的简单叠合，而是众多因素"提挈而合唱"后的"别有气味"。

这种参悟境界追求言外之意以及声色之外的"别有气味"的方式，其实也是滋味、兴趣、神韵等诗学范畴所内蕴的艺术旨趣。词家也常常借助这些范畴来丰富他们的词境观念。刘熙载在征引了司空图"梅止于酸，盐止于咸，而美在酸咸之外"及严羽"妙处透彻玲珑，不可凑泊，如水中之月，镜中之象"之后，就说："此皆论诗也，词亦以得此境为超诣。"⑥宗山《词学集成·识》诠释词境时也说："香象羚羊，乃臻上

---

① 王国维：《人间词话》，载唐圭璋编：《词话丛编》，中华书局1986年版，第4240页。
② 况周颐：《蕙风词话》卷二，《蕙风词话辑注》，屈兴国辑注，江西人民出版社2000年版，第58页。
③ 刘熙载：《词曲概》，《刘熙载集》，刘立人、陈文和点校，华东师范大学出版社1993年版，第144页。
④ 沈祥龙：《论词随笔》，载唐圭璋编：《词话丛编》，中华书局1986年版，第4055页。
⑤ 江顺诒：《词学集成》卷七，载唐圭璋编：《词话丛编》，中华书局1986年版，第3287页。
⑥ 刘熙载：《词曲概》，《刘熙载集》，刘立人、陈文和点校，华东师范大学出版社1993年版，第144页。

乘。"当然,境界与兴趣、神韵等范畴的关注层面确有不同,王国维就看出了这一点。但在"言有尽而意无穷"这个艺术旨趣上,即便王国维也并未否定之。他在《人间词话》里同样征引了严羽《沧浪诗话》"盛唐诸公,唯在兴趣"的一段话后说:"北宋以前之词,亦复如是。"况且他多次从这个层面解说了境界的艺术张力,所谓姜夔词"惜不于意境上用力,故觉无言外之味,弦外之响,终不能与第一流之作者也"①即是,而《人间词甲稿序》自评其词云"至其言近而指远,意决而辞婉,自永叔以后,殆未有工如君者也"。因此,我们不能因为王国维说过境界"为探其本也"之言,而忽视境界与兴趣、神韵等范畴的异曲同工之妙,甚至否认它们固有的艺术思想潜质。

　　[原以《晚清词家词境观念评说》为题刊于《南阳师范学院学报》2004年第5期,辑入本集有改动]

---

　　① 王国维:《人间词话》,载唐圭璋编:《词话丛编》,中华书局1986年版,第4249页。

词史观念与晚清词学思想的时代共感

　　"词史"有二义：一是与"文学史"概念下的词学史，一是与杜甫"诗史"一致的词史思维。本论题说的"词史"是后者。时至明末清初，词家开始总结填词创作及词选、词话编纂上的词史意识。如《梅村词》附曹尔堪评语曰"陇水呜咽，作凄风苦雨之声。少陵称诗史，如祭酒可谓词史矣"[①]，肯定了吴伟业运用诗史思维填词的特点。陈维崧《今词苑序》说"选词所以存词，其即所以存经存史也夫"，总结了词选中以词存史的编选意图；尤侗《词苑丛谈序》说"夫古人有诗史之说，诗之有话，犹史之有传也，诗既有史，词独无史乎哉"，指出了词话中以本事存史的编纂体例；直至周济才首次从创作角度提出系统的词史理论。鉴于此，这篇文章拟立足词学本位，以词史及其提出者的词说为切入点，映带清末民初词学思想各阶段的特色，探询词学思想与时代共感的历程。

一、"感慨所寄，不过盛衰"与嘉道衰世之声

　　近些年，学界在探讨清代后期词学理论的时代心理时，因受到中国社会近代化主流观念的影响，多批评词学理论缺乏其他艺术样式直面现实的鲜活性。对此时触于时势变化而由衷感悟的词史理论以及各阶段性词学理论特色，并未给予足够重视或贴切解说。虽然，这时期明确标举"词史"说的词家仅有尤侗、周济、丁绍仪、谢章铤、谭献、蒋兆兰等数人，但直接反对的却难见一人，且他们的相关词说亦多有汲取和暗合词史观念之处。因此，词学这个旧体文学样式的发展问题，我们认为，当先从此时词家论词普遍具有的时代共感心理上去寻找，

---

　　① 吴伟业：《吴梅村全集》，上海古籍出版社1999年版，第564页。

之后才是推尊词体、振兴词学的需要。

"词史"创作理论的系统构建,首推周济之论:

> 感慨所寄,不过盛衰,或绸缪未雨,或太息厝薪,或己溺己饥①、或独清独醒,随其人之性情、学问、境地,莫不有由衷之言。见事多,识理透,可为后人论世之资。诗有史,词亦有史,庶乎自树一帜矣。若乃离别怀思、感士不遇,陈陈相因,唾渖互拾,便思高揖温、韦,不亦耻乎!②

"诗有史,词亦有史。"可是,一直以来,诗史的合理性是争论不休的话题。宋代洪炎、明代杨慎、清初王夫之等认为,诗主情、史重事,"夫诗之不可以史为,若口与目之不相为代也"③,故应严分诗与史的传统疆界;何况诗史作品多"察察言""几于骂矣"④,"直陈时事,类于讦讪",而诗人则是以"赋咏于彼,兴托在此"为贵,因此诗史之作并不合诗的"其体其旨",诗史之说只能是"以误后人"之举。而与诗相比,词的小道情结、缘情的私怨成分以及逢场作戏的娱乐之风更为突出。故,在不为人道的词体中主张"词亦有史",突出词作的历史感与现实感的精神向度,其难度、气魄及开拓性实有过于诗。词史理论出现在清代,可能与清代以来诗史意识的渐趋强化有关。如钱谦益《胡致果诗序》便说曹植《赠白马》、阮籍《咏怀》等是"千古之兴亡升降、感叹悲愤,皆于诗发之",到了杜甫"而诗中之史大备,天下称之曰诗史"⑤;陈沆《诗比兴笺》卷二亦云"情与事附,则志随词显,诗史之目,无俟杜陵"⑥。推崇诗史思维者大多本着六经皆史、诗史互证及文史合一的学术观点,认为诗与史在思维方式及功能上有着相融点,诗史思维是诗歌艺术性与史乘褒贬功能的整合:或以"意内而言外"的显隐方式落实诗人的忠愤、忧患,或以比兴寄托的隐秀方式暗蕴诗人的史义史

---

① 此语出自《孟子·离娄下》,唐圭璋编《词话丛编》作"已",误。
② 周济:《介存斋论词杂著》,载唐圭璋编:《词话丛编》,中华书局1986年版,第1630页。
③ 王夫之:《姜斋诗话》卷一,《姜斋诗话笺注》,戴鸿森笺注,人民文学出版社1981年版,第24页。
④ 洪炎:《豫章黄先生退听堂录序》,《黄庭坚全集辑校编年》(下),江西人民出版社2008年版,第1754页。
⑤ 钱谦益:《钱牧斋全集》(5),上海古籍出版社2003年版,第800页。
⑥ 陈沆:《陈沆集》,宋耐苦、何国民编校,湖北教育出版社2002年版,第357页。

思。如此,诗史之作既不失诗歌固有的蕴藉之美,也能与时代风云相呼吸,承载诗人的关怀用心。

周济顺乎清代崇尚诗史的风气,受到那个"日之将夕,悲风骤至"时代的刺激,大约在嘉庆末年提出了他的词史说。此时,"康乾盛世"已成为时人的记忆,"四海变秋气"的衰世迹象却已昭然若揭:由"多子多福"观念带来的人口压力,由闭关锁国政策导致的外强中干,由封建专制制度引发的民怨沸腾,由儒教一统带来的空洞陈腐学风,由承平日久滋生的官场腐败……①而周济本人对这种社会现实又有着深刻的体验,其平生涉猎甚广,著述颇多,然综观其平生所学,务为实用之学,尤长史笔。其早年"读书明大义,不屑为章句之学","年二十四,嘉庆甲子中乡魁。明年乙丑,成进士。以对策戆言,置丙科,出为淮安府教授。因忱然曰:'吾今日始可读书矣。'益自淬厉,求之六经三史,以期实用。"岁余移病去官,纵情诗酒,交江淮豪士,曾客宝山拒海盗,到山东平教乱,至扬州缉盐枭。然"君长于兵法,不得一展其才,捕戮私枭,甚非所愿。以其拒伤官军,戕害民命,特藉此小试,以张朝廷之威,然非君之志也"②。尝言:"愿得十万金,当置义仓,义学,赡诸族姻,并置书数万卷,招东南士友之不得志者,分治经史,各尽所长,不令旅食干谒废学。"然"所志皆恢阔难就",于是幡然悔悟,于道光八年(1828),尽散其赀,尽屏豪荡技艺,自号止安,遂去扬州,寓金陵春水园,深坐斗室,复理故业,静心著述。其中《晋略》一书历廿余载,至道光癸巳(1833)写出清本,又五阅寒暑乃成,可谓"以寓平生经世之学,借史事发挥之"。③于是,当他由"负经济伟略"到"复寄情于艺事"④,以古已有之的忧患意识重构词体的比兴之义,尤其是以"感慨所寄,不过盛衰"作为词史之作的精神向度,实已表明了他的关怀用心。具体地说,或借助《诗·豳·鸱鸮》的"绸缪未雨"、贾谊《新书·数宁》的"太息厝薪",分别从警醒乱变和忧虑苟安揭示了词人感慨所寄的忧时忧世内容;或借助《孟子·离娄下》的"己溺己饥"、《楚辞·渔父》的"独清独醒",分别从兼济天下和独善其身要求词人感慨所寄的襟抱志向与胸次心性。

---

① 陈旭麓:《近代中国社会的新陈代谢》,上海人民出版社1998年版,第37—53页。

② 丁晏:《周先生传》,载《颐志斋文钞》,民国四年罗氏铅印雪堂丛书刻本。

③ 魏源:《荆溪周君保绪传》,魏源全集编委会校编:《魏源全集》(第12册),岳麓书社2004年版,第287页。

④ 潘祖荫:《刊周济宋四家词选序》,载唐圭璋编:《词话丛编》,中华书局1986年版,第1658页。

针对古已有之的忧患意识，他进而否定了如"离别怀思、感士不遇"等陈陈相因的旧套路，要求超越忧己、忧位等个人式的私情孤感，实现忧时、忧世、忧天下、忧道等方面的深层忧患，足见他有感于现实，强化词史之作干预现实的力度。

鉴于对时势变幻的体认，周济的词史理论发展了前代已有的词史意识和诗史思维，在尊崇他词学本位思想的前提下革新了词体观念。

其一，"诗有史，词亦有史"是一种以史为内在之义的诗词观念，代表着周济对词体理想状态的设想。词史之作是词而非史，代表的是对词体表达内容的一种说法，"史义"只是词作所能表现情思的一种。尽管他认为词体体性中可以有史义的内涵，但不能等同于词史与词体体性，不是"诗即史，词亦即史"。如此，"词史"便可理解为，以词体形式隐含史义内容的一种形式。词与史的结合有一种秀隐的关系，史义之谓隐，词趣之谓秀，唯以有趣之词作方能"秀出"内隐的史义。

其二，"词史"的史义，不是停留在历史事实层面的史事，而是词人"见事多，识理透"后的"感慨所寄"，着陆点在词人的情思体验上。他认为，词人必因"遇一事，见一物，即能沉思独往，冥然终日"后，方能"出手自然不平"①……有个对事、物作情感处理的过程，而不是对史事或时事的评说。可见，在"情与事"之间，周济重在词人对事的"感慨所寄"上。体现在词史思维中，创作之前，事为因，情思（史义）为果；词作之中，情思与史义互为魂灵，史事融化在情思的抒发之中；词史之作当以情思与史义为贯穿，在跌宕起伏中，此为不断的意脉。

其三，词史观念要在深化艺术创作的个体性原则。宋代吴缜《新唐书纠谬》序言谈到"为史之要有三"时指出，在事实、褒贬及文采三者之间，回到事实本身的"事得其实"才是史之灵魂，即便褒贬、文采阙焉，犹不失为史之意。而周济认为词史之作创作应该是"随人之性情、学问、境地，莫不有由衷之言"，"感慨所寄"指向的是个体心灵感受之真。唯有词人个体的感受之真，才是词史之作创作的契机；即便事实已明，若无由衷之感，也无须感慨寄托。由此，周济进而上升到填词创作的个性化风格问题。如他说，"雅俗有辨，生死有辨，真伪有辨，真伪尤难辨"，如"稼轩豪迈是真，竹山便伪；碧山恬退是真，姜、张皆伪"②

---

① 周济：《介存斋论词杂著》，载唐圭璋编：《词话丛编》，中华书局1986年版，第1630页。

② 周济：《宋四家词选目录序论》，载唐圭璋编：《词话丛编》，中华书局1986年版，第1645页。

便是证明。

其四，词史理论体现了诗史互证的精神。"见事多，识理透，可为后人论世之资"，这句话原本是周济作为"词亦有史"的证据提出的，但又无疑关涉到"诗能证史"的思想。周济的词史观念并不以违背艺术创作个体性这个根本规律为代价，反而因为他追求词人对时事或史事深思酝酿的情思形式，避开传统词学片面追求一己之私情的倾向，使得词史之作具有情感空间的纵深度和穿透力。从这个意义上说，周济的词史观念渗透着利用词体形式揭示或反映一代人的社会心灵史的意义。也许个别词作能提供史事上的佐证，但根本上周济还是希望从词人的"盛衰"之感中捕捉时人的心态。

可以说，周济的词史理论是一种深感时代之变，极为清醒的词学观念，在思维方式和表情手段上皆超越了传统词学的审美规范，也从深层次上实现了他振兴词学、推尊词体的目的。不过，基于"忧患潜从物外知"①，甚或是超越这种世运朦胧感悟而论词，则又是嘉道间词学思想的一个时代共感现象。张惠言、黄苏不约而同地以"比兴"论论词，主"意内言外"之说，以"风骚之义"为词学旨归，业已表明了那既具忧患感、也具责任感的社会关怀用心。其实，周济的词史理论即是他对词体寄托说的一种新理解，词人所托寓的无论是偶生的意感还是酝酿日久的深情，唯有富有史义、史思内涵才是词的价值所在。与周济几乎同时的龚自珍利用诗歌及政论断言"起视其世，乱亦竟不远矣"②，掀开了嘉道衰世那层遮羞的面纱。这种深感时势变化的思想，在他的词学言论中也有反映。谭献《复堂日记》曾转述冯志圻之言，说龚自珍曾申述自己词作主旨"出于《公羊》"。对此，严迪昌分析到："'词出于《公羊》学'，语近诙谐，却道出了龚定庵经世文字的一贯特点。""当然不是将词写成政论，而是通过词来传述宣泄忧生悼世的心绪。"③至于常州词派在鸦片战争前夕得以大力传播并获得了广泛影响，也不能不说是这种汲纳忧患意识、经世致用倾向的词学精神的作用。道光十年（1830），张琦在《重刻词选序》中就已说："同志之迄是刻者踵相接，无以应之，乃校而重刊焉。"从中即可捕捉到时人对时势的共感心态。

---

① 黄景仁：《癸巳除夕》，《悔存诗钞》卷七，清嘉庆刻本。
② 龚自珍：《乙丙之际箸议第九》，《龚自珍全集》，人民出版社1975年版，第7页。
③ 严迪昌：《清词史》，江苏古籍出版社1990年版，第460页。

二、"事词对应,鸿题巨制"与咸丰乱世之感

鸦片战争似乎是对周济沉郁敏感之心的回答,可惜他在战争开始的前一年辞世。而在战争开始的次年,蒋敦复恢复停罢十年的填词创作,一年之后即提出了他的"有厚入无间"词说。此说既张扬了蒋氏的好臧否、务为实用之学的个性,也暗含着对僵化社会的一种冲击力度。曾与林则徐一起整顿海防,查禁鸦片,率军与英人作战的邓廷桢也有《双砚斋词话》,虽仅寥寥十余则,但评词高华与沉重并尊,特别垂青于南宋寄怀感慨的爱国词作,这显然与他的身世经历有关。可以说,在鸦片战争之后二十余年的内忧外患的社会环境下,词家心态与词学思想发生了较大的变化。这时期明确坚持词史说的是丁绍仪、谢章铤二人,两人撰写词话的方式及词史观念异中有同,故依次解说。

(一)或因词及事,或因事及词:丁绍仪的词史观念

丁绍仪(1815—1884)自称在道光十三年即喜为词,"旋以一官自效",奔走南北,不能如前专力,"久之,自觉不工,辍不复作",以至后来思欲重理,"而心机窒塞,竟不成句"。虽不再填词,但闲居无俚,"就见闻记忆所及,或因词及事,或因事及词"①,终成《听秋声馆词话》二十卷。他论词十分重视词作的现实感与历史感的精神向度。即便像宋理宗时李好义戏作的《望江南》(思往事),虽属描绘歌舞升平的"谐谑"之作,但"存之亦足征当时时政","宋之亡,不尽由乎此,亦未必不由乎此"②,由此强化了周济"可为后人论世之资"的词史观念。当他读到那些"追喟时事,隐然言表""悯世遗俗,托兴遥深"之词时,激动之情常溢于言表。他称赞南宋蒋捷、吴文英可谓"见几之士",却因"沉沦草泽,无所于告,遂一一寓之于词","其杳渺恍惚处,具有微意存焉",从中品味着兴亡盛衰的切身感受。他甚至提出了"词之旨趣,实本风骚,情苟不深,语必不艳"③这极具艺术真谛的观点。关于"词史",他说:"昔人称少陵韵语为诗史,此词正可作词史读也。"④此词指陶樑的

---

① 丁绍仪:《听秋声馆词话自序》,载唐圭璋编:《词话丛编》,中华书局1986年版,第2561页。
② 丁绍仪:《听秋声馆词话》卷七,载唐圭璋编:《词话丛编》,中华书局1986年版,第2663—2664页。
③ 丁绍仪:《听秋声馆词话》卷九,载唐圭璋编:《词话丛编》,中华书局1986年版,第2688—2689页。
④ 丁绍仪:《听秋声馆词话》卷十二,载唐圭璋编:《词话丛编》,中华书局1986年版,第2723页。

《百字令》：

> 刀光如雪，镇惊魂、一霎头颅依旧。秘馆校书，刚日午、猝遇
> 跳梁小丑。义胆用捍，凶锋正锐，血溅门争守。狼奔豕突，半空霹
> 雳惊走。　更遣飞骑讹传，款关谍报，匪党还交构。往事思量成
> 噩梦，差幸余生虎口。净扫欃枪，肃清辇毂，功大谁称首。神枪无
> 敌，当今圣武天授。

嘉庆癸酉年，林清派陈爽、陈文魁，潜结太监阎进喜等人，突入大内滋
事。此时，陶樑以编修在文颖馆编校《全唐文》，该词写的便是这次的
亲身经历。虽说此词是回忆之作，但对贼持刀入，供事及家人与其徒
手格斗、宣宗发枪毙贼而贼始惊，又值雷雨交作而贼遂遁的过程，叙说
得极为清楚。《听秋声馆词话》明确说明"某词可作词史读"者，只此一
处。这可能是受到了陶樑《红豆树馆词》"举生平境遇，自系以词，寓编
年纪事于协律中"这个"词家创格"①的直接启发。但像分析陶樑《百
字令》一样，偏爱带有纪事性质的词作，《听秋声馆词话》中又比比皆
是，典型地体现了"或因词及事，或因事及词"的词话编写体例，也足以
说明丁绍仪词史观念的特点。

　　与周济不同，丁绍仪的词史观念似乎始终横亘着事与词的对应模
式，以事与词对照分析，几乎成为他论词的一个固定模式；他说的"寓
编年纪事于协律中"这个"词家创格"，又进一步把"事"看作词史之作
的灵魂。词史之作确实多与游历所至、生平境遇、记事笔法相关，犹如
杜甫的"三吏""三别"等，人事情景如在目前，有对事件的自然描述，但
此类作品并不是以刻画事件为目的，而是在自然生活逻辑的时空变化
运动中跌宕着诗人的情思，情思中又深潜着的史思与史义。如此，才
不背离因事而兴、缘情而发的诗歌艺术本位。否则，徒有诗词体制的
外在形式，失却了诗词的想象、虚构的艺术趣味，只能成为一种缩小化
的历史书。

　　（二）拈大题目，出大意义：谢章铤的词史观念
　　丁绍仪撰写词话是他"见闻记忆"的结果，不少想法已脱离血气盛

---

① 丁绍仪：《听秋声馆词话》卷十二，载唐圭璋编：《词话丛编》，中华书局1986年版，第2723页。

时的真切,而带有知天命之际的守成理性。谢章铤(1820—1888)小丁绍仪五岁,撰写词话的时间却早丁氏十余年。咸丰元年,《赌棋山庄词话》卷一便写成,历咸丰、同治,直到光绪甲申年,长达十七卷的《词话》方脱稿刊行。因此,这部词话记载了谢氏词学思想的演变轨迹,那种以身世之感打入词论的特点也极为鲜明真切。他的词史理论也明显带有这样的特征:

> 予尝谓词与诗同体,粤乱以来,作诗者多,而词颇少见。是当以杜之《北征》、《诸将》、《陈陶斜》,白之《秦中吟》之法运入减偷,则诗史之外,蔚为词史,不亦词场之大观欤?惜填词家只知流连景光,剖析宫调,鸿题巨制,不敢措手,一若词之量止宜于靡靡者,是不独自诬自隘,而于派别亦未深讲矣。夫词之源为乐府,乐府正多纪事之篇。词之流为曲子,曲子亦有传奇之作。谁谓长短句之中,不足以抑扬时局哉?[①]

周济若能亲历道光、咸丰间的海气逼人、国内乱离的多事之秋,也许也如谢章铤一样不再局限于"盛衰之感",而把词史之作由缘情推向纪事;丁绍仪若能像谢章铤一样直接记录耳闻目睹的当下体验,也会在关注时事、史事的同时,强化词史之作的深情真感。可见,谢章铤的词史观介于周、丁之间,比周济更强调"事",企图开拓词体的纪事功能;比丁绍仪更强调"情",企图延续词体固有的缘情"真种子"。

这种词史观念便统一在"拈大题目,出大意义"的创作主张中。"词之量止宜于靡靡者",针对这个根深蒂固的传统观念,词家多主"意能尊体",谢章铤也不例外。在他看来,"宋人歌词,犹今人之歌曲,走腔落调,知者颇多",故而填词不必过于拘泥考究宫调歌法,立意高低才是关键。可是,"今日词学所误""只知流连景光,剖析宫调""局于姜、史,斤斤字句气体之间",而"不敢拈大题目,出大意义",如此"其立意盖已卑矣,而奚暇论及声调哉?"[②]因而,立意高才是"拈大题目,出大意义"的目的所在,也是他对"蔚为词史"的一个直接说明。只是词体"其文小,其声哀",即便推尊词体者也不得不承认这一点。于是,他在

---

① 谢章铤:《赌棋山庄词话》续编三,载唐圭璋编:《词话丛编》,中华书局1986年版,第3529页。
② 谢章铤:《赌棋山庄词话》卷八,载唐圭璋编:《词话丛编》,中华书局1986年版,第3423页。

坚持"意能尊体"的基础上,又试图改变词体"其文小"的局限。或继承乐府诗的纪事传统,或以杜甫、白居易等诗史之作的笔法填词,或宗法苏辛派的词学旨趣,希望跳出伤春伤别、流连景光的旧套路,写出切合时事、鸿题巨制、"足以抑扬时局"的"庀史之篇"①。

（三）存录意识,历史笔记:词话著述中的词史意识

丁、谢二人词话确有拉杂之嫌,但不能因此而忽视它们的价值。一是因词存人、因人存词的存录意识,既重词学又偏向事件。如词人小传、词集词作流传、区域词学绍介、词人交往、词社、词人逸事、词学门径渊源、词作本事、社会风俗、时代风云等,成为这两部词话的突出内容。其中,不少则的"事"远重于"词",甚至有些则的"事"并非所论"词"的本事,而是游离开去的他事。典型的像《听秋声馆词话》卷五"宋荦词"则所录《高阳台》词仅约占本则的五分之一,其余皆是介绍词人的处事应变之能等。二是具有一种以词学研究为契机的历史笔记性质。那些见闻记忆中的词与事,承载着词人奔走南北的人生感受,贯穿着他们对时事风会的敏感体验。通过其中对时事风云的记录以及社会动乱中词人活动的描述,既可看出词人们对时事的态度,也能真切地品咂出那一代人的心灵旅程。如《听秋声馆词话》卷十二曾说陶樑"尝谓余国朝法度最良最备,但能谨守,为治有余。血气盛时,尤不宜好名喜事,彼以兴革为能,弊与玩愒等"。丁绍仪初听到此话,约在鸦片战争时期,那时帝国大门刚被炮火冲开,胸燃屈辱愤怒之情以及"年未及壮"、正值血气盛时的年龄,故听后"忽不为意"。可是二十余年后撰写词话时,"由今思之,旨在斯言"②,则可咀嚼出太平军失败后,"同治中兴"蔓延开来的时代气息。

著者论词的存录意识及著述式的历史笔记性质,是导致这两部词话鸿篇巨制的直接原因,但深层动机还是源自咸丰年间动荡变幻的现实刺激场。表面上,以因词存人和因人存词的双重标准存人录词,乃是出于振兴词学、推尊词体的需要。而事实上,因战乱导致部分词人死亡和词集失散,太平军败后清廷为安顿民心、表彰忠烈的政策等,才是文献存录意识得以强化的真正原由。这些"鸿篇巨制"富有历史笔记性的词话,确实因为远离词学本位而不够精粹。如丁绍仪在词话卷

---

① 谢章铤:《赌棋山庄词话》卷三,载唐圭璋编:《词话丛编》,中华书局1986年版,第3361页。

② 丁绍仪:《听秋声馆词话》卷十二,载唐圭璋编:《词话丛编》,中华书局1986年版,第2723—2724页。

一第一则申明过他的词论主张,希望在"性灵、才学、格调"三者不可缺的前提下而尤重"格调"。写作时,他也的确十分留意词调的失收与考证等关乎格调的内容,但由于他对时事的过多强调,显然又冲淡了他对词体体性的追求。"曩者逆夷四乱,生民涂炭","今日者,孤枕闻鸡,遥空唳鹤,兵气涨乎云霄,刀瘢留于草木"……长达十数年外患内忧的乱世风云,带给丁、谢这些普通文人的,无疑是"骨肉凋零,兵戈满眼,亦极人生之不堪矣"①的持久性乱离、辛酸、苦难和震撼。身处这个刺激场,他们构筑了词话与社会现实之间的双向催发模式,体现的正是一种时代共感的特色。

毋庸讳言,这种时代共感涌动的是传统的言说价值理念,如以汉儒"言者无罪,闻者足鉴"解读比兴寄托的关怀结构,以"海气""粤匪"等判断当时的多事之秋,以儒家治国策略、三纲五常的道德伦理来拯救社会……或许与他们撰写词话的时间有关,丁绍仪思想比谢章铤略显保守,但是他们论词的现实针对性是一致的。如,丁绍仪运用"词史"概念时,极为关注"事"的层面,甚至在论前代词人填词的本事时,很少言及作为词体传播媒介的歌妓;即便入选的女子,也大多为"洁身自保""抗节捐生"之类的才女、奇女。谢章铤以"拈大题目,出大意义"彰扬词史理论的力度,借助于乐府缘事而发的精神,像杜甫等人一样希望乱离之世早点结束,盼望"中兴"的来临;同时,他又主张"人既有心,词乃不朽",既"深于情"且"炼心性",无不希望词人当有"慨叹时艰"的关怀用心,词家论词当以真切的身世之感干预现实的责任。

可见,他们以旧臣子的真切心灵正视了清廷的不足和衰弊,"时局多艰"、纷乱不堪的社会现实,在他们的眼里已不再是天下太平的虚伪幻影,而是实实在在的客观存在。既不像前期的一些人埋在心里而不敢明说,也不像清朝遗老们的徒有哀怨而无行动。他们的守旧中有一股正气,哀怨中有一股阳刚气度,颓丧中有一股不堪服输的呐喊,这才是他们具有时代共感的词学思想的主旋律。

①谢章铤:《赌棋山庄词话》续编三,载唐圭璋编:《词话丛编》,中华书局1986年版,第3529页。

三、"沉郁顿挫，折中柔厚"与同光中兴之象

史家云，"晚清历史表明，'中兴'也罢，'新政'也罢，都不过属于皮毛的改变"①，不过，在当时普通文士的心中，清廷战胜盛极一时的太平军，表明它仍有治乱的能力，其生存的元气未泯。于是，国内人心思治，归复旧物、自强求富的愿望逐渐升温。而从太平军灭亡（1864）到中法战争（1884）爆发的20年间，清王朝也确实比前20余年"太平"了一些。"外患"因美国刚结束南北战争、欧洲列强之间的相互厮杀、日本开始明治维新等原因而大大削减；"内忧"因长达十数年的太平军退出历史舞台、西北边疆骚乱被平定等原因而渐趋平稳。词学研究便在这个氛围中，迎来了一个丰收期。如刘熙载著有《艺概》，并于同治十二年刊行；杜文澜写成《憩园词话》，向无刊本，后《词话丛编》用潘钟瑞、费念慈校抄本刊行；陈廷焯久困场闱且关心国事，有此心态又遇庄棫点拨，故弃浙而从常，著《白雨斋词话》十卷，成书于光绪十七年除夕；江顺诒积数十年之功研习词学，研究所得经好友宗山的条分缕析，取名《词学集成》，于光绪七年刊行；谭献著有经弟子徐珂整理的《复堂词话》，编辑《箧中词》等；丁绍仪、谢章铤各自《词话》也成书于此时，因或是回忆之著或是始作于早年，故之前已论之……如此规模的词学成绩，本已是"同光新政"时代的一种反映，而这个时期词坛呈现的对咸丰乱世难以忘却又极力舍弃的"中兴"心态，更是一种深层的折射。

"难以忘却"，是由于此时离咸丰乱世不远，词家多亲身经历，乱世的记忆可谓铭刻于心。这时期，谭献即是乐于谈词史者。与周、丁、谢等人相比，谭献的词史观念极富总结性：一是词史之作的史家笔法性质，如《箧中词》称王宪成《扬州慢》（水国鱼盐）词："杜诗韩笔，敛抑入倚声，足当词史。"②二是词史之作的悲感风格特色，如《箧中词》说汪清冕《齐天乐》（燹余归里）词"浩劫茫茫，是为词史"③。三是词史之作产生的社会原因，如他说蒋春霖是"咸丰兵事，天挺此才，为倚声家杜

---

① 朱维铮：《求索真文明：晚清学术史论》，上海古籍出版社1997年版，第97页。
② 谭献：《清词一千首（箧中词）》，罗仲鼎校点，西泠印社出版社2007年版，第149页。
③ 谭献：《清词一千首（箧中词）》，罗仲鼎校点，西泠印社出版社2007年版，第330页。

老"①。四是词史之作的虚浑艺术效果。如其他评价民族英雄邓廷桢的词作:"然而三事大夫,忧生念乱,竟似新亭之泪,可以觇世变也。"②"忧生念乱"之悲感是词史之作的灵魂,既有觇世变的史学价值,也有如蒋春霖词"婉约深至,时造虚浑,要为第一流矣"③的美感力量。

谭献这种对咸丰乱世的词史之作特点的总结性语气,在杜文澜《憩园词话》中便是反映咸丰乱世词人心态的历史笔记特点。与丁、谢两人相似,杜氏摆脱传统本事词中的个人化、娱乐性、局限于歌妓等方面的束缚,把词人、词作、社会及时代等因素联系起来,以词话形式呈现出词史。这固然与他"录友人近词""专为近之作词者而发"的论词倾向性有直接关系,但更为本质的则是其词论的时代共感。《憩园词话》卷二曾征引咸丰间陈元鼎《鸳鸯宜福馆吹月词自序》数语云:"烽烟满目,故乡已沦为贼薮。家室飘摇,埋骨更不知何地。半生结习,敝帚自珍,有白江州其人乎? 或听商妇琵琶而为之青衫泪湿也。"这种因内忧外患带来的漂泊境遇以及如商妇琵琶女的凄凉心态,在杜氏看来,即是"其语如是,亦可悲矣",甚至给予了高度评价:"美人香草,寄托遥深,而韵律谨严,尤为近所罕觏。"④

这时期词家极力忘却乱世记忆的心态,又导致了词学思想的另一些特征。或是像江顺诒等人构筑词学概论式的词学体系,参究杳渺难闻的远古之音;或是在词话写作上,不再过多关注近人或同时代的词人词作,而是构筑传统词学的"词统";或是融合浙、常二派,以为派别分野并不重要,汲取去弊图治的良方才是重中之重;而最为普遍的则是像刘熙载、陈廷焯、谭献等人论词以传统诗教精神力挽词学之弊的学术复古趋向。于是,他们在追忆咸丰乱世时所流露出的悲感心绪中,缺少了谢章铤那种"拈大题目,出大意义",以构撰鸿题巨制的气魄和胆识,回到了儒家诗教的温柔敦厚主题。尽管这些内容有一种幻影式的存在,但如刘熙载主张以"六义"说词、"论词莫先于品"、"词家敩到名教之中自有乐地,儒雅之内自有风流,斯不患其人之退也夫"、以"诗言志"为专讲词律者进一解等,无不彰显着他以诗教论词的浓郁意

① 谭献:《清词一千首(箧中词)》,罗仲鼎校点,西泠印社出版社2007年版,第185页。
② 谭献:《复堂日记》,范旭仑、牟晓朋整理,河北教育出版社2001年版,第142页。
③ 谭献:《复堂日记》,范旭仑、牟晓朋整理,河北教育出版社2001年版,第37页。
④ 杜文澜:《憩园词话》卷二,载唐圭璋编《词话丛编》,中华书局1986年版,第3873页。

识。陈廷焯曾说过"感慨时事,发为诗歌,便已力据上游",但"特不宜说破,只可用比兴体"①,因为"哀而不伤,怨而不乱"的"沉郁顿挫"才是他词学思想的核心所在,这实质上就是祈求一本于温柔敦厚的诗教精神。即便杜文澜《憩园词话》以"录友人近词"为则,但"专以协律为主",且"浑融深厚,洵为盛世元音,足资后学津梁,坛坫弁冕也"②,也同样折射出某种"中兴"心态。

这时期词家在重建词学思想的过程中,顺乎了"中兴""自强"的时代要求以及时人思治的心态,自然强化了诗教主题。洪秀全的"拜上帝会"并非真正的耶稣教,实则缠夹了儒教的成分,但在传统文士的心中,太平军的灭亡无疑是儒学之于异教的胜利,儒学的生命力并没有因太平军的诽谤而削弱,反而从太平军的失败中获得了新的旺盛生命力。同光间的学术趋向,也证明了此时词学思想复归儒学的原因。"那趋向便是虽反对专骛考据的汉学,却不赞同一味提倡程朱道学,而以为汉学宋学都包含'以儒术治天下'的所谓微言大义,通过读书而领略儒学经传的真道理,才能从根本上有益于去弊图治。"③因此,以儒教为旨归的论词主张在此时得到显豁的呈现,并非仅仅出于传统文士的先结构,也非一味地为"复古"而"复古"。

当然,咸丰乱世的刻骨记忆并非想忘就能消失的,这实已内化为此时词家论词的一种情感基调。因为咸丰乱世的商音不停地撞击着他们的心魂,故而他们所感受到的"温柔敦厚"已不同于前代的词家。其中,谭献的"折中柔厚"词说很具有代表性。谭献三十而后对词能"审其流别","乃复得先正绪言,以相启发",到了"年至五十,其见始定"④。他三十岁时,正值同治元年;年至五十,距离中法战争尚有两年。也就是说,谭献的词学思想是伴随着"同光新政"的步伐而登堂入室的,在"同光新政"即将逝去时成熟的,是这个时段最为典型的代表。从字面上看,"折中柔厚"即是"折中"与"温柔敦厚"的略称,实质上也是"柔厚衷于诗教"⑤之意,承继的是传统的诗教精神。这既是常

---

① 陈廷焯:《白雨斋词话》卷二,载唐圭璋编:《词话丛编》,中华书局1986年版,第3797页。
② 杜文澜:《憩园词话》卷二,载唐圭璋编:《词话丛编》,中华书局1986年版,第2865页。
③ 朱维铮:《求索真文明——晚清学术史论》,上海古籍出版社1996年版,第178页。
④ 谭献:《复堂词录序》,载唐圭璋编:《词话丛编》,中华书局1986年版,第3987—3988页。
⑤ 这是谭献评价陈澧《甘州》(惠州朝云墓)语。谭献:《清词一千首(箧中词)》,罗仲鼎校点,西泠印社出版社2007年版,第298页。

州词派一贯的主导思想,也是"同光新政"时期儒学复归的一个反映。不过,谭献的体认已与周济不同。他在《词辨跋》中说:"予固心知周氏之意,而持论小异。大抵周氏所谓变,亦予所谓正也,而折衷柔厚则同。"正是这个"持论小异",周济把李煜等人词列为"变",谭献却视为"正",从清商变徵之音的时代体验,传递着亘古永恒的忧患意识。蒋敦复以"有厚入无间"论词,突出了词人干预现实、冲击障碍的精神,而谭献却以"此如禅宗多一话头,亦不必可信"①一语相讥讽。因为生活在中兴幻影下的谭献关心的是如何做到"项庄舞剑,怨而不怒之义"②、"折衷礼义,为专门之著述,于忧生念乱之时,寓温厚和平之教"③的问题——"中兴"来之不易,更应当用心呵护之;乱离漂泊之苦可谓痛心疾首,更应当主文而谲谏;即便愤怒填胸,也应当温柔而敦厚地对待之……这种"中兴"时段的典型心态,体现的正是此时词家对"温柔敦厚"这个诗教之本的特殊感受。

四、"新旧并存,心与境异"与清末易代之音

自中法战争发生,清王朝的"中兴"之梦濒临破灭,而随之而来的中日甲午战争则令国人震怒和醒悟,"深重的灾难同时又是一种精神上的强击,它促成了鸦片战争以来中国民族认识的亟变"④,此后中国社会便步入易代的里程。面对这个新的现实刺激场,词家在填词创作上的表现,诚如王易说的:"迨光绪中叶以降,变乱纷乘,内外交迫,忧时之士,怵于危亡,发为噫歌,抒其哀怨,词学则骎骎有中兴之势焉。迄于鼎革,著述之盛,不让于唐。"⑤然而与词史之作纷纭而出的创作现象相比,这时期在理论上论及"词史"者却寥寥无几。民国初年的蒋兆兰从治学角度提到过词史,但他的解释却倒退了近百年。《词说》云:

> 词虽小道,然极其至,何尝不是立言。盖其温厚和平,长于讽

---

① 谭献:《复堂日记》,范旭仑、牟晓朋整理,河北教育出版社2001年版,第331页。
② 谭献:《谭评〈词辨〉》卷一,载黄苏、周济、谭献选评:《清人选评词集三种》,尹志腾校点,齐鲁书社1988年版,第148页。
③ 谭献:《明诗》,《复堂类集·文集》卷一,半厂丛书初编本,第6页。
④ 陈旭麓:《近代中国社会的新陈代谢》,上海人民出版社1998年版,第154页。
⑤ 王易:《词曲史》,上海书店1989年影印版,第453、454页。

喻,一本兴观群怨之旨,虽圣人起,不易其言也。周止庵曰"诗有
史,词亦有史",一语道破矣。①

可见,蒋兆兰只是像潘曾玮一样,仅抓住了周济词史说"庶乎自树
一帜"的尊词价值;只是像谭献一样,从儒家解《诗》的精神肯定了词史
之作的内涵及作用。在冷静且富有惯性的表述语气中,他忽略了周济
对时势盛衰的敏锐感受,丁绍仪、谢章铤身临其境的生命冲动,以及谭
献那忧生念乱的商音体验。在这个"千年未有之变局"的极变时期,理
论上倡言"词史"者反而减少,即便有论者也多是冷静地作学理上的推
衍。究其原因,并非由于这时期维护词体缘情特色、体验境界的词家
增多,而是由于他们在潜意识里已感到"词史"理论的陈旧。因为周济
的词史理论彰显的"盛衰"、丁绍仪与谢章铤品味出的"乱离"以及谭献
难以抹去的"商音变徵",已不适宜这个即将代变的时期。可以说,熟
读杜诗的词家们咀嚼出的天下一统、忠君、中兴的意愿,只能给谭献之
前的诸位词家提供慰藉。这个因"诗史"而生的"词史"、因杜甫诗而丰
富的"词史"、也因清王朝有"中兴"希望而延续的"词史",始终交织着
传统士大夫的忧患意识与卫道心理,与他们依恋的王朝休戚与共,默
契相融,在此时似乎已是事过境迁,变得如"遗老"一般的守旧和沉
闷。此时词家有谁还能有杜甫"煌煌太宗业,树立甚宏达"(《北征》)的
"中兴"希望,谢章铤"拈大题目,出大意义"的"济世"气魄? 即便有,也
只是受动于词人主体的危机意识,喟叹自身的孤忠忧愤,通过创作停
留在对词境浑涵的畅想回味之中。这些无法割裂封建专制、脱离传统
诗教观念的词家们,很难汲取易代之际的新思想,而以一种深邃开阔
的视野拓展"词史"的新质。因此,蒋兆兰仅能从词能立言的角度,肯
定周济词史观念的价值,这也是他的由衷之言。

传统的词史理论似乎已不足以代表这个时期词学思想的时代共
感特色,但是极度的震荡和强烈的社会巨变又带给了这个时期词学思
想的新的特色。这个思想巨变已不同于中世纪封建王朝的改朝换代,
而是在瓜分豆剖的惨祸、亡国灭种的危机等重压之下,又遭遇中国两
千余年的儒教一统时代结束的易代之变。既然如此,易代时期必然出

---

① 蒋兆兰:《词说》,载唐圭璋编:《词话丛编》,中华书局1986年版,第4638页。

现的新旧观念的紧张和冲突在此时便得以凸现。此时期的词学思想也同样以一种新旧分路的方式烙下了时代痕迹。既有像梁启超的包含词体在内的"以旧风格含新意境"的"诗界革命"、王国维的渗透着西方哲学、文艺思想的境界学说,也有像沈祥龙《论词随笔》、况周颐《蕙风词话》等希望"重振风雅,再整名教"的传统旧路。当然,词学思想的新旧并存与互融不仅仅是这个时期,而是贯穿了整个词学发展史,因此,必须结合这时期文化的演进历程方能作出具体的分析。

从切入时代的共感特色来说,梁启超、王国维词学研究都体现了一种中西化合的文化形态观,他们从近代学术角度审读词体,顺应时代的需求,业已自我实践了传统词学的现代转换。其中,梁启超论词干预现实的精神向度更为直接。他前期论词十分注重词体经世致用的社会功能。早在维新变法时期,出于救亡图存的功利需要,本着"中国文胜于质而百弊生"和"西国格物考工而万象出"的中西文化比较认识,自觉地否定了诗词"乃娱魂调性之具"的传统功用观。他曾对林旭说,填词"偶一为之可也","若以为业,则玩物丧志,与声色之累无异",原因是"方今世变日亟,以君之才,岂可溺于是?"①他极力鼓动的"诗界革命"中的"诗",其实乃是包括词体在内的广义的诗,这从《饮冰室诗话》所录词话10则,及其后期写的《晚清两大家诗钞题解》主张"要把'诗'字广义的概念回复转来"中可以看出。回复含赋体在内的"诗"的概念,是由于他受到西方的万言史诗的刺激,希望人们敢于措手"鸿题巨制"。他后期逐渐留意词体陶冶情趣的审美价值,但在谈到词体"情感的表现方式"时,又极力推崇奔进的和回荡的表情法,因为它们都是"专从热烈方面尽情发挥",指向"热烈磅礴"的词风②,既有个性的审美趣味,也有针对现实的精神向度。与梁启超相比,王国维从近代学术层面构筑词学新理论的愿望更为强烈。他的境界学说,其实是以词学为媒介的一种艺术哲学,而他在接受西方思想,尤其是康德、叔本华、尼采学说的时候,既看到了中国传统文化自身的分离,也看到了中西文化之间的差异。他在《论性》《释理》《论近年之学术界》等文章中,驳性善,贬仁义,诘天理,斥道统;在著《人间词话》时期又困惑于革

---

① 梁启超:《林旭传》,《梁启超文集》,北京燕山出版社1997年版,第480页。
② 梁启超:《中国韵文里头所表现的情感》,载夏晓虹编校:《梁启超卷》,河北教育出版社1996年版,第637—638页。

新与怀旧、救世与避世、启蒙与悲观、自由民主与封建伦常等冲突之中，在"中西化合"的文化模式下，又以革新、救世、启蒙等为主，[①]这些无不折射了当时文化精神的新追求。

但是，必须说明的是，像沈祥龙、张德瀛、张祥龄、王闿运、郑文焯、况周颐、冯煦等人词学思想，也同样注入了时代气息，以一种"拒新恋旧"的词学感悟沉湎在传统的理念之中，有着属于他们自己的"孽臣孤忠"式的时代共感。面对目不暇接，风云变幻的现实，他们感慨万分，痛心疾首："神州扰离，风雅弁髦，名教扫地，吾人今日处境之难堪，有甚于零丁孤露，饮冰茹檗。"[②]这种易代之感借用胡薇元的话来说，就是那种"心与境异"的"岁寒"之味。其于庚申（1920）所作《岁寒居词话自序》更是遗老心态的典型写照："于骄阳烈日炎威溽暑中，而曰岁寒，心与境异也。"[③]此"心与境异"的"岁寒"正是遗老们心灵的真切感受，是社会变迁在他们心里烙下的深痕，传达出遗老心灵与新时代、个体生命意识与传统道德观念的内在紧张。这不仅有对旧时代逝去的无奈，也有对新时代到来的恍惚。在个人无能力左右的情况下，唯有"时时以共保此岁寒为念"。不管时代怎么变，在那些静穆自在的心灵中，"风雅""名教"仍然辉煌博大，充塞天地。这无疑影响了这批遗老的创作审美理想，反映在词作及词评中，便是频繁出现的"故国神思"以及"原本忠爱，区别正变"（署名朱祖谋的《映庵词序》），便是冯煦论词强调的"国势岌岌""危苦烦乱"之中的"有所匡救"（《阳春集序》），便是况周颐论词敏感于易代时期的词家词作以及"重拙大"、深静、穆之境，以及念念不忘的"有万不得已者在""无端哀怨""自善葆吾本有之清气始"……在追忆"盛世元音"心迹中，反映了这时期复古守旧者的自我慰藉的心态。

[原载于《文化中国》（加拿大）总第43期（2004），辑入本集有改动]

---

① 佛雏：《王国维诗学研究》，北京大学出版社1987年版，第12—46页。

② 况周颐：《莺啼序》（音尘画中未远）词序，载《蕙风丛书》第六卷《菊梦词》集。

③ 胡薇元：《岁寒居词话自序》，载唐圭璋编：《词话丛编》，中华书局1986年版，第4023页。

由俗到清:《花间集序》的潜在艺术观

　　五代欧阳炯（896—971）《花间集序》①在词学史上具有重要的地位。20世纪90年代，贺中复针对词学界关于《花间集序》研究的传统观点，提出"《花间集序》否定宫体歌词"的意见②。刘扬忠亦针对"词学界普遍地有误读和误解"现象而专门研讨了《花间集序》③。21世纪初，彭国忠在细读之后，指出"这是一篇在相当程度上被人误解的文章"④，论文发表后引起词学界的争论⑤。此处，受到争论双方的启示，我们将重新思考该序内涵的艺术思想，但意不在评价争论双方的是非，而只是表达自己的阅读体会。

一、《花间集序》的写作思路及文本结构

　　从写作思路来看，欧阳炯则在缕述并评论乐歌传统沿革的历史中，指出词的创作尤其是《花间集》编撰的特点及其意义的。因此，《花间集序》至少有四层结构：

　　（1）欧阳炯对花间词艺术特性之传统的认定，即乐歌历史。这是全文的基本脉络。此处，花间词是乐歌艺术传统中的一个组成部分。于是欧阳炯先从传说说起，提到的是古歌谣《白云谣》，其中随后提到的名高白雪、响遏行云，既是先秦文雅歌词的典型故事，也是以此来评

----

① 文字主要参阅李一氓校本《花间集》，人民文学出版社1958年版。
② 贺中复：《〈花间集序〉的词学观点及〈花间集〉词》，《文学遗产》1994年第5期。
③ 刘扬忠：《唐宋词流派史》，福建人民出版社1999年版，第73—81页。
④ 彭国忠：《元祐词坛研究》，华东师范大学出版社2002年版，第61—64页。
⑤ 彭国忠：《〈花间集序〉：一篇被深度误解的词论》，《学术研究》2001年第7期；李定广：《也论〈花间集序〉的主旨》，《学术研究》2003年第4期；冯晓莉：《也谈〈花间集序〉的词学观》，《陕西教育学院学报》2005年第2期；曲向红：《〈花间集序〉的词学观》，《枣庄师范专科学校学报》2004年第1期；彭国忠：《再论〈花间集序〉》，《中文自学指导》2006年第6期。

价《白云谣》的清雅特点;接着谈到的是乐府诗,杨柳、大堤、芙蓉、曲渚等都是乐府诗歌中的曲名或句词;之后说的是南朝的宫体诗;最后即是有唐以降的歌词创作,由单举李白、温庭筠,直至迩来作者,归结到赵崇祚编的《花间集》。"自远古至战国,至六朝、唐代,以至近代,作者的历史观念十分清晰"①。客观地说,欧阳炯把花间词纳入乐歌传统,是有道理的,且成为后来词家界定词体生成的常用思致。进而,欧阳炯虽未明说,但在他缕述的乐歌传统的几个关键点上,可以看出他是有"一代有一代之乐"的历史感的:《白云谣》的名高白雪,说明它代表雅乐的歌词;乐府、宫体则代表清乐的歌词;有唐以降的歌词则活跃在燕乐的时代了。

(2)欧阳炯评价乐歌历史发展的标准,即乐歌美学。在缕述乐歌历史时,欧阳炯在每一个关键点上,亦介绍亦评价,甚至可以说他是以评价的态度缕述乐歌的发展史的。评价就要有标准,而这个标准就是写作者艺术精神的呈现。学者们对《花间集序》的异议,主要反映在欧阳炯评论乐歌历史的标准上。他虽没有明确总结他的标准,但在亦史亦论的写作思路上,可见他是紧扣乐歌艺术特点及各阶段实际风貌予以评价的。概括地说,他的标准主要是这么几点:其一,首句说的"镂玉雕琼,拟化工而迥巧;裁花剪叶,夺春艳以争鲜"。乐歌是人籁,不可避免镂玉雕琼、裁花剪叶的人工修饰性,他以雕刻玉石、修剪花草为喻,指出理想的乐歌是祈求天籁的,人工的心灵手巧以自然造化为模范,道法自然却又超越自然,体现出传统文人以自然为美的艺术态度。欧阳炯把乐歌活动看作为人文活动的一个部分,由人工而企及自然的审美要求很重要,这是他针对乐歌的体制及功能,提出的总体审美要求,直接生发出了其余标准。其二,乐歌体制上的合律可歌。拟化工而迥巧是乐歌创作中诗乐结合臻至自然时的匠心所在。其三,乐歌多适用于宴会场所,有鲜明的两性特色、富贵气息及娱乐功能,但"裁花剪叶,夺春艳以争鲜",外表之艳当以内质之清新、鲜活为基础。可见,在乐歌风格上,欧阳炯仍然以洋溢鲜活的生命气息的自然美为旨归,如同春天,光彩夺目却生机盎然,艳丽却清新,暗含文质相伴、秀而有实、自然雅艳的艺术精神。

---

① 彭国忠:《〈花间集序〉:一篇被深度误解的词论》,《学术研究》2001年第7期。

（3）欧阳炯对乐歌发展走向的认识，即乐歌史观。基于上述标准，欧阳炯评价了不同时期的乐歌。

第一是雅乐歌词的代表《白云谣》。显然，《白云谣》是欧阳炯最理想的乐歌形式之一。从行文语气上，他在总体描述自己的乐歌美学风貌观后，以"是以"承接，即是证明。通过欧阳炯的评说，传说中的《白云谣》的特点有词清、宴会歌词、令人心醉的娱乐性、合乐可歌……而且都是高标准地吻合他的艺术精神，如去外表之艳而取内在之清，去世俗宴会之俗而取天上神游之雅、去合乐之一般规范而取诗、乐结合之天籁……雅乐歌词是风格上清新的乐歌，"名高白雪""响遏行云"二词足以说明高雅之曲"词清"的艺术魅力；"自合""偏谐"二词足以说明"迥巧""争鲜"的化工之美。至此，欧阳炯似乎树立了一个具有形而上性质的参考系，成为他评价其他乐歌的潜在准则。

第二是清乐歌词的代表之一乐府诗。与词清、令人心醉的《白云谣》相比，乐府诗是"不无清绝之词，用助娇娆之态"。虽有清绝之词，但已非全部或纯粹；虽仍有艺术感染力，但已非名高白雪的令人心醉，而是加强了女性色彩的娱乐性。因为乐府诗是争高、竞富的享乐心理下的"豪家自制"，以及绮筵公子与绣幌佳人两性比美下的诗乐结合，所以更多体现为镂玉雕琼、裁花剪叶的人工修饰性，而不是迥巧、争鲜的化工自然性。

第三是清乐歌词的代表之二南朝宫体。欧阳炯的评价虽只有"扇北里之倡风""何止言之不文，所谓秀而不实"两句，但实则隐含很多信息。他并没有谈到宫体诗的合乐可唱等问题，而是侧重于格调上的道德批评。这是他从一个极端现象指出乐歌的格调标准的重要性。

词体的合律可唱与词趣的合乎道德，并非成正比例关系。欧阳炯这种潜在的逻辑，在清末刘熙载那里便是："词固必期合律，然雅颂合律，'桑间'、'濮上'亦未尝不合律也。律和声本于诗言志，可为专讲律者进一格焉。"①在以追源词律为己任的清代江顺诒那里，当谈到词品时也首先列出《崇意》品，作为词体本源的"含蓄"，用心便在"崇意"，也即《尚识》品交代的"风雅之调，离骚之篇"②。

---

① 刘熙载：《词曲概》，《刘熙载文集》，薛正兴点校，江苏古籍出版社2001年版，第146页。

② 江顺诒：《续词品二十则》，载唐圭璋编：《词话丛编》，中华书局1986年版，第3300、3301页。

可见,词的体制与趣味是欧阳炯论乐歌发展的双重规范。在合律可唱上,欧阳炯认为作为乐歌,体制上都达到了这个要求,但在乐歌的道德品趣上,从传说歌谣到南朝宫体,可谓一代不如一代。由雅到俗,趋势明显,金母词清可谓名高白雪,乐府诗还有"清绝之词",南朝宫体则已违背了金母词清的良性"雅"源头,而承继了北里倡风的恶性"俗"源头,从根子上坏了。"言之不文"之"文",若联系《花间集序》以《白云谣》为潜在参考系的语气,当指远离"词清""名高白雪"标准的"不文雅","不文"的进一步发展就是"秀而不实",徒有华丽形式,缺乏鲜活清新的实质内容。

那么欧阳炯对唐五代歌词的态度如何呢?《花间集序》有一半篇幅直接论述唐五代词,但与评价早期乐歌的几个关键点不同,欧阳炯并没有从他的艺术标准作直接褒贬,而是主要通过与前期乐歌比较中阐述的。若不清楚欧阳炯的艺术标准及对早期乐歌的态度,则无法理解他对唐五代尤其是花间词的态度,必然滋生含糊印象。这种写作方式合乎写作者的实际情形,因为在一定意义上,早期乐歌思想及艺术特点大多已有定论,故而欧阳炯很容易从传统艺术精神的角度予以褒贬。而词体属于新生的乐歌形式,他较早予以分析,故在比较中描述,实属正常现象。通过欧阳炯对唐五代尤其是花间词的描述,至少可以看出这种乐歌形式的特点有三:

一则合乐可唱。他以"诗客曲子词"定性此类歌词,说赵崇祚请他写叙也是因为他"粗预知音"等,即是说明。不仅如此,在合乐可唱问题上,诗客曲子词可与《阳春》相比,把这五百首的集子命名为"花间集",即是受到"昔郢人有歌《阳春》者,号为绝唱"的启发;而更可使乐府诗汗颜的,是因为新生的花间词足令"南国婵娟,休唱莲舟之引"。可见,在合乐可唱上,欧阳炯充分肯定了花间词的优势。

二则富贵娱乐。在这一点上,欧阳炯主要是通过与汉乐府诗比较的。他认为唐五代词已由"争高门下""竞富樽前"的高门庭,走向了"家家""处处"的平民户,达到"庶使西园英哲,用资羽盖之欢"的享乐欢适效果。在娱乐性上,汉乐府已表现出公子与佳人比美的两性娱乐特点,唐五代词更是生活在诸如嫦娥、婵娟般的女性传播媒介之中。可见,在这个问题上,欧阳炯并没有把花间词捧得太高,认为其只是汉乐府"用助娇娆之态"的进一步发展。

三则香艳风貌。如果用一个字概括《花间集序》的美学主张，那就是"艳"。这是毫无疑义的。《花间集序》开头便以裁花剪叶比喻乐歌创作，要"夺春艳以争鲜"。艳的本义是丰满而有色彩的意思，呈现出自然生动的丰盈之象，欧阳炯的"夺春艳以争鲜"正是从本义上使用的。欧阳炯之前，陆机《文赋》说过"虽一唱而三叹，固既雅而不艳"，在赋即是"体物而浏亮"，在诗即是"缘情而绮靡"。

可见，文质相伴、雅艳相资是陆机论美文的美学标准，也是欧阳炯论词的审美标准。"艳"有清艳与浓艳之别，《白云谣》是清艳，故前面说《白云谣》是欧阳炯认可的体现其艺术精神的乐歌形式之一。乐府诗也有"艳"美，但偏向"文抽丽锦"的人工修饰。至南朝宫体诗则远离了"艳"的丰满内质，徒有华丽外表，已是无美之"俗"（"不文"以至"秀而不实"）。由欧阳炯对南朝宫体的批评，可知艳与俗并不等同，艳是美文的标准，而俗是美文所忌；同时，与南朝宫体每况愈下不同，唐五代词是一次逆转，可谓物极必反。欧阳炯主张的是"美艳"，反对的是"俗秀"。在他看来，唐五代词的香艳特征，吻合了他以艳为美的乐歌标准。"有唐已降，率土之滨，家家之香径春风，宁寻越艳；处处之红楼夜月，自锁姮娥"。整个唐五代词的生成环境，与《花间集序》开头树立的艳美标准，从比喻用词上几乎是一致的，都是"春艳"之象，只是由"香径""越艳"等词更强调了词的女性色彩，有由春艳自然之象到越艳美女之象的变化，但以艳为美的审美趣味没有改变。由此，我们便容易解释"迩来作者，无愧前人"一句了。联系此句上下行文的语气，"迩来作者"指的是温庭筠之后的晚唐五代词人，并不专指《花间集》中的词人，因为接下来欧阳炯说赵崇祚编选《花间集》正是在"迩来作者"的基础上用心选择的结果；"无愧前人"中的前人，正如彭国忠判断的，是除去南朝宫体作者之外的那些能真正以美艳为趣的乐歌创作者。

（4）欧阳炯对赵崇祚编选《花间集》的态度的总结。

对此，他说：赵崇祚"以拾翠洲边，自得羽毛之异；织绡泉底，独殊机杼之功；广会众宾，时延佳论"。说赵崇祚能熟悉春风越艳、红楼歌妓的环境，又能广泛地吸纳众宾的好意见，故而可以选择其中的优秀者，编选出具有独特价值与地位的词集。正如有学者指出的，这是对编选行为的肯定，不是对唐五代尤其是花间词本身的褒扬。不过，尽管如此，从"自得羽毛之异""独殊机杼之功"等句，可见在欧阳炯看来，赵氏亦是从美艳标准编选《花间集》的。

二、欧阳炯词作风格与艺术追求

通过欧阳炯对花间词的描述,可以肯定地说,他基本上概括出了花间词的风貌特点。不过,在该序中,欧阳炯只提到《花间集》中的两个词人:温庭筠与他自己。温庭筠是以词人身份重点推出的,而他自己只是作为写序者身份介绍的,所以不少学者认为《花间集序》主要在概括温词的风格。其实不然,通过上文对欧阳炯潜在艺术观的分析,我们认为该序艺术精神更吻合他自己的词作特色。

"艳"是温词、欧词乃至花间词的共同特点,欧词也有温词绮怨浓香型的作品,甚至况周颐在读到《浣溪沙》(相见休言有泪珠)中"兰麝细香闻喘息,绮罗纤缕见肌肤,此时还恨薄情无"时,感慨而言:"自有艳词以来,殆莫艳于此矣!"当然,在况氏的观点中,此"艳"非轻艳、纤艳,而是雅艳相资的美艳。于是,况氏感慨之后,引王半塘话云:"奚翅艳而已? 直是大且重。"并补充说:"苟无《花间》词笔,孰敢为斯语者?"况氏所说的花间词笔,主要是艳而质、艳而有骨的艺术性,且并不易学。可见况氏对花间词艳美内涵的认识,与欧阳炯在《花间集序》中潜在的艺术精神是一致的。

进而,与温词主导风格为绮怨浓艳不同,欧词占主导的是一种清艳风貌,由此我们似乎感觉到欧阳炯何以推崇"金母词清",肯定乐府"不无清绝之词"的原因了。对此,况周颐又说:"欧阳炯词,艳而质,质而愈艳,行间句里,却有清气往来。大概词家如炯,求之晚唐五代,亦不多觏。"为此,他特别举欧阳炯的《定风波》(暖日闲窗映碧纱)词,说"此等词如淡妆西子,肌骨倾城"①。况氏以淡妆西子比喻欧词,而之前欧阳炯则以"宁寻越艳(即越过美女西施)"来说有唐以降的填词风气,并非简单的巧合,而是源于他们共有的美以艳甚至是清艳为旨归的艺术精神。

从这个意义上说,况周颐确实为欧阳炯的知音。两人对花间词风的认知以及各自具有的艺术精神是十分相似的。他们都反对"俗",对

---

① 况周颐:《蕙风词话》,《蕙风词话辑注》,屈兴国辑注,江西人民出版社2000年版,第56、70、41、53、366页。

此欧阳炯说"扇北里之倡风"的南朝宫体诗是"何止言之不文,所谓秀而不实",而况氏则说"俗者,词之贼也"。他们都推重雅艳、清艳,尽管况氏说过:"词有穆之一境,静而兼厚、重、大也。淡而穆不易,浓而穆更难。至此,可以读《花间集》。"但此论重在"穆"境上,"浓而穆更难"不是褒浓艳、贬淡艳的意思,而是说花间词不易学尤其表现在浓穆上。其实对于浓艳,况氏并不是很喜欢。他曾说"唐五代词并不易学",以此为前提,他指出唐词难学但可学,是因为"唐贤为词,往往丽而不流,与其诗不甚相远……唯其出自唐音,故能流而不靡。所谓风流高格调,其在斯乎"。而特别指出"五代词尤不必学",主要指的就是那种浓艳的作品,"何也? 五代词人丁运会,迁流至极,燕酣成风,藻丽相尚。其所为词,即能沉至,只在词中。艳而有骨,只是艳骨。学之能造其域未为斯道尊重,矧徒得其似乎!"更何况他明确表明只有"自善葆吾本有之清气始",填词才能真正有风度。尽管此"清气"主要指他的遗老情怀,但他对填词风度的描绘则是犹如"花中疏梅、文杏,亦复托根尘世,甚且断井颓垣,乃至摧残为红雨犹香",又是典型的清新香艳型的词风了。一句话,"以松秀之笔,达清劲之气,倚声家精诣也"。明乎此,便知况氏为何用"大概词家如炯,求之晚唐五代,亦不多觏"评价清艳的欧阳炯词了。而当他碰到"熏香掬艳,眩目醉心,尤能运密入疏,寓浓于淡"的韦庄词时,褒语则更深一层:"《花间》群贤,殆鲜其匹!"①所以,此处重点介绍况周颐,目的是把欧阳炯以"清"为旨归的潜在艺术精神揭示出来。

三、欧阳炯清雅词学观及其意义

欧阳炯直接对早期几种乐歌价值下理性断语,而对唐五代词的描述尽管篇幅占了《花间集序》一半,却主要是感性的叙说。虽然在"夺春艳以争鲜"上,"金母词清"只是一个方面,但从《花间集序》行文思路上看,"词清"显然是一个终极标准,与其相对的另一个极端即是秀而不实的不文雅。至此,在理性态度上,欧阳炯坚持清雅的艺术精神;在

①况周颐:《蕙风词话》,《蕙风词话辑注》,屈兴国辑注,江西人民出版社2000年版,第8、53、54、41、25、123、363页。

感性赏阅上,唐五代词的香艳风貌也让他感到审美的愉悦。尽管他自己的词作有清雅特点,但唐五代词毕竟以香艳为主导。对此,我们看不出他对唐五代词香艳风貌的否定,反而能看到这个香艳是对南朝宫体诗"非艳"性的逆转,是对乐歌艳美的正面延续。但是,唐五代词的香艳与他潜在的清雅主张之间的关系,仍然是无法回避的话题。对此,他也没有正面回答,我们只能从他对《花间集》的命名中粗略地揣测到。所以命名为"花间",受到《阳春》命名突出合乐可唱这个特点的启示,还有就是在吻合"香径春风,宁寻越艳"的香艳性。即,与《阳春》绝唱的清艳文雅不同,阅读这五百首诗客曲子词,则如游赏在春花间,浓浓的香艳柔美之气扑面而来。如果说,在欧阳炯这里,清雅精神与香艳色泽间还处在理性与感性的冲突上,那么随后宋词艺术精神的清雅走向,直至张炎对清空雅正词学理论的总结,则说明唐宋词论已完成了清雅精神由潜至显的全过程。

唐宋词艺术精神的清雅走向,是必然的。清雅是中国传统艺术精神的一个重要层面。词的清雅走向的规律,既是中国传统艺术精神的自然选择,也是尊词观念的一种独特性反映。"雅"或指先秦古乐,如《诗三百》中的大、小雅;或指合乎规范的为人之道,如充实礼教精神的雅正;或指与粗俗相对的高雅品位等。于是,清雅之士成了传统文人的一种理想人格,清雅也成了古代艺术精神的一种理想品级。王国维撰写《古雅之在美学上之位置》一文,拈出"古雅"一词,绝非虚设!他在中西比较中,确实看出了中国艺术理念有重雅的特点。只是我们现在反而缺少了王国维那冷静客观的治学态度,以致陷入一种盲目接受西方艺术观念的误区。如常用一个"美"字涵盖甚至取代中国艺术理念的众多品级和标准。这不仅混淆了"美"与"审美"的界限,而且也抹杀了中国传统艺术精神的个性。简单地说,中国传统艺术精神呈现着"滋味—清雅—境界"的审美层次结构。这里,"滋味"以美为内质,指因对象形式唤起的以生理、心理愉悦为主要内容的精神享受;"清雅"以善为内涵,指因主体人格力量带来的以内在观照为形式的心理体验;"境界"以真为内容,指因主客体交融滋生的以超越时空为特征的艺术形象。因此,中国古代艺术并不是以"美"而是以"境"(含神、韵、远、浑等)为最高标准。在由"味"至"境",创造艺术极境时,"清雅"是实现腾越的中介和桥梁。"清雅"成为古代文人骚客的一种当然意识,有着独特的审美意义。"清雅"的内在观照性，使艺术主体的心神有了由有限跃入无限的可能，凝结着艺术主体的情思品位、生命意味，是艺术精神求之于主体道德的生命之泉……清澈宁静而又沁人心脾。

词体清雅走向有一种必然规律，其演变过程基本上就是传统艺术精神内在逻辑的一个缩影。唐五代时期，词的创作以"伶工之词"为主，词作者"代人言"的风气盛行。词人往往轻视自我意识的抒发，故而十分注重词作的形式美，以悦耳悦目为审美旨归。此种美趣较多地停在"味"的层面，还缺乏自我内在观照的普遍自觉，故而不曾有意识地以"清雅"填词，更不用说有目的地去追逐那象外之象的境界了。然而，当伶工之词过渡到士大夫之词，情况便发生了变化。"代人言"的填词方式成了士大夫们抒情言志的障碍，"悦耳悦目"的形式愉悦感也不能满足他们的审美欲求。"不具诗人旨趣，吐属不雅"①，在中国传统艺术精神的熏染和潜在召唤下，词的清雅化便成为一种切实可行的路径。从而，词人开始超越词体外在形式的束缚，探觅自我的心灵时空。从中国传统艺术精神角度说，词的清雅化有词人张扬主体意识（当然是传统意义上的）的内在需要，也是对传统艺术精神的一次认同和回归。

[原载《唐宋词审美文化阐释》第十一章，黄山书社2007年版，辑入本集有改动]

---

① 沈祥龙：《论词随笔》，载唐圭璋编：《词话丛编》，中华书局1986年版，第4059页。

避俗求雅:词"别是一家"的艺术精神

有关李清照(1084—约1155)《词论》①的论述十分丰富,这里从唐宋词论的清雅走向角度加以评述,认为避俗求雅的词"别是一家"说,是《词论》的核心观点。为了更好地理解这个问题,拟从三个方面作出阐释。

一、北宋前的词学发展史观

李清照词"别是一家"说是在叙说词学发展史中揭示出来的。在《词论》中,她自唐代一直谈到与其并世的词家(如晏殊、晁端礼、黄庭坚、秦观、贺铸等,尤其是贺铸离世时,她已过不惑之年),构建了一个较为清晰的词学发展简史。唐代是"乐府声诗并著"最盛的时代,先明词体的肇端,继而重点说了两个阶段:开元、天宝间,以李八郎能歌事例来说明盛唐的歌曲之盛;自后的中晚唐则在"郑卫之声日炽,流靡之变日烦"的总评中,指出已有《菩萨蛮》等词从乐府声诗中诞生。干戈的五代,歌词创作整体上格调不高,独有偏居江南的李氏君臣歌词能语奇文雅,但多是哀以思的悲苦之音。逮至北宋,"礼乐文武大备",词学得以发展,为此李清照分门别类,重点点评了16位词人词作,分析了各类词家的利弊得失,最终归结词当为"别是一家"的论点。

李清照审视词学发展的标准,大致说来有两个:

(1)词体与音律的血缘关系,指出协音律是词体诞生的条件,也是词体成型后的本然存在。论词体追源到乐府声诗,已经表明了李清照的态度,而她以一定篇幅例举能歌的李八郎扬名曲江宴会,诚如夏承焘后来悟得的,这是李清照"借这故事来说明词跟歌唱的密切关系,是

---

① 文字参阅王仲文校注:《李清照集校注》,人民文学出版社1979年版,第194、195页。

拿它来总摄全文的"①。在这个故事中,从唐代开元、天宝间歌者为冠的曹元谦、念奴二人歌罢,令"众皆咨嗟称赏",到李八郎"转喉发声,歌一曲,众皆泣下",无不说明歌曲的感染力,合乐可歌对词体孕育发展的促进作用,以及对词体本色、体制的构建意义。中唐以后至北宋初期的词,李清照几乎没有从"协音律"予以褒贬。这不是李清照的忽视,而是她认为这时期的词是"协音律"的,无须指责,这也符合她《论词》一文以贬抑为主的写作特色。从北宋柳永开始,李清照以"协音律"这个基本标准,既从正面肯定了柳永词,始能知词"别是一家"的晏几道、贺铸、秦观、黄庭坚四人词是"协音律"的代表,又从反面例举两类不能协音律的情况,或如晏殊、欧阳修、苏轼等学际天人者词"往往不协音律",或如王安石、曾巩等"文章似西汉"者词不仅不合音律,甚至是难合声律,以致"不可读也"。显然,"协音律"与否确实是李清照审视词学史的一个强劲标准。

（2）以词学与时代的密切关系,指出声音之道与政通也是词体发展的规律,词家当追求"治世之音"。晚清刘熙载说:"词固必期合律,然雅颂合律,'桑间'、'濮上'亦未尝不合律也。律和声本于诗言志,可为专讲律者进一格焉。"②虽然刘熙载代表的是晚清尤其是"同光新政"时期儒学复归的词学趣味,但确实指出了专讲词律者的一大弊端,即会导致雅郑不分、徒有形式的词体观念。其实,五代时期的欧阳炯已模糊感到,而北宋末的李清照更是认识到这个问题的重要性。像后来刘熙载一样,"词固必期合律"也是她首要的词体观念,但词体不仅如此,除了格式之外还应该有品格上的内涵。于是,她又从儒家"声音之道,与政通矣"（《礼记·乐记》）的乐教思想审读了词学发展史,从中呼唤着词体当有治世之音的品格和作用。她从开元、天宝间说起,叙说完李八郎故事后云:"自后郑卫之声日炽,流靡之变日烦。"这句评语涵盖了自开元至晚唐一段词史,而日炽、日烦说明晚唐有甚于中唐。事实上,历史上这段时期也正是所谓的"乱世",李清照用"郑卫之声日炽"界说,正来自《礼记·乐记》中说的"郑卫之音,乱世之音也"。尽管这时期歌词可歌合律,但李清照并不满意,因为"乱世之音怨以怒,其

---

① 夏承焘:《李清照词的艺术特色》,《夏承焘集》(第二册),浙江古籍出版社、浙江教育出版社1997年版,第249页。

② 刘熙载:《词曲概》,《刘熙载文集》,薛正兴点校,江苏古籍出版社2001年版,第146页。

政乖"（《礼记·乐记》）。接着李清照说"五代干戈，四海瓜分豆剖，斯文道熄"，用"斯文道熄"界定此时期词学状况，并不是说这时期词不合律，而是说此时词人填词承晚唐以来"流靡之变日烦"之绪，呈现出如《礼记·乐记》中说的"'桑间'、'濮上'之音，亡国之音"的现象。虽说南唐李氏君臣"尚文雅"，像李煜《浣溪沙》词中"小楼吹彻玉笙寒"、冯延巳《谒金门》词中的"吹皱一池春水"句，"语虽奇甚"，但就词作格调而言，也只是"所谓'亡国之音哀以思'也"，明确表明她汲取了儒家的乐教思想。直至北宋，礼乐文武大备，又涵养百余年，"治世之音"方有出现的可能。但是，对此她并不满意，因为在她看来，北宋以来的词家似乎还未能真正践诺"治世之音"的"安以乐""其政和"（《礼记·乐记》）的格调。基于此，她指责了不少词人。如柳永词是"词语尘下"，不够雅正；张先等人是"破碎"，有句无篇，难显雍容浑化气象；即便始能知词"别是一家"的晏几道亦"苦无铺叙"，贺铸也"少典重"，秦观又"少故实"及"终乏富贵态"，黄庭坚却"即尚故实而多疵病"。从避免"词语尘下""破碎"到追求"铺叙""典重""故实"而无疵病直至"富贵态"，暗含的都是李清照对"治世之音"理想化形态的认识。

至此，理解了李清照的词学史观，方能真正揣摩出她的论词动机和目的。北宋以前词学史既构成了这篇文章的一个结构，也是她词学思想的一个有机组成部分，尤其是其中表现出的词体与音律血缘关系、词学与时代精神的密切联系，成为《词论》一文齐头并进的两条线索。协音律关乎词体格式问题，是李清照不容商量的本色词的构成条件；呼唤治世之音关乎词体品格雅正问题，是李清照在词体格式基础上的一个新条件。这种词学主张是李清照在反思词学史的进程中提出的新要求，代表着北宋后期的词学发展趋向。

二、词"别是一家"说的内涵

词"别是一家"说是李清照论词的结穴。前面谈到艳词的两个条件，直接关系到李清照对词的格式、品格的解读，也是词"别是一家"说的理论内涵。忽视任何一点，都难以全面把握词"别是一家"的本色理论。

首先，从"协音律"言，李清照希图从区分本色词与其他词作、词体与其他文体两个层面界说她的本色词格式特点的。她针对的是她所谓本色词以外的所有文体类型，尤其是北宋以来部分词人试图沟通词与其他文体关系的现象。因此，《词论》里那些看似是词与诗、赋、文等文体的比较，其实应该是本色词写作与以诗、赋、文为词的比较。其中，本色词与散文的写作要求差别最大，因为文章大多不协音律，而词必须协音律。由此她毫不留情地批评了"文章似西汉"的王安石、曾巩歌词，认为是"不可读"，与音律、声律无缘。当然，这不是说，文章高手不能写歌词，关键是不能以写散文的方法填词，不能把词写成散文。关于赋与词，李清照没有直接评说，但从她肯定柳永"变旧声作新声"的慢词创作、批评晏几道词"少铺叙"等评语中，可以看出她并不像对待"以文为词"那样厌恶"以赋为词"。之所以如此，可能与"赋"原本可诵读的文体特点、柳永慢词运用赋笔且能协音律的开拓性、"铺叙"易于烘托"治世之音"的论词动机等原因有关。当然，李清照只是适当汲取了"新声"慢词及"铺叙"手法，若真是把词写成赋，她肯定是不允许的。至于本色词与诗的关系，是李清照最为上心的。因为诗歌与音乐的关系虽时分时合，但也有一种血缘联系，特别是作为词体早期源头的"乐府声诗"原本就是合律可歌的。面对这有亲缘关系的两种文体，她从维护词体本色的角度出发，必须作出严格的区分。为此，她特别指出像晏殊、欧阳修、苏轼等，"学际天人，作为小歌词，直如酌蠡水于大海，然皆句读不葺之诗尔，又往往不协音律者"。此句实际上谈了两个问题，即学问与填词的关系和以诗为词与本色词的关系，两者都牵涉是否"协音律"的问题。也就是说，学问及诗人襟抱对填词有利有弊，但若把词写成诗，故实太多，那就是弊大于利了。这关键是作诗与填词都必须吻合各自的体裁特点，"协音律"、"可歌"乃是李清照词体本色理论的一个必要条件。

进而，李清照认为在"协音律"问题上，歌词应该是在诗文分平仄的基础上，还分五音、五声、六律及清浊轻重，合音律的"可歌"才是本色词格式的灵魂。"五音"，指发声部位言，即唇、齿、喉、舌、鼻。"五声"是按照音的高低排列，形成的宫、商、角、徵、羽五种音阶。"六律"，代指十二律。"清浊轻重"，即阴阳声，清、轻字阴声，重、浊字阳声，这与"五音"有一定关系。后来张炎《词源》亦说"盖五音分唇齿喉舌鼻，所以有轻清重浊之分"①,五类声母发声部位不同会造成清轻、浊重的差异。李清照论五音,分阴阳,这就比近体诗只分平仄要严格得多,但她的目的还是为了配合五声六律,从审音用字上落实"协音律"的本体要求。据《文镜秘府论》引唐代元兢《诗髓脑》的话说:"宫、商为平声,徵为上声,羽为去声,角为入声。"②李清照也是从这个角度说歌词"又分五声"的,即要求本色词的声律应该求合乐曲的音律,字的声调当吻合乐的腔调。但乐的调式很多,古人认为在理论上以十二律吕与宫、商、角、变徵、徵、羽、变宫相配相乘,可以推导出八十四种调式。固然实际上不可能做到,不过据清代凌廷堪《燕乐考原》,北宋真宗乾兴以后,教坊所用宫调也有六宫十一调凡十七个调式③。随着乐曲所属宫调的不同,乐曲音律中的五声也应该随之变化。那种只以阴平、阳平、上、去、入配宫商的做法,还是一种机械的、静止的思路。于是李清照又提出歌词"又分六律"。唯有如此,才能"根据乐曲所属的不同宫调,灵活变通地掌握五声,审音用字,方能使歌词如水之盈于器而随器成形,与乐曲音律唇吻一致"④。

至此,歌词在分平仄的基础上,不仅要考虑五音阴阳,更要配合五声六律,本色词的审音用字可谓入细入微,变化多端。如主要因所属宫调的不同,《声声慢》等"既押平声韵,又押入声韵",《玉楼春》"本押平声韵,又押上去声,又押入声";主要因为五音阴阳的差异,为了协音律,用字时必须注意"本押仄声韵,如押上声则协;如押入声,则不可歌"的规则。可见,李清照关于歌词"协音律"的思想,一个"严"字可以概括。这个"严"不仅区分了词体以外的其他文体,也区分了本色词以外的其他词作。按此标准,即便被她认为是"协音律"的词作也不一定能吻合。如,唐五代词人用字大致仅守平仄,其平仄运用与近体五、七言诗相近,至柳永才始辨去声,到周邦彦方分上、去二声。当然,李清照的"严",目的在于确定词"别是一家"的本色性、纯粹性,目的不在声律,而在宫商,所以她并没有从格式上否定晚唐五代词,又从协音律上肯定了柳永的新声。李清照的这些见解,在张炎《词源》中大多能找到

---

① 张炎:《词源》卷下,载唐圭璋编:《词话丛编》,中华书局1986年版,第256页。

② 遍照金刚:《文镜秘府论校注》,王利器校注,中国社会科学出版社1983年版,第54页。

③ 凌廷堪:《与阮伯元侍郎论乐书》:"北宋乾兴以来,通用者六宫一调,而自明至今,燕乐之宫调只七商一均而已。"见《燕乐考原》卷六,载《凌廷堪全集》(2),纪健生校点,黄山书社2009年版,第159页。

④ 方智范、邓乔彬、周圣伟、高建中:《中国词学批评史》,中国社会科学出版社1994年版,第63页。

佐证。至晚清江顺诒则直接主张"协律在宫商，而不在平仄"①，以此追求词体本色旨趣。为此，他还特别批评了万树的《词律》，认为万树刻意声律，仅知四声而不知五音，不明宫调，昧于词体音律之源。

其次，格调的提升是词"别是一家"的一个必备内涵。对此，李清照不像对待"协音律"那样予以系统的归纳，但在看似零碎的评点中却涉及了本色词格调的诸多方面：

（1）主情致，尚雅化。诗也可以是缘情的，但与诗比较，词体在言情上更具有狭深性、细腻性、心绪化特色。李清照肯定了秦观词的"专主情致"，即具有"闲雅有情思，酒边花下，一往而深"②的特点。而她深知言情而易靡的道理，主情致并不能流为郑卫之声、"桑间""濮上"之音，虽然这些词也合音律，但情思格调不高，同样不能成为本色词。于是她批评了中晚唐歌词的"流靡"，指责五代时期"斯文道熄"。同时，即便"尚文雅"的南唐君臣词，语虽奇却只是"亡国之音"；即便礼乐文武大备的北宋，虽有晏几道数人始能知词"别是一家"，但并不完善。这些皆说明，她是从儒家乐教精神规范了本色词，而且从一种纯粹雅正的层面提出了严格的要求。

（2）有铺叙，尚故实。铺叙，铺陈景物，叙写事情；故实，通过典故与史实加强歌词的学问。这是从填词手法、修辞方法上对本色词提出的要求。它们都是避免情思流靡，强化歌词雅正品格的有效途径。如晏几道词因"苦无铺叙"、秦观词因"少故实"，而未能真正具有本色词的品格。但话又说回来，铺叙与故实并非本色词的必要条件。如能铺叙的柳永词未能改变"词语尘下"的问题，尚故实的黄庭坚词因过多讲究"词意高胜，要从学问中来"③而多疵病。可见，李清照对以赋、诗、文、学为词的态度，并非一味地持反对意见。从协音律的歌词格式上说，她是反对的；从提升歌词品格，追求雅化旨趣上，她也主张适当汲取诗人、文人的心胸襟抱、知识学问。另外，铺叙也牵涉到李清照对慢词与小令的态度，她主张"铺叙"、肯定慢词确实带有北宋词发展新趋势的要求，但以此说她否定小令创作，是缺乏根据的。且不说《词论》中没有直接言语，单就她早期创作，也是以小令为主的。

---

① 江顺诒：《词学集成》，载唐圭璋编：《词话丛编》，中华书局1986年版，第3259页。

② 冯煦：《蒿庵论词》，载唐圭璋编：《词话丛编》，中华书局1986年版，第3586页。

③ 黄庭坚：《论作诗文》，《黄庭坚全集·别集》卷十二，四川大学出版社2001年版，第1684页。

（3）有句有篇，富贵典重。这是李清照对本色词总体风格的认识。她说张先等人词"虽时时有妙语，而破碎何足名家"，说的就是本色词当"有句有篇"的问题，追逐诗歌形象的完整性，体现一种浑然一体的美学旨趣。后来张炎以如七宝楼台，碎拆下来不成片段批评吴文英词，王国维也从有句有篇界定境界的浑然性，皆说明这是一个合乎艺术规律的美学思想。不过，李清照认为本色词在整体形象上应该呈现出富贵典重的风格。在她看来，贺铸词因"少典重"、秦观词因"终乏富贵态"，故而还不是"别是一家"的歌词。作为李清照个人的一种审美趣味，富贵典重，一则代表着她"清丽其词，端庄其品"①的人品及其早期词体现出的"贵妇人"心态的特点；二则反映了她对词体本色性的一种理解，与诗文的朴实本分比较，词体从外在富丽形貌到内在闲雅气度确实具有"以富为美"的特点；三是更为本质地体现了她呼唤承平气象的文化心理，既雅且正，这正是对治世之音的审美解读。至此，从李清照对歌词品格的要求上看，依然以儒家乐教思想为基调的，在雅化、典重等一系列认识上，与传统诗文理论亦有相近之处。

三、词"别是一家"说的评价

在中国词学史上，《词论》是较早一篇有理论体系的专门词学论文。不过在此之前，词体本色理论已有了一百余年的发展，更是北宋词坛的一个较为普遍意识，相关词家的主张与李清照亦有许多相似之处，但比较而言，李清照词"别是一家"说是最为严格的。李清照并不满意花间词风，从词体格调上说，她的词体本色理论与花间词风不是一回事。因为花间词的以富为美，并非她心目中的升平盛世的闲雅安康，而只是乱世中的及时行乐。不过，欧阳炯《花间集序》亦从乐歌发展史角度，指出唐五代词具有声文谐会、知音协律、富贵香艳等特点，具有开启词体本色理论的意义；同时他潜在的清雅艺术精神，也是宋人论词的方向。进入北宋，陈师道《后山诗话》批评苏轼"以诗为词"是"虽极天下之工，要非本色"，较为明确地提出了词体本色问题。继而便是李之仪《跋吴思道小词》说的："长短句于遣词中最为难工，自有一

---

① 相传赵明诚《易安居士三十一岁之照》见王鹏运《四印斋所刻词·漱玉词》中。王仲闻疑为伪作，然此评颇为贴切。

种风格;稍不如格,便觉龃龉。"长短句"自有一种风格",这与李清照词"别是一家"口号十分相近,而且《词论》与《跋吴思道小词》的行文思路,以及对本色词相关认识也颇为一致。李之仪明确从"格"上讨论本色词的文体风格之后,也是溯源词体到唐代声诗,至唐末"遂因其声之长短句而以意填之,始一变以成音律",强调了本色体必须协音律的特点。批评北宋词时,先是说柳永变前代"多小阕"风气,"始铺叙展衍,备足无余,形容盛明,千载如逢当日";接着说张先刻意追逐柳永的同时却"要是才不足而情有余",无法形容盛明备足无余,而显得破碎;继而说北宋前期词坛的"良可佳者"晏殊、欧阳修、宋祁三人是"以其余力游戏,而风流闲雅,超出意表,又非其类也"①……这种分类方式及其对各类的评价,几乎都与李清照词论相一致。

当然,二李的词学思想也有不同处,除对个别词人如宋祁的归类上有别外,关键是李之仪更突出词体的"韵"味,李清照则更看重雅正、典重。故而李之仪从"语尽而意不尽,意尽而情不尽"的韵味出发,肯定了花间词"韵胜"的特点,以及本色词之异类的晏殊等人词也有"风流闲雅,超出意表"美感。与李之仪同时的晁补之也是词体本色论的主张者,他说黄庭坚"作小词,固高妙,然不是当行家语,是著腔子唱好诗"②,在与诗的比较中,企图确立词体的本色性。在词体本色的认识上,他也主张"盛世情怀"、"韵"及"富贵文雅"。如他说柳永词乏"韵",说张先词"韵高",说晏殊(实为晏几道)词"风调闲雅"、"知此人不住三家村也"等。与李清照的戒律酷严的保守性比较,晁补之显然是宽容的、革新的,因为柳永词乏"韵"却有唐诗气象,故其词非"俗";欧阳修《浣溪沙》"绿杨楼外出秋千"句"只一'出'字,自是后人道不到处",有妙语也能得到他的满足;承认苏轼词在协音律上与本色词不同,但又反对"人谓多不协音律"的保守见解,认为苏词"横放杰出,自是曲子中缚不住者",虽非本色但却"自是一家"。与此相对,李清照词"别是一家"说在歌词"协音律"及反映"治世之音"上都追逐一个纯粹性。出于这个苛求,她不同意以文、诗、赋、学为词而"革新"歌词的传统格式,不

---

① 李之仪:《跋吴思道小词》,《姑溪居士全集》卷四十,《丛书集成初编》本,中华书局1985年版,第301页。

② 吴曾《能改斋漫录》卷十六、胡仔《苕溪渔隐丛话》后集卷三十三都引述过晁补之的一段词论,字句有点出入,本段所引参两本合成。

容许形容盛明的柳永词还有"词语尘下"的弊端，不满足张先等人未能实现浑涵之境，难以接受秦观词贫瘦的妍丽……

李清照的富贵典重美学观是上层建筑文化意识的反映。北宋时期从上层建筑到市民阶层普遍存在一种富贵享乐的文化心理。这种文化氛围自然影响了文学艺术追逐"治世之音"的创作风气，特别是原本就与歌儿舞女、冶游宴会有关的词体，更是以"富贵态"作为本色当行之举。其中，李清照贵妇人的出身，决定了她更倾向于上层建筑的审美趋向和政治文化意识。带着这份"执著"，她不太欣赏下层市民阶层的生活意识，有着界限分明的雅俗观念。由此便易于理解她对柳永、秦观词的评价。在一定程度上，长于纤艳，多近俚俗的柳永词凭借慢词及其铺叙手法的容量、信息量，从下层市民阶层反映了当时社会康阜升平的景象。他淡化仕途经济、功名富贵，他的词注重感知觉的享乐，追求富有刺激性的审美效果。以俗为美正是柳永填词的一个审美目的，故而"俗子易悦"①"市井之人悦之"②。这些自然是李清照所不欣赏的，一个秉承富贵人、士大夫的正统道德情怀的人，怎么能真正品味出以俗为美的魅力呢！而"譬如贫家美女"的秦观词，在她看来虽然不是"词语尘下"，甚至有"极妍丽丰逸"处，但终究还是缺乏"富贵态"。当然，李清照也确实看出了秦观词的特点。秦观填词善于"将身世之感，打并入艳情"③，像《鹊桥仙》(纤云弄巧)词中的"两情若是久长时，又岂在朝朝暮暮"句，更是多于情、深于情的典型表现；同时，秦观在言情中尤以写身世遭遇的凄情哀思为主，伤感而凄迷，像一个娉婷袅娜的多情少女，妍丽丰逸、风韵标致但却弱不禁风。但正是因为这个"贫"字、"弱"字、"古之伤心人"④，使得李清照感觉到秦观词缺乏由"专主情致"上升到富有"故实"的信息力度，以及一种照观治世之音的磅礴气象。至此，从"词语尘下"经"妍丽丰逸"至"富贵态"，已经鲜明地传递了李清照的审美趋向以及她所持有的文化层次。

李清照富贵典重的审美观也带有一种理想化的性质。晏几道擅长小令而少慢词是事实，但李清照却直接说他"苦无铺叙"，就有失客

① 严有翼：《艺苑雌黄》，胡仔《苕溪渔隐丛话·后集》卷三十九引，人民文学出版社1962年版，第319页。
② 黄昇：《唐宋诸贤绝妙词选》卷五，中华书局1958年版，第93页。
③ 周济：《宋四家词选》评秦观《满庭芳》词，载唐圭璋编：《词话丛编》，中华书局1986年版，第1652页。
④ 冯煦：《蒿庵论词》，载唐圭璋编：《词话丛编》，中华书局1986年版，第3587页。

观。黄庭坚《小山词序》就曾说小晏词："寓以诗人句法，清壮顿挫，能动摇人心。"可以说小晏在小令创作上，既"追逼《花间》"，继承传统令词的特色，也吸收了当时流行慢词的某些技巧，十分注意词的章法顿挫浑涵之美，故"高处或过之（案：指《花间》）①"。李清照说他"苦无铺叙"，这虽可能是她未能看到小晏词暗暗汲取慢词的铺陈笔法，但更可能是她不满足小晏这个"伤心人"的词风。小晏词也具有富贵态，但这只是一个失落的贵族风格。故小晏惯用"追忆"手法，抓住心灵的瞬间感受，抒写昔盛今衰之感，充实于词作中的生计偃蹇的人生遭际、傲物睥世的桀骜性格、冷落孤独的凄凉心境等，告诉读者这已不是晏殊时代那个社会矛盾相对缓和的升平朝代，而是一个新旧党争十分激烈的时代。像秦观词一样，小晏词未能铺陈展衍，形容盛明，很难符合李清照和平中正的治世之音。由此，我们可以说李清照富贵典重的美学观是单一性的亦是理想化的。她似乎忽略了看似升平的北宋时期的政治斗争以及已经暴露出的社会矛盾，忽视了众多词人在这个所谓升平时代下的人生困境、苦难记忆以及词人丰富的人生体验。而这个体验往往正是包括词体在内的众多艺术形式得以生存、发展的原动力。

与单一性、理想化相应的即是李清照希望已出现多元化发展趋势的北宋词学，统一在维护词体的传统性上。为了达到这个目的，她难以接受北宋词人一系列的词体革新，也未能足够重视词人个性化的风格。她历评词家而"皆摘其短②"，不少见解确实抓住了关键处，但如不加分析地把晏殊、欧阳修与苏轼并列而论，就明显表现出不谨严的一面。且不说音律和婉、富贵闲雅的晏殊词，只说欧阳修词也是符合她的词体本色理论的。据罗大经说，欧阳修可谓"得文章之全者"，各类文体"固以其温纯雅正，蔼然为仁人之言，粹然为治世之音"，在这个共同旨趣下，又是"文章各有体"，譬如"虽游戏作小词，亦无愧唐人《花间集》"③。可见，李清照若要指责，也应该另列一类，指出欧阳修过多停留在花间词风上，未能真正践诺"治世之音"，而不是与苏轼并列。进而，李清照"富贵典重"的本色词风，既反对花间词的"靡艳"、柳永词的"俚俗"、秦观词的"贫弱"，也不同意贺铸词的"侠壮"。如此，对词人

① 陈振孙：《直斋书录解题》卷二十一，上海古籍出版社1987年版，第168页。
② 胡仔：《苕溪渔隐丛话》卷三十三，人民文学出版社1962年版，第255页。
③ 罗大经：《鹤林玉露》丙编卷二，中华书局1983年版，第264页。

"自是一家"的填词个性的形成必然会产生某种制约性的副作用。譬如贺铸，《宋史》本传"以为近侠"，乃是一个"侠气盖一座，驰马走狗，饮酒如长鲸"①、剑气横秋的游侠壮士；他的词有"极幽闲思怨之情"的一面，但主导面是近苏轼的豪放词风，而且他填词也是"满心而发，肆口而成，虽欲已焉而不得者"②。这确实是如李清照批评的"苦少典重"，但这虽不典重却真率的词风，不正是词人个性在自由的倾泻中袒露的反映吗？

总之，李清照的词体本色理论具有维护词体独特性的意义，她的相关见解也颇符合艺术的普遍规律。同时，词"别是一家"说也漠视了"治世之音"的复杂性、淡化了乱世与衰世之音的合理性、艺术创作个性化发展的多元性，不免显得拘泥而不知通变。南渡之后，经历家国之难的她在词作风貌上有较大的转变。虽说协音律的要求仍然十分严格，那种"富贵典重"的仪态仍然风韵犹存，但曾经被她否定过的贫弱、凄凉、伤心等有违所谓纯粹"治世之音"的情思，却成为她词作中的一个主旋律。从这个意义上说，《词论》当作于"靖康之变"(1127)前，因为文中不仅丝毫不见金兵南侵的气氛，而且还在极力维护天下一统的升平气象，所渗透出的文化心态，确实具有南北宋时代递变的界碑性质。同时，《词论》的界碑性质还表现在宋人词论追求清雅艺术上。如果说，在欧阳炯那里，清雅品第与香艳色泽间还处在理性与感性的冲突上，那么随后如李清照词论的雅化走向，则是词"别是一家"的显在主张了。

[原载《唐宋词审美文化阐释》第十一章，黄山书社2007年版；收录《江南文化研究》第2辑，学苑出版社2008年版，辑入本集有改动]

---

① 程俱：《贺方回诗序》，《北山小集》卷十五，四部丛刊续编景宋写本。
② 张耒：《东山词序》，《彊村丛书》，上海书店1989年版，第353页。

清空雅正：张炎词学主张与雅词的创作

阅读近数十年来关于张炎(1248—约1320)词论及词作的研究资料，颇受启示。作为学界关注焦点之一的清空、雅正词论，学者们从词学、诗学、美学、艺术乃至文化等不同角度加以诠释。然而，随着阅读渐多，一些疑虑也紧随而来，并形成了以下几个拟思考的话题。

一、虑雅词之落落：清雅理念的词学本体化

清空、雅正是中国审美文化史上的突出观念，在人们多宏观把握这些概念的时候，我们是否应当从细读《词源》等文本出发，重新理清张炎引清空、雅正入词学领域目的、态度及研究思路？

首先，古音与雅正理念的历史化、传统化解读。《词源》卷下开头即说："古之乐章、乐府、乐歌、乐曲，皆出于雅正。"[①]一切音乐文学皆出自雅正，此治学路径，实是以雅为古、以古为源的传统文化情结的反映，因为接下来，张炎讨论的正是"古音""古调"问题。在他看来，词兴起于隋唐，但"迄于崇宁，立大晟府，命周美成诸人讨论古音，审定古调"。尽管"沦落之后，少得存者"，但还是"由此八十四调之声稍传"且"其曲遂繁"，同时美成词难学甚至"不能学"，但毕竟是一代"浑厚和雅"词的典范。且不管周美成是否真的在大晟府审定过古音、古调，但张炎所说至少能证明两点：一是张炎清雅词论是北宋末本色词雅化论的顺延，二是词体音律的古音品格是他雅正词论的核心之一。于是他认为自己在家学及师友的影响下，于音律"尝知绪余""好为词章"，具有承继周美成诸人求古音的精神，说明写作《词源》的缘由："今老矣，嗟古音之寥寥，虑雅词之落落，僭述管见，类列于后，与同志者商略之。"

---

① 本部分未注释的张炎论词之语，皆见《词源》卷下，载唐圭璋编：《词话丛编》，中华书局1986年版，第255—267页。

那么何谓张炎的"古音"？从思维方式上说,"古音"的存在一本而万殊。这就告诉我们,张炎不是从词乐与古乐的差异性上,而是从词乐正面延续古乐上分析的。而这也是词人出于推尊词体,不得已而主张回归传统的词学观念发展的一大特点。因此,"古音"对张炎而言,既是"古"也可能是"今"。今人只要合乎源本状态的"古音"精神,即便创新变化也是"古音"的延续。鉴于如此思路,他肯定了大晟府的贡献,周美成词的善于融化,秦少游等人"俱能特立清新之意"。进而从内容上说,"古音"的实质即在于雅正,在张炎这里,古音与雅正是可以互释的。这其实是中国正统艺术精神的普遍反映。这已非历史事实的客观性问题,而是一种历史性的观念接受问题。由此,我们再回味张炎那句"古之乐章、乐府、乐歌、乐曲,皆出于雅正"的结论,实则已无须与他探讨所谓历史的真实性问题。因为雅与俗只是一个观念的、价值的问题,而不是一个实在论的命题。张炎以雅正为音乐样式的源头,但先秦的雅乐也主要因为使用者的高贵身份、弹奏时的重大场合等,成为观念接受时的一种正乐形式。同时,以古为雅(张炎在《词源》中也经常使用"古雅"一词),则是中国文艺由俗变雅观念走向的历史规律。于是,先秦雅乐在后代越来越"雅",以致成为乐之本源;六朝清乐至隋唐后,也晋升为雅乐;而隋唐燕乐自北宋后期至南宋末,亦自然在观念上成为雅乐的一种"顺延"。至此,我们更为深刻地认识到宋词雅化的必然性,以及张炎提出雅词时的坦然心态与责任意识。唐宋词艺术观念的变化,与其说是词体求创新的自变,还不如说是传统艺术精神对词体的重塑。从这个意义上说,张炎的"皆出于雅正",除了说雅乐是最早取得正统地位的音乐形式(当然他是不会与你辨析俗乐与雅乐谁先谁后的问题),或许还可以理解为诸多乐歌样式,都曾经也必须经过"雅正"观念的洗礼,纳入历史化的轨道。

其次,本色性与雅词的内涵。由上述分析,我们知道张炎提出"雅"词这个概念的必然性。在一定意义上,张炎的雅词就是雅正的古音在词体中的表现,但一本而万殊的思致,亦会注意到万殊各自的特殊性。如何在一本的系统质上求得万殊的特殊性,是这种思维方式的又一特点。于是他在确定雅词的"古音"雅正源头之后,更多地是在规范词的本色体性的要求。概括而言,他提出的雅词有这么几点特征:

一是词体体制的规范性。除了《词源》卷上专谈音律外,卷下继尊重古音、规范雅词主旨后,讨论的就是词的合乎古音的体制要求。在音谱上,"词以协音为先,音者何? 谱是也""雅词协音,虽一字亦不放过";在拍眼上,"曲之大小,皆合均声,岂得无拍""唱曲苟不按拍,取气决是不匀,必无节奏,是非习于音者,不知也";在制曲上,更当"改之又改,方成无瑕之玉";在句法及字面上,"词中句法,要平妥精粹",字面"须是深加锻炼,字字敲打得响,歌诵妥溜,方为本色语",虚字使用不仅要读通,更要能"付之雪儿"……这些皆说明,合乐可歌的体制规范是雅词的基本内容。因此,表面上雅词是关乎品格问题,但自李清照以来谈"雅",一直到清代中后期日渐突出的词品说,"称词体"都是品格说的前提:"当着眼格式时,可不必晋升到品格,但若有品格意思时,则总是或隐或显地要以格式为前提。在他们看来,能合律、用字、炼句,讲片段、离合、色泽音节,即是入格;既成格调后,词作才有了品第或品类的可能。"[1]至此,尽管张炎自己也知道"歌诵妥溜,方为本色语",但与早期词体合乐注重歌者自我调控不同,雅词更强调词作者本身的用力,因为能够规范即是正,而正即是雅。此论仍是追求词的本色体制,但由音谱向格律谱转换的现象告诉我们,雅词的规范已渐离歌唱时的自然本色,而渐趋强调词作者的语言合音准则。由无法、法立到法密,是各类艺术样式发展的共同规律。

二是词作的清空意趣。《词源》卷下谈完了与"古音"有关的词体体制上几个关键问题后,即列举了清空、意趣、用事、咏物、节序、赋情、离情等几个与词趣品格有关的重点话题。其中最为重要的是:"词要清空,不要质实。清空则古雅峭拔,质实则凝涩晦昧。姜白石词如野云孤飞,去留无迹。吴梦窗词如七宝楼台,炫人眼目,碎拆下来,不成片段。此清空、质实之说。"在这段大家十分熟悉的词论名言中,张炎清楚地表明了雅词的另一类标准——清空。为了更好说明清空在张炎词学思想中的位置,这里采用比较的方式加以说明。

(1)清空与雅正的关系。人们常以"清空雅正"概括张炎的词学思想,这本身并无大错,但若不细析,则易生误读。因为张炎最核心的观念还是"古雅",以此构筑了他的雅词概念:既包括延续"古音"的词乐之雅,亦包括承继如"清淡"传统的意趣之雅;在格式基础上谈品格,张

---

① 杨柏岭:《晚清民初词学思想建构》,安徽大学出版社2004年版,第186页。

炎可谓强化了后代倡雅者的常用思致。于是,围绕"古雅",从词作意趣的角度说,张炎认为清空是实现古雅的最本色显现方式。因为对传统士大夫而言,古雅之趣既是道德的,也是审美的,而清空正是古典美学说的以审美心态观照道德襟抱的本色方式。清空中自然能呈现出古雅,但清空并不等于古雅。故而,张炎说"清空则古雅峭拔""不惟清空,又且骚雅,读之使人神观飞越"。由清空而呈现古雅,对抒情性艺术来说,关键是处理"情感"问题。在这点上,张炎承认词体是言情的,但"词欲雅而正,志之所之,一为情所役,则失其雅正之音",典型体现了由缘情到言志的理论主张,是《毛诗序》情志结合论的回复。

(2)清空与质实的关系。二者的差异是围绕是否宜于"古雅"的实现而产生的。张炎不喜欢质实的根本原因,乃是基于"清流"者的时代体验,确立了清空为古雅本色的显现方式。在为善的道德上,清空有一种在士不遇心理下能独善其身的内省能力,表现出既不力挽狂澜又不随波逐流的古雅峭拔的心态;质实多呈现为表面的光彩,常处在内心虚无的蒙蔽状态。在为美的洞察力上,清空以清心聆天籁,以空灵纳万境,寡欲甚至无欲,直接承继古典美学的审美心态;质实以眩目看物象,以晦昧涂抹环境,有欲甚至贪欲,远离了清新简易的古雅精神。当然,张炎《词源》主要谈的还是二者在艺术风格及技巧上的差异。清空在风格上的表现,人们熟悉的是如"野云孤飞,去留无迹"的姜夔词,而容易被人忽视的,则是张炎主张的艺术创新。他说"词以意趣为主",而"要不蹈袭前人语意",在列举苏轼《水调歌头》(明月几时有)等数首词后,总结说"此数词皆清空中有意趣,无笔力者未易到"。他列举的数首词在风格上确属清空类,但他的意思还有:清空则词人心力自现,如此便能创新,用事"不为事所使""融化不涩",咏物"收纵联密,用事合题""所咏在目,且不留滞于物"……从而有创新即有"清新之意",就会不俗。在谈到节序词时,他说:"昔人咏节序,不惟不多,附之歌喉者,类是率俗,不过为应时纳祜之声耳。"与此相对的,质实在风格上典型的如"七宝楼台,炫人眼目,碎拆下来,不成片段"的梦窗词,同时质实亦很难创新,因为心存贪欲,故继承的多、抛弃的少。于是填词讲究用典使事,喜用代字等,咏物则"拘而不畅,模写差远"……致使"凝涩晦昧"。至此,张炎从多个层面区分了清空与质实,而他的惯性思路是:清空则能古雅,质实则会庸俗。可见,与质实相比,张炎可能更反对"俗"。如他谈到词中虚字的用法时说,虚字"要用之得其所","若使尽用虚字,句语又俗,虽不质实,恐不无掩卷之诮"。

（3）雅词的清空与婉约、豪放的关系。张炎的雅词观念表明词法由确立到严密的格调意识。其中,音律等规范关乎雅词的格式,清空等显现方式关乎雅词的品格。"音律所当参究,词章先宜精思,俟语句妥溜,然后正之音谱,二者得兼,则可造极玄之域"。张炎正是以此双重标准修正与整合了婉约、豪放。对于婉约词,他强调从清空意趣的角度加以改造。他说:"簸弄风月,陶写性情,词婉于诗。盖声出于莺吭燕舌间,稍近乎情可也。若邻乎郑卫,与缠令何异也。"承认词婉于诗,也认识到词多借助女性传播的特色,并没有否认词为言情艺术,但"稍近乎情可也",须"屏去浮艳,乐而不淫",最好是清空中见古雅。对于豪放词,他侧重从词律及传播方式上加以改造。他说:"辛稼轩、刘改之作豪气词,非雅词也。于文章余暇,戏弄笔墨,为长短句之诗耳。"这里,我们又看到了李清照批评苏轼等人的论调,共同点都是说豪放词不合乎词体的体制格式。可见,从格式之法与格调之雅,张炎词论确实为李清照等人的本色词论的延续,但张炎由李氏"富艳气象"转向了"清空无迹"。于是,遭到李清照批评的苏轼、王安石等人词,张炎并没有直接批评,反而列举了苏轼《水调歌头》（明月几时有）及《洞仙歌》（冰肌玉骨）、王安石《桂枝香》（登临送目）等与姜夔的《暗香》、《疏影》一样,"此数词皆清空中有意趣"。对苏轼,更是青睐有加,"东坡词如《水龙吟》咏杨花、咏闻笛,又如《过秦楼》、《洞仙歌》、《卜算子》等作,皆清丽舒徐,高出人表。《哨遍》一曲,檃括《归去来辞》,更是精妙,周、秦诸人所不能到"。正如前面已说的,此时已不必讨论张炎清空、雅正词论是否真正合乎历史上的本色词了,因为以归位"古音"清雅为己任的张炎,考虑的主要是词应当如何,而非本来怎样的问题。

二、词境亦清绝:清雅理念与填词活动的合一

既然张炎构筑了他认为的具有词学本体性的清雅词论,也较为系统地阐述他的雅词观念,那么这个本体化的过程以及本体化后的特点,自然就是人们十分热衷的话题。不过,词学研究者多是从填词风尚的层面解读唐宋词雅化的历程。其实,受到中国传统艺术"清雅"精

神的影响,在唐宋词的观念史上,张炎清雅词论又实为《花间集序》潜在的"金母词清"标准的接续,李清照"别是一家"词论中雅正准则的深入……有一条较为显豁的由潜至显的理论线索。

而之所以张炎能从理论形态上确立雅词的类型,与唐宋词人出于尊词的目的,不得已归位传统,以清雅改变词的俗艳传统的努力有关,也与南宋末部分词人植根于生命体验,主动标举,自觉实践清雅风尚有关。故邓乔彬先生说"国运、世情、体制、宗尚,造就了风雅词派的独特面目"①,韩经太也说张炎的清雅词学观念折射出了宋亡之际绝望而冷寂的心境,是宋人萧散意趣与南宋江湖诗心之契合势态的词学化②。从这个意义上说,在唐宋词学史上,词的雅化只有到了张炎这里,才真正实现了清雅理念与填词活动的合一。为了说明这一点,此处不以张炎所推崇的姜夔词为主,而主要例举张炎、王沂孙、周密等人词从"清"字的使用情况予以说明。

若从语言角度分析,词作的审美风格与词人惯用的修饰语密切关联。如早期本色词的修饰语,多是柔感、性感、富贵感的,自然给读者一种婉约柔丽的审美效果。而频率极高的"清"字便可以说是张炎等人最敏感的修饰词。这些清雅的修饰词,直接构筑了这些词家的清雅境界,由此也从语词的敏感性上说明了他们践诺清雅理念的自觉程度。

写景状物的,如张炎《甘州》(倚危楼)"度野光清峭,晴峰涌日,冷石生云",《忆旧游·登蓬莱阁》"问蓬莱何处,风月依然,万里江清",《木兰花慢》(目光牛背上)"数亩清风自足,元来不在深山",《清平乐·题处梅家藏所南翁画兰》"香心淡染清华",《风入松·溪山堂竹》"清过炎天梅蕊,淡欺雪里芭蕉",《渡江云·怀归》云"一株古柳观鱼港,傍清深、足可幽栖";又如王沂孙《摸鱼儿·莼》"玉帘寒、翠痕微断,浮空清影零碎",《扫花游·绿阴》"暗影沉沉,静锁清和院宇"……野光清峭、江清万里、清风自足、兰心清华、新篁清淡、清和院宇、幽栖清深,自然环境尽染清雅之气,词人择清雅而幽居,应目会心,物感心动,身心俱清。

写人行为的,如张炎《月下笛·寄仇山村溧阳》"千里行秋,支筇背锦,顿怀清友",《月下笛》"万里孤云,清游渐远,故人何处",《法曲献仙

① 邓乔彬:《词学廿论》,上海古籍出版社2005年版,第76页。
② 韩经太:《"清空"词学观与宋人诗文化心理》,《江海学刊》1995年第5期。

音》（梅失黄昏）"清饮一瓢寒，又何妨、分傍茶灶"，《风入松》（危楼古镜影犹寒）"秋风难老三珠树，尚依依、脆管清弹"，《忆旧游·寄友》"溯万里天风，清声谩忆何处箫"，《满江红》（傅粉何郎）"听歌喉清润，片玉无瑕"；又如王沂孙《三姝媚》（红樱悬翠葆）由咏樱桃而联想云"扇底清歌，还记得、樊姬娇小"，周密《六么令》（痴云剪叶）次韵刘养源赋雪云"白战清吟未了"……友为清友，游是清游，饮则清饮，弹则清弹，箫声为清，歌声清润，总之扇底清歌，清吟未了。

绘人内心的，如张炎《玉漏迟·登无尽上人山楼》"清趣少。那更好游人老"，《探春慢·雪霁》"野渡舟回，前村门掩，应是不胜清怨"，《庆清朝》（浅草犹霜）"闲扶短策，邻家小聚清欢"，《壶中天》（海山缥缈）"休问挂树瓢空，窗前清意，赢得不除草"，《声声慢·赋渔隐》"知鱼淡然自乐，钓清名、空在丝纶"，《红情》（无边香色）"清兴凌风更爽"；又如周密《徵招·九日登高》"登临嗟老矣，问今古、清愁多少"，《一萼红·登蓬莱阁有感》"磴古松斜，崖阴苔老，一片清愁"……趣、怨、欢、愁、意等内心活动皆以"清"修饰、限定，清名自任而不拘泥，淡然自乐，兴清则爽。

与词论主张一致，张炎等在词中频繁以"清"修饰各类对象，直接表述他们对"清"的偏爱，袒露出淡泊骚雅的古典情怀。张炎《摸鱼子》（向天涯）别诗友陆处梅词云，"吟啸久。爱如此清奇，岁晚忘年友"，《风入松》与王彦常游会仙亭云，"爱闲能有几人来"，而这些爱闲者，却能在"清虚冷淡神仙事"中"笑名场、多少尘埃"，在"漱齿石边危坐"中"洗心易里舒怀"。如此偏爱清雅，词中境界更是清雅一片，一则这批词人主要生活在江南，以清雅修饰物象，与江南清雅风物自身特点有关；二则这些词人身处易代，却以清流自任，故而滋生出以清雅为人格精神的特殊时代心绪；三则这些词人自觉地承继清淡古雅的传统艺术精神的结果。三者之中，当以第二点最为重要，正如张炎《南楼令·寿月溪》说的"天净雨初晴。秋清人更清"。在社稷变置，凌烟废堕之际，这批词人或出身名门，酒酣浩歌，时露承平故家之感；或以清客自居，淡泊明志，常写骚姿雅骨；或遭时不遇，流落播迁，自甘削迹，却不甘沉沦……南宋末季，"士多悯世遗俗，托兴遥深"[①]，遗民之恨，化为清风雅骨。于是，王沂孙《齐天乐》（一襟余恨宫魂断）借咏蝉而自道心怀："甚独抱清商，顿成

---

① 丁绍仪：《听秋声馆词话》卷二十，载唐圭璋编：《词话丛编》，中华书局1986年版，第2837页。

凄楚。""甚独抱清商",有版本为"甚独抱清高",遗民心绪更为清楚。而张炎《声声慢》(穿花省路)说的"松陵试招旧隐,怕白鸥、犹识清狂",《声声慢》(晴光转树)词说的"清狂未应似我,倚高寒、隔水呼鸥"等,清狂而非轻狂,把这批词人遗民心怀中的"骨气",揭示无遗。

可见,这批词人自觉实践清雅精神,乃因其中力透着某种足以自狂且自适的人格力量。晚清遗老况周颐曾说,只有从"善葆吾本有之清气始",填词才能"有风度"①。况氏可谓宋末词家的知音,如张炎《真珠帘》咏梨花云"琪树皎立风前,万尘空、独挹飘然清气",《湘月》赋云溪云"石根苍润,飘飘元是清气",《甘州》题戚五云《云山图》云"想乾坤清气,霏霏冉冉,却在阑干",《声声慢》赠歌者关关云"细看取,有飘然清气,自与尘疏",《徵招》听袁伯长琴云"共良夜,白月纷纷,领一天清气"……清气既是自然的又是人格的,虽然不免凄凉酸楚,但又"表里空明,古今清绝"。至此,飘然清气,自与尘疏,词人虽淡泊相依却亦行藏自适,蕴涵着审美与道德的双重力量。由此,这批词人虽多兴发自然,实则取象绘心。王沂孙《水龙吟》咏白莲,上片"太液荒寒,海山依约,断魂何许",写荒寒之境,下片"三十六陂烟雨。旧凄凉、向谁堪诉",则抒凄凉之情。上片写景,下片抒情,原为填词惯用章法,但此时则是:清凉荒寒的景象加上凄凉古雅的情思,修饰语发生了变化,审美感知自然也就不同。"一片清寒之境,如营邱之画寒林,右丞之图雪景",但各类清景实是生命凄凉体验的呈现;看似有客观与主观之分,实则情景相生、心物交感;由此词人们"俯仰古今,词境亦清绝",而读者尤"觉拂纸有寒气也"②。结合周密此词,此"寒气",与周密于严冬送朋友赵元父过吴时"霜叶敲寒"的天气有关,但根本上还是词人"翠销香冷"人生体验的反映。

有感于凄凉的时代体验,又要独葆固有的清气,清雅词论由此而得以强化。张炎《扫花游》赋高疏寮东墅园云"境深悄。比斜川、又清多少",《声声慢》(晴光转树)说"须待月,许多清、都付与秋",还有频繁道及的"清愁多少"等。这些关于"清"的程度性的表述,足以表明这些词人的细微感怀。可以说,他们正是以清心察万物,以清笔写凄凉,构

---

① 况周颐:《蕙风词话》卷一,《蕙风词话辑注》,屈兴国辑注,江西人民出版社2000年版,第25页。

② 俞陛云评周密《庆宫春·送赵元父过吴》词,载《唐五代两宋词选释》,上海古籍出版社1985年版,第551页。

筑了一代刚柔相济、古雅峭拔的清雅词境。取物须避俗艳,而求清秀,尤重原本就含有清雅精神的景物;寄慨须无沾滞之音,而求清丽闲雅,运意高远,尤重感慨全在虚处;笔法上须避晦涩,无堆垛之习,而求清致,尤重明俊清圆、超然宕往之趣;风格上须避质实,而求清空,尤重古雅峭拔、去留无迹之象。

于是,词体一些传统的富艳题材,至此也清虚骚雅了。如王沂孙有《水龙吟》咏牡丹词,陈廷焯评曰:"牡丹极富艳,作者易入俗态。此作精工富丽,却又清虚骚雅,绝不作一市井语,词可占品。结有感慨。"[①]"以清虚之笔,摹富艳之题,感慨沉至。"[②]又如王沂孙《水龙吟》咏海棠曰:"犹记花阴同醉。小阑干、月高人起。千枝媚色,一庭芳景,清寒似水。"即有媚色加清寒的特点。若从以艳为美的角度说,花间词传统多是一种"热艳",而此时则多"冷艳"。其中,此时词人喜欢写山鬼意象,如张炎《声声慢》(荷衣消翠)"天空水云变色,任惝惝、山鬼愁听",《徵招》(秋风吹碎江南树)"去国情怀,草枯沙远,尚鸣山鬼"等,流露的即是一种冷艳的骚雅。又如王沂孙《水龙吟》赋白莲"甚人间、别有冰肌雪艳,娇无奈、频相顾",其中白莲的"雪艳"风神,既有入世的热情又有超脱的清高,正是冷艳趣味的反映。由此可以说,冷艳的清雅词可谓在"色泽浓淡之间"[③]"既非旖旎,亦非幽怨,更非雄豪,只能名之曰'陶写冷笑'而已"[④]。

三、晋人清几许:清雅理念与填词用心的丰富

中国美学自古就有以清雅为美、以清比德的审美意识,体现了中国人天人合一的宇宙意识。但在这具有普遍性的审美氛围中,张炎的清雅词论既是宋人词学雅化观念的逻辑推进,南宋江湖诗人诗歌意趣的渗透,也是"生成于南朝晋宋之际的批评范式与晚唐司空图以来标举澄淡空灵之诗学意向的复合建构的词学化"[⑤]。由此,从批评范式

---

① 陈廷焯:《云韶集》卷九,载屈兴国校注:《白雨斋词话足本校注》,齐鲁书社1983年版,第185页。
② 陈廷焯:《词则》大雅集卷四,上海古籍出版社1984年版,第140页。
③ 刘永济评王沂孙《扫花游·秋声》,载刘永济:《唐五代两宋词简析 微睇室说词》,中华书局2007年版,第259页。
④ 梁启勋评张炎《忆旧游》(记开帘送酒)词,载梁启勋:《曼殊室随笔》,正中书局1948年版,第62页。
⑤ 韩经太:《"清空"词学观与宋人诗文化心理》,《江海学刊》1995年第5期。

的角度说,晋人风度就成为人们解读张炎清雅词论的重要角度。只是人们更多地在思考张炎清雅词论是如何接受这一范式的,而很少考虑这个范式对张炎等人的填词用心产生的影响。

秉承清雅词心,词人固有风度,填词亦自有风格,宋末雅词作者确实常以晋人风雅表明他们的精神追求。张炎《潇潇雨·泛江有怀袁通父、唐月心》词云"又天涯、零落如此,掩闲门、得似晋人清";《桂枝香》(琴书半室)有感于"如心翁置酒桂下,花晚而香益清,坐客不谈俗事,惟论文",而云"晋人游处,幽情付与,酒尊吟笔";《台城路》(老枝无着秋声处)有感于李仲宾写竹石、赵子昂作枯木皆"娟净峭拔,远返古雅",而填词云"素壁高堂,晋人清几许";《声声慢》为高菊墅赋云"从教护香径小,似东山、还似东篱。待去隐,怕如今、不是晋时",则以活在晋时为精神归宿;而《湘月》(行行且止)则有感于"戊子冬晚,与徐平野、王中仙曳舟溪上。天空水寒,古意萧飒。中仙有词雅丽,平野作晋雪图,亦清逸可观",而说"纵使如今犹有晋,无复清游如此",以表明他"余载书往来山阴道中,每以事夺,不能尽兴"的苦衷……史达祖《贺新郎》"六月十五夜西湖月下"词,亦云"清尊莫为婵娟泻。为狂吟醉舞,毋失晋人风雅"。周密《三犯渡江云》(冰溪空岁晚)词序则以极大篇幅,描述自己于"丁卯岁未除三日,乘兴棹雪访李商隐、周隐于余不之滨"的事,并感慨曰:"因窃自念人间世不乏清景,往往汩汩尘事,不暇领会,抑亦造物者故为是靳靳乎。不然,戴溪之雪,赤壁之月,非有至高难行之举,何千载之下,寥寥无继之者耶。"宋末雅词作者对晋人风雅的认同,突出反映在他们的清雅词心上。

"词心"是晚清冯煦较早提出专论秦观的术语。此后,况周颐把词心晋升为一个普遍的词学概念,他的代表性意见是:"无词境,即无词心""吾听风雨,吾览江山,常觉风雨江山外有万不得已者在。此万不得已者,即词心也""非深于词不能道,所谓词心也"[1]。通过这些学者对词心的界定,可见词心是一种走向纯粹性的为词之用心,在尊重词体体制本色的基础上,十分强调词人对词境的直观能力。以此为基础,又突出了词人心灵的延伸能力,或为娱情用心,一种根于感性的身心自适甚至是宣泄活动;或为审美用心,基于感性又不滞于感性的精

---

[1] 况周颐:《蕙风词话》,《蕙风词话辑注》,屈兴国辑注,江西人民出版社2000年版,第9、23、103页。

神愉悦,表现为外在感觉与心灵的贯通;或为社会用心,一种依赖感性而关注时代的责任延伸;或为文化用心,一种依赖感性追溯民族文化传统的精神取向①。无论如何延伸,正如《淮南子·说山训》说的"一叶落而知天下秋":善感、易感才是词心最突出的特点,词心的多层延伸皆源于词人生命灵敏的直觉触动。后唐庄宗曾自度曲云,"一叶落。褰朱箔。此时景物正萧索。画楼月影寒,西风吹罗幕。往事思量着",遂以首句命名《一叶落》。对处于中原多故之际,而即将亡国的君主来说,悲秋怀旧,情思怨咽,一切都在"思量"中索之,词人已由触景生情的感怀,走向无限的往事追味。词心的善感,致使在每一次社会动荡尤其是朝代交替之际,词的创作都会迎来一个发展的高峰:在唐宋时期,则为五代、南渡、宋末;宋代后,则是明末清初、晚清民初。

词为歌词,在曲调占据统帅地位的时期,并不善于描绘占空间性的对象:在以娱情填词的时代,亦不适合向社会、文化方面延伸。而宋末这些清雅词的作者,受到社会变故引发的心理的刺激,则主张"音律所当参究,词章先宜精思"。于是伴随着词体的雅化、词人主体用情的深入,清雅词人的词心基于感性生命的感动,超越娱情,而向审美、社会、文化用心延伸。取象感慨,皆不离生命感受;比兴寄托,亦能拓展词心的多级指向。这种思致或许可以说明,咏物词在南宋末繁盛的原因。宋末雅词所咏之物极为丰富,从上文列举的例子已足以说明。不过,梅与月等物象的歌咏至南宋越加频繁,便是他们寄托清雅词心的极好载体。张炎《词源》卷下曾专列"咏物"则,亦专门谈到赋梅词,数次提到姜夔的《暗香》《疏影》,视之为合乎雅词多种标准的典范之作,"词之赋梅,惟姜白石《暗香》、《疏影》二曲,前无古人,后无来者,自立新意,真为绝唱";对苏轼等早期的咏月词也以"清空中有意趣"称道。

梅与月本为诗人酷好,雅词作者更是不惜笔墨礼赞之,原因便是梅、月意象焕发的清雅格调。"梅"则如侯寘《念奴娇·探梅》云"休恨雪小云娇,出群风韵,已觉桃花俗",洪惠英(宋时绍兴歌伎)《减字木兰花》(梅花似雪)云"雪里梅花。无限精神总属他"等;"月"则如范端臣《念奴娇》(寻常三五)云"纶巾玉麈,庾楼无限清真",游次公《贺新郎·月夜》云"斗柄回秋律。素蟾飞、冰霜万里,满川金碧",杨炎正《减字木

---

① 详细参阅杨柏岭《晚清词家词心观念评说》,《文艺理论研究》2004年第3期。

兰花》(月明如昼)云"如月精神更有情"等。取象而择清雅,已见词心,而由此激发的联想,更说明咏物实则咏怀:由此类身份特高的物象,谱写自己的生命体验,展现自己的清雅襟抱,表明自己的气节。咏梅因为"人与梅花一样清"(晁公武《鹧鸪天·笑擘黄柑酒半醒》)、"稼轩种柳观梅皆事业"①、朱雍《梅词》"通卷咏梅,行间自无一点尘俗,是不浪费楮墨者"②……咏月因为"孤光自照,肝胆皆冰雪"(张孝祥《念奴娇·过洞庭》)、"乃知有气节人,笔墨自然不同"③、"风流骚雅,具见名士胸襟"及"清虚之致,无斧凿之痕"④。于是,宋末雅词词人与这类清雅物象之间有一种情感默契的关系,像"梅花闲伴老来身"(姜夔《鹧鸪天·丁巳元日》)、"念唯有、夜来皓月,照伊自睡"(姜夔《解连环·玉鞭重倚》)、"人似多情皓月,十分照我当楼"(赵以夫《木兰花慢·漳州元夕》)……这些皆远非传统的比德思致所能涵容。如陆游《朝中措》(幽姿不入少年场)词前二句咏梅花而见本意,其余借梅自喻,词人飘零孤恨的生命体验,冷淡绝似寒梅。这一特点正是词人"自伤亦以自慰"的反映。因为他曾受知于孝宗,得到"多闻力学"的褒扬,并授枢密院编修,此后虽出知外州,但"书生遭际,胜于槁项牖下多矣"⑤。

如果说陆游此词还是借梅自喻,人梅合一,那么方岳有《哨遍》二词,已是人与月之间的对话。第一首是词人问月。上片说,因为"月亦老乎",故词人"劝尔一杯",询问开辟自何时、乾坤年几许、人类历史起点及其是否衰亡等问题;下片说,因为月亦有悲,故词人由感慨"人寿几期颐",叙说人不能长寿及活在盛世等一系列疑问。第二首是词人作月对,对上首词人的问题及感慨作答。可以说,词人对自己的疑问及感慨予以了全盘否定。开头即云"月曰不然,君亦怎知,天上从前事",于是"月"便告诉词人相关"真理"。这些真理可以说是对"人有悲欢离合,月有阴晴圆缺"诗性直觉的否定,而表现出一种科学认知:一

---

① 卓人月《古今词统》卷十五评辛弃疾《沁园春》(三径初成)词,该词有云"要小舟行钓,先应种柳,疏篱护竹,莫碍观梅",崇祯癸酉刊。

② 况周颐:《朱雍梅词校记》(亦曰《梅词跋》),《蕙风词话辑注》,屈兴国辑注,江西人民出版社2000年版,第598页。

③ 参见王弈清《历代词话》卷七评杨万里《好事近》(月未到诚斋)词,载唐圭璋编:《词话丛编》,中华书局1986年版,第1230页。

④ 陈廷焯《云韶集评》卷八评陈允平《秋霁·平湖秋月》词,载屈兴国校注:《白雨斋词话足本校注》,齐鲁书社1983年版,第165页。

⑤ 俞陛云:《唐五代两宋词选释》,上海古籍出版社1985年版,第349页。

是"月岂有弦时",这只不过是"人间井观乃尔"的结果,因为中秋与其他时候,月亮都是圆的;二是关于宇宙历史等问题,也是"历家缪悠而已",只是各种猜测、假说,很难说就是真理;三是"谁云魄死生明起。又明死魄生,循环晦朔",那种生命循环意识也是错误的……诸如此类,皆可以得到当今科学的证明。不过,词人也有不科学的认识,如他认为"月溯日光余"是"妄相传"的看法,而且"桂魄何曾死,寒光不减些儿。但与日相望,对如两镜,山河大地无疑似"。但是词人如此说,又暗含着词人某种乌托邦式的社会理想。因为人间"世已堪悲",生命有限,老于人间,只有"飞上天来,摩挲月去,才信有晴无雨",才能终结人生圆缺的遗憾。

至此,雅词作者正是以情感为基础,在承继词体言情传统的同时,拓展了传统词心的内涵:词人与物象间又有生命的、审美的、历史的、道德的甚至是科学的多层次的关系,故而得到了明清后以词为学的词论家们的高度评价。

[原载《唐宋词审美文化阐释》第十一章,黄山书社2007年版,辑入本集有改动]

周济词学门径论

在众多词学门径中,周济(1781—1839)宋四家门径说,既有理论建树也有《宋四家词选》①为依托,影响深远。杜文澜《憩园词话》卷一即认为《宋四家词选》"抉择极精",《宋四家词选目录序论》"示人从学之径,为阅历甘苦之言","深得词中三昧"②。蒋兆兰进而评曰:逮乎晚清,词家极盛,大抵原本风雅,谨守周济"导源碧山,历稼轩、梦窗,以还清真之浑化"为之。③当然,也有人提出了不同意见,如认为周济以周、辛、王、吴为冠,以晏同叔等四十三人附之,"取径过窄,不具有概其他名家"的力度。对此,杜文澜解释说,虽然《宋四家词选》列范仲淹、欧阳修、苏轼等人为附庸,不免骇俗,但是周济只是"论其词,原非论其人也"④。这种为周济维权的说法,其实并未获得周济拈出宋四家门径的要领。因为"周济以宋四家词为学词统系,意在度人金针、示人津筏,而并非随意进退古人"⑤。本论题在进一步把梳周济阅历甘苦的论词用心后,认为他依次选择王、辛、吴、周四人,虽与四人各自词学成就及艺术特色有关,但更为关键是四人词及其次序有门径可寻的易学性质,是周济自认为能实现他寄托词说的一个有效途径。

一、周济词学思想演变的心路

道光十二年(1832)冬,周济回顾自己学词经历时说:"余少嗜此,中

---

①《宋四家词选》成书于道光年间(周济于道光十二年曾撰《序》《论》),吴县潘祖荫于同治癸酉(1873)春重刻,后有《滂喜斋丛书》一卷本等。

② 杜文澜:《憩园词话》卷一,载唐圭璋编:《词话丛编》,中华书局1986年版,第2853页。

③ 蒋兆兰:《词说自序》,载唐圭璋编:《词话丛编》,中华书局1986年版,第4625页。

④ 杜文澜:《憩园词话》卷一,载唐圭璋编:《词话丛编》,中华书局1986年版,第2853页。

⑤ 方智范、邓乔彬、周圣伟、高建中:《中国词学批评史》,中国社会科学出版社1994年版,第320页。

更三变,年逾五十,始识康庄。"①"中更三变"可能指《词辨自序》(1812)里说的,他与张惠言外甥董士锡"论说亦互相短长"时期的三次变化。但我认为,这三次变化只是他刚接触二张(张惠言、张琦)、董士锡词学主张时的一种躁动状态,并没有实质性的发展。若通观他的整个词学历程,确实有一种明显的"三变"过程:一是甲子(1804)年始识董士锡后"遂受法"董氏时期,习词成果是《词辨》十卷;二是逐步独立的过渡阶段,成果标志是《介存斋论词杂著》(以下简称《杂著》);三是"年逾五十,始识康庄"的成熟,《宋四家词选》为其结晶。由从董士锡追逐二张词学旨趣到逐步确立自己论词主张,贯穿其中的则是他冥行苦思的学术品格。

张惠言论词体正变时实已内含知门户的意思,其正变观念与门径意识是一致的。周济前期论词,继承张氏正变说的痕迹甚为明显,但不变中有变。据《词辨自序》,《词辨》共有十卷,一、二卷分别为正、变卷:正卷词作"莫不蕴藉深厚,而才艳思力,各骋一途,以极其致",代表词家自温庭筠起,依次有韦庄、欧阳炯、冯延巳、晏殊、欧阳修、晏几道、柳永、秦观、周邦彦、陈克、史达祖、周密、吴文英、王沂孙、张炎、李清照、唐珏等十八家;变卷词作"虽骏快驰惊,豪宕感激稍漓矣,然犹皆委曲以致其情,未有亢厉剽悍之习,抑亦正声之次也",自李煜始,依次有孟昶、鹿虔扆、范仲淹、苏轼、李玉、王安国、辛弃疾、姜夔、陆游、刘过、严仁、蒋捷、张翥、康与之等十五家②。可见,周济《词辨》在词之正变问题上,基本上延续了张惠言《词选》的路数。张氏以深美闳约的温庭筠词为最高,周济《词辨》正卷亦以飞卿为起;张氏指出五代孟氏李氏君臣竞作新调,致使词之杂流由此而起③,周济《词辨》变卷亦起自后主,接着即是孟昶;张氏视为词之正声的词家,周济亦大多予以肯定。总之,诚如潘曾玮《词辨序》所说:"其辨说,多主张氏之言……其

---

① 周济:《宋四家词选目录序论》,按:唐圭璋编《词话丛编》(二)录周济《介存斋论词杂著》(1629—1636 页)、《词辨自序》(1636—1637 页)、《宋四家词选目录序论》(1643—1646 页)、《宋四家词选眉批》(1646—1657 页)。

② 关于周济正变卷词人及数目,学者意见多有所不同。本论题主要依据民国二年上海埽叶山房石印本《周济词辨》和周济《词辨自序》。其中《周济词辨》正卷中无周密,故依《词辨自序》补入,刘永济《词论》也主"十八家"说,方智范等人《中国词学批评史》主"十七家"说,但未完全列出词人名。至于变卷中词人十五家,依据的是《周济词辨》,《中国词学批评史》也主此说,不过刘永济《词论》则认为是十一家,无李玉、严仁、张翥、康与之四人。

③ 张惠言《词选序》所说的"故自宋之亡而正声绝",并非说"自宋之亡而变声起"。因为张惠言认为词之变声当自五代已有,而宋代依然有"渊渊乎文有其质"的正声。

所选与张氏略有出入,要其大旨,固深恶夫昌狂雕琢之习而不反,而亟思有以厘定之,是固张氏之意也。"①

不过,周济《词辨自序》又说:"因欲次第古人之作,辨其是非,与二张、董氏各存岸略。"如,在对待入选词作的态度上,张氏编《词选》过于严格,周济编《词辨》则较为宽容,且宽容中又有辨析,这实则已暗含了其后期的门径意识:指导后学填词,既要正面引导,也要从不足处提示。故《词辨》正、变卷外,还有名篇之稍有疵累者为三、四卷;平妥清通,才及格调者为五、六卷;大体纰缪,精彩间出者为七、八卷;本事词话为九卷;大声疾呼,以昭炯戒者为十卷。进而,这些正、变外之词虽为世俗传习,但亦有辞不逮意、意不尊体、浅陋淫亵之篇。其"递取而论断"的目的便在于"爱厚古人,而祛学者之惑"。为了便于下文评析其宋四家,此处重点关注他对辛、吴、姜、周等人词的态度。张氏视辛、姜词为宋代"渊渊乎文有其质"的正声代表,吴词是"枝而不物"的杂流典型;而周济此时却把吴词列入正卷,辛、姜列入变卷。可见,周济此时虽继承张氏词论,但自有冥行苦思的治学个性。

若从周济词论演变的逻辑关系上说,《杂著》可谓由《词辨》到《宋四家词选》的过渡。在正变说及门径观念上,《杂著》的正变意识开始减弱,门径观念却逐渐增强。检索这31则词话,无一语道及正变②,且时时可见一种融通视域下的学词门径之语③。如"两宋词各有盛衰"论,反映出消除以时代盛衰论正变的意识;又如"学词先以用心为主""求空与求实""求有寄托与求无寄托",以及指责白石以诗法入词等,均系其指导学词门径的显豁表达。《杂著》的过渡特点一方面说明周济前期论词的通达态度、指导意图在延续和发扬,另一方面也为他后期宋四家门径观念的确定奠定了基础。

同时,《杂著》谈寄托、学词用心以及相关词人评价皆与后期十分相似,尤其是后期《宋四家词选目录序论》所主张的:"退苏进辛,纠弹姜、张,剟刺陈、史,芟夷卢、高",在《杂著》中已基本有了定论。在《词辨》中,以辛弃疾词为外道,入变卷,而"由今思之,可谓瞽人扪籥也"。在《词辨》中,苏轼词亦在变卷,此时则进一步主张苏不如辛,认为:"世

---

① 潘曾玮:《词辨序》,载唐圭璋编:《词话丛编》,中华书局1986年版,第1638页。
② 其中虽有"至稼轩、白石,一变而为即事叙景",此"变"只是在一般意义上使用的。
③ 当然,周济虽有融通之论,但刻意护法北宋词的目的仍然很明显。

以苏、辛并称,苏之自在处,辛偶能到;辛之当行处,苏必不能到。二公之词,不可同日语也"。在《词辨》中,姜夔词亦在"变"卷,如今其"纠弹"之意并没有变化,但原先尚在《词辨》正卷中的张炎词此时却大不如前,其直言:"岂知姜、张在南宋,亦非巨擘乎!"同样,《词辨》正卷中的史达祖词,此时亦与陈允平、卢祖皋、高观国等人一并遭其批评。如,达祖"甚有心思,用笔多涉尖巧,非大方家数";允平"疲软凡庸,无有是处",实乃乡愿之格;祖皋小令虽"时有佳趣",但"长篇则枯寂无味,此才小也";观国词得名甚盛,实则"一无可观"。至此可以说,周济《杂著》中的词学观已十分接近其"始识康庄"之见。

然而,差距便在于《杂著》还未真正提出宋四家门径之论。张惠言曾感慨宋以后学词者"迷不知门户",于是他严编《词选》,历述词之正变。到了周济这里,已经把门户意识落实为具体的填词途径。上文已说,周济前期在延续张惠言词体正变观时,已有了一定的门径意识,中经《杂著》学词门径观念有增无减的过渡,到"始识康庄"时便是宋四家的具体方案。其实,周济津津乐道的"年逾五十,始识康庄",简单地说,即是他为学词者提供的"问途碧山,历梦窗、稼轩,以还清真之浑化"的学词门径。《宋四家词选目录序》云:

> 清真集大成者也。稼轩敛雄心,抗高调,变温婉,成悲凉。碧山餍心切理,言近指远,声容调度,一一可循。梦窗奇思壮采,腾天潜渊,返南宋之清泚,为北宋之秾挚。是为四家,领袖一代,余子荦荦,以方附庸。夫词,非寄托不入,专寄托不出。一物一事,引而伸之,触类多通,驱心若游丝之罥飞英,含毫如郢斤之斫蝇翼,以无厚入有间。既习已,意感偶生,假类毕达,阅载千百,謦欬弗违,斯入矣。赋情独深,逐境必寤,酝酿日久,冥发妄中,虽铺叙平淡,摹绘浅近,而万感横集,五中无主。读其篇者,临渊窥鱼,意为鲂鲤,中宵惊电,罔识东西,赤子随母笑啼,乡人缘剧喜怒,抑可谓能出矣。问途碧山,历梦窗、稼轩,以还清真之浑化。余所望于世之为词人者,盖如此。

显然,此时周济提出的宋四家门径,实质是为实施他"夫词,非寄托不入,专寄托不出"词学思想设计的。唯有从这点出发才能真正领会宋四家门径,亦才能洞察其为词的用心。他依次选择王、吴、辛、周"是为四家,领袖一代;余子荦荦,以方附庸",虽有他对这四家艺术成就及其词史地位的肯定,但"领袖一代"的关键并非说此四家的词学造诣臻至词史的顶峰,而主要是从"取径易见"的角度践诺其寄托说的主张。其云"自悼冥行之艰,遂虑问津之误",绝非虚言。正因"冥行之艰",故而意识到"问津"对于学词的重要性;他"不揣辁陋,为察察言",退苏进辛[①],纠弹姜张,剟刺陈史,芟夷卢高,这些骇世之论无不出自其论词的赤诚心灵。

二、"专寄托不出"的浑化指向

"有寄托"与"无寄托"、"非寄托不入,专寄托不出",可谓周济词学的代表性言论。综合他的相关解释和运用,所谓"有寄托入",近似传统诗学中的"比",一种有意识的象征;所谓的"无寄托出",近似传统诗学中的"兴",一种无意识的象征。无论从创作思想上说,还是从艺术技法上讲,"比、兴"在处理意感与意象关系上,呈现出不同的特征:其一,同是强调情意,"有寄托入"是意感偶生,但这偶生的意感是平日"一物一事,引而伸之,触类多通"训练的结果,故这个意感就有了先入性、必然性,既是创作的出发点也是归结点;"无寄托出"是赋情独深、酝酿日久的结果,这源于作家深层生命体验的意感反而是偶然的、随机的。其二,同样离不开意象媒介,"假类毕达"的"有寄托入",作品意象是具有固定性的"类";"逐境必寤"的"无寄托出",作品意象是生机活泼的"境"。其三,同是托物寄意,在"有寄托入"的作品中,意感和意象之间多是一种刻意对应的机械关系,即假某类意象而传达某类意感;在"无寄托出"的作品中,意象与意感之间多是无意的随机的自由关系。其四,同样要求读者想象,"有寄托入"的创作因多是明显的、单一的、固定的象征性联系,有抑制读者再次创造的消极性,读者阅读此

---

① 后之词家对周济"退苏进辛"多有误解,大多忽视周济"门径易学"的考虑(尽管周济确实有尊辛抑苏的倾向)。如龙榆生云:"盖自宋以来,未有言苏不及辛者。至周济自作聪明(胡适评语)标举宋词四家,屈东坡于稼轩之下……殊不知东坡词之高处,正在无辙可循,当于气格境象上求,不当以字句词藻论。周氏知稼轩之沉着痛快,而不理会东坡之蕴藉空灵,此常州词派之所以终不能臻于极诣也。"(《东坡乐府综论》,见《词学季刊》第二卷第三号)。笔者以为,周济论词原本就是以"无辙可循"为极诣,但作为论词门径,他认为最好还是选择有辙可循者,故"退苏进辛"。

类作品往往是"阅载千百,謦欬弗违";"无寄托出"的创作因多是隐含的、多元的、不固定的象征关系,便于调动读者的创造性、想象力,读者阅读此类作品自然是"仁者见仁,智者见智"。

之前,张惠言以经学家身份研究词学,引《易》象入词,致使"比兴"多比附之意,尤重在"比"的层面落实"兴"之意。而周济对此予以反思,其寄托入出说试图恢复中国诗学的"比兴"传统,尤其是"独标兴体"的浑化走向,追求那种不自觉的象征手法,期求艺术活动的自然状态。这一思想在后来词家中得到了广泛的响应,如陈廷焯即以"特不宜说破"规范"比兴"的妙境,追求寄托无痕的旨趣。所谓"字字譬喻,然不得谓之比",惟"低回深婉,托讽于有意无意之间,可谓精于'比'义"[1],显然有"比"趋于"兴"的倾向。到了况周颐,则完全从"兴"的层面诠释了传统的寄托理论。《蕙风词话》卷五说:

> 词贵有寄托。所贵者流露于不自知,触发于弗克自已。身世之感,通于性灵。即性灵,即寄托,非二物相比附也。[2]

况氏针对的是周济的有寄托说,而发挥的则是周济的无寄托说,诠释的是艺术活动的一种普遍规律,已不完全是传统诗人"贵有寄托"之含义。其实,周济在追求无寄托出的时候,并没有轻视有寄托入的作用。在他看来,有寄托入的那种由此及彼,托物寓意方式,虽不免固执呆板,但对初学者来说,可避免因漠视意感的重要性而流入浅薄淫游之习,也可避免因无章法可寻,致使填词难入格调。从他一贯的门径意识分析,这种有寄托入的词作易于呈现"表里相宣,斐然成章"的格调,使学词者入门即能践诺"意能尊体"的宗旨。

周济的"夫词,非寄托不入,专寄托不出",既是他汲取传统艺术精神推尊词体的反映,也是他对词体本色性的一种解读,更是他社会关怀心理的折射。从作品的外在形式上说,惊采艳艳的屈骚及其"美人香草"的寄托方式,与婉丽深窈、借闺怨写幽思的词体具有直觉上的相似性。由此,通过兴寄托物的联想,词体曲折深微、耐人寻绎的感发特质,便极易于用来传递乱变时代的心绪。原本以经世致用自负的周

---

① 陈廷焯:《白雨斋词话》卷二,载唐圭璋编:《词话丛编》,中华书局1986年版,第3917页。
② 况周颐:《蕙风词话》卷五,《蕙风词话辑注》,屈兴国辑注,江西人民出版社2000年版,第246页。

济,又恰逢内忧外患的嘉道衰世,他那浓郁的社会参与意识和救世激情,便可借助"寄托"说得以实现。如"词亦有史"之论便是其以寄托说词的有效途径之一。

可以说,寄托说是周济一以贯之的词学主张,在《词辨》中,他把"可驰喻比类"作为选词的重要标准;于《杂著》中,在反思张惠言比兴观的基础上,发展为寄托有无说;到了《宋四家词选》,则总结为寄托入出说。在某种程度上,周济确实把比兴寄托当作词体体性的本色存在,有了比兴寄托,"入人为深,感人为速"的词体,方能发挥出"平矜释躁、惩忿窒欲、敦薄宽鄙之功"。

如果说寄托说是周济的理论主张,那么"问途碧山,历梦窗、稼轩,以还清真之浑化"的宋四家门径便是具体的践行步骤。首先,入门须"问途碧山"。周济认为,"词以思、笔为入门阶陛",而"碧山思、笔,可谓双绝"①,因此学词入门可以选择碧山词。从"思"之绝来说,"碧山胸次恬淡",无周密的"名心"、史梅溪的"心思",同时,碧山词中多"《黍离》《麦秀》之感","故国之思甚深,托意高,故能自尊其体",皆符合周济以意格尊词体的思想。从"笔"之绝来说,碧山词不仅"托意高"且"只以唱叹出之,无剑拔弩张习气",尤其是咏物词用事用典能"以意贯串"且"心细笔灵,取径曲,布局远"②,胜场处赋物能将人景情思一齐融入,能使读者初步感受到词作浑化极境的艺术魅力。这个"思笔"双绝、易于取径的碧山词,自然亦是符合"初学词求有寄托"的词学主张。在"有寄托入"上,碧山"餍心切理,言近指远,声容调度,一一可循"③,他的赋物体物词"言近指远",寄托着他的故国之感,词中意象与故国之感构成了对应关系,其间脉理清晰可睹。然而,碧山词虽托意高,但"思、笔"痕迹毕竟过于明显、未免单一,乃是"假类毕达"的有寄托,因此"反复读之,有水清无鱼之恨"④。至此,因呈现出"有寄托入"的格调,易于取径,故可"问途碧山";又因"圭角太分明",未臻至"无寄托出"的浑涵,故而"问途碧山"只能是第一步。

其次,登堂须"历梦窗、稼轩"。周济所以在过渡阶段选择梦窗、稼

① 周济:《宋四家词选目录序论》,载唐圭璋编:《词话丛编》,中华书局1986年版,第1644页。
② 周济:《宋四家词选眉批》,载唐圭璋编:《词话丛编》,中华书局1986年版,第1656页。
③ 周济:《宋四家词选目录序论》,载唐圭璋编:《词话丛编》,中华书局1986年版,第1643页。
④ 周济:《宋四家词选目录序论》,载唐圭璋编:《词话丛编》,中华书局1986年版,第1644页。

轩，这与他对南北宋词的认识有关。《杂著》说，北宋词高者能"实"，"无寄托"，南宋词高者能"空"，"有寄托"，故"南宋则下不犯北宋拙率之病，高不到北宋浑涵之诣"。同时，《宋四家词选》旨在确立学词门径，故当从有门径入手，由易至难。而"南宋有门径，有门径故似深而转浅；北宋无门径，无门径故似易而实难"。按照他论词先求空而后求实、由"有寄托入"至"无寄托出"的主张，在选择学词的对象上，必然以"由南追北"为总的门径旨趣，且会把焦点放在能贯穿南北宋词风转变的词家上。即，不仅要有"由南追北"者，也要有"由北开南"者，在逆、顺两个方向上为学词者寻找门径。

在他看来，"返南宋之清泚，为北宋之秾挚"的梦窗词是"由南追北"的。可以说，从《词辨》列梦窗词入正卷，到《宋四家词选》列为"由南追北"的首选词家，周济始终看好梦窗词。这一是承继了宋代尹惟晓《梦窗词序》所云"求词于吾宋者，前有清真，后有梦窗"之说，二是针对张炎等主清空词论者讥讽梦窗词过于质实的做法，三是纠正张惠言以"枝而不物"贬抑梦窗词的观念。他认为，梦窗词"思沉力厚""奇思壮采，腾天潜渊"中暗藏空际转身的"大神力"，"天光云影，摇荡绿波"中闪烁着北宋词的秾挚壮采。如此，梦窗词既能救药南宋词的空滑之弊，亦有上追北宋清真词浑涵的力度，是南宋词家中能洞悉北宋词奥妙的代表。同时，选择梦窗也是"问途碧山"的发展。碧山词只是"有寄托"，多读之不免有千篇一律之感，但梦窗词在"意思甚感慨"的基础上，有了"寄情闲散，使人不易测其中之所有"的妙处；在天光云影、摇荡绿波、富于变化的笔力中，能刺激读者"抚玩无斁，追寻已远"（《杂著》）的遐想。一言以概之，"立意高，取径远"的梦窗词已隐含"无寄托"的痕迹。正是在这个意义上，他批评张惠言《词选》"不取梦窗，是为碧山门径所限耳"。当然，梦窗词虽有无寄托的痕迹，甚至"其虚实并到之作""清真不过"，但这只是其词中的部分佳者而并非全部。而更为关键的是梦窗词仍然还有生涩、过嗜饾饤等弊端，距离那种思笔并到的浑涵境界，只能是个过渡。

与梦窗词"由南追北"不同，稼轩词则是"由北开南"，梦窗之后再选稼轩，可见周济门径思虑的缜密。说稼轩"由北开南"，虽与稼轩自北而南的人生轨迹吻合，但周济主要是侧重于词风而论。《杂著》云："北宋词多就景叙情，故珠圆玉润，四照玲珑。至稼轩、白石，一变而为即事叙景,使深者反浅,曲者反直。"可见,"由北开南"者除了稼轩,还有白石。对于这两位词人,周济的认识有个变化的过程。他在《杂著》里特别说明,"吾十年来服膺白石,而以稼轩为外道,由今思之,可谓瞽人扪籥也",并进一步比较二者云:稼轩郁勃故情深,白石放旷故情浅;稼轩纵横故才大,白石局促,故才小;稼轩沉著痛快,有辙可循,白石以诗法入词,故门径浅狭……同是"由北开南",稼轩词和白石词之间还是有着情之深浅、才之大小、门径广狭之别的。何况郁勃故情深的稼轩词,"情至处,后人万不能及""敛雄心,抗高调;变温婉,成悲凉"及其"不平之鸣,随处辄发"等特点,皆已趋于"赋情独深,逐境必寤,酝酿日久,冥发妄中"的无寄托境界。当然,又由于稼轩词"往往锋颖太露"等原因,故也只能作为追逐浑涵境界的一个过渡。

第三,入室须"以还清真之浑化"。之所以论词归结到北宋,是因为周济认为无寄托当以北宋词的浑涵为极诣。而在众多北宋词人中,选中周邦彦,主要与"无寄托出"这个词学最高旨趣有关。周济认为填词"既成格调后求实""实则精力弥满",而清真词的钩勒法,因能辅之词意的顿挫、用笔的顺逆、章法的回环往复,善用层迭加倍写法之类,富于变化,故能愈勾勒而愈浑厚,读者读后便"觉精力弥满"。如此,在周济眼中,清真词的意象系统和谐完整,运用寄托而自然无迹,章法结构亦是浑然一体,在整体风貌上已臻至浑成化工之美。除此之外,追逐浑化旨趣时的易于取径,无疑是他选择清真的另一个突出原因。因为清真词可谓笔法的"集大成者",从"思"上言,清真词"思力独绝千古";从"笔"上说,清真词可谓"后有作者莫能出其范围";从"思、笔"的组合上讲,清真词实已达到浑化自然之境。在《宋四家词选眉批》里,周济批点了清真词25首,可以说皆是围绕思、笔及其关系的浑化层面展开的,或点出清真词的长处,或解释后人的取径,或分析词作的笔法等,从学词门径上将"以还清真之浑化"具体化。

正因周济《宋四家词选》旨在为后学者寻觅学词途径,故对有法可依之处极为推崇。但必须清楚的是,周济论词的终极理想还是在于寻找无门径。因此,理解"以还清真之浑化",必须扣住学词易于取径的层面才能落到实处。也就是说,周济并不认为清真词为艺术上的最高典范,而只是能浑化且又有词法上集大成的合适典范。其实,周济最初并不看好清真词,《词辨自序》里曾说"余不喜清真,而晋卿推其沉著拗怒，比之少陵"，然后"抵牾者一年，晋卿益厌玉田，而余遂笃好清真"。这且不管，单说后期他肯定"美成思力，独绝千古"时，也作了这样的比喻："如颜平原书虽未臻两晋，而唐初之法至此大备，后有作者莫能出其范围矣。"言下之意就是清真词虽后无来者，但前有古人。因此，撇开门径易学的层面来看，他的词学追求确实暗含着"力追"也是"逆追"前代词人的复古情结。以周济对温庭筠的评价为例，他不仅继承了张惠言"深美闳约"之论，而且更有所推崇，如"飞卿酝酿最深，故其言不怒不慑，备刚柔之气""北宋含蓄之妙，逼近温、韦，非点水成冰时，安能脱口即是"等。之所以没有说"以还飞卿之浑化"，主要是因为温庭筠词的浑厚气象，已是"神理超越，不复可以迹象求矣"，极不易学，唯有"细绎之"，方可见"字字有脉络"（《杂著》）。

三、学词门径论的反思

门径观念是中国文学批评的突出内容，具有一定的独立价值。词家在追逐自己最高旨趣中，出于门径易学的考虑，选出的词家典范并非都代表他心中的艺术极诣。周济在《词辨》中便有了"次第古人之作，辨其是非"意识，这在对宋四家的各自分析中得到了具体呈现。对此，朱祖谋《望江南·杂题我朝诸名家词集后》予以了肯定："金针度，《词辨》止庵精。截断众流穷正变，一灯乐苑此长明，推演《四家》评。"同时，周济的门径观念也只是他追求浑化无痕这个无门径的权宜之策。诚如他在《论诗》十绝句之七中提出的忠告："町畦脱尽即町畦，万事须防觉后迷。古月今人偶相照，天机合处水分犀。"但不管如何，后人在批评他的宋四家门径时，常有"如索枯谜"之感，像这样以个别几家为模拟对象的学词门径，总会给后学者一种狭深、呆板的印象。学词真正的门径是什么？此后词家展开了诸多反思。

在指导时人和后人填词上，词家强化门径意识至少有两层意思：一是规范学习对象，入门须正，涉及趋古、通、继承问题；二是成一家之言，自成家数，即求新、变、创新问题。可以说，学词要有路径和填词要有创新，成了词人学词的一个突出矛盾。如何处理这个矛盾，是横亘在词家面前的一个理论难题。刘熙载云："词要有家数，尤要得未经人道语。前人论词，往往不出此意。然语之曾经人道与否，岂己之所能

尽知？亦各道已语可也。"①朱祖谋曾与况周颐谈到乡人林铁尊词时
也说："诚能取法乎上,于门径消息加之,意正其始,毋歧其趋,它日所
造宁可限量？"②其实,学词门径的选择往往受到流派观念的严重制
约,总是缺少一种整体观照的审视力度。于是,词人填词追求模拟前
贤或刻意模范某种词学理念;词论家评词也是以找到符合前贤特征或
符合某个词派理念而自豪,并以此作为对该词人词作的最高评价。如
此词坛氛围,追求"成一家之言"的愿望必将成为泡影。因为这制约了
词人的艺术创造个性,以及艺术活动本身具有的个体性规律。

以上弊端,况周颐多有揭示。《蕙风词话》卷一说"当其致力之初,
门径诚不可误",《蓼园词选序》说像晚近轻佻纤巧,饾饤叫嚣诸失,皆
是门径之误的结果。可见,学词须选择门径,无可非议,但关键在于选
择怎样的门径以及如何实施这个门径。于是《蕙风词话》卷一云：

> 两宋人词宜多读多看,潜心体会。某家某某等处,或当学,或
> 不当学,默识吾心目中。尤必印证于良师友,庶收取精用闳之
> 益。洎乎功力既深,渐近成就,自视所作于宋词近谁氏,取其全帙
> 研贯而折衷之,如临镜然。一肌一容,宜淡宜浓,一经伴色揣称,
> 灼然于彼之所长、吾之所短安在,因而知变化之所当亟。③

况氏此言甚为中肯,既是自己学词体会的总结,也是对狭隘门径观念
的一次反思。他看出了学与创、通与变之间的矛盾,希望并世操觚之
士填词当以变化为目的。鉴于此,他提出,"善变化者,非必墨守一家
之言"。词人填词唯有思游其中、精骛其外,得前贤之助而不为所囿,
才能悟得"变化"的真谛。相反,填词只择定一家,奉为金科玉律,亦步
亦趋,不敢稍有逾越,终究是认筌执象的模拟。因此,致力学词之初,
门径诚不可误,亦诚不可不知。从学习对象上说,况氏主张先多读多
看,潜心体会,广取精选,择取合乎自己性情的一家,予以折中比较分
析。如此,既可避免初学时被"他人"门径所误,也培育了自己多元发

①刘熙载：《词自序》,《昨非集》卷四,《刘熙载集》,刘立人、陈文和点校,华东师范大学出版社1993
年版,第523页。

②转引自况周颐《半樱词序》,《半樱词》二卷卷首,民国十六年铅印本。

③况周颐：《蕙风词话》卷一,《蕙风词话辑注》,屈兴国辑注,江西人民出版社2000年版,第39页。

展的可能。这显然比周济那种带有明显论词倾向，人为设定的门径观念要通达得多。

正因为如此，况氏才能深刻批评那种狭隘性的学词门径。《蓼园词选序》开篇便言："近人操觚为词，辄曰吾学五代、学北宋、学南宋。近数十年，学清真、梦窗者尤多。以是自刻绳、自表襮、认筌执象，非知人之言也。"①其实况氏填词也未能真正摆脱词论的派别性，但他从知人知言层面提出学词的门径问题，无疑是中肯之见。他认为学词不必认筌执象，因为吾有吾之性情、襟抱与聪明才力，"欲得人之似，先失己之真"，况且"得其似，即已落斯人后"，②如此，怎能求得自己的词格？不仅如此，况氏《蓼园词选序》又进一步提出：

> 词之为道，贵乎有性情，有襟抱；涉世少，读书多。平日求词词外，临时取境题外。尺素寸心，八极万仞，恢之弥广，斯按之逾深。返象外于环中，出自然于追琢；率吾性之所近，眇众虑而为言。乃至诣精造微，庶几神明与古人通，奚必迹象与古人合？矧乎于众古人中，而断断蕲合一古人也。③

此段可谓况氏学词门径的总纲，也是其词学的精华所在。诚如有学者指出的，中国古代诗话、词话等都是指导人们学习诗词的具体路径（即教人怎样做的问题），而不只是建构某种理论体系。在况氏看来，学词求合于古人是必要的，但不是迹象与古人合，而是神明与古人通；不是蕲合一古人，而是蕲合于众古人；不是自刻绳、自表襮、认筌执象，而是率吾性之所近，眇众虑而为言……有了不蕲合一古人而蕲合于众古人的前提，于是各种词集选本就必然成为学词者的首选门径。因为一家词集只是"一古人"，词集选本则是"众古人"。但历代选本并不都是群贤菁华，选择词集选本也要审慎。于是况氏出于"序言之需"及自身学词启蒙于《蓼园词选》的事实，重点肯定了《蓼园词选》及其取材蓝本《草堂诗余》。况氏所举是否合乎道理，学者自当能辨，不过他指出词集选本之于学词门径的重要思想，确实道出了中国古代众多选本的本

---

① 况周颐：《蓼园词选序》，《蕙风词话辑注》，屈兴国辑注，江西人民出版社2000年版，第584页。
② 况周颐：《蕙风词话》卷一，载唐圭璋编：《词话丛编》，中华书局1986年版，第4417页。
③ 况周颐：《蓼园词选序》，《蕙风词话辑注》，屈兴国辑注，江西人民出版社2000年版，第584页。

然意义①。

　　进而言之,况氏虽有词是抒情艺术的观念,但他提出的如"涉世少,读书多"(所谓"平日求词词外"也多指"读书")的门径,显然削弱了填词求创新的实践意义。尽管多读书对填词"吾言易出"能起到关键作用,但填词毕竟是襟抱性情的抒发和外化。那些富有生命力度的情思实感,必须根源现实生活的感悟。从这个层面说,况氏这个主张与王国维"主观之诗人不必多阅世"极为相似,但后者毕竟认识到"客观之诗人不可不多阅世"。而从学词门径的指导价值上看,况、王二人所论又不如周济"词史"观念有意义。虽说周济宋四家门径具有况周颐说的那种褊狭、局促性,但从某种意义上说,那只是门径的外在迹象而已,从周济选择的四家以及对这四家的评论中,不难发现他极为关注其中的"感慨所寄""见事多,识理透"等合乎词史思维的一面。由此再来理解周济论及自己研习词学的用心,如"由中之诚,岂不或亮?其或不亮,然余诚矣"及"余所望于世之为词人者,盖如此"等,也许意思更为丰富。这种在遵循言情本质的基础上凸现词史的意义,无疑是后人填词最有鲜活性的生命之源,填词求新也真正有了时代、社会及个人真情上的本原依据。相反,忽视多阅世的"见事多,识理透"学词门径,也必然在多读书的框框中趋向复古。如果说有创新,可能也更多的是对前人填词技巧上的折中求新而已。即便如主张贵乎有性情、有襟抱,不能泯灭自己独创性的况周颐,在指责"晚近轻佻纤巧、饾饤叫嚣诸失"皆为门径之误后,说自己的任务是"舍步趋古人,末由辨识门径,撷群贤之菁华,诏来学以津逮"。但是如果不以"见事多,识理透"为前提,他所谓的汲取群贤之菁华,最终也只是一种技艺上的趋古和创新。

　　[原以《浑化理念的门径追寻——周济的宋四家门径论》为题刊于《文学前沿》第10期,辑入本集有改动]

---

　　① 当然,这里应当区分研究与创作的异同。对研究者来说,"读名家专集与读总集选集,两者各有所用,也各有短长。研究各家的艺术特色与复杂变化,须读词人专集;研究一个时期的总体风貌与发展脉络,须读总集选集。"(《吴熊和词学论集》,杭州大学出版社1999年版,第14页)

蒋敦复"有厚入无间"辨

蒋敦复(1808—1867),早负隽才,有"奇童"之誉,继有"咸同间江东之秀"①之名。其"才既奇特,性尤兀傲,以狂名著,落魄江淮间"②,"僻嗜阿芙蓉膏,有所得辄以供养烟云,坐是奇穷,清衫蓝缕,几至纳屦踵决"③。平生务为有用之学,留心世务,不屑以诗词名,而竟以诗词名。汤贻汾云其"诗古文外,尤精于词"④;王韬亦云"剑人著述,余最爱其词,诗次之,文尤其次也","《词话》固剑人生平得意之作"⑤。蒋氏位列清词"后七家"⑥之一,其"以有厚入无间"的词学主张在近代词坛具有一定的代表性。可谭献曾以"此如禅宗多一话头,亦不必可信"⑦贬之;今人缪钺亦"存而不论"⑧。兹就相关论点,作一些辨析。

一、有厚入无间与唐五代两宋词

蒋敦复填词颇具戏剧性,少年时"喜豪放","吴中七子"之一朱绶读过数阕云,"此君才气,非我辈所能企及,独倚声一门外汉耳"。朱绶此言原出自其"宗梦窗"的门户之见,但年轻蒋敦复听后还是十分气馁,以致"缘此绝不填词者十余年"。直到道光二十二年(1842),他避

① 徐世昌:《晚晴簃诗汇》卷一百五十九,民国退耕堂刻本。
② 徐世昌:《晚晴簃诗汇》卷一百五十九,民国退耕堂刻本。
③ 王韬:《又记蒋剑人事》,《瓮牖余谈》卷一,清光绪元年申报馆本。
④ 汤贻汾:《芬陀利室词·跋》,蒋敦复《芬陀利室词集》,清光绪十一年王韬淞隐庐刻本。
⑤ 王韬:《芬陀利室词话·序》,载唐圭璋编:《词话丛编》,中华书局1986年版,第3627页。
⑥ 谭献《复堂日记》:"后七家,则皋文、保绪、定庵、莲生、海秋、鹿潭、剑人。"范旭仑、牟晓朋整理,河北教育出版社2001年版,第54页。
⑦ 谭献:《复堂日记》,范旭仑、牟晓朋整理,河北教育出版社2001年版,第331页。
⑧ 缪钺:《常州派词论家"以无厚入有间"说诠解》,载缪钺、叶嘉莹:《词学古今谈》,岳麓书社1993年版,第137页。

人之南汇,客南汇二尹王润所,王润示以张炎《山中白云词》,才重新唤起填词的兴趣。甚至于一夕而成《山中和白云》30余首,"四声悉依原作",得到精深音律的戈载"此是词家射雕手"之誉。①次年,蒋敦复论词便主"意内言外"及"有厚入无间"之说②。之后,只要有机会,他便与人申说他的"有厚入无间"词说,以至后来著《芬陀利室词话》"大旨不越乎此"③。

其中咸丰二年(1852),蒋敦复离沪赴白门(今南京)五应乡试,期间与友人汤贻汾(字雨生)论词。汤氏举张惠言外甥董士锡"词以无厚入有间",蒋氏争之曰"词以有厚入无间"。汤氏始疑而终敛手叹服曰,董氏的"词以无厚入有间,此南宋及金元人妙处",而蒋氏以有厚入无间论词"乃唐五代北宋人不传之秘"。④这次论争牵涉到"有厚入无间"词说的学词对象问题,对此,蒋氏有"力追南唐北宋诸家,所谓'有厚入无间'者,庶几近之"(卷三)之言,王韬《芬陀利室词话序》也说"剑人作词,欲上追南唐北宋,而举'有厚入无间'一语,以为独得不传之秘"。蒋、王、汤三人所说,在口吻语气上,有"力追""欲上追"及直言"不传之秘"的区别;在所涉对象上,有"南唐北宋"和"唐五代北宋"的不同。语气不同关乎"有厚入无间"与南宋词的关系,对象不同关乎"有厚入无间"与唐五代词的关系。不过,王、汤二人与蒋敦复皆是友朋关系,他们说的都可能源自蒋氏的绍介。而蒋氏本人在这些问题上似乎并没有较真,如其虽说"力追南唐北宋诸家",但也多次从"有厚入无间"角度肯定过唐五代词风,像"有花间风格"的周之琦词(卷一)、"得唐贤三昧,气味亦厚"的朱绶咏物词(卷二),甚至批评开浙派之端的朱尊彝、振浙派之绪的厉鹗、畅浙派之风的郭麐,"皆奉石帚、玉田为圭臬,不肯进入北宋人一步,况唐人乎?"(卷一)……因此,可以初步认为,蒋敦复提出"有厚入无间"的意图,乃是由南宋词"上追"唐五代北宋词的"不传之秘"。

这种论词意图,典型体现出蒋敦复由浙转常后的词学旨趣。他在指导"娄东七子"之一宝山人沈穆孙(小梅)学词时,清晰记载了他词学

① 蒋敦复:《芬陀利室词话》卷二。本节以下凡出自该《词话》者,只注明卷数。
② 滕固:《蒋剑人先生年谱》,《图书馆学季刊》第九卷第二期(1935年),华东师范大学图书馆藏。
③ 蒋敦复:《张鸣珂寒松阁词跋》,载施蛰存主编:《词籍序跋萃编》,中国社会科学出版社1994年版,第598页。
④ 参见蒋敦复《寒松阁词跋》和《芬陀利室词话》卷二。

思想转变的过程:往时,小梅欲学词,蒋氏告以从玉田入手,小梅即和蒋氏《红香·红梅》等词,"清隽谐婉,咄咄逼人";继而,蒋氏提出"第勿专学玉田,流于空滑,当以梦窗救其弊",但"小梅唯唯,顾心弗善也";后来论词之旨较前又异,提出"有厚入无间",认为"南宋自稼轩、梦窗外,石帚间能之,碧山时有此境,其他即无能为役矣"。对此,小梅颇不快,但蒋氏自信云:"小梅他日工力益深,优入北宋,方信吾言。"(卷三)蒋氏以"有厚入无间"力追南宋之前词的学词门径,正是常州词派尤其是周济论词的价值导向。在蒋氏看来,"近来浙、吴二派俱宗南宋,独常州诸公能瓣香周、秦以上,窥唐人微旨,先生(周济)其眉目也",即便在常州诸公中,周济也有"启古人不传之秘"(卷一)。

如此推崇周济,可谓渊源有自。嘉庆末年,蒋敦复还是童稚时,便得识周济,并"蒙以奇童见称",不过当时并没有"问津于倚声之学"。中年重新习词后,曾从王韬处借得周济《存审轩词》一卷,熟读参悟,受益匪浅。在他看来,周济填词"缠绵婉约中得深厚之致""真得意内言外之旨""比兴无端,言有尽而意无穷",像《菩萨蛮》(娇憨未识相思苦)等词更是"于南唐北宋神似,而非形似"(卷一)。周济论词坚持两宋词各有盛衰、各有得失的观点,主张学词当"问途碧山,历梦窗、稼轩,以还清真之浑化"①。受此影响,蒋氏"词以有厚入无间"在上追唐五代北宋人不传之秘时,也未否定南宋词的门径价值,他把周济宋四家门径演化为"有厚入无间者,南宋自稼轩、梦窗外,石帚间能之,碧山时有此境",由王沂孙的"时有此境"到"自稼轩、梦窗外",由轻而重的次第态度皆与周济言论极为相似。

尤为突出的是,蒋氏论词由浙转常后,他的词作仍然留有取径姜夔等南宋人词的痕迹。他提出"有厚入无间"词说之后一二年,仍然"从事南宋,以空灵婉约为主",且成《绿箫》《碧田》词集(卷二)。当然,此时"有厚入无间"词说的内涵还处于隐而未显的初始状态,但即便"力追唐五代北宋词"观念逐渐明确后,他的词作也未能完全抹去南宋词空灵婉约的痕迹。其妻支机内史《芬陀利室词序》(1848),就曾征引过蒋氏好友顾文彬"凄厉动魄,芬芳竟体,得力在白云、白石间是已"的评语;姚燮《芬陀利室词·题词》(1852)也说,蒋氏"大词取径于白石、玉

---

① 周济:《宋四家词选目录序论》,载唐圭璋编:《词话丛编》,中华书局1986年版,第1643页。

田,参变于稼轩、放翁,一洗纤靡浮艳之习"。虽说此类评语并未说明所评蒋氏词作的具体时期,但这些序跋、题词的写作时间无不是在蒋氏倡导"有厚入无间"词说的数年之后。对于这个现象,或许可以用理论与实践的矛盾性来解释,但更为稳妥的解释则是在唐五代北宋词与南宋词之间,蒋氏"有厚入无间"词说力追前者,并不意味排斥或丢弃后者。如他认为姜夔词也是"间能""有厚入无间"者,即是一个明显的证据。

其实,观念的演变本不是一个突变的过程,晚清那些由浙转常的词家确实针对浙派末流弊端发论,但不是彻底消除浙派论词痕迹。其中,早期接受常州派词论的词家,多具有蒋氏的这种论词特点。他们开始多从浙派入手填词评词,转变观念后,在似乎明显地褒"常"贬"浙"的态度中,实则不自觉地隐藏着浙派的某些词学思想。中后期常州词派的词学家,伴随着他们词学思想的日渐成熟,反思常州词派的程度增加,亦多能主动地接纳浙派的一些词学思想。如,刘熙载既要"包诸所有"也要"空诸所有"的"厚而清",即是他本着迁善改过的治学思想,对常、浙二派论词主导精神的一次整合。同时,唐五代两宋词本身有一种内在的血缘关系,并非严辨门户者说得那样简单。明清词坛,以时代盛衰为内容的正变观念较为突出,如浙派尊南宋且冥搜"姜、张",常州派起而推北宋词,但批评浙派与指责南宋词,批评北宋词与指责常州派之间虽有联系,但绝非机械的等同关系。因此,晚清词家论词时常特标一义,以一种词学主张为词学思想的本体规定,在有所偏重的情况下,亦能融通地审视各时代的词学,尽可能地体现出合乎词学史实际的客观精神。

二、有厚入无间与无厚入有间

前文已说,汤贻汾叹服蒋敦复"词以有厚入无间"之余,亦未否定董士锡的"词以无厚入有间"之论。周济论词也有"以无厚入有间"一说,不过同时代词家多以此为董士锡的主张。汤贻汾就说过董氏"每云'无厚入有间'",蒋敦复也说过"董晋卿谓词'无厚入有间',吾词以'有厚入无间'"(王金洛《芬陀利室词·跋语》)之类的话。何况,周济《词辨自序》云董氏"虽师二张,所作实出其上,予遂受法晋卿",董氏是周济学习常州词派词学的启蒙师之一,由此可以推测周济以"无厚入有间"说词,或许是受到董氏影响的结果。当然,周济与董氏之间有非同一般的关系,他们极可能共同讨论过以"无厚入有间"说词的话题。我们未能觅得董士锡对此问题的更多解释,仅从汤贻汾转述的"南宋及金元人妙处"一句来看,与周济的见解十分相似,因为周济也有南宋词多擅长"以无厚入有间"的意思。《宋四家词选目录序论》有言:

> 夫词非寄托不入,专寄托不出。一物一事,引而伸之,触类多通。驱心若游丝之罥飞英,含毫如郢斤之斫蝇翼,以无厚入有间。既习已,意感偶生,假类毕达,阅载千百,謦欬弗违,斯入矣……①

"以无厚入有间"语,原出《庄子·养生主》。庖丁解牛认识到牛的骨节是有间隙的,而刀刃锋锐,薄而不厚,故以薄而锋锐的刀刃沿着牛的骨节空隙处落入,自然"恢恢乎其于游刃必有余地矣"。庄子借此说明如何保身、全生、养亲、尽年等人生哲学问题,周济则重在说明以寄托填词的规律和特点。"一物一事,引而伸之,触类多通",意在强调寄托思维的日常训练,既要熟知事物之理,亦要熟悉把握意象与情理之间的象征关系。如此,艺术构思时,以寄托填词方能驱心自由,想象无痕,自然运作,践诺如庄子所说的"无待"而非"有待"的境界。二者目的不同,但都侧重在方法、途径及技巧等层面使用,反映出的皆是随物赋形、依乎天理、合乎规律的思想。周济运用"以无厚入有间"术语意在突出填词"有寄托入"的价值,而在他看来以有寄托入为妙的正是南宋词。这与汤贻汾转述的董士锡"词以无厚入有间,此南宋及金元人妙处"基本一致。事实也如此,南宋及金元人相对于前代词人,因家国之变等因素,他们更多的是有意识以寄托填词,注重炼意、炼句、炼字,模仿汲取前代词作呈现的某些规律性,依赖随物赋形、依乎天理思想处理规律与规范之间的紧张关系,从中体会"自然从追琢中出"的乐趣。

尽管周、董二人使用"以无厚入有间"时,都在突出有意识寄托填

---

① 周济:《宋四家词选目录序论》,载唐圭璋编:《词话丛编》,中华书局1986年版,第1643页。

词的合规律性,都以南宋词为代表,但他们对"以无厚入有间"词说的态度是不同的。董氏以此为自己的词学主张,"有寄托"似乎即是他的词学旨归,晚清著名学者沈曾植认为他的《齐物论斋词》"为皋文正嫡"①,是很有见地的。因为张惠言以比兴说词,其实只停留在"比"即有寄托的层面。与董、张不同,周济亦重视有寄托、南宋诸家词,但他是从门径易学的角度考虑的,他真正的旨趣则在于无寄托、无门径。蒋敦复提出"有厚入无间",沿袭的正是周济寄托说理论的精髓。"有厚",突出周济寄托说对词人情思、词作意格的尊重;"无间",强调周济认可的北宋词那无门径的浑涵性;而"有厚入无间"则直接追逐周济那无寄托浑化的论词旨趣,兑现蒋敦复力追唐五代北宋词的意图。

不过,与周济论词侧重词学艺术本位不同,蒋敦复提出"有厚入无间"在承继周济寄托说的同时,则力透出他的"性倨傲,好臧否人事"的个性。严迪昌曾云:"蒋敦复是晚清时期颇多独特行性的文人,属于既有叛逆于封建秩序别谋出路,又有较深的封建才士习气,未能摆脱尽羁绊的过渡期知识分子类型。他的一生行为表现新旧文人交替转变中的特点。"②蒋氏自言"余每以狂直为时辈所嫉"(卷一)且"忧患余生"(卷二),支机内史《芬陀利室词序》说他"才气高迈,务为有用之学",王韬《啸古堂诗序》说他"负经济大志,好谈兵事"。可以说,"有厚入无间"词说,正是这种"倨傲"个性挑战当时社会的一种心态反映。"有厚"凸现了他的个性,"无间"暗喻那多难的却无用武之地、难以容人的社会环境,而能以"有厚入无间"则表明一种迎难而上的人生态度。当然,若从蒋敦复个人的实际命运看,"有厚入无间"反映的是他早期的一种"朝气",但"奇穷复罹奇祸"不得已"削发逃方外",屡应乡试而不第以及"贫困益甚"的经历,使他后来"豪气已减""低首下心,佣书西舍"③,靠为西人教习翻译讨生活,社会、道德的规范终究是他无法逾越的障碍。由此反观他的"有厚入无间",则有一种可敬却又可叹的悲剧性。

以这个凸显个性力量的"有厚入无间"论词,其内涵自然就有了与众不同的独特性。比较而言,"无厚入有间"指向合乎规律性的无为而

---

① 沈曾植:《菌阁琐谈》,载唐圭璋编:《词话丛编》,中华书局1986年版,第3607—3608页。
② 严迪昌:《清词史》,江苏古籍出版社1990年版,第473页。
③ 王韬:《啸古堂诗序》,蒋敦复:《啸古堂诗集》,同治七年至光绪十一年刊。

无不为,要求人呈现自然本性必须"合乎天理",艺术创作以合乎规范、顺应规律为旨归,所达妙处是追琢后的自然和谐婉,走向极端便是一种谨严。"有厚入无间"则指向不顾规范秩序的不可为而为之,允许人的个性可"漠视"天理而孤注一掷地袒露,艺术创作以不顾规范的兴到之作为旨归,所实现的极境乃是一种纯任个性后的浑涵,走向极端即是一种质木。蒋敦复以"有厚入无间"评介词人词作,亦多有他"倨傲"个性的底色。如,周济要"以还清真之浑化",看中的是周邦彦填词万法皆备中能实现的无寄托浑化之美。后来,谭献评周邦彦《浪淘沙慢》(晓阴重)词即是从这个角度说的。该词有云"翠尊未竭。凭断云、留取西楼残月",谭献评曰"'翠尊'三句,所谓以无厚入有间也。'断'字'残'字,皆不轻下"①,能在追逐中求得自然,才是所谓以无厚入有间也。不过,蒋敦复从清真词中品味出的则是一种全力以赴的浑涵之力。他形象地说道:"余语以清真词搏捔,如狮子搏兔用全力,非南宋诸家徒以谐婉见长。"(卷一)"搏捔""狮子搏兔""用全力"等,正是蒋敦复以其"有厚入无间"词说解读的结果,渗透着他"倨傲"个性,以及"务为有用之学""有为于世"的人生理想。他以"有厚入无间"力追唐五代北宋词,与这时期词家兴到之作富有个性的原创性开启力度不无关系,而在以"谐婉"见长,"技巧高妙"的南宋词中,他认为"有厚入无间"者,自稼轩、梦窗外,白石间能之,碧山时有此境,也是因为他看中了辛弃疾词充满个性的豪气、梦窗词带有个性的救弊空滑能力、姜夔词的"以健笔写柔情"②以及王沂孙词的"寓其家国无穷之感"(卷三)等。

三、有厚入无间与意内言外

蒋敦复提出"有厚入无间"词说的同时,也主张"意内言外"。有学者便以后者解释前者,可这却是蒋氏所不能答应的。因为他每云二者,多用"及"或"与"字并列论之,如说王润"喜填词,余举'意内言外'及'有厚入无间'之说告之"(卷一),说"词之合于'意内言外',与鄙人'有厚入无间'之旨相符者"(卷二)等。当然,二者皆重视词作意格、比

① 谭献:《复堂词话》,载唐圭璋编:《词话丛编》,中华书局1986年版,第3991页。
② 夏承焘:《论姜白石的词风(代序)》,载夏承焘校、吴无闻注释:《姜白石词校注》,广东人民出版社1983年版,第9页。

兴寄托、以唐五代北宋词为范,反映出蒋敦复承继常州派词学思想的一面。对此,王金洛跋《芬陀利室词》时便说"剑人论词以意为主",蒋氏在《芬陀利室词话》里亦频繁论及词作意格,以至他在《潘钟瑞香禅词序》里曾说他著《词话》目的,即在"举一'厚'字及炼意之法,欲救今日之弊"。但在蒋氏自己看来,与"意内言外"词趣相比,他的"有厚入无间"是有发展和变化的;从"意内言外"解读"有厚入无间",只能求其大概,不能洞悉其苦衷。如,同样重视唐五代北宋词,"意内言外"只能上窥之,而"词以有厚入无间"则能力追之,目标更明确了。又如,同样强调词人经世致用情怀及词作意格,"意内言外"传递的更多是一种普遍性理念,而"词以有厚入无间"则进一步以自己个性为依托,折射出时势的迫切需求,个性色彩及时代感更强烈了。

词家论词多能落实在填词笔法上,王韬《芬陀利室词话序》即云,蒋氏针对词体"易流于纤丽空滑",以及欲反其弊,而又滑入质木、谨严等弊病,所提出的"有厚入无间"词学主张,笔法上的"炼意炼辞"则是"断不可少"的。王韬的说法正是演绎蒋氏意见的结果,《芬陀利室词话》卷三云:

> 小梅《蝶恋花》云"约住海棠魂未醒。嫩寒作就春人病",《浣溪沙》云"荻絮因风疑作雪,柳丝弄暝不成烟。夕阳红上鹭鸶肩",元人集中名句也。如此尖新,岂不可喜?然石帚、梦窗尚须加一层渲染,淮海、清真则更添几层意思。加渲染,添意思,正欲其厚也。若入李氏、晏氏父子手中,则不期厚而自厚,此种当于神味别之。

可见,"有厚入无间"词说的关键即是笔法上的"加渲染,添意思"。"添意思"即是"炼意",所谓添几层意思也,要求词人有"深沉之思";"加渲染"即是"炼辞",所谓多几分渲染也,目的也在于"炼意";"炼意炼辞"的目的即是词作的厚、沉著、意思多,超越空滑单一、纤弱无力。当然,蒋氏所说的"厚"非"期厚",而是"不期厚而自厚",这可谓"有厚入无间"论词的终极目标。反映在他的词史观上,即越往上推,词作的浑涵之美便越见力度。于是,他一方面由元代词的尖新,姜夔、梦窗词的"须加一层渲染",淮海、清真词的"更添几层意思"到李氏、晏氏父子词的"不期厚而自厚",在逆向推断中表明他力追南唐北宋词的意图;另一方面是他说的,"必进而上之,试取有厚入无间之说,由北宋以上溯唐贤三昧,即风骚汉魏,其微旨亦不难窥测也"①,这就是说,"有厚入无间"不仅是唐五代北宋的不传之秘,也是风骚汉魏艺术精神之所在。

"不期厚而自厚"是蒋敦复"有厚入无间"词说的一种内在规定,明显带有周济"无寄托出"的思想痕迹。清楚了这个问题,他并举"有厚入无间"与"意内言外"的问题,便易于理解了。原因就在于,张惠言所强调的"意内言外"词学思想,"横亘一寄托于搦管之先"②,有明显的"期厚"之嫌,而"有厚入无间"倾向于一种"不期厚而自厚"的神味。不过说到底,"不期厚而厚"也只能是蒋敦复"有厚入无间"词说的一个终极理想,他那"倨傲"个性彰显出的锋芒使得他在论词时,更多地谈论"比兴寄托"的刻意性一面。如他谈到"咏物词"时,即说"未有无所寄托而可成名作者"(卷三),还有他以炼意、炼辞及炼字句落实"有厚入无间"之境,无不有刻意寄托的心态。因此,这个"不期厚而自厚"虽具有了周济的无寄托词论的意味,但抹不去的仍是凸现词人个性的"厚"字;在寻觅"灵气往来"的空灵神味之后,强调的还是"精力弥满"之实;在追逐"空诸所有"的境界中,依然更多地停留在"包诸所有"的层面。一言以概之,蒋敦复"有厚入无间"所能实现的"不期厚而厚",乃是一种彰显词家个性的浑涵意味,其目的是救浙派的流弊,推尊词体的品第。蒋氏《香隐庵词跋》直言:"迩年词学大盛,俱墨守秀水朱氏之说,专宗姜、张,域于南渡诸家,罕及《花庵词选》者,况《花间》乎?敦复尝欲救之,作《词话》以'有厚入无间'及炼意、炼字句之法告人,尊词品故也。"③正如前面分析的,蒋氏欲拯救浙派末流之弊,由南宋词而力追唐五代北宋词的"不传之秘",并不说明他真正否定了南宋词的价值。可见,词家虽然常从学词门径划分出推尊范围和对象,但南宋词与浙派之弊之间并非等价、对等的关系。

或许蒋氏关于"必传之词"与"必不传之词"的议论,更能贴合"有厚入无间"词说包孕的个性张力。他在《尺云楼词钞序》(1858)里说:

---

① 蒋敦复:《寒松阁词跋》,载施蛰存主编:《词籍序跋萃编》,中国社会科学出版社1994年版,第597、598页。

② 况周颐:《蕙风词话》卷五,《蕙风词话辑注》,屈兴国辑注,江西人民出版社2000年版,第246页。

③ 蒋敦复:《香隐庵词跋》,载潘遵璈:《香隐庵词》,清咸丰八年刻本。

　　有必传之词,有不必传之词。窈窕千古,磅礴寸灵,感物喻志,出风入骚,必传之词也。搜香猎艳,浮浪烟墨,缔声绘调,千古一喙,必不传之词也。①

看来,"可传之词"须有与众不同的独特性。蒋氏认为,"娄东七子"之一宝山人陈如升(字同叔)词可以做到"必传之词",因为他的词"务为深沉之思,屏去靡曼之习,要其为人则"纫兰纕蕙,左珩右璜,宅里不腐,发情独挚,有立于词之先者,亦异乎人之词矣"等。又如《芬陀利室词话》卷一说许穆堂《自怡轩词》"可传",因为他"独能得小山父子风格,则其高尚,雅在北宋",且"不染时贤习气"。至于陈如升、许穆堂词是否合乎这些美辞妙语暂且不论,仅就蒋敦复阐发的道理而言,确能有助于我们理解他的"有厚入无间"论词思想。蒋氏在论说陈如升词有可传价值时,曾说:"往者余举词以'有厚入无间'之说告之,同叔不河汉吾言也。"其言下之意就是说,若能像陈如升那样领会他的"有厚入无间",所作之词便有"可传"甚至是"必传"的可能。当然,"必传之词"的艺术理念主要还是凝固在"感物喻志,出入风骚"的传统精神这个支柱上,肯定和张扬的还是传统诗教的言志精神。但是,由"必传之词"与"必不传之词"的两厢比较,在凸现了蒋敦复"倨傲"个性的同时,也显示了他论词的雄心,鼓荡着与众不同的创新力度。

　　至此,"有厚入无间"并非故弄玄虚的多余之论,自有其存在的价值。蒋氏在演绎周济词学思想的同时,亦顺乎个性而有所反思,代表着常州词派在晚清的发展走向。

　　[原以《鼓荡个性的浑涵:蒋敦复"有厚入无间"辨》为题刊于《嘉兴学院学报》2005年第2期,辑入本集有改动]

---

① 蒋敦复:《尺云楼词钞序》,载陈如升:《尺云楼词钞》,清光绪二十三年刻本。

刘熙载"厚而清"艺术理念的评介

时人常用以艺论艺的单一思路解说晚清学者刘熙载(1813—1880)的《艺概》。其实,刘氏一生治经论学用力甚勤,治经无汉宋门户之见,论学"宗程朱""兼取陆王,以慎独主敬为宗"①。宋明理学可谓是他艺术思想的深厚底蕴,著名的"厚而清"词学观点即是其中的一个典型。倘若我们仅仅以词论词,则只能捕获到这一思想"得宋人词心处"真际尤多的一面,而无法真正领会他论词"涉览既多,会心特远"②的一面。本论题便以"厚而清"为题,由词学理论寻觅其以理学为依托的治学路径。

一、论词旨趣的整合求变

同治三年至五年(1864—1866)刘熙载奉命督学广东期间,曾"作《惩忿》《窒欲》《迁善》《改过》四箴训士,谓士学圣贤当先从事于此"③。他晚年自撰《寤崖子传》亦云:"其为学与教人,以迁善改过为归,而不斤斤为先儒争辨门户。"④惩忿窒欲,迁善改过,不争门户,既是刘熙载为学教人的一贯信条,意在培植"为己之学"的传统士人;也是他治学的原则和方法,更是"同光新政"时期学术思想趋向的一个体现。那趋向便是,"以为汉学宋学都包含'以儒术治天下'的所谓微言大义,通过读书而领略儒学经传的真道理,才能从根本上有益于去弊图治"⑤。刘熙载的"厚而清"词说便体现了他整合求变的治学思想。

① 赵尔巽等:《清史稿》卷四百八十《刘熙载传》(第四十三册),中华书局1977年版,第13158页。
② 沈曾植:《菌阁琐谈》,载唐圭璋编:《词话丛编》,中华书局1986年版,第3608页。
③ 赵尔巽等:《清史稿》卷四百八十《刘熙载传》(第四十三册),中华书局1977年版,第13158页。
④ 刘熙载:《昨非集》卷二,《刘熙载文集》,薛正兴点校,江苏古籍出版社2001年版,第665页。因本文征引刘熙载语较多,下文仅注明出处及页码。版本均依薛正兴点校《刘熙载文集》。
⑤ 朱维铮:《求索真文明:晚清学术史论》,上海古籍出版社1997年版,第178页。

《词曲概》云：

> 黄鲁直跋东坡《卜算子》（缺月挂疏桐）一阕云："语意高妙，似
> 非吃烟火食人语，非胸中有万卷书，笔下无一点尘俗气，孰能至
> 此！"余案：词之大要，不外厚而清。厚，包诸所有；清，空诸所有
> 也。①

刘熙载本着"迁善改过"，既汲取了浙西词派的格"清"、常州词派的意"厚"等词学主张，也改正了浙派的意"薄"、常派的格"俗"等方面的过失，从整合浙、常词派论词旨趣的角度，提出了"厚而清"的词说。他一方面明确主张以"常"济"浙"。在延续浙派"清空妥溜"词学思想合理性的同时，也反思了其中部分词家忽视情思的沉厚体验，过分追求技巧圆熟的填词弊端，认为"惟须妥溜中有奇创，清空中有沉厚"，才可见填词本领②。另一方面又希望以"浙"补"常"。常州词派由强化比兴寄托增加词作的情思厚度，这原不为过，但也出现了只从"比"或"有寄托"层面狭隘运用比兴寄托的问题，在实现"意能尊体"的过程中，手法未免单一机械，情思未免俗滥，难以自然超拔、清澈浑涵。对此，《词曲概》说"词深于兴，则觉事异而情同，事浅而情深"③。独标"兴"体，已经表明刘熙载的反思态度，而他对"兴"的解释，正是抓住了情思与意象（事）之间的无意识的、不离不即的象征关系。因此，阅读那些兴会词作，须特别留心。词作中那些看似没有联系的意象，往往是逐境必窬，由情思贯穿的整体；看似铺叙平淡，摹绘浅近，是赋情独深，万感横集之境。刘氏举例说，像冯延巳《谒金门》的"风乍起，吹皱一池春水"句"原是戏言"，却是"没要紧语正是极要紧语，乱道语正是极不乱道语"④。这个"春水皱皱"也正好喻解了"兴"体的顺物感应、无所指而有所指的自然浑涵之味。人们习惯由"厚"至"清"分析"厚而清"，其实刘熙载说的"厚"与"清"是互为条件的，由"清"至"厚"也是他十分关注的。《词曲概》说"词之为物，色香味宜无所不具"，但须首先洗去借色、

---

① 刘熙载：《词曲概》，《刘熙载文集》，第148页。
② 刘熙载：《词曲概》，《刘熙载文集》，第148页。
③ 刘熙载：《词曲概》，《刘熙载文集》，第146页。
④ 刘熙载：《词曲概》，《刘熙载文集》，第146页。

借香、借味，不为俗情所艳，方可实现真色、真香、真味①。如周邦彦、史达祖词就是因为未能做到无欲而清，致使"周旨荡而史意贪"②，难以晋升"君子之词"之列。

刘熙载在对苏轼词的接受中，依然本着"迁善改过"精神，深化了"厚而清"的内涵。面对唐代诗坛的一圣一仙，刘氏主张"少陵思精，太白韵高。然真赏之士，尤当有以观其合焉"③。其中，苏轼词即是求合的一个典型，否则"是谓马不飘逸，庄不沉著也"："东坡词颇似老杜诗，以其无意不可入，无事不可言也。若其豪放之致，则时与太白为近。"④这样，刘熙载便整合了杜诗包诸所有的"思精"和李白诗空诸所有的"豪放""韵高"，由此构筑了他接受苏轼词的一个总体观念。不过，作为一种整体的词作艺术观，思精与韵高、厚与清之间根本上是一种相互镶嵌、互通有无的关系⑤。诚如刘氏《书概》所说，颜真卿书和司马迁文是沉著中见飘逸，怀素书与庄子文则是飘逸中有沉著，不能割裂沉著、飘逸的关系。可是人们常仅从豪放、清雅的外在迹象上捕捉东坡词的魅力，如明人杨慎就是一例。他曾说宋末词人葛长庚（号白玉蟾）"不愧词人"，其《念奴娇·武昌怀古》"此调雄壮，有意效坡仙乎"⑥。对此，刘熙载表示了不同意见，他确实说过学苏轼词可以从"雪霜姿""风流标格"⑦中领取，但是苏轼词的"风流"，乃是冯友兰说的"真正风流底人，有情而无我"⑧的风流。他也说过"东坡词具神仙出世之姿"，但这是一种不离天地实境的洒脱超然。至于葛长庚等方外诸家是不能诣于此境的，因为他们的方外体验看似洒脱豪放，实则缺乏苏轼那样有切实生命体验的情思厚度。而与葛长庚等方外词人不同，像黄庭坚词虽然"用意深至"，但因为未能空诸所有，不能避俗，"惟故以生字俚语侮弄世俗，若为金元曲家滥觞"也。即便"堂庑颇大"，甚至"坦易之怀，磊落之气，差堪骖靳"的晁无咎，也无法追蹑苏词

---

① 刘熙载：《词曲概》，《刘熙载文集》，第147页。
② 刘熙载：《词曲概》，《刘熙载文集》，第140页。
③ 刘熙载：《诗概》，《刘熙载文集》，第102页。
④ 刘熙载：《词曲概》，《刘熙载文集》，第138页。
⑤ 刘熙载：《书概》，《刘熙载文集》，第178页。
⑥ 杨慎：《词品》卷二，载唐圭璋编：《词话丛编》，中华书局1986年版，第453页。
⑦ 刘熙载：《词曲概》，《刘熙载文集》，第138—139页。
⑧ 冯友兰：《论风流》，《三松堂学术文集》，北京大学出版社1984年版，第615页。

空诸所有的"悬崖撒手处"。①由此,无论是厚与清的各自力度,还是相互间的交织融洽程度,苏轼词都是刘熙载心目中"厚而清"词学理念的最突出代表。

"迁善改过"的治学思想以求合为前提,其目的却在于求创变求发展。此意原是"厚而清"理论的固有之意。但学界多未注意,这里作些说明。总体而言,刘熙载希望学文艺者"典雅、精神,兼之斯善",既不可"有古而无我",也不可"有我而无古"。②若不能兼之,一味追求典雅的循古,虽"尚正"但"庸者托焉";一味讲究精神的自得,虽"尚真"但"僻者托焉";最终则是"庸者害真,亦害正","僻者害正,亦害真"③。黄庭坚曾说苏轼"胸中有万卷书,笔下无一点尘俗气",刘熙载进一步引申的"厚而清",其实也存在用古与变古、典雅与精神、循古与自得之间的辩证关系。于是,刘熙载一方面从"厚"中自含"清"的角度,在《文概》中指出韩愈古文"盖惟善用古者能变古",因为他"以无所不包,故能无所不扫也"④。另一方面又明确主张"要知非空诸所有,不能包诸所有",突出了"清"为"厚"的必要条件,实则指出由著我而能变古乃是"厚而清"理论的固有内涵。学文艺者,须知先空诸所有,超越名相窠臼,而后以澄澈的心灵感受生命,扩充的心灵包诸所有,以期求创求进;否则"执名相窠臼求之,则艺必难进;就使能进,亦复易退"⑤。故而,《词曲概》特别指出,"六义之取,各有所当,不得以一时一境尽之"⑥,既因六义本身博大精深,兼具六义的词体须善用古而能变古;又因词体自身的独特性,要不断地发挥一时一境的新意。

不难看出,"厚而清"之说并非词学所独有,而是刘熙载所主张的一个艺术"活理"。但又因为与他整合浙、常词派论词旨趣,以求新变的词学追求有关,所以"厚而清"已成为他对上品词作、词体本位以及词体体性的一种诠说和界定。《词曲概》说"词以不犯本位为高",每个词人都有一己的本位特色,但唯有苏轼词能臻至"厚而清"。当然,苏轼词也不是每一首都能如愿,如《满庭芳》(归去来兮)词中的"老去君

---

① 刘熙载:《词曲概》,《刘熙载文集》,第139页。
② 刘熙载:《词概》,《刘熙载文集》,第119页。
③ 刘熙载:《论文》,《刘熙载文集》,第651页。
④ 刘熙载:《文概》,《刘熙载文集》,第70页。
⑤ 刘熙载:《游艺约言》,《刘熙载文集》,第760页。
⑥ 刘熙载:《词曲概》,《刘熙载文集》,第137页。

恩未报,空回首,弹铗悲歌"句,即不若《水调歌头》(明月几时有)中"我欲乘风归去,又恐琼楼玉宇,高处不胜寒"句,更合乎本位。前者"语诚慷慨",却锋颖太露,"厚"而未"清",超越之意不足;后者则以超然笔法内敛慷慨执著之思,故"尤觉空灵蕴藉"①。如此厚而清的境界,当如高山深林,望之无极,探之无尽,典型地传达了《词曲概》说的"词也者,言有尽而音意无穷也""词之妙,莫妙于不言言之"②等词体体性思想。同时,厚与清之间互根互济的有机镶嵌,在词作中势必表现为"淡语要有味,壮语要有韵,秀语要有骨"③的特色,如此又践诺了"词要恰好,粗不得,纤不得,硬不得,软不得""词有阴阳,阴者采而匿,阳者疏而亮"④、刚柔相济的词学美学思想。至此可见,"厚而清"所具有的统摄刘熙载词学思想的力度。

二、陶潜情结的转移印证

刘熙载一生洁己修身,清廉自守,《寤崖子传》自称"于古人志趣,尤契渊明",《寓东原记》曾说"与余性适宜"的是隐居田园的环境。此"性"在《赠成子清回里》诗里即是"处境意常适,道在齐亏盈"的人生智慧,在《饮酒答人问仙》诗中又是"君自求仙我饮酒"的生活志趣。而《解愠》篇则直接以陶渊明的"性刚才拙、俛俛辞世"的个性,作为劝解疏导人心的标准;《诗概》更云陶诗对前人的才与学、奇与法,能"兼而有之,大而化之",整合中求新变,"故其品为尤上"⑤。鉴于此,研究刘熙载的陶潜情结,当有助于进一步分析他的"厚而清"艺术思想。

其一,示己称心,心无累境。像很多推崇渊明的人一样,刘熙载也有"有其胸次为难也"⑥的感喟。面对难以企及的渊明胸次,刘氏特别关注其中的"示己志"⑦"持己也"⑧。那么,何谓渊明的"示己志"?《文

---

① 刘熙载:《词曲概》,《刘熙载文集》,第148页。
② 刘熙载:《词曲概》,《刘熙载文集》,第137、148页。
③ 刘熙载:《词曲概》,《刘熙载文集》,第148页。
④ 刘熙载:《词曲概》,《刘熙载文集》,第148、149页。
⑤ 刘熙载:《诗概》,《刘熙载文集》,第98页。
⑥ 刘熙载:《文概》,《刘熙载文集》,第68页。
⑦ 刘熙载:《游艺约言》,《刘熙载文集》,第752页。
⑧ 刘熙载:《赋概》,《刘熙载文集》,第135页。

概》说,这不是"使必以异人为尚"的问题,而"只是称心而言耳!"① 面对人生苦境,常人会滋生出耐寂耐烦之感,而渊明却能心无累境,求其称心,以苦境为常境。渊明《感士不遇赋》云,"宁固穷以济意,不委曲而累己",《赋概》说这就是渊明《始作镇军参军经曲阿》诗中"屡空常晏如"的自道语之意②。常年困乏却能安然相处,渊明原本如此,刘熙载更是赋予他一种"在我者重,则外物轻"的君子胸次。"君子处顺逆二境,皆能凝然不动",因为君子以"求其在我"为本,而后才有"轻外物"之举③。渊明这种示己称心、心无累境的风流,无疑充实了"厚而清"本身固有的"非空诸所有,不能包诸所有"的理念。正是从这个意义上,刘熙载才说渊明写诗作文"求自慊,非以慊人",超越名相窠臼,避免"持世"之俗,"兼而有之,大而化之",臻至循古而自得、既正且真的上等品第。同时,这种风流,正是冯友兰所说的"真正风流",此风流者"有情而无我,他的情与万物的情有一种共鸣"④。如此,在出乎其外、物我互感的审美心灵中,创生出了鲜活生动、安雅清赡的艺术形象。对此,《诗概》说,渊明《读〈山海经〉》第一首中的"吾亦爱吾庐"句,是"我亦具物之情也";《癸卯岁始春怀古田舍二首》之二中的"良苗亦怀新"句,《归去来辞》中"善万物之待时,感吾生之行休",是"物亦具我之情也"⑤;刘熙载如此细致罗列渊明诗句,正是他认同渊明风流胸次的反映。

其二,玩心高明,脚踏实地。陶潜《桃花源记并诗》云"愿言蹑清风,高举寻吾契",《五月旦作和戴主簿》诗又云"即事如已高,何必升华嵩"。外游与内观皆为渊明所重,但蹑清风、升华嵩的外游欣然,怎比得上寻吾契、如己高的内观超然?渊明的风流,本质在于"心远地自偏",不离天地实境,存乎方寸之间。所以刘熙载《诗概》直截了当地说:"可见其玩心高明,未尝不脚踏实地,不是偶然无所归宿也。"⑥ 脚踏实地的内观才是渊明风流偶然的归宿和根基。这既是在现实土壤中求生活,又不必滞留其中。故《诗概》又说"陶诗有'贤哉回也'、'吾

---

① 刘熙载:《文概》,《刘熙载文集》,第83页。
② 刘熙载:《赋概》,《刘熙载文集》,第129页。
③ 刘熙载:《持志塾言》,《刘熙载文集》,第40页。
④ 冯友兰:《论风流》,《三松堂学术文集》,北京大学出版社,1984年版,第615页。
⑤ 刘熙载:《诗概》,《刘熙载文集》,第97页。
⑥ 刘熙载:《诗概》,《刘熙载文集》,第97页。

与点也'之意"①。圣门之言志,正在于不滞于治国、理民、崇礼乐的实事,而能倡言空渺闲适的精神解脱。渊明的胸次正可比"孔颜乐处",像圣贤一样"只是亨于心,境不足道"②。伦理节义与根于实境的玄心洞见,已活泼泼地一并内通于渊明心腑。如此,何必执著外游而求其"境"? 一句话,其心即其境也。可见,刘熙载品味出的"脚踏实地的风流",其实正是他"厚而清"理念的一个印证。对此,他又特别留意以下两点:

一是渊明"恻怛为民"的气节。刘熙载在《诗概》里说他尤爱唐诗人元结"学陶""以不必似为真似也"。"不必似",是因为元结写诗是称心而作,"不欺其志",求得自己满意而已;"真似",是因为渊明写作也是"示己志""求自慊,非以慊人",而且他们的"志"都在于一直有"疾官邪,轻爵禄,意皆起于恻怛为民"的气节③。这种说法未免抬高了元结,但从"恻怛为民"的气节上求"示己志",刘熙载当是渊明的知音。不为功名地位所惑的"恻怛为民",才是真正的"恻怛为民";有如此厚度的忧民意识,也才能自然生发出"不为五斗米折腰"、挂冠而去的超然高举。二是渊明"情甚亲切"的理趣。《诗概》说渊明《读山海经》是"言在八荒之表,而情甚亲切,尤诗之深致也"④。这显然是在演绎"玩心高明,未尝不脚踏实地"的渊明胸次,亦隐含着"清"不离"厚"的思路。事实也如此,渊明有情无我的风流胸次,始终呈现出在亲切深情中闪烁着生命的理趣光芒。即便哲理意味甚浓的《形影神》,在以"神"辨"自然"来疏导"形"有感人生短暂的苦痛、"影"有感修名难立的困惑之中,也是诗人植根于现实土壤,凭借玄心而洞见妙赏出的生命智慧。所以,《诗概》认为与那些"平典似道德论"的作品相比,陶诗则是"用理语""有胜境"⑤的代表。因为陶诗中的"理语"是"理在其中",是由鲜活生动的形象自然传达出的生机不滞的人生活理。"情甚亲切"且内蕴理趣,由此可睹"厚而清"的深致之美。

其三,诗人优柔,骚人清深。刘熙载对苏老泉"诗人优柔,骚人清深"语十分感兴趣,并希望当对它们迁善改过。但一则如《赋概》感叹

---

① 刘熙载:《诗概》,《刘熙载文集》,第97页。
② 刘熙载:《古桐书屋札记》,《刘熙载文集》,第744页。
③ 刘熙载:《诗概》,《刘熙载文集》,第103页。
④ 刘熙载:《诗概》,《刘熙载文集》,第97页。
⑤ 刘熙载:《诗概》,《刘熙载文集》,第98页。

的二者"后来难并矣"①，另则因《文概》说的"其实清深中正复有优柔意"②，故他在整合之中又特重"骚人清深"。在他看来，渊明又是"骚人清深"延续线中的最为突出者。因为，渊明像屈原一样，都是少欲多情的狂狷之资和志士仁人。若从两家之文而论其迹，则"渊明少欲，屈子多情"③：屈原多情，难以抑制内心的政治情怀，故其辞多"雷填""风飒"之音，体现为政治家的豪放；渊明少欲，敛性刚为温婉，故其辞多"木荣""泉流"之趣，表现为隐士的豪放。两人"虽有一激一平之别"④，但由辞赋之迹观胸次之本，"其趋则未尝不同"⑤。屈原的多情以少欲为前提，渊明的少欲却自含深情，都不背离少欲多情、独来独往的心性特点，亦"皆狂狷之资也"⑥。进而，刘熙载又从儒家伦理精神解读了"骚人清深"。《赋概》分析屈原《惜誓》时便说："惜者，惜己不遇于时，发乎情也；誓者，誓己不改所守，止乎礼义也。"又说，渊明《屈贾》为屈原、贾谊二人合赞，是"非徒以其遇，殆以其心"⑦，因为他们都是儒家伦理认同的"进德修业，将以及时"⑧的志士仁人。

至此，"骚人清深"以少欲多情的心性为人格基础，既有特立独行的狂狷之行，也有志士仁人的优游中和。反映在"厚而清"的艺术观上，即是要问"意格若何"，追求"气格遒上，意绪绵邈"，不必"但于辞上争辩"；即是要考究"言骚者取幽深"，填词手法上的"一转一深，一深一妙"的"骚人三昧"，以及以"声情悲壮"为古、以苏辛词的豪放为正……

三、存省养性的心学底蕴

刘熙载论学本着"不争门户"的治学精神，兼取程朱理学和陆王心学，既言格物穷理，也说明心见性。他的《持志塾言》和《古桐书屋札记》等著作中的言论，看似老生常谈，实则不乏心得体会；看似杂乱无

① 刘熙载：《赋概》，《刘熙载文集》，第125页。
② 刘熙载：《文概》，《刘熙载文集》，第60页。
③ 刘熙载：《游艺约言》，《刘熙载文集》，第763页。
④ 刘熙载：《赋概》，《刘熙载文集》，第127页。
⑤ 刘熙载：《游艺约言》，《刘熙载文集》，第763页。
⑥ 刘熙载：《赋概》，《刘熙载文集》，第127页。
⑦ 刘熙载：《赋概》，《刘熙载文集》，第125页。
⑧ 陶渊明：《读史述·屈贾》，载逯钦立校注：《陶渊明集》，中华书局1982年版，第183页。

章,实则始终以构建道德本心、躬行仁义为旨归。上文论述的"陶潜情结"实已是渗透了理学观念,而他解读"厚而清"更是以理学家的存省养性思想为理论依托的。这既是道德本心的象征,也是存养工夫的体现,且自蕴着求新变的机制。在他看来,欲"厚而清",当须先避薄、俗二病,"去薄,在培养本根;去俗,在打磨习气"①。《书概》云书法造诣在"尚清而厚",但"清厚要必本于心行"②;同样,《词曲概》说词之大要不外"厚而清",这也必须以"词客当有雅量高致者"为前提,那种"只可名迷恋花酒之人,不足以称词客"③。因此,若想深入分析刘熙载"厚而清"思想,就必须归结到理学的存省养性观。

君子存省养性须"务养其源"④。何谓性之源?刘熙载兼取程朱理学和陆王心学的思想,主张"理之在天地万物,与理之在吾心,一而已矣"。于是,"务养其源"也就自然演化为"心须是常在本位"的心常存、事不苟的存省要义。⑤进而,他又以"淡然无欲,粹然至善"八字,概括了这个常在本位的心性,并说"存养者养此而已"⑥。按理学家所言,能以诚体始终贯彻,无间朗现,斯可谓"粹然至善";能去私、去欲、去利、去恶,以求心性纯粹,斯可谓"淡然无欲";"淡然无欲"与"粹然至善"互根互济,一并成为道德自觉的心性本体。刘熙载又认为,君子"务养其源"重在"去私"。这不仅是"理蔽于私",关键是"心须是常在本位",一旦"动而失中,虽非恶念,亦属私意"⑦,而其目的则是在追求一个"公"字。在他看来,这个"公"字乃是儒家反思佛老不公而"不复自蹈"的结果,可以涵盖人之心性中本来共有的东西。于是,此"公"就不是蹈空飘荡的冥惑之事,而是以仁德实之的本心,即心中"仁义礼智""诚""五常"等与"性"无二物的先天之理、"至善无恶之本体"⑧。

虽说"至善底原是本体",但也不能"止至善"。一旦"止至善","则是工夫于本体不合"⑨,违背了体用一源的原则。他在《古桐书屋札

① 刘熙载:《游艺约言》,《刘熙载文集》,第753页。
② 刘熙载:《书概》,《刘熙载文集》,第187页。
③ 刘熙载:《词曲概》,《刘熙载文集》,第150页。
④ 刘熙载:《持志塾言》,《刘熙载文集》,第18页。
⑤ 刘熙载:《持志塾言》,《刘熙载文集》,第47页。
⑥ 刘熙载:《持志塾言》,《刘熙载文集》,第18页。
⑦ 刘熙载:《持志塾言》,《刘熙载文集》,第47页。
⑧ 刘熙载:《持志塾言》,《刘熙载文集》,第18页。
⑨ 刘熙载:《古桐书屋札记》,《刘熙载文集》,第736页。

记》说的"工夫只是静存、动察",通过静存养,养其至善;通过动省察,察其善则从之,察其不善则克之①。由此,静存动察工夫的要义在于践形复性。在他看来,人对一己的自然生命,应当具有善于运用的义务。既不能自弃也不能自持,要在自家心上有通于至善本体的戒欺求慊。践形复性当以"尽性节性"为实质,故便云"必尽性节性焉,斯可耳"②。"尽性"是尽人固有的义理至善心,故"本体可以立悟,虽愚人亦然";"节性"是存理去欲,所节的是累境之患,以义理为性不可恃,以气质为性不可任,故"工夫必有渐至,虽圣人未尝不然"③。有如此自觉的道德实践精神,不仅能保住人心固有的至善义理,不受物欲、习染而自蔽自累,而且也能窒欲迁善,犹如瓮中有火,使之不灭不息。显然,刘熙载在重视程朱理学的同时,更倾向于从陆王心学的角度理解所谓的存养工夫。他认为,存养工夫当须从人身上责成,逆觉体证,求尽人道,扩大心灵,通于普遍的道德伦理本心。即便是"格物",也惟须"以为己之心格之",如此,"乃得有真体实用"④。由此方可避开理欲并遣的禅之狂,远离理欲并存的霸之杂,而归乎存理去欲的儒之纯⑤,真正回复到清澈、精诚、恻怛的道德本心。

刘熙载"厚而清"艺术观的哲学基础,即是上述的存省养性的理学思想。前面说过,苏轼词是体现刘氏"厚而清"词学本位的典型,而龙腾虎掷的稼轩也是"天资是何复异"者。刘熙载虽没有直接说稼轩词为上品,为厚而清的本位,但他对稼轩爱之甚笃,则是无可非议的,故他常把苏辛并论:"苏辛皆至情至性人,故其词潇洒卓荦,悉出于温柔敦厚。"⑥此则断语的思路,可以说就是君子"务养其源""淡然无欲,粹然至善"的直接运用。黄庭坚跋《卜算子》(缺月挂疏桐)语中说苏轼"胸中有万卷书,笔下无一点尘俗气",其实已带有理学的眼光。黄氏在《濂溪诗序》中说理学家周敦颐"胸中洒落,如光风霁月",此句便成了此后理学形容"道学气象"的典范。刘熙载即沿袭了这个精神,认为

---

① 刘熙载:《古桐书屋札记》,《刘熙载文集》,第735页。

② 刘熙载:《持志塾言》,《刘熙载文集》,第46页。

③ 刘熙载:《古桐书屋札记》,《刘熙载文集》,第736页。

④ 刘熙载:《持志塾言》,《刘熙载文集》,第17页。

⑤ 刘熙载:《持志塾言》,《刘熙载文集》,第14页。

⑥ 刘熙载:《词曲概》,《刘熙载文集》,第140页。

潇洒卓荦的"洒脱出于无欲"①,之所以无欲,乃是"粹然至善"的人心本来如此,诚如苏辛的至情至性,故苏辛又"悉出于温柔敦厚"。有了至情至性、至善无恶的本心,斯可谓有"厚",这便是刘熙载说的"去薄,在培养本根""厚存乎根柢"之意。有了淡然无欲、潇洒卓荦,斯可谓能"清",这便是刘熙载说的"去俗,在打磨习气""深与远存乎识虑"之意②。至此,"厚而清""要必本于心行",也是刘熙载认可的"即心即理",当有儒家伦理上的规范和充实。从志于道的尽性节性分析这个本于心行的厚而清,即是:由厚而清,当自性上求得"仁义礼智",如观树之根干枝叶,次第而生的循序渐进,不可有揠苗助长的无益之举。但是,"由厚而清"又不能离开"由清而厚",当自性上求之时,为学者须无欲、无欺心、无胜心、须淡泊无外慕……当以孟子的夜气之说涵养用力,则湛然虚明气象自可见,而从艺术思想上说,刘熙载看重的"旁观之鉴"、"清夜之思"等,其实也是以无私的审美心态观照性上的内容。如此,才不至于揣其本而齐其末。

前文谈到"厚而清"自蕴着的求新求创机制,也是刘熙载存省养性思想的结穴。慎独是尽性节性工夫中的一环,《持志塾言·存省》解释说,独是有理有欲,若独,只是己能知之;慎是存理去欲,若慎独,则己能做主。明乎此,便知"务养其源"及"践形复性"的本于道德自觉而为道德实践的工夫,即是"须存住吾人之本心而不放失,养住吾人之道德创造之性而不凿丧,然后始能事天而奉天"③,必须在一个既己能知之且己能做主的心性中完成,体现出刘熙载一以贯之的求变求创的思想。为此,《持志塾言·致用》提出"以镜喻圣人之用心,殊未之尽",《心性》进一步说"人之本心喻以镜,不如喻以日"。因为"日能长养万物,镜但能照而已",何况"镜能照外而不能照内,能照有形而不能照无形,能照目前、现在,而不能照万里之外、亿载之后"④。所以,以镜喻圣人之用心,并未能明鉴人心的本体;自蕴求新求创机制的"厚而清"心性也当喻之如日,即存在即活动,体用相兼,生生不息。

---

① 刘熙载:《古桐书屋札记》,《刘熙载文集》,第724页。
② 刘熙载:《持志塾言》,《刘熙载文集》,第30页。
③ 牟宗三:《心体与性体》(第一册),上海古籍出版社1999年版,第24页。
④ 刘熙载:《持志塾言》,《刘熙载文集》,第34、47页。

四、人文合一的儒雅风流

进而论之,以程朱理学和陆王心学为根基的道德批评,是刘熙载文艺思想的一个基本特色。《游艺约言》说"文,心学也",艺术创作只是一心之朗现、伸展和遍润。但他又说"心当有余于文,不可使文余于心",若"文不本于心性,有文之耻甚于无文"[①],人文合一中又特重人品。对此,《词曲概》说得更直接:"词进而人亦进,其词可为也;词进而人退,其词不可为也。"[②]刘熙载并不同意人文等价的观念,习文从艺只是君子进德修业,为己之学的途径而已。在人文合一的基本观念下,人文互进自然是最理想的,否则他宁愿选择人进文退,而不是文进人退。人进人退之人,当指人的气体之性,道德本心的实然层面,而作为清澈圆满的义理之性则是恒定不动的,是众人皆一的道德本心的超然存在。因此,"上等人品,原不皆生质过人,只是硬地行向好路上去"[③]。

气体之性也有"志""行"双面,"志"的"正"如何、"行"之"实"如何,观品者当观之[④]。从人的气性出发,刘熙载在韩愈"性之品有三"、"情之品有三"的基础上,"以其代所尚之学"进一步引申为"物之品有三"。《古桐书屋札记》有言:"上哲,为实不为名;下愚,名实两不为;中人,名实两为。"[⑤]从体证人之本心的"厚而清"来看,"为实"即是"有厚","不为名"便是"能清"。故而,与此相对应的诗词三品,即可以表述为:能"厚而清"者,上品也;"厚"而欠"清"或欠"厚"而有"清"者,中品也;欠"厚"欠"清"者,下品也。如此发挥,求证于刘熙载对词人词作的评介,几乎都能得到说明。苏轼乃"至情至性"之人,淡然无欲却又粹然至善,不好为名而求其实者,故其词是"厚而清"的典型。周邦彦、史达祖等人未能做到无欲而清,旨荡意贪,属于能厚而欠清者;而白石词具有空诸所有的"幽韵冷香",缺少包诸所有的"气谊襟抱",故能"清"而有仙品,但此"仙"也只是离开天地实境的"藐姑冰雪"。至于那些"描头画角"抑或是"依花附草之态",既无沉著的内蕴,也无清远的

① 刘熙载:《游艺约言》,《刘熙载文集》,第751页。
② 刘熙载:《词曲概》,《刘熙载文集》,第250页。
③ 刘熙载:《持志塾言》,《刘熙载文集》,第30页。
④ 刘熙载:《持志塾言》,《刘熙载文集》,第30页。
⑤ 刘熙载:《古桐书屋札记》,《刘熙载文集》,第741页。

逸致,故为词之低品,"略讲词品者亦知避之"。

与人文合一相关的,刘熙载的"厚而清"也有在"道艺合一"中尤重"知道"的思想。其论"立志"云:"志于道,则艺亦道也;志于艺,则道亦艺也。故君子必先辨志。"①可见,刘熙载并不否认志于艺的重要性,只是"道艺合一",最终统一在"志"上。君子之志甚为关键,而尤以"志于道"为首要,故"君子必先辨志"。《词曲概》亦云"词家先要辨得'情'字"。如何辨?他认为,不能以欲为情,因为"欲长情消,患在世道";应该像《诗大序》"发乎情"、《文赋》"诗缘情"中"得其正"的"情";忠臣孝子、义夫节妇等,才是"世间极有情之人"②。显然,刘熙载突出了"情"的道德本性,以至曲解了陆机"诗缘情而绮靡"中"情"的个体性、自然性意义。不过,深受宋明理学浸染的他,却从这个"情"中体验到了一种道德自觉的审美愉悦。"不情之理非理,非理之情不情","理情"关系的实质是礼乐的互根、相用。因为"乐主于发散,礼主于收敛",故"礼乐互根,而阴阳通复之义存乎其间","相用者,须是节而和,和而节"③。

鉴于此,刘熙载由人而至文、由道而至艺,强化了这个主题。《古桐书屋札记》说,"或问:净土即极乐世界,何如?曰:不知也。又固以问,曰:名教之中自有乐地"④,《词曲概》亦说"词家觳到名教之中自有乐地,儒雅之内自有风流,斯不患其人之退也夫"⑤。觳到名教之中,是志于道、志于艺的基点,是解决"人之退"的根本,也是实现"厚而清"这个"风流儒雅"词学理想的归宿。若"以尘言为儒雅,以绮语为风流",既俗且薄,不清不厚,"此风流儒雅之所以亡也"⑥,也是"厚而清"词学本位之所以亡也。刘熙载希望的儒雅风流,是发之于德行生命的必然证悟,也是由德性生命的沛然浑化的显现。这纯乎其纯的道德本心,是定然而不可移、确然而不可疑的道德自觉。在此基础上的"厚而清"词学本位,自然当以"风流儒雅"为尚,在礼乐互根、刚柔相济中臻至"节而和,和而节"浑化和谐的极境。

---

① 刘熙载:《持志塾言》,《刘熙载文集》,第7页。
② 刘熙载:《词曲概》,《刘熙载文集》,第150页。
③ 刘熙载:《持志塾言》,《刘熙载文集》,第49页。
④ 刘熙载:《古桐书屋札记》,《刘熙载文集》,第739页。
⑤ 刘熙载:《词曲概》,《刘熙载文集》,第150页。
⑥ 刘熙载:《词曲概》,《刘熙载文集》,第149页。

　　当然,从志于艺本身而言,刘熙载"厚而清"词学思想也有许多精辟的艺术见解。如《文概》说:"善文者,满纸用事,未尝不空诸所有;满纸不用事,未尝不包诸所有。"①"厚而清"的艺术旨趣与用事没有直接的、必然的关系,关键是如何控制艺术形象达到包孕时刻的程度。词中善用事者,"贵无事障",避免晦、肤、板等事障,自然就会唤起读者的想象力,不滞于用事本身,而具有清新之趣。又如《词曲概》说"空中荡漾,最是词家妙诀","词要放得开,最忌步步相连;又要收得回,最忌行行愈远"。这其实即是苏轼词"空灵蕴藉"特色的另一种说法。放得开与收得回的交织镶嵌,以及如天上人间、去来无迹的空中荡漾之妙,正是"厚而清"收敛与发散关系在词作章法上的表现。此类见解,《词曲概》中还有很多,限于字数,不能多举。尽管如此,必须交代的是,追求儒雅风流才是"厚而清"的思想根基和终极趣味。这除了在儒教回归的时代学术氛围中刘熙载"以正学教弟子"②的自身信念,还有就是他为了推尊词体。作为一名传统文士,推尊一个传统的文艺样式,最得心应手的理论依据只能是儒学精神。唯有辨得"情"字,凭借强烈的道德真实感,以德行人格使实之,理不空言,心不虚悬,有益于世道,倚声一事才不再是小道末技。

　　[原载《安徽师范大学学报》(人文社会科学版)2006年第1期]

---

① 刘熙载:《文概》,《刘熙载文集》,第90页。
② 赵尔巽等:《清史稿·刘熙载传》,中华书局1977年版,第13158页。

谭献"折中柔厚"词说评介

谭献（1830—1901）是同光期间众望所归的名学者，词学造诣尤称一代宗师。《复堂词录》十卷选录唐至明代词作一千余首，《箧中词》今集六卷、续四卷选清代词作亦近一千首。两大选本的评点以及他的文集、日记中有丰富的论词文字，弟子徐珂辑成的《复堂词话》二卷只是其中的突出部分。本论题以"折中柔厚"为论述的突破点，以此挖掘他词学研究的时代感受和审美经验，试图客观地评介他的词学地位。

一、折中柔厚与清词的派别意识

谭献词学与常州词派的关系紧密。《复堂日记》己巳年说他十五岁以来即诵习张琦《宛邻书屋古诗录》。三十而后又得到"先正"（张惠言、周济）启发，词学思想日渐成熟。[①]数年后友人庄棫便以常州学派词家目之，而他只以"谐笑之言，而予且愧不敢当也"应之。[②]其《词辨跋》就明确表示，他论词与周济虽"持论小异"，但"折中柔厚则同"[③]。不过，仅看出谭献为常州词派延续线中的一大员，甚或指出他不拘泥常州派，在我看来，这些都未能找出他由浙入常后的治词态度及其论词动机。因为像刘熙载一样，他论词也有本着超越门户之见，对清代各派词学主张"迁善改过"，希图独树一派的动机。

"承学者不必为门户之言所惑"，是谭献时常道及的。在他看来，明代二李（李梦阳、李攀龙）派诗"诚有流弊，必丑诋之"，但不分青红皂白，并没其才气高朗、篇章峻洁以及"实不愧于诗史"价值，就是有失客观的门户之见。像叶燮《原诗》过分诋毁明中叶诸家诗，吴乔《围炉诗

---

① 谭献：《复堂词录序》，载唐圭璋编：《词话丛编》，中华书局1986年版，第3988页。
② 谭献：《复堂日记》，范旭仑、牟晓朋整理，河北教育出版社2001年版，第44页。
③ 谭献：《词辨跋》，载唐圭璋编：《词话丛编》，中华书局1986年版，第3988页。

· 228 ·

话》承冯班余波而"专欲排二李",皆是"未离门户之见"①。鉴于此,他以"折中柔厚"为论词,意在不困顿于一家之说,在广取博览中"求宜",此"宜"便以传统诗教"柔厚"宗旨为标准。这种希望不限门户之见,迁善改过,折中求宜,寻求柔厚精神的治学思想,其实也是"同光新政"时期的一种学术趋向。此种趋向"以为汉学宋学都包含'以儒术治天下'的所谓微言大义,通过读书而领略儒学经传的真道理,才能从根本上有益于去弊图治"②。对此,刘熙载《寤崖子传》自称:"为学与教人,以迁善改过为归,而不斤斤为先儒争辨门户。"③而谭献《明诗》说得亦清楚:"乱端渐已承平,且复学人潜心大道,折衷礼义为专门之著述,于忧生念乱之时,寓温厚和平之教。"④和刘熙载"厚而清"词说一样,他的"折中柔厚"词说也是"同光新政"期间学术趋向在词学研究中的反映。

可见,谭献论词,途径主要是迁善改过的折中,对象是悠远的词学史,而目的则在柔厚旨趣。其中,词学史背景与柔厚标准之间"以相证明"⑤,忽视任何一点,都会远离了他"折中"的本意,也势必会导致简单化解读其词学思想的派别属性。他编选的《复堂词录》及《箧中词》两大选本便典型呈现出迁善改过、折中柔厚的特点。如面对清代诸词派,《箧中词》十卷在选词的数量上对各派主要人物都予以了突出;评论各派时,既指责各派的流弊与不足,也关注其中的合理性及后人的难到处,目的是改其"过"而"迁"比兴柔厚的"善",贯穿其中的则是一种尊重词学发展的历史眼光和客观态度。从他在《箧中词》中的评语来看,在改过上,如他否定了阳湖派陈维崧的"率",浙西派朱彝尊、厉鹗的"碎""饾饤窳弱",学朱、厉者的"寒乞",郭麐的"薄""滑",戈载的"晦涩窳离,情文不副",常州派二张《宛邻词选》的"町畦未尽",不善学常州派者的"平钝廓落"等;在迁善上,他肯定了陈维崧的"笔重",朱彝尊的"情深",郭麐的"疏俊",戈载的"声律",张惠言的"胸襟学问",《宛邻词选》的"奥窔始开"及二张词作的"大雅遒逸""用意深隽",董士锡的"造微踵美",周济的"精密纯正"……在他看来,填词能避碎、率、薄、滑、寒乞、饾饤窳弱、平钝廓落、情文不副等,有情深、笔重、奥窔、遒逸、

---

① 谭献:《复堂日记》,范旭仑、牟晓朋整理,河北教育出版社2001年版,第47页。
② 朱维铮:《求索真文明:晚清学术史论》,上海古籍出版社1997年版,第178页。
③ 刘熙载:《刘熙载集》,刘立人、陈文和点校,华东师范大学出版社1993年版,第485页。
④ 谭献:《明诗》,《复堂文》卷一,《半厂丛书初编》,光绪十五年刻本,第5页。
⑤ 谭献:《复堂词录序》,载唐圭璋编:《词话丛编》,中华书局1986年版,第3988页。

纯正、用意深隽、造微踵美等,即可谓趋于"柔厚"审美原则的系列体现。

至此,如刘熙载一样,谭献以折中求宜、迁善改过的方式,在词学史背景下集中审视了有清以来的各家词派。但略有不同的是,刘氏最终走的是一个整合的路径,拈取了浙、常二派各自富有活力的主张,提出了"厚而清"词学思想,其中常州词派的底色已不甚明显。谭献以常州词派为基础,又试图超越常州词派,但他的迁善改过最终未能完全脱离常州词派的底色。在他看来,其他词派的发展是逐渐下滑的,虽说不时跃起闪亮的浪花,但总体趋势是"起而不振"。《箧中词》今集卷二即云,"锡鬯、其年出,而本朝词派始成",虽说"锡鬯情深,其年笔重,固后人所难到",但毕竟"朱伤于碎,陈厌其率,流弊亦百年而渐变",以至"嘉庆以前,为二家牢笼者十居七八"①。而常州派的发展则是蒸蒸日上、循环上升的景象,预示着一个新的词学传统的形成。虽说后期也有不善学者,但关键性人物在二张垒起的平台上总是起而有振的。《箧中词》今集卷三即云,"倚声之学,由二张而始尊耳",且张惠言填词既"撮两宋之菁英",又凭借胸襟学问、赋手文心"开倚声家未有之境"②。继而出现的董士锡、周济、庄棫、杨传第等词中大家,又各有建树,实可谓"宛邻词派,不绝如线"③。当然话又说回来,诚如叶恭绰《广箧中词》卷二所说,谭献"承常州派之绪",通过"力尊词体,上溯风骚",致使"词之门庭,缘是益廓",既促使常州派发扬光大,亦"遂开近三十年之风尚"④。谭献论词虽未能摆脱常州派底色,但他迁善改过、不限门户的治学态度,依然给他带来了开词学新风气的气魄和力度。由此才能真正把握他论词的动机和治词的态度,恰当地分析他与常州词派的关系。

二、折中柔厚与词家的生命体验

谭献以折中柔厚论词,在冲突中求和谐,紧张中谋统一的目的中,

---

① 谭献:《箧中词》今集卷二评陈其年词。沈辰垣等编:《御选历代诗余附箧中词广箧中词》,浙江古籍出版社1998年版,第544页。本文凡出《箧中词》《广箧中词》评语者皆引自本书,以下仅注明页码。

② 谭献评张惠言词语,见《箧中词》今集卷三,第551—552页。

③ 谭献评杨传第《双双燕》(娉婷瘦景)语,见《箧中词》今集卷四,第562页。

④ 叶恭绰评谭献词语,见《广箧中词》卷二,第638页。

特别关注词人的生命感悟,留意那难以遏制的生命冲动。对他而言,咸丰乱世的记忆旧痕未去,同光新政的时代要求又撞击心神;直感现实的生命意识不断涌动,而传统伦理操守又难以磨灭。这种时代新体验成为他词学思想的一种特殊生命形式,于忧生念乱中寓温厚和平之教亦成为他"折中柔厚"词学主张的新内涵。

蒋春霖《东风第一枝·春雪》词以"春雪"喻人生,"暖意烘晴,还带落梅消去",洁白美丽却生命短暂,词人忧生念乱的志向也因"春雪"得以细腻形象的传递。谭献由此又从过来人的身份感喟前代词人的人生际遇:"忧时盼捷,何减杜陵。南国廓清,词人已死。其志其遇,盖可哀也。"① 评词关注词人之"志",谭献更为青睐词家"胸襟颇大"及"伤心人别有怀抱"的一面。当他读到晚清词人杨葆光《瑶华》(官家富贵)词便云:"杜诗韩笔,凌厉无前,此事自关襟抱。"② 词人襟抱直接关系到"忧生念乱"生命情结的有无,词史思维能否灌注到词作之中,以及柔厚旨趣内涵是否够档次等一系列问题。但,词家胸襟并不在身份之贵、物质之富,关键在词人精神上那"别有怀抱"的穷困,如此填词才能"皆幽艳哀断,异曲同工"③,具有柔厚旨趣。可见,谭献沿袭了欧阳修"诗穷而后工"的艺术创作精神,从儒家人格的社会关怀心理解读了词人意识,《箧中词》中那频繁出现的"忧生念乱""故国之思""兴亡之感""哀于麦秀"等评词术语,流动的正是植根传统文士心中的家国观念。从求词人之"志"到体会词人之"遇",在词作评点中,谭献以词人敏感细腻的心灵,咀嚼出了伤心词人的生命感喟。既有"身世可怜""哀于堕溷""危苦悲哀"等抽象的概括,也有"忧谗""失职不平""关山失路""人才进退""知己难寻"等触绪可怜的具体玩味,而有关太平军之乱,如"才人沦弃,竟死兵戈,遗草飘零,有片羽之叹"④ 的"投荒念乱之感",则最令他动情动容。

生命意识的有无以及灌注的强烈程度,不仅是谭献感悟柔厚旨趣的焦点,也是他判断词人之词的重要标准。他曾把清词分为三类,即王士禛、钱芳标一流为才人之词,张琦、周济一派为学人之词,惟纳兰

---

① 谭献:《箧中词》今集卷五,第565页。
② 谭献:《箧中词》今集续卷三,第593页。
③ 谭献评项鸿祚词语,见《箧中词》今集卷四,第559页。
④ 谭献评宋志沂词语,见《箧中词》今集卷五,第566页。

性德、项莲生、蒋春霖三家是词人之词①。其中,词人之词最为他重视,并由此确立了他所谓的"分鼎三足"的清词史观,进而又提出了近词三大宗。这三大宗分别是:"伤心人别有怀抱,胸襟酝酿非寻常文士度越"的许宗衡、"书剑从军,觚棱望关,感兼身世,语合情文"的王锡振、"沉郁稍不逮",而无"枯率之失"的何兆瀛②。可见,与其他词家十分看重词人之词"合律"问题不同,谭献认为词人之词的核心要素是忧生念乱的人生意识。尽管他也主张"情文相副",但有声律而无胸襟,是他绝对不允许的。对此,他曾明确表态,清人黄曾"审律甚严,胸襟凡近,词多死句,不能多录"③,因为有感于时代变化的人生意识才是词人之词的内核,论词也必须由感性切入,体验词人的生命意识。

"于忧生念乱之时,寓温厚和平之教"④,以别有怀抱"伤心人"的"遇"为感性基础,又以其"志"为理性的提升和约束。词人及读词者生命意识的感性呈现,虽有规范的约束,但忧生念乱的时代感受才是谭献词学审美观的轴心。谭献曾评点过周济《词辨》,他在《词辨跋》中云:"予固心知周氏之意,而持论小异。大抵周氏所谓变,亦予所谓正也,而折中柔厚则同。"对于《词辨》变卷中李煜、范仲淹、辛弃疾等十五家,谭、周二人都肯定了他们的折中柔厚旨趣,"皆委曲以致其情,未有亢厉剽悍之习"。但两人"持论小异",则道出了他们对"折中柔厚"旨趣的体验不同。周济重在"莫不蕴藉深厚"而不能"骏快驰惊,豪宕感激"⑤,谭献则适度允许词人情思的激烈性,只要词人能把激烈情感内敛,"项庄舞剑,怨而不怒"⑥,终以"和婉"出之,亦可谓折中柔厚的正。如《谭评词辨》中以"豪宕""雄奇幽怨"评李煜词,以"沉雄"评范仲淹《苏幕遮》(碧云天)词,以"大踏步出来""弓刀游侠""裂竹之声,何尝不潜气内转"评辛弃疾词……《词辨》变卷中词人那种豪宕感激却怨而不怒的情思,正是谭献于忧生念乱中寓柔厚之旨的时代新体验的反映。基于此,《箧中词》今集卷五总评蒋春霖时,以纳兰性德、项鸿祚、蒋春霖为清代二百年分鼎三足者,因为"清

---

① 谭献评蒋春霖词语,见《箧中词》今集卷五,第566页。
② 谭献评蒋春霖词语,见《箧中词》今集卷四,第561—562页。
③ 谭献评黄曾《瓶隐山房词》语,见《箧中词》今集卷四,第560页。
④ 谭献:《明诗》,《复堂文》卷一,《半厂丛书初编》,光绪十五年刻本,第5页。
⑤ 周济:《词辨自序》,载唐圭璋编:《词话丛编》,中华书局1986年版,第1637页。
⑥ 谭献评韦庄词语,《谭评词辨》,载唐圭璋编:《词话丛编》,中华书局1986年版,第3989页。

商变徵之声,而流别甚正"①。

论词突出词家的忧患意识、商音体验,原是乾嘉之后词学思潮兴起的新特色,由诗史思维而彰显出的词史观念更是一个典型。但与"忧患潜从物外知",主张"感慨所寄,不过盛衰"的周济不同;与直面现实,顺乎词家个性,主张"以有厚入无间"的蒋敦复不同;与受到咸丰乱世社会的强烈刺激,主张"拈大题目,出大意义"的谢章铤也不同……谭献的词史观念在带有总结性特点的同时,又顺应了"同光新政"时期的时代气息。说其有总结性,是指他以过来人的身份从"咸丰兵事,天挺此才,为倚声家杜老"的时代氛围、"杜诗韩笔,敛抑入倚声,足当词史"的笔法要求及"浩劫茫茫,是为词史"的"苍凉"风格等方面②,较为全面评说了词史思维。说其有"同光新政"时期的时代气息,是指他以乱后思治的心态,希望以儒术治天下,以柔厚为旨趣。尽管如此,那源于咸丰乱世的时代记忆,致使谭献提出了"忧患之言,不嫌太尽"③一个新颖的词学思想。他认为,像周济主张的,用比兴手法寓托兴衰之感、忧生念乱之思,可为词史之作,但以"赋"笔直陈时事,淋漓挥洒词人的忧患苦衷、志遇体验,亦是词史之篇。或如王宪成有感"艖纲既坏,海氛又恶"所作《扬州慢》(水国渔盐),蒋春霖"咏金陵沦陷事"而作《踏莎行·癸丑三月赋》等,皆足堪"词史"。这些作品皆因现实刺激场激励了词人的忧患意识,以致非直陈不能消其恨,非铺叙不能骋其义。与晚唐两宋词相比,此类词作"一唱三叹之意,则已微矣"④,但因为流动的忧生念乱意识浓郁感人,不嫌太尽却又怨而不怒,故不仅没有背离他的"折中柔厚"旨趣,反而强化了他对折中柔厚的生命感受。

三、折中柔厚与读者的创造意识

谭献亦常说"比兴柔厚",《箧中词》今集卷五便记载,他与庄棫"以

---

① 谭献:《箧中词》今集卷五,第565页。
② 以上评语分别评蒋春霖词(《箧中词》今集卷五)、王宪成《扬州慢》(水国渔盐)(《箧中词》今集卷四)、汪清晃《齐天乐》(劫灰堆里兵初洗)(《箧中词》今集续卷三)、张景祁《秋霁》(盘岛浮螺)(《箧中词》今集今集续卷二),第565、560、594、583页。
③ 谭献评孔广渊《百字令》(荒凉如此)语,《箧中词》今集续卷三,第592页。
④ 谭献评蒋春霖词语,见《箧中词》今集卷五,第565—566页。

比兴柔厚之旨相赠处者二十年"①。研究者多把"比兴柔厚"与"折中柔厚"等同,然在我看来,这是个似是而非的结论。二者皆以"柔厚"为旨归,但是"比兴"指词家的创作方式,"折中"指迁善改过的治学方法,"比兴柔厚"只是谭献以柔厚论词的一种特别说明。突出"比兴柔厚",确有承继常州派论词精神的一面,但以比兴说词并非常州派所独有,何况谭献亦有意识地抬高词家的"赋"笔。一则"体物赋心,可通风兴"②,比兴是传递生命体验的一种沉厚方式,但赋笔未尝不是词家人文关怀的一种直接方式,直陈时事的赋笔亦易于词史思维的延展。二则"赋体至此,转高于比兴矣"③,评"清空如话"的方濬颐词甚至说"词家工比兴,侬独工赋"④,因为做到赋笔三昧,物中有事,事外有人,词的含蓄妙境并不亚于那些寄托遥深之作。至此,"赋比兴"皆是传递词人的心性感悟,实现柔厚旨趣的途径,比兴只是一个重要层面,不能涵盖谭献的词学思想。

当然,谭献有时独标"比兴"而不涉"赋"体,原因在于他的另一个重要词学思想——"作者之用心未必然,而读者之用心何必不然"。据《复堂词录序》,作者与读者的关系一直是谭献乐于思考的问题。始为词,已"喜寻其恉(旨)于人事",只是此时重在"论作者之世,思作者之人",本着传统知人论世的方法研习词学。三十而后,能审词体流别,"复得先正绪言以相启发",强化了比兴寄托的论词思想。年逾四十,益明词之为体"旁通其情,触类以感,充类以尽"的比兴关怀特点。如是者,年至五十,其见始定,坚定了词体"比兴之义,升降之故,视诗较著,夫亦在于为之者矣"⑤的观念。为之者胸襟不同,词作品第亦将有别。面对千余年的词史,这个"为之者"中,填词者的胸襟大多已是过去时,而读者、研究者则是现在时和将来时。他们如何选词、评词,关乎词体能否推尊,能否回归风骚等绝大问题,故而在作者与读者的关系上,谭献最终提出了尤重读者创造性的思想。

可见,谭献论词提高读者地位,确与他接受比兴寄托思想有关。宋代铜阳居士曾引《诗经·卫风·考槃》"贤人独处"的诗旨,解读苏轼

---

① 谭献评庄棫《高阳台》(飘拂微风)词语,《箧中词》今集卷五,第569页。
② 谭献评杨廷栋《玲珑玉·藕丝》词语,《箧中词》今集续卷三,第594页。
③ 谭献评蒋春霖《扬州慢·癸丑……收扬州》语,《箧中词》今集卷五,第565页。
④ 谭献:《箧中词》今集续卷二,第582页。
⑤ 谭献:《复堂词录序》,载唐圭璋编:《词话丛编》,中华书局1986年版,第3987—3988页。

《卜算子》(缺月挂疏桐)词。张惠言进一步刻意运用《周易·系辞传》"比物连类""引而伸之,触类而长之"思想,引铜阳居士语,逐句笺释了《卜算子》词。张氏贯穿比附以及肆意发挥读者创造性的做法,遭到了后人的讥讽和修正,但谭献却认为:"皋文词选,以《考槃》为比,其言非河汉也。此亦鄙人所谓'作者未必然,读者何必不然'。"①周济的寄托说是对张惠言刻意托喻、比附解词的一次反思:有寄托是恢复传统诗歌的"比"义,无寄托是恢复传统诗歌的"兴"义;有寄托、无寄托皆不可废,但无寄托的浑化才是他的最终追求,这也践诺了传统诗歌独标"兴"体的旨趣。以此为依托,周济肯定了读者的创造性解释权,"见仁见智"成为寄托说论词的一个重要内涵。谭献即是在这个平台上,正面吸收了周济发挥读者创造性的思想,并从理论上提升为"读者何必不然"的问题。

有学者提出,谭献主张读者的创造性解读权,但因缺乏逻辑证明,致使此种理论留下了缺憾。这种求过之言,显然忽视了中国古人治学注重直觉感悟的思维特征,何况谭献一系列的词评业已暗含了他的论证思路。如,他读到沈兆霖《洞仙歌·重九后一日度淮》词时说,"民物之怀,触绪自露"②,便是基于词人的创作感兴,揭示读者情思体验的。又如,他读到顾贞观《金缕曲·寄吴汉槎宁古塔》两首名作时说,"使人增朋友之重,可以兴矣"③,则是直接运用"诗可以兴"的接受方法,由作品情感结构合理性地迁移,发挥读者情思体验的。概括地说,谭献已经认识到,"读者何必不然",可以发挥比兴象征的解读方法,皆因为词作如《长门赋》"本是寓言"④以及有"意内言外"的文本结构。这种结构或是具有"消息甚大""郁伊喷薄,触类而长"的召唤之力,或是具有"触绪无端""郁勃无端""触绪自露"的感发本质⑤。如此,读者读之才可悟词作消息,主动发挥自己的创造性。

既然词作有"消息甚大"的结构,读者亦可"触绪无端",那么谭献为何又以"柔厚"为旨趣?文本接受原本多元的走向,不是因为"柔厚"又

---

① 谭献:《谭评词辨》,《复堂词话》,载唐圭璋编:《词话丛编》,中华书局1986年版,第3993页。

② 谭献:《箧中词》今集续卷三,第590页。

③ 谭献:《箧中词》今集卷一,第539页。

④ 谭献评赵对澄《凤凰台上忆吹箫·再和漱玉词》语,《箧中词》今集续卷一,第580页。

⑤ 以上评语分别为评王尚辰(今集续卷一,第580页)、严廷中(今集续卷三,第589页)、彭孙遹(今集卷一,第541页)、董士锡(今集续卷二,第587页)、沈兆霖(今集续卷三,第590页)语。

回归了一元化了吗？客观地说，谭献词学思想中确实存在这些矛盾，不过细一想，这些问题对他而言又是统一的。谭献评词屡屡述及的"柔厚衷于诗教"[1]，诗教的伦理规范是"柔厚"的实质性体现；又经常道及的"温厚得诗教"[2]，除伦理规范外，词作"意内言外"的艺术性亦是"柔厚"的内涵。谭献要求"读者何必不然"，目的便在于读者的发挥须由词作艺术性指向伦理的规范性。尤其那种恋语、痴语的作品，更是容易激发读者的诗教伦理想象。他评王诒寿《清平乐》（三更时候）词的"恋语痴语，推之忠爱"，评赵对澄《风流子》（晓风吹不断）词的"痴语正是三昧"，评江顺诒《摸鱼儿》（倦西风）词的"比兴贞正"等[3]，都是由比兴批评实现对作品柔厚旨趣的创造与构建。当然，"恋语痴语"并非"滴粉搓酥语"，而是"情深语"。"情深一往"方能以情思宛转为贵，在怨悱不怒中"比兴贞正"，即便愤激之情也内敛于优柔之笔而传达。可见，"柔厚"不仅是恋语、痴语、类词作的艺术特征，也是谭献对其他词作艺术性的一种期待。"善饮者，尝滴水知大海味"，在谭献看来，"柔厚"犹如"大海味"，消息甚大，本身即是一种容纳多元体验的结构；读者口味也层出不穷，恰似大海之水滴的种类繁多，但终归还是"大海味"。

四、折中柔厚的艺术精神

同光时期的词家喜谈"折中于六艺"，整合传统经典的生命力，构筑词体的体性，在趋向传统诗学思想中，为词体寻觅"一灯不灭"的艺术精神。"折中柔厚"即是谭献认同的吻合词体的一种普遍性艺术原则。为此，他评点词作时，始自"风骚"源头，中经乐府骈赋和唐人诗法佳境，至前贤词人的词笔范例，既是他常依赖的艺术背景，也是他寻觅"折中柔厚"艺术精神的源泉。如《箧中词》评词之语："忠厚之旨""念乱之言，出于风雅""纡回隐轸""去国之思""寓兴徘徊""一味本色语，为有寄托，为无寄托，乐府上乘""惝怳迷离，意有所指，绝似六朝赋手"……在谭献看来，"折中柔厚"不仅是各类艺术都拥有的本质属性，而且也应当是各家词派主张所内蕴的一种艺术理念。他正是以艺术

---

① 谭献评陈澧词语，《箧中词》今集续卷四，第598页。
② 谭献评薛时雨词语，《箧中词》今集卷四，第562页。
③ 分别见《箧中词》今集卷五（第567页）、今集续卷一（第580页）、今集续卷三（第593页）。

本体化的"折中柔厚"为标准,迁善改过,超越门户之见,融通审视了清代词学的不同派别。譬如《复堂日记》庚午年云:"南宋人词,情语不如景语,而融法使才,高者亦有合于柔厚之旨。"①与周济类似,谭献在以北宋词为浑涵极境的总体倾向下,亦能主张两宋词各有得失盛衰,且南宋词仍延续着词学的"柔厚"艺术精神。为此,他亦能肯定"清空"之作,甚至用"清空"评说常州派词家的词作。这既是他客观评点被选词作自身特点的结果,也是他以"柔厚"认同"清空"的表现。这类清空之作,或如"清空而不质实""诗人之词"的万钊《酷相思·忆鹤涧》词具有"抱山誓水,远想冲襟"的诗人襟抱②;或是"清空如话"的方濬颐《垂杨》(春来忆远)、庄棫《凤凰台上忆吹箫》(爪渚烟消)词,前者"独工赋",后者"不至轻僄"③,虽皆"消息甚微"却未免不是忠厚之旨;或是女词人贺双卿"清空一气如拭"的《惜黄花慢》(碧近遥天)词"忠厚之旨,出于风雅"④,直接指出"清空"中自可内蕴忠厚之旨。

谭献以"柔厚"论词,并非一个虚泛空洞的概念。这既有传统艺术精神与词体自性的认知,亦始终不忘自身的生命感受。为此,谭献提炼出了一系列的艺术特征和规律。归纳一下,有这么三点:

一是丰柔婀娜、萧条幽森的风格美。"温厚得诗教"的本意即包含婉约深厚的美学趣味,谭献也常从"语语温厚""温厚悱恻"中品味词作"温厚有余味"的艺术性,但他更乐于用"瑶台婵娟""层台婵媛""丰柔婀娜""婵嫣百态"之类术语,在"柔厚秀折""依约宛转""托兴幽微""辞条丰蔚"中,品咂着"胸襟甚大,针线甚细,此非易到"⑤的艺术境界,进一步丰富了"柔厚"的阴柔丰美的趣味。同时,出于忧生念乱的时代体验,谭献极为欣赏那种直根生命感悟的柔厚风格。在《箧中词》中,那频繁出现"凄"类"幽"类评词术语,营造了种种缠绵悱恻、托意幽遐的词境。"凄"类如凄咽、含凄垂缩、含凄古淡、凄淡、凄婉等,"幽"类如幽怨、幽咽、幽峭、幽森、幽茜、森竦、森峻威夷、幽咽怨断、柔厚幽森、萧条幽森等。这些富有审美个性的评词话语,无不以词人生命感遇、忧患

① 谭献:《复堂日记》,范旭仑、牟晓朋整理,河北教育出版社2001年版,第47页。
② 谭献:《箧中词》今集续卷四,第596页。
③ 分别见谭献《箧中词》今集续卷二、今集卷五,第582、569页。
④ 谭献:《箧中词》今集卷五,第570页。
⑤ 此句为谭献评杨夑生《一尊红·秋霖乍歇,同人泛舟环溪》词语,《箧中词》今集卷三,第550页。另,此句前诸评语,亦出自《箧中词》。

意识为轴心,足见谭献心中柔厚旨趣的情感形式。

二是以"深涩"为特点的潜气内转。谭献评郭麐时有云:"予初事倚声,颇以频伽名隽,乐于风咏。继而微窥柔厚之旨,乃觉频伽之薄。又以词尚深涩,而频伽滑矣,后来辩之。"①"深、涩",是以柔厚论词的词家一贯的主张,针对的是词作的薄与滑,体现出这类词家对词作内在结构及艺术性的一种解读。谭献以"深、涩"充实柔厚旨趣,反对平钝廓落或剽滑之作,熔铸了自己的体会。"深"是谭献评词的常用术语,如"工力甚深""用意深远""湛深之思"等,既细化了张惠言"深美闳约"的词美旨趣,也丰富了柔厚中"厚"意。"涩"亦是谭献柔厚旨趣追求词作深厚秀折之美的具体表现。此"涩"不是"晦涩",而是在审美克难中实现的渐进自然之妙,犹如探喉而出、弹丸脱手,或如声可裂竹、如闻水乐。"涩"中须见深、幽、柔、厚,如此即可谓"咽而后流"的"涩处可味"。"深、涩"的自然旨趣反映在词作章法上,即是所谓的曲折处有潜气内转之意。《箧中词》中出现的评语,如"每作一波恒三过折""势纵语咽""吞吐离即""离即吞吐间求之""无垂不缩""逆入平出""敛抑断续""玩其断续之妙""刀挥不断"等皆是。谭献十分欣赏词作潜气内转之妙,乃是因为这种情感结构足以调和他心中生命意识与传统伦理规范的冲突,融合有感时势变迁的激愤与时代呼唤儒教的内在需要等生命体验。在潜气内转中,他品味出了词作结构的"深、涩"趣味,如层台缓步,在屈曲洞达、一转一深中,贯彻骚雅芬菲之意,玩味柔厚旨趣,实现竟体芳兰的妙境。

三是返虚入浑的惝况迷离之境。中国古代艺术青睐"虚浑","虚浑"具有本体性的原型意味。《庄子》中七窍凿而浑沌灭的寓言,实以"浑"为宇宙本体的一种象征。周济论词主张"非寄托不入,专寄托不出",要求"以还清真之浑化",又开启了晚清词家以浑化为词学终极旨趣的风气。谭献曾以"金碧山水,一片空濛"②演绎了周济的寄托说,"金碧山水"象征"表里相宣,斐然成章"的"有寄托入","一片空濛"象征指事类情、见仁见智的"无寄托出",而由"金碧山水"至"一片空濛"则是寄托入出、返虚入浑的境象。当然,谭献对虚浑之境的体验更多地呈现为"惝恍迷离"特色。此种感悟既是他的时代感悟的朦胧再现,

---

① 谭献:《箧中词》今集卷三,第550页。
② 谭献评冯延巳词,见《谭评词辨》,载唐圭璋编:《词话丛编》,中华书局1986年版,第3990页。

所谓"浩劫茫茫,是为词史"①是也,也是他对艺术模糊性的一种观照,所谓"至境迷离"②是也。在他看来,以虚浑为美,词作便特有一种召唤之力,或是"惝恍迷离,意有所指,绝似六朝赋手"③,或是"惝恍迷离,得神光离合之妙"④,或是"迷离悒怏,若近若远"⑤,像冯煦《蒙香室词》因为"时有累句,能入而不能出",存在涩中不顺之弊,故而"此病当救以虚浑"⑥……总之,词人能"返虚入浑,妙处传矣","婉约深至,时造虚浑,要为第一流矣"⑦。能"运掉虚浑"⑧,填词即能入能出、既涩且顺、非滑非薄。这既是柔厚固有的艺术极境,也是读者发挥用心。

[原载《中国文学研究》2004年第4期,辑入本集有改动]

---

① 谭献评汪清冕《齐天乐·爇余归里百感丛生痛饮狂歌继之以词》语,《箧中词》今集续卷三,第594页。
② 谭献评厉鹗《曲游春·郊外探春作》语,《箧中词》今集卷二,第546页。
③ 谭献评李符《疏影·帆影》语,《箧中词》今集卷二,第544页。
④ 谭献评徐瑶《惜红衣》(云母屏前)引尤侗语,《箧中词》今集卷二,第546页。
⑤ 谭献评吴锡麟《望湘人·春阴》语,《箧中词》今集卷二,第549页。
⑥ 谭献:《复堂日记》,范旭仑、牟小朋整理,河北教育出版社2001年版,第89页。
⑦ 谭献:《复堂日记》,范旭仑、牟小朋整理,河北教育出版社2001年版,第37页。
⑧ 谭献评张炎词,《谭评词辨》,载唐圭璋编:《词话丛编》,中华书局1986年版,第3992页。

评陈廷焯"沉郁"词说

陈廷焯(1853—1892)在探求词中本原问题上,存在着诗学精神的本初理念和词体艺术的本性观念之间的矛盾。他论词力主"沉郁",以此要"洞悉本原,直揭三昧"。这既是揭示词体的本质特性,而实际上又是在寻觅传统诗教精神。若从诗词相异的角度说,这种矛盾使得陈廷焯词学思想呈现出明显的游离性和一定的合理性。这种现象在词家探求词之原委、本末的过程中,具有一定的普遍性。

一、洞悉本原,直揭三昧

"洞悉本原,直揭三昧"①,可谓陈廷焯论词力主"沉郁"的一个指导原则。关于如何获得"词中本原",他曾说:"词中本原,初学难于骤得。宜先多读唐宋之词,以植其基。然后上溯风骚,下逮国初,以竟其原委,穷其变态。本原所在,可不言而喻矣。"②这里,他给洞达本原提供了共时和历时两个参照系,认为获得词中本原既"宜先多读唐宋之词,以植其基",也要在"上溯""下逮"中,从词的源流和正变方面寻觅"风骚"那一灯不灭的本初精神。其实就其词学思想而言,他所谓多读唐宋词以植其基,虽有参悟词体本性的目的性,但终究仍在于发掘其中所蕴藏着的"风骚"遗意,至于"下逮国初"以及"竟其原委,穷其变态"等,便是在寻觅"风骚"在词史中延续的有无。因此,所谓"洞悉本原"的最终归宿并不在于词体本性,而在"风骚"用意。

关于直揭"词中三昧",他在谈到周邦彦词时曾说:"然其妙处,亦不外沉郁顿挫。顿挫则有姿态,沉郁则极深厚。既有姿态,又极深厚,

---

① 陈廷焯:《白雨斋词话足本校注》,屈兴国校注,齐鲁书社1983年版,第5页。以下凡引自该书者只在注释中注明书名及页码。
② 《白雨斋词话足本校注》,第672页。

词中三昧亦尽于此矣。"①说穿了,此处"词中三昧"指的就是沉郁顿挫后的深厚姿态。而在他看来,沉郁顿挫源于"风骚",所谓"推本风骚,一归于温柔敦厚之旨"②也;其实质就是"温厚和平"的诗教精神,所谓"温厚和平,诗教之正,亦词之根本也。然必须沉郁顿挫出之,方是佳境。否则不失之浅露,即难免平庸"③。因此"直揭三昧"也只能是以探求词体之特质为起点,而最终落实到"词中本原"这个层面,词之三昧也就是词中本原在词体中的延续而已。

或许有人会问,如果说陈氏论词的实质仅在对"风骚"用意的认同上,那么对他多次使用的反映词体本性的术语如词心、词笔、词境、词格及词品等,当作如何解释?

陈氏曾对冯煦老师乔笙巢的"少游,词心也",感慨而言:"淮海何幸,有此知己。"但又认为:"少游《满庭芳》诸阕,大半被放后作,恋恋故国,不胜热中,其用心不逮东坡之忠厚。"④可以说,忠厚与否是陈氏衡量"词心"有无的最高标准,而这个"忠厚"之词心又是一种以"哀怨"为情感基调,以"闲雅"为外在形式,以"激烈"为回避对象的心理结构。"哀怨"是陈氏解读古今词人词心的一个敏感点,因为"哀怨"与"忠厚"之间存在着一定的逻辑关系,与其时代心理以及所谓"亡国之音哀以思"的传统诗教理念相关,所以他说"中有怨情,意味便厚","词意殊怨,然怨之深,亦厚之至"⑤。而"闲雅"只能是"哀怨"这个内在基质的外在形式,忠厚哀怨的词心可以有闲雅的外在呈现;若以"闲雅"为内在基质,此种词心便浅露,词境就不忠厚,措辞亦浅显,在他看来纳兰容若词就是这类的代表。⑥至于"激烈",他认为这有违"温柔敦厚"的诗教精神,因而不必提倡。即使一些词人如秦观有"恋恋故国"的情怀,也因其情感"不胜热中",而不逮"忠厚"之词心。至此,陈氏所说的"忠厚"之词心既有儒家伦理观念的至诚,又有词人情感蕴藏的深厚,两者之间以前者为基础,并以此达到本诸风骚,"正其情性,温厚以为

---

①《白雨斋词话足本校注》,第74页。
②汪懋琨:《白雨斋词话叙》,《白雨斋词话足本校注》,第848页。
③《白雨斋词话足本校注》,第686页。
④《白雨斋词话足本校注》,第584、65页。
⑤《白雨斋词话足本校注》,第371、41页。
⑥《白雨斋词话足本校注》,第259页。

体,沉郁以为用"①撰写《词话》的目的。

在陈氏看来,"词笔"要以"随风变灭"的婉曲缠绵为外在特征,以"温柔敦厚"的人格理念为内在精神,所以他主张沉郁顿挫、反复缠绵、变化无端、婉妙、盘旋、比兴、浑、纤等,反对"雄而不浑,直而不郁""圆朗""倔强中见姿态"等。他之所以说"词笔莫超于白石"②,就是因为姜夔词把儒家人格理念完美地融进了词体笔法之中,不仅用笔"别有神味,难以言传",而且"无穷感慨,都在虚处",乃至无迹可寻,如白云在空,随风变灭③。他对贺方回词也有"神乎技矣"之叹,因为"方回词极沉郁,而笔势却又飞舞,变化无端,不可方物,吾乌乎测其所至"④。而顾贞观词"至其用笔,亦甚圆朗",则是因其"不悟沉郁之妙",故"终非上乘"⑤。尽管他认为"圆朗"虽自是词笔之一格,但因缺少"温柔敦厚"这个根基,故而虽婉曲但不够沉郁,虽婉妙但变化不足,虽盘旋但比兴不足,最终远离了词体那缠绵悱恻的艺术感发力。比"圆朗"更拙劣的是,如黄庭坚词的"倔强中见姿态","以之作诗,尚未必尽合,况以之为词耶?"因为在陈氏看来,诗除了沉郁顿挫外,还可以直截痛快;词则除沉郁顿挫外,别无他径;而"倔强中见姿态"不仅直而不郁、雄而不浑、缺少顿挫,而且痛快不足、几近鄙俚之调,于诗未必尽合,于词"直是门外汉"⑥。至此,陈氏所说的词笔乃是词体"顿挫中见姿态"的艺术性与儒家"温柔敦厚"人格伦理性的结合,是将儒家的为人标准充实到词笔变化之中,甚至作为词笔的具体展开方式的结果。

陈氏曾说"诗有诗境,词有词境"⑦,视词境为考量词体独特性的一个角度。不过,他不是从传统的情与景、意与境的结合角度来解释"词境"的,而是通过词之笔法的组合读解了"词境"的形成。他认为只有很好地处理了诸如直与纤、达与郁、虚与实、静与动等词之笔法的关系,词境方能生成。而只有直中见纤、达中见郁、实处皆虚、静中生动的词境,才是深境、胜境、厚境及高境,才具有"意在笔先,神于言外"的

---

①陈廷焯:《白雨斋词话序》,《白雨斋词话足本校注》,第2页。

②《白雨斋词话足本校注》,第196页。

③《白雨斋词话足本校注》,第129—135页。

④《白雨斋词话足本校注》,第70页。

⑤《白雨斋词话足本校注》,第274页。

⑥《白雨斋词话足本校注》,第61、63页。

⑦《白雨斋词话足本校注》,第781页。

艺术魅力,否则就是浅境、薄境、低境等。譬如他说:"韦端己词,似直而纤,似达而郁,最为词中胜境。"①"贺老小词,工于结句。往往有通首渲染,至结处一笔叫醒,遂使全篇实处皆虚,最属胜境。"②进而言之,词境之有无、深浅等最终决定于忠厚之词心和风骚之本原。在陈氏看来,决定词境生成的众多笔法当一归于"沉郁顿挫",也就是说忠厚之词心"必须沉郁顿挫出之,方是佳境"。而"沉郁顿挫"在词之骨不在词之貌,具有"沉厚之根柢",如此词境方能深厚,否则以含蓄为深厚,只停留在笔法的表层,此词境必浅薄无疑③。如张惠言《水调歌头》五章"热肠郁思,若断仍连,全是风骚变相",所以"既沉郁,又疏快,最是高境"④。可是柳永词则只尽于铺叙,不仅没有似直而纤、似达而郁、实处皆虚等,而且缺少沉厚之根柢,所以"意境不高,思路微左,全失温、韦忠厚之意"⑤。至此,陈氏乃是从"沉郁顿挫"的笔法来解读词境的,其目的仍然在于借助"词境"传达"温柔敦厚"的"风骚"本原。

"词格"与"词品"是陈氏最为看重的关乎词体特性的术语。在他看来,词心、词笔、词境等无不是以沉郁为内核,而一统于词格或词品之中。因此,理解了以沉郁为基质的词心、词笔和词境等术语,也就弄清了词格和词品的内涵。因篇幅有限,不详细分析。这里只以陈氏对"沉郁"的解释为证:"所谓沉郁者,意在笔先,神余言外,写怨夫思妇之怀,寓孽子孤臣之感。凡交情之冷淡,身世之飘零,皆可于一草一木发之。而发之又必若隐若见,欲露不露,反复缠绵,终不许一语道破,匪独体格之高,亦见性情之厚。"⑥另外,在词格与词品之间,陈氏尤为重视词品,认为词格以姜夔最高,词品以王沂孙最高;词格和词品皆"雅矣正矣,沉郁顿挫",但前者中的性情深厚不及后者,故有未能免俗处,后者中的性情更见深厚,而能雅正绝俗⑦。因此,唯有通过对词品的考量。才能真正洞达词中本原,而尽于词中三昧。

---

①《白雨斋词话足本校注》,第20、33页。

②《白雨斋词话足本校注》,第764页。

③《白雨斋词话足本校注》,第255页。

④《白雨斋词话足本校注》,第433—434页。

⑤《白雨斋词话足本校注》,第58页。

⑥《白雨斋词话足本校注》,第20页。

⑦《白雨斋词话足本校注》,第176页。

二、"沉郁"一元化中的偏颇

由此,陈氏以沉郁顿挫一元论统摄了他既要探求词体本原、又要挖掘词体本性之间的矛盾。而在本原决定本性的思维定势影响下,他便常常把"温柔敦厚"及"沉郁顿挫"看成唐宋名贤词作的本义和词体的本性。他认为不仅古人的名篇佳制皆根源于"风骚"之旨,而且他论词还要"尽扫陈言,独标真谛"①。这个"真谛"就是他在《白雨斋词话自序》中所说的词体"温厚以为体,沉郁以为用",就是推本风骚而一归于温柔敦厚的诗教之旨。所以,当他以探究词体固有特性的态度论词时,就出现了一系列的偏颇观念。

陈廷焯所生活的时代,推尊词体已成为词家的深层观念。可大多不是从词本身的内在艺术精神,而是借助传统诗教观念来抬高词体。也就是说,他们往往是以牺牲词体固有艺术特质为代价,赋予词学以"雅正""风骚""温柔敦厚"等理念,赢得诗词并尊的效果。陈廷焯说:"学古人词,贵得其本原,舍本求末,终无是处。"②可惜的是,这里所谓"本原"尽管有探求词体本性的目的,但最终归宿还是"风骚"之义、温柔敦厚等诗教理念。据《广雅·释诂一》、《吕氏春秋·无义》高诱注、《礼记·乐记》孔颖达疏、《礼记·孔子闲居》郑玄注等,"本原"乃是同义互释词,本义为源头、本初等,而不是本质、本性等。如果说,陈氏所谓"词中本原"是着眼于词体之原初生成,倒多少有其合理性,但是他明确指出"词中本原"就是"风骚"之义、温柔敦厚等,指向了诗的原初精神;如果说"本原"所指就是诗的原初,倒还符合本原之原义,但他又常常从词体本性来解读之,因此其论词方法存有不可克服的矛盾性。这个矛盾性说明了陈廷焯没有真正认识到"事物的本性存在于该事物之中"的道理。对此,钱锺书曾云:"夫物之本质,当于此物发育具足,性德备完时求之。苟赋形未就,秉性不知,本质无由而见。此所以原始不如要终,穷物之几,不如观物之全。"以诗歌为例,"则必有诗,方可穷诗之本质;诗且未有,性德无丽,何来本质。皮之不存,毛将焉傅,此与考论

---

① 《白雨斋词话足本校注》,第5页。
② 《白雨斋词话足本校注》,第9页。

结绳时之书法、没字碑之词藻,何以异乎?"①

其实,这种论词方法的指导思想就是"复古",一种对诗学本初理念的还原态度。这种还原往往探求到的是诗学的某些普遍性,而不是词体的特殊性;是诗学精神的某些不变性,而不是词体所具有的变易性。尽管词学也是传统诗学的一个有机组成部分,但词体的生成和成熟毕竟有它的特殊性,而且从某种意义上说,词体乃是在有违背儒家诗教传统的氛围中诞生的。假如按陈廷焯所说,诸如温庭筠等人词原本就有比兴寄托、沉郁顿挫、温柔敦厚等诗教精神,那么词体本应该自生成时就会受到时人的尊重,而不是被视为小词、诗余等,处于不能登大雅之堂的可怜地位了。话又说回来,陈氏所洞达的词中本原即"温柔敦厚"的诗教思想,也只是后代的经学家在解读《诗三百》等著作时的接受观念,而不是这些作品及其作者所固有的创作理念。于是,他以诗学应该有的或可能有的情况,取代了词体的实际情况;以对传统诗学接受理念的还原取代了词体自身的一些特殊性,从而造成对词体本性认识上的偏离,则又是极其自然的事。

陈氏在《白雨斋词话》中很少论及"词律",尽管他说"斯编之作,专在直揭本原。声调之学,有《词律》在,余弗赘论"②,但是"专揭本原"是真,"有《词律》在,余弗赘论"是假。虽然"红友《词律》,仅求谐适,不足语正始之原"③,他可以做专揭本原的工作,但实际上他为了这个本原,而宁愿丢弃词律这个决定词体生成及个性的声调之学。如他曾说:"东坡词寓意高远,运笔空灵,措语忠厚,其独至处,美成、白石亦不能到。昔人谓东坡非正声,此特拘于音调言之,而不究本原之所在。眼光如豆,不足与之辩也。"④暂且不论苏轼词是不是正声、合不合音律,只仅从其"究本原"而不顾词体音调的态度来看,就足以说明他狭隘地认识了词体的独特性。一味地从"沉郁"出发,而不考虑词体的实际情况,必然会滋生一些谬见。如他为了说明"词则舍沉郁外,更无以为词"的原因,曾说词体"盖篇幅狭小,倘一直说去,不留余地,虽极工巧之致,识者终笑其浅矣"⑤。其实不仅诗歌有篇幅长短,而且词体也

① 钱锺书:《谈艺录》,中华书局1993年版,第37页。
②《白雨斋词话足本校注》,第672页。
③ 钱锺书:《谈艺录》,中华书局1993年版,第37页。
④《白雨斋词话足本校注》,第50页。
⑤《白雨斋词话足本校注》,第10页。

有《莺啼序》等长调。既然诗歌在"沉郁顿挫"外可以"直截痛快",词体又为何不可?

对激烈、闲情、艳情等情思的态度,直接关系着对词体体性的认识。陈氏认为尽管词史上不乏这类词作,但皆非正声或上乘。同时,这类词作虽属变声或下乘,但并不易工,因此最好不作,若作必须以雅正、沉郁等为旨归,回到"哀怨""忠厚"之中。于是,他说"作词贵于悲郁中见忠厚。悲怨而激烈,其人非穷则夭","沉痛迫烈,便成词谶";认为只要"根柢于风骚,涵泳于温、韦,以之作正声也可,以之作艳体亦无不可"等①。这些言论看似有道理,实则隐藏着关乎词体体性的一些错误观念。既然诚如陈氏自己所说词体乃是表情的文学样式,那么各类情感皆应该具有平等的地位。一味地以哀怨、忠厚等某类情感来约束词的创作,或者必须在别的情感中添加所谓"雅正"的成分,这不免皆会束缚词体的表情功能。同时,他对"艳词"等的回避和贬抑②,也不符合词体生成和发展的实际。其实诸如艳词等在词体的形成过程中,曾起到过十分重要的作用,可以说是词体体性生成和发展的一个有机生命力。而诸如温庭筠、冯正中等人词很多原本就是艳词,但他偏说"盖正中意余于词,体用兼备,不当作艳词读"③,这只是他从接受美学角度解读的结果。进而言之,单就他的"哀怨""忠厚"的词心和词旨来说,其实走的是一种凄婉、痛苦之路。这也只是消极地接受了儒家诗教精神,忽视了儒家刚健豪迈、生生不息的刚性之美及其廓清天下、整顿山河的入世情怀。

陈氏曾说:"诗之高境在沉郁。其次即直截痛快,亦不失为次乘。词则舍沉郁外,即金氏所谓俚词、鄙词、游词,更无次乘也。非沉郁无以见深厚,唐、宋诸名家不可及者正在此。"④当然,这里陈氏虽看到了词比诗更见婉曲的艺术特色,但是又不免极端和固执。进而,不仅"直截痛快"的笔法与词无缘,而且"沉著痛快"也要细辨。他说:"板桥论诗,以沉著痛快为第一。论词取刘、蒋,亦是此意。然彼所谓沉著痛快者,以奇警为沉著,以豁露为痛快耳。吾所谓沉著痛快者,必先能沉郁

---

① 《白雨斋词话足本校注》,第381、524页。
② 尽管陈廷焯也欣赏朱彝尊等人的艳词,但这只是在"并非正声"和"确有所指"的前提下立论的。
③ 《白雨斋词话足本校注》,第44页。
④ 《白雨斋词话足本校注》,第751页。

顿挫,而后可以沉著痛快。若以奇警豁露为沉着痛快,则病在浅显,何有于沉。病在轻浮,何有于著。病在鲁莽灭裂,何有于痛与快也。"①至此,我们不得不佩服陈廷焯贯彻其"沉郁"词学思想的彻底性,但也要指出,走向极端就会出现褊狭。词之笔法、境界虽有其主导性的一面,但也有其他类别。我们应该以一种包容性的态度对待之,如此方能全面把握词史,真正洞达词中三昧,挖掘出词体固有的生命力和艺术感发力。

与陈氏不同,尽管梁启超在《中国韵文里头所表现的情感》中承认"因为词家最讲究缠绵悱恻",所以诸如"奔迸的表情法"在词中很少运用,这种表情法即便有,其"所表的什有九是哀痛一路",但是他又认为"悲痛以外的情感,并不是不能用这种方式去表现。他的诀窍,只是当情感突变时,捉住他'心奥'的那一点,用强调写到最高度。那么,别的情感何尝不可以如此呢?"其中苏轼的《水调歌头》(明月几时有)一词就是一个好例子。这里所谓"奔迸的表情法"与陈氏所说的"直截痛快"较为相似。不过梁启超认为这种表情法"西洋文学里头恐怕很多,我们中国却太少了。我希望今后的文学家努力从这方面开拓境界",而不是陈氏那种极力地回避和贬抑。尽管梁启超承认"向来词学批评家,还是推尊蕴藉。对于热烈磅礴这一派,总认为别调",也看出了"含蓄蕴藉"的表情法"向来批评家认为文学正宗,或者可以说是中华民族特性的最真表现",但他仍然主张回荡的表情法"用来填词,当然是最相宜"。他认为这种表情法与奔迸的表情法一样"专从热烈方面尽情发挥",能追求一种"意态雄杰"的词风,而不是陈氏那样为了强调哀怨和忠厚,而贬抑激烈情感、痛快语在词中的出现。

同时,梁启超认为这种表情法宜于表现那种包含热烈情感在内的立体式的情思实感,认为人的情感不是单一的,"人生目的不是单调的,美也不是单调的"②,而不是像陈氏那样对艳情、闲情等予以了限制。尽管梁启超把词之表情法分为奔迸的、回荡的、蕴藉的等种类,但也认为这几类表情法"也不能偏有抑扬(其实亦不能严格的分别)",而不是陈氏那种只推尊沉郁顿挫的词笔而贬低其他。总之,梁启超基于对中国传统诗教精神的清醒反思,从而有了对文学艺术本质的理性认

---

① 《白雨斋词话足本校注》,第660页。

② 梁启超:《情圣杜甫》,《饮冰室合集·文集1—9》,中华书局1989年版,第50页。

识,与陈廷焯相比,显得周全和开通,带有鲜明的近代学术特色。

三、偏颇之后的思辨火花

陈廷焯论词有本初与本质之间的思维冲突,但如果撇开一些褊狭性见解不谈,仅看论词的思路,他那洞达词中本原和揭示词中三昧相互结合的方法,也时常闪烁着一些极具思辨性的思想火花,对当今的词学研究也颇有启迪意义。

在陈氏看来:"词之为道,正未易言精也。"①他对其中的甘苦也有着比较深刻的体悟。他曾说:"雄阔非难,深厚为难。刻挚非难,幽郁为难。疏逸非难,冲淡为难。工丽非难,雅正为难。奇警非难,顿挫为难。纤巧非难,浑融为难。古今不乏名家,兼有众长鲜矣。词岂易言哉?"②在"非难"和"难"的分类对举中,足见陈氏个人的审美旨趣,可见他为词之道的审慎态度以及对词作风格之类型的清醒认识。不过,这里"非难"和"难"更接近陈氏所说的"非正声"和"正声"、"下乘"和"上乘",乃是他词学正变主张在词作风格认识上的体现,其实"非难"之中也须有大气包举,方能实现。譬如他在谈到"激昂慷慨"时,就曾说"激昂慷慨,原非正声",但若"果能精神团聚,辟易万夫,亦非强有力者未易臻此"③。这里,陈氏虽不像梁启超那样力图抬高"激昂慷慨"的热烈情思,但也给予了一定的地位。

陈氏论词以直揭本原为旨归,这个"本原"尽管有本初和本质缠夹的思维错误,但也生发出了"以本原求通"的词学思想。他针对"词家好分南北宋""门户之见""词以时代限""豪放与婉约偏尊"等现象,提出可以通过求得本原来消解诸如此类的界限。所谓"唐宋名家,流派不同,本原则一";所谓"学者贵求其本原所在,门户之见自消。否则各执一是,互相攻诋,溯厥本原,卒无托足处。宜乎不得其通也";所谓元代倪瓒《人月圆》(伤心莫问前朝事)"风流悲壮,南宋诸巨手为之,亦无以过。词岂以时代限耶?"④。又针对明代张綖所说的"少游多婉约,子

---

① 《白雨斋词话足本校注》,第411页。
② 《白雨斋词话足本校注》,第721页。
③ 《白雨斋词话足本校注》,第547页。
④ 上述三则引文分别见《白雨斋词话足本校注》,第743、747、233页。

赡多豪放,当以婉约为主",说"此亦似是而非,不关痛痒语也。诚能本诸忠厚,而出以沉郁,豪放亦可,婉约亦可,否则豪放嫌其粗鲁,婉约又病其纤弱矣"①,前文所引的有关非难和难之中的众多类型,就是对自张缵以婉约和豪放解读宋词风格的一次突破。由此可见,与那些标帮结派的词论家相比,这个"以本原求通"的思想确实有一种较为宽容的态度。倘若我们能沿袭陈氏论词求"通"的思路,避开他独标"沉郁"这个门户之见,而以探求词体所蕴涵的文艺系统质为背景,以追求词体固有独特性为旨归,对拓宽当今词学研究的视野,是大有裨益的。

陈氏论词多次提到要"观全体",这也是艺术鉴赏的一个好原则。尤其是在鉴赏古典诗词中,人们常常被一些局部的精彩所迷惑。殊不知艺术作品的艺术形象乃是一个整体性的概念,如果把七宝楼台碎拆下来欣赏,本身就违背了艺术鉴赏的规律。词体的独特性是建立在词心、词笔、词境、词格等众多层面有机整合的基础上的,仅就某一个因素或层面来读解,皆未免滑入褊狭之见。陈氏对此有较为清醒的认识,他指出:鉴赏词作时不仅要慎重对待"炼字琢句"等局部,因为"古人词有竟体高妙,而一句小疵,致令通篇减色者","白璧微瑕,固是恨事"②,而且若想洞达词中本原,那么"观全体"就显得更为重要。这一观点基本上贯穿了他的整个词学思想体系,如:

> 且作词只论是非,何论人道与不道。若不观全体,不究本原,徒取一二聪明新巧语,遂叹为少游、美成所不能及,是亦妄人也已矣。③

这里可以说是他"观全体"思想较为系统的表述,与前面所说的"词之为道,正未易言精也"和"以本原求通"等思想,是密切相关的。从他对词人词作的具体评论中,也可以看出他自己也确实在落实这个思想。如他在比较碧山词与玉田词的区别时,就曾说虽然"玉田工于造句,每令人拍案叫绝",并举出了具体词作词句,但接着说"此类皆精警无匹,然不及碧山处正在此。盖碧山已几于浑化,并无惊奇可喜之句,令人

---

① 《白雨斋词话足本校注》,第69页。

② 《白雨斋词话足本校注》,第569—570页。

③ 《白雨斋词话足本校注》,第144页。

叹赏。所以为高,所以为大","大抵读玉田词者,贵取其沉郁处。徒赏其一字一句之工,遂惊叹欲绝,转失玉田矣"①。词人不仅要像王沂孙那样作词求全体之妙,达到浑化程度,而且词论家解读词作也要像读张炎词那样,以"观全体""究本原"为贵,不能"徒赏其一字一句之工",否则就不能真正理解词作的妙处。也正是从"观全体"出发,他认为王安石说张先"云破月来花弄影"句不及李冠"朦胧淡月云来去"句,是"此仅就一句言之,未观全体,殊觉武断"。②

值得注意的是,陈廷焯对我们前文关于他的批评,如后人以"赋比兴"释《风》《骚》、不顾词体独特性的诗学复古倾向等问题皆有着清醒认识,从而其词学思想中闪烁着一定的理性光芒。他说:"风骚有比、兴之义,本无比、兴之名。后人指实其名,已落次乘。作诗词者,不可不知。""风诗三百,用意各有所在。仁者见之谓之仁,智者见之谓之智,故能感发人之性情。后人强事臆测,系以比、兴、赋之名,而诗义转晦。子朱子于《楚辞》,亦分章而系以比、兴、赋,尤属无谓。"③由此,我们对陈氏词学思想有了更为深一层的认识:尽管他多次谈到词中要有比、兴、赋,但其实更为重视的则是"风骚"用意之本身,认为这才是词体艺术精神的生命之源;这个生命之源不是"比兴赋"等名词术语所能承载的,也不是"后人强事臆测"所能生成的,而是来源于风骚之用意本身;风骚之用意各有所在,是一种不可枯竭的活水源头,具有无穷的艺术感发力,故而"仁者见之谓之仁,智者见之谓之智,故能感发人之性情";其实这个带有接受美学思想的观念,也是他自己从词作中发掘"沉郁"之精神的一种理论依据。不过可惜的是,陈氏没有认识到他所谓的"风骚本原""温柔敦厚"等也只是后人的一种接受观念,而并非"风骚"用意之全部。之所以未能对此作出理性的分析,其中一个重要的原因就是作为一个旧知识分子,儒家诗教精神已植于他们的意识的深处,已经等同于本原、天生的抽象理念、无须怀疑的公理。因此,陈氏词论在理性之中又表现出了某种非理性。

可以说,"复古"乃是陈氏词论的一个理论旗帜,他自道其编撰《白雨斋词话》的原因时说"茗轲、蒿庵,其复古者也。斯编若传,轮扶大

---

① 上述两则引文分别见《白雨斋词话足本校注》,第201—202、210页。
② 《白雨斋词话足本校注》,第565页。
③ 《白雨斋词话足本校注》,第613—614页。

雅,未必无补";自道其词学思想变化时说"过此以往,精益求精,思欲鼓吹蒿庵,共成茗轲复古之志"①。陈氏不仅理性地认识到他论词乃是从正变观出发,继承和弥补张惠言的"复古之志",而且其论词"复古"既有回到唐宋词之本色,又有回到诗歌之本原的两层意思。从此论词思路而言,陈氏不仅已萌发了既要挖掘词体本性,又要洞察词体的诗歌系统特性的合理思想,而且他在标举"复古"时,也在一定程度上尊崇了"变古"。尽管陈氏论词的"复古"思想中依然没有摆脱本初和本质之间的思维混乱,对当今词学研究而言,"复古"也会阻碍词学的发展,也与现今时代精神相左,但是在究心词体本性的问题上,若不经过还原到唐宋词本身,恐怕也是惘然;若不做到"复古"和"变古"的辩证会通,消除时代之限、门户之见,恐怕也无法理清词学发展的内在脉络。

至此,有了"词体未易言精"、求"通"、观全体以及复古与变古等相关问题的认识,再加上陈氏确实也以求得词体独特性为论词目的之一,所以他对词体本性以及词学史上的相关问题的认识,也有许多独到的见解。如说词体篇幅能影响词体个性的生成;词体更讲究"沉郁顿挫"和"耐人寻味"的词味,反对"兴露布读"之作;直接运用词心、词笔、词境、词格等范畴或术语充实论词,词学话语系统的建设;除"观全体"外他又推尊词格,其中"格"中也有整体观照的意思,强调了词作的有机整体观,而且不是叠合和拼凑,而是和谐的、气脉不断的等等。以上问题或见前面论述,或见他人论述,这里从略。最后想补充说明的是,若从审美理想的层面来读解陈氏的"沉郁",也自有其合理性。词体靡丽,以"沉郁""雅正"救之;词体不振,借用儒家诗教"温柔敦厚"尊之;词体原委不清,以推诸风骚本原理清之。如此做,对一个词论家而言,似乎也有其权利;对一个旧学者也有其苦衷,是其"合理"的自然的选择。本论题论述陈廷焯词学思想的偏颇性,意图也不在于指责陈廷焯,而是在对其得失的客观阐释中,汲取一些富有启迪性的词学思想。

[原以《陈廷焯词学思想的合理性与偏颇性》为题刊于《安徽师范大学学报》(人文社会科学版)2001年第4期,辑入本集有改动]

---

① 上述两则引文见《白雨斋词话足本校注》,第695、496页。

论王鹏运、况周颐的"重拙大"词说

"重拙大"由王鹏运首先在词学领域提出，而后经乡人况周颐发扬光大。《蕙风词话》卷一云："作词有三要，曰重、拙、大。南渡诸贤不可及处在是。"不过，两人并未对"重拙大"作过多诠释，后代学者也多是从他们的具体运用中揣测这"三要"各自的涵义。像其他直觉性语词一样，重、拙、大三者各自的涵义也呈现出模糊、交叉和不确定性。因此，学界从词的境界、风格等方面解读"重拙大"，甚至提出"重、拙、大概念本身的含糊""是难以定性的随意变化的东西"[①]等，皆有一定的合理性。不过，若立足于王鹏运、况周颐（尤其是后者）的词学思想及其使用的实际情况，我们认为"重拙大"互为一体，但又是分别侧重从词格、词笔和词旨等方面提出的艺术审美理想，也是从这些层面对词学艺术实践的一次接受和提炼；就"重拙大"三者而言，由"大"，经"拙"到"重"有着层递性的深化关系，所指向的是词作气格蕴厚的浑化这个终极词学旨趣。

一、"大"：词旨思想性的审美要求

万云骏曾撰文指出，况周颐使用"大"，主要是继承常州词派的寄托说，在日常题材中寄托士大夫身世家国之慨，因此"大""是作品意境的扩大"[②]。这种说法对当代研究者有较大的影响。关于"大"，《蕙风词话》曾说：

> 《玉梅后词》《玲珑四犯》云："衰桃不是相思血，断红泣、垂杨金缕。"自注："桃花泣柳，柳固漠然，而桃花不悔也。"斯旨可以语

---

① 谢桃坊：《中国词学史》，巴蜀书社 1993 年版，第 295 页。
② 万云骏：《〈蕙风词话〉论词的鉴赏和创作及其承前启后的关系》，《文学遗产》1984 年第 3 期。

大。所谓尽其在我而已。千古忠臣孝子,何尝求谅于君父哉?(1·
60)①

    金李仁卿(治)词五首,见《遗山乐府》附录。《摸鱼儿·和遗山
赋雁丘》过拍云:"诗翁感遇。把江北江南,风嘹月唳,并付一丘
土。"托旨甚大。(3·29)

"斯旨可以语大""托旨甚大"两句,是挖掘"大"之涵义的重要观察点,
即"大"表现在词旨的规定上。那么什么样的"旨",才契合"大"的内涵
呢? 况周颐说,自己所填《玲珑四犯》与金代李仁卿《摸鱼儿·和遗山赋
雁丘》两首词的词旨可以语"大"。《玲珑四犯》是况周颐《玉梅后词》集
中的一首。该词的小序有言:"寒食前二日晚泊梁溪,是日咯血勺许,
作浅脂色。"由此序可知,词人发出"衰桃不是相思血,断红泣,垂杨金
缕"的喟叹,绝非偶然。当时,他漂泊如萍,客里羁愁激动着敏感的心;
往事如烟,不绝如缕,又萦绕其心魂;再加上"咯血勺许"自然又凝成了
一种孤寂萧瑟、悲悯苦涩的心境。因此,这首词是况周颐在精神失落、
身体虚弱的夹攻下肆口而成的。"衰桃""断红"更是他在灵与肉的洗礼
中自我心声的表白,寄寓其中的乃是一种强烈的以"忠恕"为主体的价
值观。他完全归顺在"忠"字旗下,就如同"衰桃""断红",不管柳的漠
然,只愿尽忠表恕,温柔而敦厚。李仁卿《摸鱼儿·和遗山赋雁丘》词也
是如此,抒发一种"直教生死相许"的深情厚谊,这正是"士为知己者
死"观念的反映。这股对"忠""义"等儒家价值观念的执着精神,构成
了"大"的质的规定性。有了这种人格力量为后盾,词人便好像聆听了
"伟大心灵的回声"②而唤起了某种崇高感;也好像沐浴了天地之精
神,而滋生了一种大气真力。如此,词人落笔便博大浑涵,而非时流小
惠的纤弱巧妍所可及。

    至此可见,"大"主要是词旨思想性的审美要求,是王鹏运、况周颐
等传统文士社会理想、人格理想在其创作审美理想中的回音;这是一
股流淌在词旨中的生气盎然的儒教精神,反映了他们对"善"的向往和
追求;这是由深化词旨思想而唤起的一种具有崇高感的词作气格。从

---

① 本论题所引《蕙风词话》之语,皆据《词话丛编》本,(1·60)指卷一第60则,下同。
② 朗吉弩斯:《论崇高》,载伍蠡甫主编:《西方文论选》上卷,上海译文出版社1979年版,第125页。

某种程度上说，王、况所说的"大"确实有利于"作品意境的扩大"，但这个"大"并非等于作品意境的扩大，小境也可以语"大"。这是因为当代部分研究者重蹈了夏敬观的旧辙，认为"大者小之对"①。可况周颐自己却说"纤者大之反"（补1），《蕙风词话》又不止一处标举过词境小的优势，明确指出"小中可见大""小中见厚"等。在况周颐看来，"小"与"纤"是有区别的。所谓"纤"，指那种细弱空疏，枯滞无味，缺乏儒教灵魂的词风。所谓"小"，指那种刻画细腻，境界幽邃的笔法。他反对"纤"而不反对"小"，如他评邵复儒的"鱼吹翠浪柳花行"句，"小而不纤，最有生气"（3·65）。此句刻画景观，笔法虽细、境界虽小，但生机盎然，一股活泼泼的生命感扑面而来，而并无纤弱枯滞之味。其实，因小见大，由小见厚，是填词的构思要领之一，也是中国古人"在微小事物上发现伟大"的所谓习惯之一。因此，"大"不是"作品意境的扩大"，而是作品意的扩大，是词旨思想性的"出大意义"的规定。

不过，确实如万云骏等先生所言，王、况等人所说的"大"，与常州词派所宣扬的寄托说有密切的关系，如前面所举的《玲珑四犯》和《摸鱼儿》词便是托物言志之作。当然，理解况周颐所说的"大"，必须明白他对常州词派的寄托说有过深刻的反思："词贵有寄托"，但"所贵者流露于不自知，触发于弗克自己"，而不是贵在"横亘一寄托于搦管之先"（5·32）。于是，"寄托"之法回到了填词创作的自然过程，主张艺术家创造一个艺术品，就是一段自然创造的过程。因此，他既不反对小题材寄托大意义，也不反对"拈大题目，出大意思"。他认为，无论题材大小，也无论词境大小，只要是流露于不自知，抒发的是儒家伦理精神，这就是"大"，否则就是"纤"。所以说，有了寄托方法，可以实现所谓的"大"，但"大"不是那种寄托的方法，而是侧重于词旨的界定。如他说苏轼词能"以才情博大胜"（3·39），元好问词能"亦浑雅，亦博大"（3·25），主要因为他们的"苦衷"流露于不自知，词旨中有一股儒教精神罢了。换句话说，有寄托可有利于词旨之"大"的实现，但他更主张无寄托，由词人合乎"忠恕"的襟抱性情的自然流露的词旨之"大"。因此，在理想词格的实现中，"大"与"拙"又不可分割。

---

① 夏敬观：《蕙风词话诠评》，载唐圭璋编：《词话丛编》，中华书局1986年版，第4585页。

二、"拙":词笔艺术性的审美要求

当代学者对"拙"的理解,分歧不大。大多认为王、况两人使用"拙",继承的多是"拙"的传统思想。王鹏运曾云"宋人拙处不可及,国初诸老拙处亦不可及",况周颐也十分赞同此言,并在《蕙风词话》里作了多层次的发挥。与"拙"对比,他认为"作词最忌一'矜'字"(1·17)。"矜"是一种矫揉造作、了无趣味的词格。他屏弃"矜"而彰扬"拙",要求词人填词不仅要在"迹"中免去"矜",更要在"神"里去"矜",从而能较为彻底地实现一个自然真率、平淡质朴的"拙"境。在《蕙风词话》里,他也常常从自然平淡、质朴真率等方面充分肯定了一些词人词作。因此,在他看来,"拙"指一种自然真率、平淡质朴的词境,这是"拙"的静态特征。

进而,况周颐对王鹏运"自然从追琢中出"治词心得的理解更为深刻,可谓作了淋漓尽致的发挥。也就是说,"拙"这个能提升词格的艺术极境的实现必须有一个动态的磨砺过程。这如同习书"临帖"、学画"临摹",王、况两人认为学填词也有个"追琢"的历程。所谓"巧者拙之反"(补1),"欲造平淡,当自组丽中来"(1·68),"自然从追琢中出"(3·52)等,几乎成了况周颐论词的口头禅。他认为对于填词,"巧"是实现"拙"的必经阶段,不必否认"巧"的价值;词作是人籁而非天籁,故不能自恃天资而不尽人力。这一思想有着一定的理论价值和实践意义。

可以说,况周颐从不同层面认识到了这个"拙"境实现的追琢历程。一则他认识到创作主体必须熟悉审美对象。如他说金代许古"非入山甚深,知山之真",是不容易写出如"夜山低、晴山近、晓山高"这样"尤传山之神"(3·20)的妙句。唯有审美对象的形神孕育于创作主体的心灵,那由物象到意象至形象的过程,才可能自然圆融,水到渠成。二则他认识到创作主体必须精通物化手段。艺术家塑造艺术形象,是以一定的物质为媒介的,词是语言艺术,因而炼字、炼句"断不可少"。如他评析宋代韩子耕《浪淘沙》(裙色草初青)词"试花霏雨湿春晴。三十六梯人不到,独唤瑶筝"句,"妙在'湿'字、'唤'字"(2·86)。词人正是通过"湿"字"唤"字刺激读者的触觉、听觉,既构建了该词深厚的意味,又富有了动态且隽永的感染力。于是主人公在草色初青、鸭泳波轻的初春时节的独特心灵变化也得以微妙显现。三则他认识到创作主体必须谙熟艺术的类型与体式。就词体而言,存在着调、律、韵等不同的限制。关于调,他说:"不拘何调,但能填至二三次,愈填愈佳,则我之心与昔人会。"(5·24)"我"心与昔人会的左右逢源之境,须首先"填至二三次"。关于律,他说:"畏守律之难,辄自放于律外,或托前人不专家、未尽善之作以自解,此词家大病也。"(1·34)所以,读者视为天然合拍,如弹丸脱手,操纵自如的妙境,乃是"唯律细勘""精益求精"的结果。关于韵,他说:"作咏物事词,须先选韵。"否则,佳意、恰典、妙句欲用而不能,所填词易"涉尖新、近牵强、损风格"(1·46),难入化境。

自然,况周颐在揣摩"拙"的过程中,也有自己独到的感受。在他看来,"拙"更应该是词人的那种真率的心境,这是"拙"的多层味内涵的基础。他说:

> 问哀感顽艳,"顽"字云何诠? 释曰:拙不可及,融重与大于拙之中,郁勃久之,有不得已者出乎其中而不自知,乃至不可解,其殆庶几乎。犹有一言蔽之:若赤子之笑啼然,看似至易,而实至难者也。(5·36)

对此,学界颇有影响的观点认为况周颐是以"顽"释"拙","顽"就是"拙","拙,是重、拙、大的核心"[1]。应该说,这种观点看出了"顽"与"拙"之间的密切关系以及"拙"之于"重拙大"的特殊地位。不过,结合况周颐的词学思想体系,我们认为况氏不是以"顽"释"拙",而是运用"重拙大"理论解释"顽"而已。还是钱锺书先生说得中肯:况周颐拈出"顽"字,"乃识别词中一品"[2]。"顽"如"穆""深静"等品一样,皆是况氏理想的词境词品。"顽"与"拙"并非简单的等同关系,"顽"这一词品是由"拙"出发,以"重""大"为旨归,由量变到质变的结果,即巧不可及为"拙",拙不可及为"顽"。因此,我们不能只根据"融重与大于拙之中"一句,就认为"拙是重拙大的核心"。否则,我们不是也可以根据"词有穆之一境,静而兼厚重大也"(2·1)句,得出"静是厚重大的核心"的结论? 其实,诸如重拙大及顽、穆等术语之间在互存有无的前提下,又有

---

① 万云骏:《〈蕙风词话〉论词的鉴赏和创作及其承前启后的关系》,《文学遗产》1984年第3期。
② 钱锺书:《管锥编》,中华书局1991年版,第1047页。

着各自的特殊性和侧重性。

当然,相对来说,"顽"与"拙"都以强调词人性灵真实为特征,二者关系更为密切,皆是况周颐论词突出一个"真"字的反映。况氏认为"真字是词骨"(1·15),他虽然偶尔也提到客体之真,但最终常常又回到客体之真在主体心灵的投影,强调的是主体性灵之真。在他看来,艺术家对艺术规律、艺术技巧的磨炼,正是易于袒露自己的性灵之真;艺术家涵养性情,也是对"真"的追逐;同时,词人的性灵真实又是一种先天禀赋,一种与生俱来的心理基础,词人就是要善葆这个真率的"清气"(1·29)。

至此,况周颐所谓"拙",侧重指词笔艺术性的审美要求,是词人禀赋的真率心灵化境,以及在填词活动中因对艺术规律、艺术技巧的谙熟与超越,所达到和实现的自然真率的艺术极境,反映了王鹏运、况周颐等人对"真"的向往和追求。

三、"重":词作气格的审美要求

"重拙大"三者中,况周颐惟独直接诠释了"重"。他说:"重者,沉著之谓。"(1·4)那何谓"沉著"? 他解释说:"情真理足,笔力能包举之,纯任自然,不假锤炼,则'沉著'二字之诠释也。"(1·20)又,"沉著,厚之发见乎外者也。"(2·81)可见,况氏是立足于填词创作过程,认为"重"是词人运用自然无雕琢的词笔表现博大深厚词旨的结果,这是一种从容不迫、厚重浑涵的艺术极境。

为此,他要求必须做到:(1)"情真理足"。讲"情"说"理",既突出了词旨的思想性,也强调了词人性灵的真率充实。这正是"大"的审美要求。(2)"笔力包举"。惟词人有极高的艺术功力,运用精妙之笔,情之真、理之足,才能自然流露于作品之中。这又可谓是"拙"的审美要求。(3)创作过程中的构思酝酿。况氏形象地称"构思"为"酝酿",认为作品中的奇思妙语,皆是"由吾心酝酿而出"(1·27)。他曾挥洒清新秀雅的词句,描绘过这个填词"构思"的动态图式。这是个由"湛怀息机"的虚静涵养、"莹然开朗"的灵感突现到"满心而发"的表达冲动的运思历程(1·26)。如此,酝酿无迹,然后气足神完,从容不迫;否则,一涉匆遽,笔墨皆非,难至浑涵之境。因此,我们可以说,"重"是"大"与"拙"在填词创作过程中的一种动态的自然融合。而那些"轻倩""聪明语"

等非沉著非厚重的作品,究其原因,就是词人性灵虚伪空疏、艺术功力未到或是匆忙下笔的结果。当然,"重"并非"大"与"拙"的简单叠合,而是一种新生词格,同"大"与"拙"皆有着质的区别。从这个意义上说,"重拙大"三者应是三位一体的并列关系。

况氏又说,重者"在气格,不在字句"(1·4),把作品划成两个审美层次:一是作品的整体层,即"气格";二是作品的外在表层,即"字句"。其中,"重"在"气格"而不在"字句"。进而,"气格"又分为妥帖、停匀,和雅、深秀,精稳、沉著三个层次六个品第,并认为"沉著"是词格的最高品第(1·20)。也就是说,"沉著之谓"的"重"便是词之气格的最高审美要求之一。当然,况周颐说"重"不在字句,并不是说与字句无关,相反,他已认识到了一个作者的字句风格与作品气格相统一的问题。如他说梦窗词"即致密、即沉著",梦窗词的字句风格是致密,表现为隽句艳字、芬菲铿丽,但其作品有"沉挚之思,灏瀚之气"。就梦窗词来说,致密与沉著相统一,"非出乎致密之外,越乎致密之上,别有沉著之一境"(2·81)。依此类推,我们可以说,东坡词"即清艳、即沉著",小山词"即空灵、即沉著",遗山词"即缠绵、即沉著",等等,皆殊流而同源,异途而同归。至于有学者说"'重'的美学内涵在于外沉著致密而内厚重"[1],显然不够准确。因为诸如"致密""空灵"等只是作者个体的字句语言风格,而不是"重"的美学特殊内涵。

至此,况周颐视"重"为词作气格的最高审美要求,是博大厚实的词旨与真率质朴的词笔在创作过程中的自然的高度的统一,是"大"与"拙"相融共济的结晶,也是超越于"大"与"拙"的新生词格。相对而言,"重"才可称为"重拙大"三者的核心。

四、静穆浑成:"重拙大"的艺术旨趣

张尔田曾说:"《蕙风词话》标举纤仄,堂庑不高。重拙指归,真是欺人语。"[2]此话有一定道理,王鹏运、况周颐所提出的创作原则和审美理想,确实不易达到,也多有不合时宜之处。如"拙"境,非千锤百炼实难为之,更何况远离音律只严守格律的形式取径,对参究词体本色

---

[1] 孙维城、张传信:《况周颐与蕙风词话研究》,黄山书社1995年版,第63页。

[2] 张尔田:《致夏承焘函》,载夏承焘:《天风阁学词日记》,浙江古籍出版社1984年版,第433页。

确实有"欺人语"处;又如"重拙大"三者以儒家伦教为旨归,在那个"心与境异"的变异换代时代,也确实带有某种过时的陈腐色彩等。不过,若从王、况两人的思想倾向、词学趣味及他们的美学追求等方面来说,"重拙大"之说绝不能一棍子打死,也自有其合理之处。

况周颐使用"重拙大"既有丰富的时代感悟,也有鲜明的个性心理倾向。首先他面对目不暇接,风云变幻的现实,他感慨万分,痛心疾首:"神州扰离,风雅弁髦,名教扫地,吾人今日处境之难堪,有甚于零丁孤露,饮冰茹檗。"①在奔腾的历史潮流中,他却固守封建士大夫的旧意识,独抱残香,甘做"高人雅士",愿以"遗老"自居,时刻想重振"风雅",再整"名教"。其次他又是一位不谙世事,"目空一世"②的词人。如此个性激化着他妄自尊大的心理,加深了自我膨胀的程度。不管时代怎么变,在他那静穆自在的心灵中,"风雅""名教"仍然辉煌博大,充塞天地。他用"重",已不是刘体仁的"笨重"意思,也不是孙麟趾的与"清空""轻灵"相对立的"滞重",而是指词格的最高要求,即沉着浑厚,从容不迫,洋溢着浓烈的儒家伦常精神。他用"拙""顽",多了一颗追逐儒教精神的赤子心灵。他用"大",继承了儒家代表人物用"大"的传统,乃是一个充盈着伦理色彩的美学范畴,期待沐浴一束儒教信念的灵光。

因此,"重拙大"等范畴,是为儒家伦教复归这个轴心而服务的,反映了清末民初一部分人复古守旧的思想,一种自我慰藉的心态。也正是如此,况氏尤其欣赏"乱世""易代"时期的词作,如他赞赏元好问词,是因为元好问"神州陆沉之痛,铜驼荆棘之伤,往往寄托于词"(3·25);他说"作词有三要,曰重拙大。南渡诸贤不可及处在是"(1·3),是因为南渡诸贤词中流淌着一股家国兴亡之感、忧生念乱之情。他从这些词作中读出了自己的心声,也读出了那一代"遗老"悲而不壮的心声。从这个意义上说,"重拙大"之说具有了反映那个时代的社会心理的"时代共感"的性质。

况周颐标举"重拙大"既反思了自己的创作实践,也反思和总结了中国传统词学尤其是常州词派的论词精神。他的词学观念受到了王鹏运、朱祖谋等词学大家的直接影响。他在《餐樱词自序》中曾对此作

---

① 况周颐《莺啼序》(音尘画中未远)词的小序,载《蕙风丛书》第六卷《菊梦词》集。
② 王鹏运:《彊村词原序》,朱祖谋《彊村词剩》卷首,《彊村遗书》本。

出过明确交代：十四岁左右开始学填词，所作多性灵语，词风尖艳纤弱；三十岁时结识王鹏运，词学观念为之一变，始重体格，尊词品，这也是从王鹏运处接受"重拙大"论词的过程；五十四岁时又与朱祖谋切磋词学，严守声律。《蕙风词话》尤其是其中"重拙大"主张主要是况周颐词学观念转变后的词学思想及其创作实践的总结，同时也是他自己研读传统词学的结果。赵尊岳就曾说况周颐"其论词格曰宜重拙大，举《花间》之闳丽，北宋之清疏，南宋之醇至，要于三者有合焉"①。同时，这种概括和浓缩体现了常州词派的论词倾向性。对此，况周颐后来在《林铁尊半樱词序》（1924）中转述朱祖谋之言云：

> 明以前无所谓词派，浙西派、常州派之目昉自乾嘉，别黑白而定一尊。常州派植体醇固，有合于重、拙、大之旨。光、宣之间一二作者，尤能超心炼冶，引其绪而益谐其精，入乎常州派之中而不为所囿。即令二张、周、董复作，有不翕然服膺者乎？

此言既说明了晚清词坛与常州词派的关系，也从反面道出了"重拙大"之旨与常州派词学思想的延续关系。当然，王鹏运、况周颐两人以"重拙大"之说为填词的审美理想，也有针对清末民初那段时期词坛上存在的"轻、巧、纤"的不良词风而言的，有明显地指导时人填词、读词，改善词人的审美趣味的目的。所以，万云骏说："蕙风苦口婆心，反复启迪，是有功于词学的。"②

这种功劳的一个突出表现就是"重拙大"说延续并彰显了有清以来推尊词体的意识。就况周颐来说，他毕生致力于词学，独唱元音。《蕙风词话》卷一曾重释"诗余"，阐明词体"情文节奏，并皆有余于诗"的性质；再倡"襟抱"，抬高词人具有君子、智者的地位；发挥"重拙大"，彰扬词格理想的旗帜等等，无不具有推尊词体的目的。诚如前面已说，"重拙大"乃是王鹏运、况周颐对"词格"的一种解读和丰富。况周颐曾明确用"体格""气格"等范畴限定这类术语，赵尊岳也明确提出况周颐"其论词格曰宜重拙大"等。尽管，况周颐也使用过诸如词心、词境等术语，但比较而言他更为看中词格这个层面。可以说，像"穆"

---

① 赵尊岳：《蕙风词话跋》，《蕙风词话辑注》，屈兴国辑注，江西人民出版社2000年版，第651页。
② 万云骏：《〈蕙风词话〉论词的鉴赏和创作及其承前启后的关系》，《文学遗产》1984年第3期。

"顽""深静"等词体品格,既是"重拙大"的补充也是"重拙大"的发展。

况周颐所说的"穆"境,乃是词人静观冥想、潜心意会的艺术之境。"穆"又分为"浓而穆""淡而穆"两种(2·1)。"淡而穆",平淡中见沉著,明"拙"之意;"浓而穆",浓艳中见沉著,补"拙"之不足,因此,"穆"与"重拙大"乃互补相关。况氏又说"词境以深静为至"(2·8),进一步说明理想词境的感发力。他曾以韩持国《胡捣练令》"燕子渐归春悄,帘幕垂清晓"句为例,具体分析了这种词境的特征:"境至静矣,而此中有人,如隔蓬山",如隔蓬山,似月下之花,隐约迷离;"思之思之,遂由浅而见深",这"由浅而见深",足引起无穷的想象,从而指出了这种"深静"词境所具有的艺术感发力。然而,这种臻至深静的词境,其实也是离不开"重拙大"三者的契合熔炼。

进而论之,无论是"重拙大",还是"顽""穆"及"深静"等,始终贯穿一个词学思想,这就是"浑成"二字。词家论词以"浑成"为旨趣有着源远流长的传统,近代词家更是以此为终极关怀。如提出"重拙大"的王鹏运便曾以"深微浑雄而情独多"①极力肯定了赵鼎、李光、李纲及胡铨等南宋四名臣词,而晚年况周颐更是视"浑成"为学词必经的一境。他在《宋词三百首序》(1924)里有过明晰的总结:"词学极盛于两宋。读宋人词当于体格、神致间求之,而体格尤重于神致。以浑成之一境为学人必赴之程境,更有进于浑成者,要非可躐而至,此关系学力者也。"②追逐词体体格之浑成,原本就是"重拙大"之说固有的要求,此处况周颐再度彰扬,可谓是他晚期词学的一个总结和发展。

[本文原以《也论况周颐的"重拙大"》为题刊于《安徽教育学院学报》(哲学社会科学版)1997年第2期),辑入本集有改动]

---

① 王鹏运:《南宋四名臣词跋》(1892),《南宋四名臣词》,四印斋刻本。
② 况周颐:《宋词三百首序》,《蕙风词话辑注》,屈兴国辑注,江西人民出版社2000年版,第583页。

文廷式"写其胸臆"的词学主张及近代意识

　　文廷式（1856—1904）是晚清清流派的后期代表人物，其平生跌宕起伏，曾位列"四大公车""翁门六子"之中，亦是"帝党中坚"之要员，随之遭后党弹劾，被革职驱逐，一度亡命海外。在晚清政坛变幻、时势变迁、思想变化的大氛围中，文氏身历其中，走在时代演变的前沿阵地。沈曾植《文君芸阁墓表》甚至称其"有清元儒、东洲先觉者哉"。文氏"兀傲"之个性、特殊的仕宦经历与政治体验，以及富有近代精神的见识远虑，在成就其政治家身份的同时，亦确立了其近代学者、思想家、文学家的地位。

　　文氏研究词学30余年，涉猎百家，词学造诣渐深，平生虽没有专门论词专著，然散见于《纯常子枝语》、诸《日记》等中的论词资料颇为丰富①。其中，他的《云起轩词自序》更是集中陈述了自己的词学主张。结合其他论词资料，可以看出文氏词论的核心即在于"写其胸臆，率尔而作"②这个极富近代精神的观点。由此，文氏纵论了历代词学与词派之得失、词人襟抱之厚薄与要求、词的接受原则与方法、词体的源流本末等一系列话题。

一、呼应近代词坛风气：崇北宋，挺辛派的词史观

　　浙西词派代表朱彝尊《词综·发凡》曾针对"世人言词，必称北宋"现象予以反思，认为"词至南宋始极其工，至宋季而始极其变"。文廷式《云起轩词自序》开篇即云："词家至南宋而极盛，亦至南宋而渐衰。"

---

　　① 龙榆生《重校集评云起轩词》末附有《文芸阁先生词话》12则，系杂录近人论及《云起轩词》之语汇成，非文廷式本人的论词之语。施蛰存辑《纯常子词话》14则，系从文廷式《纯常子枝语》中抄录而成，为文氏说词之语。何东萍《云起轩词笺注》在此基础上，自汪叔子编《文廷式集》辑补22条，成《纯常子词话补》。

　　② 文廷式：《云起轩词自序》，载汪叔子编：《文廷式集》（上），中华书局1993年版，第155页。

很显然,在词史观上,文氏的词学思考开始于对浙西词派宗法对象的反思。尤其在对南宋词的态度上,与朱氏更是针锋相对。在他看来,自从朱氏"以玉田为宗,所选《词综》,意旨枯寂,后人继之,尤为冗漫",以及"以二窗为祖祢,视辛刘若仇雠"等做法,严重束缚了词史发展,真可谓"家法若斯,庸非巨谬"!

就词学宗风而言,明代中后期,正如朱彝尊所云"世人言词,必称北宋"。有鉴于此,清初阳羡派以及以浙西派主张宗法南宋。至乾嘉之际崛起的常州词派,则又在以比兴说词的旗帜下,开启了推尊北宋五代词的风气。于是,在浙西、常州两大词派宗风交织作用下,南北宋词学之争以及由南宋而上追北宋五代,几成清后期词坛最突出的词学话题与门径。在此风气感召下,文廷式亦复如是,其诗文"皆入北宋之室"①,其"生平论词,以北宋为宗,雅不以梦窗诸人为然"②,"其所师法,在前代则崇北宋,而不满于南宋"③。当然,简单地认为文氏"不满于南宋",这种说法过于片面,因为文氏尤为青睐苏辛派,他对南宋词的态度还是比较复杂的,他所云"词家至南宋而极盛"指的即是辛派词,而"至南宋而渐衰",抑或说他所不满意的南宋词,说的主要是姜、张一派。

文氏论词推崇北宋,于南宋力挺辛派词,充分体现了他以"写其胸臆,率尔而作"为轴心的论词宗旨。为此,他在《云起轩词自序》中批评姜、张派词曰:"其声多唪缓,其意多柔靡,其用字则风云月露、红紫芬芳之外,如有戒律,不敢稍有出入焉。"在阅读《绝妙好词》时,又"觉南宋人词亦颇有习气。近人不善学之,颇足厌也"④。这是因为以姜、张、二窗为代表的南宋词束缚于规范,词家才情淹没在各种戒律之中,未能尽其所能,抒其胸臆。相反,辛派词在彰显个性与才情的同时,又能满怀用世之心,发抒时代感喟,系典型的"写其胸臆"篇什,自然为文氏所重。至于北宋词,光绪十四年四月二十八日(1888年6月7日),文氏在湘行途中,夜间拟秦少游词,得《满庭芳》(蘸水兰红)一阕,并自我评价曰:

---

① 朱德裳:《文廷式笔记》,载《三十年闻见录》,岳麓书社1985年版,第39页。
② 王钟麒:《惨离别楼词话》,载《民吁报》1909年11月1日。
③ 龙榆生:《清季四大词人》,载《龙榆生词学论文集》,上海古籍出版社2009年版,第492页。
④ 文廷式:《湘行日记》,载汪叔子编:《文廷式集》(下),中华书局1993年,第1125页。

此词微具北宋体。然以示王木斋，又将谓有作（所）指矣。岂非痴人前不宜说梦乎！明到金陵，将以示之，为一笑也。①

上元（今南京）王德楷（字木斋）系文氏好友，于词最服文氏，唱和为多②，对文氏十分了解。因文氏平日填词多有寄托，故猜想好友木斋读这首"微具北宋体"的《满庭芳》时，会习惯性地从"有寄托"的角度解读。由此可看出，文氏所谓词的"北宋体"，颇接近周济的观点。周济《宋四家词选目录序论》曾说："北宋主乐章，故情景但取当前，无穷高极深之趣；南宋则文人弄笔，彼此争名，故变化益多，取材益富。然南宋有门径，有门径故似深而转浅。北宋无门径，无门径故似易而实难。"尽管无论是南宋词的"有寄托入"，还是北宋词的"无寄托出"，对"写其胸臆"而言，仅是呈现方式不同；尽管文氏个人填词多用比兴寄托手法，亦不乏有门径的寄托之作，但就景叙情、自然圆融的"北宋体"才是其心中追慕的对象。若是以辞害意，抑或是徒具辞采而无性情，更有甚者"声多啴缓，意多柔靡"，则是文氏所不取的。

关于元明词，与多数词家认识一样，文氏认这是词史衰弱期。其《云起轩词自序》认为："迈往之士，无所用心，沿及元明，而词遂亡，亦其宜也。"对此，他在谈及《永乐大典》中引书砆圈断句时，又例举申说"明人词学之疏""往往有误，词曲尤甚"等现象。③关于清代词，文氏在词学复振的明确主张下，又有一种反复的发展观。自复振而言，如清初词家"颇能宏雅"，此后部分词家亦不为浙西词派笼绊，于词境多有所开拓。对此，叶恭绰在《全清词钞序》中亦记载文氏曾说过"词的境界到清朝方始开拓"的话，且云文氏所说与朱祖谋一致，"实可代表词家公论"。而文氏所以这么说，与包括他本人在内的近代词家填词、论词有开拓词境的自觉意识有关。因受到"西学东渐"以及"千年未有之变局"时势变迁的影响，此时词家确实开拓了一些新题材、新主题。就中国词史而言，这种创作特点也的确为前代词史所不及。自清词发展之"反复"角度说，文氏主要对像浙西词派"如有戒律，不敢稍有出入

---

① 文廷式：《湘行日记》，载汪叔子编：《文廷式集》（下），中华书局1993年，第1129页。
② 王瀣：《娱生轩词序》，载《词学季刊》第一卷第三号，第180页。
③ 文廷式：《纯常子枝语》卷三，民国三十二年刻本。

焉"等问题,以及部分词家"论韵遵律,辄胜前人",但不能自由地"写其胸臆"的填词风气不满。

至此,从词学演进的历程上看,清代词家在选择学习对象上,呈现出由南宋向北宋、五代逆归的整体走势。如浙西词派主张学习南宋尤其是姜夔、张炎,至常州派,如张惠言《词选序》则标举晚唐五代"深美闳约"的温庭筠词为典范,周济《宋四家词选目录序》提出"问途碧山,历梦窗、稼轩,以还清真之浑化",蒋敦复所谓"力追南唐北宋诸家"①把周济的意思申说得更为清楚,陈廷焯认为填词"根柢于风骚,涵泳于温、韦,以之作正声也可,以之作艳体亦无不可"②……至王国维更将五代北宋词视为有境界的最典型代表。有清一代尤其是近代词坛,这种学词门径的逆归现象虽有一种复古情结,但又是"借复古而革新"的近代学术风气的一种反应。同时,苏辛豪放派在词史上虽时有推尊者,但总体上在"婉约为正"的观念下一直颇受非议。这种现象至近代词坛有了较大的改观,先是如周济"退苏进辛",接着如刘熙载本着"厚而清"艺术观,既将苏轼词视为词体"声情悲壮"的正调以及"元分人物"的上品,又对稼轩爱之甚笃,视为由"峥嵘突兀"至"元分人物"的一个重要过渡③……至朱祖谋,初学吴文英,后又肆力苏轼、辛弃疾二家,于苏轼词则尤所嗜喜。进而,文氏能从"词境之开拓"角度肯定清代词学复振,其中近代词坛创作风气就是重要参照系。由此,文氏论词呼应了近代词坛的风气,而近代词家在学词宗法对象选择上的趣味,除了有词学主张及其艺术观等方面要求,还有就是近代社会转型发展中对知识分子人格内涵的呼应。像文廷式青睐苏辛词,就是一例。

二、关注近代文士人格:"养胸中之性情"的词人修养论

文廷式以"写其胸臆"为准的,在纵论历代词史时实已树立了一种以人格修养为内核的词人观。他在《云起轩词自序》中说:"国初诸家,

---

① 蒋敦复:《芬陀利室词话》卷三,载唐圭璋编:《词话丛编》,中华书局1986年版,第3674页。

② 陈廷焯:《白雨斋词话》卷五,载唐圭璋编:《词话丛编》,中华书局1986年版,第3887页。

③ 杨柏岭:《刘熙载"厚而清"艺术理念的评介》,《安徽师范大学学报》(人文社会科学版)2006年第1期。

颇能宏雅,迩来作者虽众,然论韵遵律,辄胜前人,而照天腾渊之才,溯古涵今之思,磅礴八极之志,甄综百代之怀,非窘若囚拘者,所可语也。"在这里,文氏"极力张扬一种高远豪迈的志向,开阔博大的襟怀,穿透历史的眼光,挥洒自如的才情,也即词人要具备非同一般的主体精神,从而形成'兀傲差若颖'的卓荦不群的艺术风貌"①。为此,文氏接着列举清代词家数例,从正反两面予以了说明。像曹贞吉(珂雪)"有俊爽之致",蒋春霖(鹿潭)"有沉深之思",纳兰性德"学《阳春》之作而笔意稍轻",张惠言(皋文)"具子瞻之心而才思未逮"……"然皆斐然有作者之意,非志不离于方罫者也"。《礼记·乐记》曾云:"作者之谓圣,述者之谓明。"文氏以"作者"(创始者)要求词人,实则在强调真词人应当有创新、开拓的精神。

中国文论素来强调作家修养、襟抱之于创作的重要性,文氏亦道及"经史之学,以考据而明;诗文之才,则不由于考据,在养胸中之性情,而多读古文之名作,以求其神志气韵之所才"。而"养胸中之性情"除了多读古人名作,尚须有才气。文氏《湘行日记》光绪十四年记载:"阅《汪梅村诗词集》,于咸丰、同治间事颇有见闻,惜才分稍隘,未足抒其胸臆耳;词笔尤近粗率。"②进而,还须从生活、时代中炼心性,像《南轺日记》记载的"乱离以来,始复有讲求才翰者;然气萧而词杂,且多脉洛(络)不清",就是因为心性炼养不足的表现。③可见,既须涵养于传统,更须汲取时代需求,文氏此论明显带有近代具有革新精神的知识分子人格的时代特征。如此,方能真正理解他所谓真作者"非窘若囚拘者""非志不离于方罫者"的用意,也才能咀嚼出所谓"照天腾渊"之才、"溯古涵今"之思、"磅礴八极"之志、"甄综百代"之怀中这些修饰性定语的所指。而对文廷式个人来说,真作者的修养更应当以远见卓识、干预时事的政治情怀为主。沈曾植《清翰林院侍读学士文君芸阁墓表》有云:

> 君所论内外学术,儒佛元理,东西教本,人材升降,政治强弱之故,演奇而归本,积微以稽著,于古学无所附,今学无所阿。九

---

① 陈良运主编:《中国历代词学论著选》,百花洲文艺出版社1998年版,第687页。
② 文廷式:《湘行日记》,载汪叔子编:《文廷式集》(下),中华书局1993年版,第1122页。
③ 文廷式:《南轺日记》,载汪叔子编:《文廷式集》(下),中华书局1993年,第1142页。

州百世以观之。呜呼，岂得谓非有清元儒、东洲先觉者哉！

可以说，在近代中国新旧冲突中，文氏这位"东洲先觉者"是一位典型的由旧趋新者。在政治文化制度上，文氏曾主张通过废科目而废科举，要求培养"新民"的文化教育理念。可以说，文氏既有浓郁的民族自尊心，又能以世界眼光辩证看待中西文化优劣、异同。他曾多次批评那种以"攘夷"为核心的传统夷夏观，认为这是一种建立在虚骄心理的固陋之见。他认为"华夷之分在于政教而已"，"衣冠礼乐，非三代之遗；法制刑名，踵百王之末。而俨然自称为中国，诋人以夷狄，则适为万国之所笑而已"①，主张要正视西方先进的政教文明，此时"正当取西人之学以裨中国之不足"②。他呼吁变法图强，积极参与维新运动，在"今为中国计，惟君民共主"，才可"致一国于文明"③的总的政治主张下，提出限制君权，抬高民权，提倡平等，尊重法制等一系列颇具近代政治意识的建议，认识到"有君以守法，胜于无君而无法。然君权无限，则几于无法者同"④的危害性，指出今人治国当由"有治人而后有治法"向"有治法而后有治人"的历史转变⑤……诸如此类，均有助于对文氏"养胸中之性情"时代内涵的解读。

这一点若结合文廷式的词作，可得到更为丰富的认识。相比较而言，在近代词家中，龚自珍词多从思想家的角度针砭时弊，在尊情、宥情的理性思考与创作诉求中，其词的情感具有哲学化的特点；蒋春霖耳闻目睹了社会乱象，其词多着眼于社会图景、民生疾苦，其中情感具有历史化的特点；而"身系政局"的文廷式则多着眼于历史大事件，尤其是侧重于时事政策的利弊得失以及清廷的党祸纷争，由此发抒自己对王朝命运的感喟以及个人运命的困顿与抉择，其词的情感具有政治化的特点。正如钱仲联在《纯常子枝语序》中所云："晚清学者开派标宗者文芸阁、王半塘、朱古微，巍然鼎峙称巨匠，然以词人而为学人并身系政局之垂者则独推芸阁。"⑥钱氏此论确实指

① 文廷式：《纯常子枝语》卷十四，民国三十二年刻本。
② 文廷式：《罗霄山人醉语》，载汪叔子编：《文廷式集》（下），中华书局，1993年，第821页。
③ 文廷式：《罗霄山人醉语》，载汪叔子编：《文廷式集》（下），中华书局，1993年，第828页。
④ 文廷式：《罗霄山人醉语》，载汪叔子编：《文廷式集》（下），中华书局，1993年，第819页。
⑤ 文廷式：《自强论》，载汪叔子编：《文廷式集》（上），中华书局，1993年，第135页
⑥ 文廷式：《纯常子枝语》，广陵古籍刻印社1979年重修增刻本。

出了文氏词学的一大特色,而这一特点即便置于中国词史中,亦具有一席之地。

究其原因,文氏生于一个"家风重名节,十世清德绍"①的封建仕宦之家。其入仕为宦,潜心时务,好论时事,始终存有经世用世之心,与家风密不可分。观其一生,青年时期多次客武壮幕,壮年进士及第,入仕途,大考被光绪亲拔为一等第一名,擢翰林院侍讲学士,兼日讲起居注,随之卷入帝党、后党纷争之中,直至被罢,亡命天涯。可以说,政治生活是文氏生命的最重要内容,又因其生活在近代中国的多事之秋,其"一身之进退,所系于世变者大也"②,而诗词活动与其政治生命血缘深厚。汪辟疆曾记载:文氏于甲午战役后,叹曰:"时事不可为,还是词章为我辈安身立命之地。""生人之祸患,实词章之幸福。"③于是,在"自写胸臆"词学主张下,身为政治家的文氏自然亦将一己之政治态度、见解、经历及感喟流露于词中,将政治家的素质纳入词家性情、襟抱的要求之中。

三、汲取近代学术精神:"心通比兴"的词作接受观

与提高对"词人"要求一致,文氏亦自然提升了词体的地位。他在《云起轩词自序》中指出:"词者,远继风骚,近沿乐府,岂小道欤?"有清一代,此论似乎成为词家论词的门面语,但文氏之说似又浸染着近代社会意识。因性情、环境关系,与屈原"忠而被谤"经历类似的文氏有着浓厚的屈骚情结。可以说,文氏"自写胸臆"的词学主张与屈原《惜诵》"惜诵以致愍兮,发愤以抒情",可谓渊源有自,皆强调了以政治情感体验为核心的创作观。据夏敬观《学山诗话》载,文氏"尝谓全以《楚辞》入词,可另开一境界"④,且调寄《沁园春》,骒栝《楚辞·山鬼》篇意,以招隐士。同时,文氏《读楚辞》诗有云"高阳苗裔有灵均,此是衰周第一人",《论诗》又说"风雅而还读楚辞,纫兰佩芷不相师。洪炉自有陶钧术,怕看人间集字诗",尊崇屈骚而又自铸胸臆。又如,文氏《纯常子

---

① 文廷式:《畅志诗十首(壬辰秋日作)》之一,载汪叔子编:《文廷式集》(下),中华书局1993年版,第1263页。

② 冒鹤亭语,转引自钱仲联《文廷式年谱》,《中华文史论丛》1982年第4辑,第302页。

③ 汪辟疆:《汪辟疆文集》,上海古籍出版社1988年版,第394页。

④ 缄斋(夏敬观):《学山诗话》,《同声月刊》1941年第8期。

枝语》卷十一曾评曰："周美成词柔靡特甚,虽极工致而风人之旨尚微。"然随后又依据周邦彦《汴都赋》末段"讥徽宗之求仙荒宴"的特点,认为"以此意观其词",乃知周氏《扫花游》首句"晓阴翳日"、《点绛唇》首句"辽鹤归来","皆非寻常赋景怀人之句矣",其中当有讽谏意味,可见周氏忠君之心。由此,文氏认为刘熙载《词曲概》"讥美成词'富艳精工,只是当不得个贞字',亦过甚之论也"。①

作为清末清流派代表人物,文氏以遇事敢直言著称,其词亦多有寄托讽喻之篇。正如前文已说,只要能"写其胸臆",无论是门径易寻的有寄托,还是门径难觅的无寄托,皆为文氏所看重,但比较之下,文氏论词主要是承继了周济论词由南宋上追北宋、五代,祈求"不期厚而厚"的宗旨。因此,他提出了"读古人文字,心通比兴"的观点,进一步充实了"写其胸臆"的词学思想。《纯常子枝语》卷六云:

> 张皋文《七十家赋钞》持论甚正,然有失文章之理者。如《高唐赋》云:"传祝已具,言辞已毕。"亦不过言祀山灵之礼而已。皋文云:"下及调讴羽猎,明用屈子,则礼乐武功皆得其理。"已附会无谓矣。《神女赋》云:"褰余帏而请御兮,愿尽心之惓惓。"皋文云:"褰帏请御,睠顾系心之诚也。若以为赋神女,成何语耶?"按:题为赋神女,若以为屈大夫褰帏请御,更成何语耶?且班婕好《自悼赋》云:"君不御兮谁为荣。"古人原不以此等为忌讳也。凡读古人文字,心通比兴足矣,不必字字主张道学也。固矣夫!皋文之论赋也。

此则虽因论赋而起,然显然已上升到普遍的文章阅读之理。他对张惠言那种"字字主张道学"的附会读文的批评,与周济之后近代词家对比附说词的反思方向基本一致。如同样主张"填词第一要襟抱"的况周颐,在《蕙风词话》卷五中即云:"词贵有寄托。所贵者流露于不自知,触发于弗克自己。身世之感通于性灵。即性灵,即寄托,非二物相比附也。"略有不同的是,在政治斗争边缘徘徊的况氏更强调从"身世之感"层面将词人"襟抱"情感化,故其认为"即性灵,即寄托";而始终处

---

① 文廷式:《纯常子枝语》卷六,民国三十二年刻本。

在政治漩涡中的文廷式则更强调从"志之所在"层面将词人"胸臆"导向化、心意化，故其认为需要阅读古人文字，"心通比兴"即可。

事实亦如此，文氏作诗填词，擅用比兴，多有寄托，自写胸臆而类有所指，以意为尊，以风雅为归，希冀见补于采风，裨于化育。在《闻尘偶记》中，文氏纵论清代诗歌云：

> 国朝诗学凡数变，然发声清越，寄兴深微，且未逮元明，不论唐宋也。固由考据家变秀才为学究，亦由沈归愚以"正宗"二字行其陋说，袁子才又以"性灵"二字便其曲诹。风雅道衰，百有余年，其间黄仲则、黎二樵辈尚近于诗，亦滔滔清浅。下此者，乃繁词以贡媚，隶事以逞才。品概既卑，则文章日下，采风者不能不三叹息也。①

"发声清越，寄兴深微"，正可谓文氏论诗词之美的准的。沈德潜"格调"说重规范而汨没诗才诗情，袁枚"性灵"说在彰显诗人才情时又易陷入"逞才"的陷阱，皆远离了风雅传统。正是在这个意义上，陈锐《裒碧斋词话》评曰："文道羲词，有稼轩、龙川之遗风，唯其敛才就范，故无流弊。"②才肆气昌的文氏，控引情源，抑气归神，制胜文苑的主要方法便是以自写胸臆为本的寄兴之法。乾嘉之后，"通经致用，微言大义"的今文经学一度得以重视。文廷式论学则主今古文经学融合、汉宋调和，故对今文经学家张惠言这种"字字主张道学"的固陋做法颇不满意。他提出的"凡读古人文字，心通比兴足矣"，便有要尊重文学形象传情达意规律的意义。但话又说回来，"心通比兴"并非随意联想，而是要求有实证依据。像张惠言等今文经学家"解经"之法，先有"大义"的前结构，而后从"微言"中寻觅信息，看似有依据，实多是臆测。为此，文廷式在《纯常子枝语》卷二中记载了与其师陈澧的一段对话：

> 师云："'微言大义'四字，后世必以此坏经学。余所撰《东塾读书记》于孝经一卷，曾一用之，拟即改去。此斩足趾，避沙虫之意也。"廷式言："微言大义未遽坏经学，近来专好言西汉之学，乃

---

① 文廷式：《闻尘偶记》，载汪叔子编：《文廷式集》（下），中华书局1993年版，第736页。
② 唐圭璋编：《词话丛编》，中华书局1986年版，第4198页。

真足以坏经学。此佛家所谓'师子身中虫自食师子身中肉者'
也。"师曰:"然。"

陈澧问学后来走向了古文经学之路,所以他对自己早年解经曾用"微
言大义"之法颇有悔意。但是文廷式则认为,陈澧之误不在"微言大
义"本身,而在于那些好言西汉之学者肆意释经的方式①。此后陈澧
言及"微言大义"便调整思路,反复强调"微言大义,必从读书考古而
得","此二语庶乎无弊矣"②。当然,在"心通比兴",以求"微言大义"
思想的指导下,注重隐喻表达的文氏诗词也有另一种倾向,即究心微
言大义,致使所指隐晦,喻意难辨。如其诗"多涉同光掌故,其《落花》、
《咏史》、《宫词》诸作,类有所指,特词旨隐约,骤读不能辨耳"③;其词
"由于批评时政,事涉敏感,故多用隐语"④,有的词作词情隐晦,读者
也只能略会其意耳。

　　文氏诗词创作的这种复杂性,亦反映出他个人以及近代学术的时
代特征。时至"同光新政"时期,学术思想趋向的一个重要体现,便是
"以为汉学宋学都包含'以儒术治天下'的所谓微言大义,通过读书而
领略儒学经传的真道理,才能从根本上有益于去弊图治"⑤。如刘熙
载晚年自撰《寤崖子传》即云"其为学与教人,以迁善改过为归,而不斤
斤为先儒争辨门户"⑥,而"承学者不必为门户之言所惑"⑦,更是谭献
时常道及的。较之这些传统学者,"于古学无所附,今学无所阿"的文
廷式,已由汉学、宋学之融通走向了汲取古今中西学术精神。在近代
学术史上,文氏被冠以"杂家"之名,其中就包括他论学不拘一隅,"上
下古今,无所不尽",追求学术自由的态度。

　　文氏这种治学态度,正是学者治学以获取个人心得为重的反映。
文氏《畅志诗十首》之二针对"圣者不可作,群言日纷纭"的现象,指出

---

① 尽管文氏与康有为交往甚密,然文氏此处似有针对康有为之意,其《纯常子枝语》卷六又云:"国初
人讥宋学家不读书,近时讲汉学者标榜公羊,推举西汉便可以为天下大师矣! 计其所读尚不如宋学者之
多也。"

② 杨寿昌:《陈兰甫先生澧遗稿》,《岭南学报》1932年第2卷第3期。

③ 王揖唐著,张金耀校点:《今传是楼诗话》,辽宁教育出版社2003年版,第319页。

④ 林玫仪:《文廷式甲午后词作探微》,《词学》第十四辑,第262页。

⑤ 朱维铮:《求索真文明:晚清学术史论》,上海古籍出版社1997年版,第178页。

⑥ 刘熙载:《昨非集》卷二,《刘熙载集》,刘立人、陈文和点校,华东师范大学出版社1993年版,第485页。

⑦ 谭献:《复堂日记》,范旭仑、牟晓朋整理,河北教育出版社2001年版,第47页。

"积势之所趋,偏重乃失真。经术与师儒,各以风气因。何必分汉宋?力行贵近'仁'",期望能以"仁"统万殊,消除汉宋门派纷争。在《纯常子枝语》卷二中,文氏又云陈澧30岁后,"学术一变务求心得,不敢蔑弃成说,亦不敢轻徇时趋。"同时,文氏亦认为:"不读古书,不足知后世之变;专信古书,不足知后世之变。三微而成一著,惟有识者知之。"① 像那种"以一指蔽目,而言天地万物不外于此","拈一字一句以为学问宗旨,而言六经群籍理皆在是"等做法,"特以之训学人、立门户,则可;若真以为古今学术尽在于此,则欺人之说"② 。由此,为学须打破门户之见,通古今,融中外,因为"别白而定一尊,学术之所以隘也,隘则陋;而人材之奇伟者,亦暧暧姝姝而束于一先生之教矣"③ 。可以说,文氏在《云起轩词自序》中针对词史各派所表现出的"不尚苟同"的态度,以及其自言"三十年来,涉猎百家,攉较利病,论其得失,亦非扪钥而谈"的自信之言,尤其是"自写胸臆""心通比兴"的主张,正是这种"务求心得",求其精神的治学态度的体现。

四、结穴与开端:文廷式词学的价值与地位

除了上述所论,文氏在词之音律、音韵、词句考证等方面也有一些言论,但皆系碎语,惟有"写其胸臆"才是其最具个性才情、时代特征及词史意义的主张。关于文氏的个性才情,陈三立在《萍乡文氏四修族谱序》中说其"才气横溢,高睨大谈,不可一世""固奇杰非常人也",而与文氏交恶的王闿运亦多次述及文氏的性格,认为文氏属于造访其湘绮楼人群中"楼客之异者",指责文氏"无礼""张扬""自傲"等④ 。其实从《云起轩词自序》"志之所在,不尚苟同""论其得失,亦非扪钥而谈矣"等语,亦可见文氏"意在自负"⑤ 的一面。综合而论,文氏于才气迥绝、学识淹博中,亦有兀傲、刚直、坚贞,乃至于"清狂""自负"的特点。对此,文氏词中时有表现,如《鹧鸪天·即事》二首之一:

① 文廷式:《罗霄山人醉语》,载汪叔子编:《文廷式集》(下),中华书局1993年版,第801页。
② 文廷式:《罗霄山人醉语》,载汪叔子编:《文廷式集》(下),中华书局1993年版,第803页。
③ 文廷式:《罗霄山人醉语》,载汪叔子编:《文廷式集》(下),中华书局1993年版,第806页。
④ 王闿运著,马积高主编:《湘绮楼诗文集》,岳麓书社1996年版,第464—467页。
⑤ 叶恭绰:《全清词钞序》,载姜纬堂选编:《退庵小品》,北京出版社1998年版,第94页。

劫火何曾燎一尘,侧身人海又翻新。闲拈寸砚磨砮世,醉折繁花点勘春。　闻柝夜,警鸡晨。重重宿雾锁重阍。堆盘买得迎年菜,但喜红椒一味辛。

据考,此阕作于光绪二十一年(1895)除夕①。此前,中日甲午战事已过,清廷被迫与日方议和,文氏既屡屡上书痛斥,又奏劾李鸿章等贻误战机,致使慈禧太后怒,主和派愤,李鸿章恨,欲中以奇祸。期间,宫中又有废立之谋,整个清廷政治气氛极其紧张。文氏此阕便是将自己置于这种政治环境,以一尘自喻,描述自己遭遇劫火,直言弹劾权贵而险遭不测的经历,抒写了自己在险恶环境中"寂寞闲居,虽有危苦之词,不改萧况之度"②的生活状态。下片更是借新年岁首用椒酒习俗,以及身为江西人嗜辣的特点,表明自己闻鸡起舞的报国之志、"但取"辛辣红椒的兀傲倔强性格及其抗直不屈的坚贞品格。叶恭绰《云起轩词评校补编》曾评此词"极似稼轩",恰似辛弃疾《鹧鸪天·博山寺作所云》"宁作我,岂其卿",所彰显的正是那种强烈的倚才自负以及自我塑造的主体意识。

需要说明的,文氏"自写胸臆"的词学主张在承继中国诗学言志、缘情传统的同时,更体现了时代精神的呼唤。龙榆生曾云:"廷式词虽力崇北宋,而因性情环境关系,不期然而与稼轩一派相出入,固绝非以摹拟为工者。"③不过,龙榆生的解读似乎仅侧重在文氏的用世之志,及其诗词因社会环境刺激所呈现出的豪放、悲慨风格,并没有挖掘"自写胸臆"主张所蕴含的诗歌思想史价值。《庄子·天下篇》论及庄子的苦心时,曾说其"以天下为沉浊,不可与庄语",故而"以卮言为曼衍,以重言为真,以寓言为广",通过"游心"而沉浸于"心游"的精神世界中。庄子这种写作观及言说方式,实则具有一定的普遍性。历史上,那些除旧布新者多强调主体的价值,如此方更能发挥"务去陈言",直抒胸臆,解构"传统"枷锁的作用。譬如,明代中后期在王阳明心学体系基础上,逐渐形成的追求个性自由,冲击传统文化的思想解放思潮,便强调主观精神为世界的第一原理。于此,"写其胸臆"便成为这一思潮的重

---

① 何东萍:《云起轩词笺注》,岳麓书社2011年版,第36—37页。
② 文廷式:《冬夜绝句》诗序,载汪叔子编:《文廷式集》(下),中华书局1993年版,第1360页。
③ 龙榆生:《清季四大词人》,《龙榆生词学论文集》,上海古籍出版社2009年版,第497页。

要话题。王阳明在《五经臆说序》中即云:"名之曰《臆说》,概不必尽合于先贤,聊写其胸臆之见,而因以娱情养性焉耳。"①徐渭《胡大参集序》亦批评那种"言非自有"的创作倾向,而求"无一字不写其胸臆者"。②至于李贽的"童心说",公安派的"性灵说",以及清代袁枚在《随园诗话》卷四里所说的"凡作诗,各有身份,亦各有心胸",等等,皆主张诗歌创作须抒发真情,抒写一己之真我。

时至晚清,面对积弱的国势,在革新求变时代精神的召唤下,"写其胸臆"更是成为富有"近代精神"的知识分子们冲破传统桎梏,体现他们想"言说"的动机,表达政治抱负的鲜明主张。龚自珍基于其"心力"学说,在《述思古子议》中提出了为何写作的问题,认为"言也者,不得已而有者也。如其胸臆本无所欲言,其才武又未能达于言,强之使言,茫茫然不知将为何等言"③。黄遵宪在《杂感》诗中亦是旗帜鲜明地主张"我手写我口,古岂能拘牵"。由此来看文廷式"写其胸臆""心通比兴"的词学思想,便可更深刻地领悟其中所蕴涵的时代诉求。故借用叶恭绰《广箧中词》中评文氏《水龙吟》(落花飞絮茫茫)之语"胸襟气象,超越凡庸",评说文氏词论的时代特征及个性丰采,当不为过。

百余年来,文廷式"写其胸臆"的词学主张及实践,颇受论者的重视。概括而言,一是从不为派别所限的角度,赞其词学的独特个性与追求,誉其自成一家的地位。如朱祖谋《杂题诸家词集后〈望江南〉》说其"拔戟异军能特起""傲兀故难双",朱庸斋《分春馆词话》说"浙西、常州两派而外,独树一帜者为文廷式"④,等。二是从词史发展的角度,肯定其承传(尤其是苏辛派)之力,褒扬其词境开拓之功。如叶恭绰云"近代词学辛者尚有之,能近苏者惟芸阁一人耳"⑤,沈轶刘甚至说,若无文廷式,"则清词结局必不能备足声色"⑥。后来,像钱仲联、严迪昌等均发挥了沈氏的说法,如严氏说"在这清词'结穴'之局中,文廷式是足堪与'四家'中坚朱孝臧对垒的大手笔"⑦。不过,与将文氏视为"清

---

① 吴光等:《阳明全书》,上海古籍出版社1992年版,第876页。
② 徐渭:《徐渭集》,中华书局1999年版,第907页。
③ 龚自珍:《龚自珍全集》(上),王佩诤校,中华书局1959年版,第123页。
④ 朱庸斋:《分春馆词话》,载张璋等编纂:《历代词话续编》,大象出版社2005年版,第1183页。
⑤ 夏敬观:《忍古楼词话》,载张璋等编纂:《历代词话续编》,大象出版社2005年版,第362页。
⑥ 沈轶刘:《繁霜榭词扎》,载张璋等编纂:《历代词话续编》,大象出版社2005年版,第846页。
⑦ 严迪昌:《清词史》,江苏古籍出版社1990年版,第519页。

代词史的结末之篇"不同,施蛰存本着"'近代文学'是文学上的近代"与"'近代文学'是具有近代精神的文学"的标准,提出从旧体诗词的近代精神来看,近代词"应当从文廷式开始"①。其中的矛盾一方面可见他们界定"近代文学"标准的差异,另一方面反映出文廷式在近代中国社会转型过程中的特殊地位。

论及近代知识分子,人们常以龚自珍为开风气者。龚氏曾在《臣里》一文中以"臣孤于纵,不孤于横"表明自己的觉醒意识。稍后于龚氏,处在近代社会转型新阶段,更具世界眼光的文氏则从更深层次地感受到了这种"觉醒"的孤独。较之于龚氏的激越,文氏多了一份理性,他甚至曾以"至迂至阔"批评龚氏的经济主张②。文氏清醒地认识到"中国积弊极深,不可不速变法",然"徒欲呶呶变法者,犹非国手之弈也",惟有"明于各国之大势,明于五洲之性情,明于吾今日受病之处与他日病愈之效,则可与言救急方矣。吾观天下,未遇其人也"。③ 正是这种清醒的孤独,使得其诗词中尽显"狂放"的同时,又内敛着难以抑制的郁勃之气。其《自题诗书稿册》云:"山川不发骚人兴,天地能知狂者心。凭仗纵横一枝笔,可怜无古亦无今。"《浪淘沙》(寒气袭重衾)云:"岁序使人惊,染尽缁尘。寂寥空草《太玄经》。别有苍茫千古意,独坐观星。"这里,文氏以一系列象征性的景象与行为,在时序变化与时势变迁的清冷环境中,自喻才高寂寞的扬雄,虽洞悉天道人事变化的规律,却无人赏识,浑然"东洲先觉者"寂寞心灵的写照。

龙榆生在《近日学词应到之途径》一文中,谈到阅读文氏《云起轩词钞自序》的感受,认为"怵于国势之阽危,与词风之衰敝",文氏之说具有"拯士习人心于风靡波颓之际"之力,尤为佩服文氏对词人修养提出的要求,令其认识到"吾辈责任,不在继往而在开来,不在守缺抱残,而在发扬光大"④,深刻揭示出文廷式词学的近代意识及其词史影响。当然,与同时黄遵宪"半取佛理,又参以西人植物学、化学、生理学诸说,实足为诗界开一新壁垒"⑤,以及梁启超提出的"新意境""新语

---

① 施蛰存:《历史的"近代"和文学的"近代"》,载《北山四窗》,上海文艺出版社2001年版,第34、35页。

② 文廷式:《纯常子枝语》卷三,民国三十二年刻本。

③ 文廷式:《罗霄山人醉语》,载汪叔子编:《文廷式集》(下),中华书局1993年版,第806—807页。

④ 龙榆生:《近日学词应到之途径》,载《词学季刊》第二卷第二号。

⑤ 梁启超:《饮冰室诗话》,人民文学出版社1959年版,第30—31页。

句"和"以古人之风格入之"等新派诗"三长"①相比,文氏所开拓的词境则同中有异。其中,"以古人之风格入之"自不待言,除此之外,文氏词亦取用佛典说理,后期填词也有以口语入词的倾向,也合乎梁启超所说的"新语句"的取向。只是文氏尽管在《纯常子枝语》等笔记中大量言说中西交通后出现的新知新物,但其词境之拓展并非通过这些新名词、新器物、新意象、新学说等显豁要素表现出来,而是在看似传统的情感抒发中,渗透着"帝党"与"后党"斗争、新旧派对立、主战与主和的冲突,抒写个人或同道遭受排挤打击的命运感喟及政治情怀。从这个层面上说,文氏词境之拓展当合乎梁启超"(诗界)革命者,当革其精神,非革其形式"②的总体旨趣。这也是正式文氏"自写胸臆""心通比兴"等主张重在务求"精神"的本质显现。

文氏去世前一年,张之洞入京,作《读史绝句》四首,其第四首《张孝祥》即为文氏而作,云:"射策高科命意差,金杯劝酒颤宫花。斜阳宫柳伤心后,仅得词场一作家。"从文氏大考第一、受德宗特知、行事不捡、宫掖之变,至以《云起轩》一卷词为文氏终生所得作结。③文氏去世当年,挚友陈三立在《哭胡粮储,时以从役,殁于姑苏》诗中,亦喟叹:"半塘蜕去(王给谏鹏运)纯常死(文学士廷式),海内词人日寂寥。"同光时期,词学复振,在这群星璀璨的词坛,他也曾有参与词社的经历,然或入社未能持久,或所参与的词社原本"松散",他的词史地位主要凭借其"写其胸臆"这个特立独行的词学个性,以及如施蛰存所说的其词学具有的"近代精神"等要素,而成为其中极其耀眼的一颗。

[原以《文廷式的词学主张及其近代意识》为题刊于《安徽师范大学学报》(人文社会科学版)2014年第3期,辑入本集有改动]

---

① 梁启超:《夏威夷游记》,载《饮冰室合集》第7册之《专集》22,中华书局1889年版,第189页。
② 梁启超:《饮冰室诗话》,人民文学出版社1959年,第51页。
③ 黄濬:《花随人圣庵摭忆》(上册),中华书局2008年版,第126页。

王国维"境界说"及其词学的审美现代性

王国维词学成就及其对近百年来词学研究的影响,已是学界公认的事实,也是近些年词学研究的一个焦点。但是仍有几个问题是笔者一直在思考的:他选择词学研究的原因是什么？他只说"词以境界为最上",个中理由何在？谁堪当中国传统词学的终结者？是梁启超还是王国维？这些问题的解决必将有助于认识王氏乃至20世纪初期词学研究中的审美现代性特点。

一、王国维研究词学的动因探析

词学并非王国维学术关怀的第一或唯一对象,但无疑是他最具学术品位的研究对象,那么他选择词学研究的原因是什么？王国维对学术趣味的变化时有交代,其中即有由哲学到文学,在文学中以诗歌为重,又在诗歌中专注于词学。不过,大多数读者关心的只是王氏由哲学到文学的兴趣转变,对于这个时期他何以在寻求文学慰藉的心态下选择诗歌,又在诗歌中专注于词的创作与研究,缺少进一步的追问。而王氏相关的一些论述也易于"阻挡"读者的追问,如他在《静安文集续编自序二》中说的,"近年嗜好之移于文学,亦有由焉,则填词之成功是也","因词之成功,而有志于戏曲,此亦近日之奢愿也"。填词之成功虽不是王氏由哲学转向文学,又尤喜词学的根本原因,但确实给他的词学研究带来了自信,且这种自信还表现在他的戏曲研究上,但他又为何填词呢？专注于词学的根本原因有哪些？这些问题的解决,必将有助于认识王国维的学术历程、学术思想,也有利于认识词体的审美特征。

首先,王国维一生的学术兴趣转变,与他的身体、个性及性格有关,他的学术研究闪烁着生命的光泽,研究词学也不例外。关于从事哲学研究，王氏在《静安文集续编自序》里曾说："体素羸弱，性复忧郁，人生之问题日往复于吾前，自是始决从事于哲学。"而他由哲学转向文学也有个人性格的原因，《静安文集续编自序二》有过详细的说明，主要是"余之性质，欲为哲学家则感情苦多而知力苦寡，欲为诗人则又苦感情寡而理性多"，他的性格中蕴涵着成为哲学家与文学家的两种可能。由此性格的双重可能结构，加上"哲学上之说，大都可爱者不可信，可信者不可爱"及"所谓哲学家，则哲学史家耳……然为哲学家则不能，为哲学史则又不喜"等原因，致使他"疲于哲学有日矣"，甚至哲学的可信而不能爱、可爱而不能信，一度成为他的"最大之烦闷"，于是他的"嗜好所以渐由哲学而移于文学，而欲于其中求直接之慰藉者也"。

王氏研究文学乃是根源于他性格中"情知兼胜"的双重结构，且这种性格更宜于以精简古雅取胜的诗词样式。对此，叶嘉莹曾说，"盖静安先生之为人，反省过多，长于抑敛而短于发扬，此所以他虽亦有文学之天才，而其所长者乃但为以精简古雅取胜的诗词"，所以"静安先生之所以只完成了戏曲史之研究，而没有更致力于戏曲之创作，应该乃是受了他自己所禀赋之才性的限制的缘故"①。不过诗词历来并称，却一境阔一言长，二者在人心目中的地位也有差别。王氏痴迷于词，喜欢五代北宋词，是有其性格上的内在缘由的：王氏羸弱的身体、忧郁的天性，与词体特别是五代北宋歌词的"要眇宜修"、泪阁盈盈的悲伤情绪有一定的相似性；"长于抑敛而短于发扬"，尤其是此时寻求文学直接慰藉的心理需要，致使超越儒道名理，以抒情性、内倾性见长的歌词为他最惬意的问学对象；"情知兼胜"，喜欢由人生现实问题上升到人生终极问题的思考，也与唐宋歌词普遍存在的叹息中追问、心绪化中的感发特点相契合。

此外，王氏性格中所表现出的与时代若即若离的特点，也是他选择词学的一个原因。王氏"以其天赋之矛盾性格，既原就存有着一种既不喜涉身世务而却又无法忘情世乱的矛盾，又以其追求理想之天性，对一切事物都常抱着一种以他自己为尺度的过于崇高的理想，而却偏偏又不幸而正生在了一个最多乱、多变的时代，因而乃造成了他

---

① 叶嘉莹：《王国维及其文学批评》，河北教育出版社1997年版，第27页。

个人与时代之间的一种无法调和的差距"①。而唐宋词的活动场本是时代的一个部分,但与现实人生或中国士大夫观念中的熟悉的人生不同,亦存在一种若即若离的关系。王氏在《人间词话》中谈到造境、写境时便是从这个角度说的。他以审美的态度观照人生与学问,在他生活的时代,王氏就是一个游离在传统诗学观念及传统人文精神之外,却又能表现其中内核的五代北宋时期的一首词。王氏看似与时代不合时宜的性格及其学术研究的选择,却正是从最高意义上体现了时代的新变,以及王氏感悟时代的用心。词体的审美个性及其发展,也有类似的特点。

其次,如果说身体及性格是王氏填词、研究词的个性原因,那么从寻求精神慰藉的心理需要看,痴迷于词便担负了纯文学的直接慰藉的功能。精神慰藉的方式很多,但如王国维在《红楼梦评论》中所说:"叔本华置诗歌于美术之顶点,又置悲剧于诗歌之顶点,而于悲剧之中又特重第三种,以其示人生之真相,又示解脱之不可已故。"。这是王氏由哲学转向文学,研究《红楼梦》的原因所在,即从寻求精神慰藉及人生解脱的角度"示人生之真相,又示解脱之不可已故"。在叔本华思想的影响下,王氏曾区别过不同种类的慰藉方式及程度。他的《去毒篇》先是谈到了宗教与美术慰藉的各自适应的社会对象不同,接着又针对上流社会指出了美术中尤以文学为最的观点。一则"美术者,上流社会之宗教也",因为上流社会"其知识既广,其希望亦较多,故宗教之对彼,其势力不能如对下流社会之大,而彼等之慰藉不得不求诸美术","宗教之慰藉理想的,而美术之慰藉现实的"。二则"感情上之疾病,非以感情治之不可,必使其闲暇之时心有所寄,而后能得以自遣。夫人之心力不寄于此则寄于彼,不寄于高尚之嗜好则卑劣之嗜好所不能免矣。而雕刻、绘画、音乐、文学等,彼等果有解之之能力,则所以慰藉彼者,世固无以过之……而美术之慰藉中尤以文学为尤大"。为什么?因为美术中的雕刻、绘画等"不易得",而美术中的文学"求之书籍而已","其普遍便利,决非他美术所能及也"。因此,王氏主张"此后中学校以上,宜大用力于古典一科,虽美术上之天才不能由此养成之,然使有解文学之能力、爱文学之嗜好,则其所以慰空虚之苦痛而防卑劣之

① 叶嘉莹:《王国维及其文学批评》,河北教育出版社1997年版,第43、44页。

嗜好者,其益固已多矣。此言教育者,所不可不大注意者也"①。可见在王氏看来,美学、艺术、文学确实具有慰藉能力,而且对上流社会而言是最高尚的慰藉方式;美术中又以文学慰藉为大,文学中又以诗词、戏曲为典型。至此,王氏已经从精神慰藉角度把他从事词曲研究的原因说得十分清楚,他1905年开始填词确实与他接受叔本华哲学美学思想有一定的关系②。

第三,由王氏的反功利文学观能进一步说明文学为何具有如此大的慰藉作用,亦能深入解释王氏选择词学的学术态度之缘由。王氏对于文学的反功利性的论述十分丰富,并提出了"餬餟的文学决非真正之文学"的论点。如《文学小言》第一则、第十七则分别说:

> 昔司马迁推本汉武时学术之盛,以为利禄之途使然。余谓一切学问皆能以利禄劝,独哲学与文学不然……若哲学家而以政治及社会之兴味为兴味,而不顾真理之如何,则又决然非真正之哲学……文学亦然,餬餟的文学决非真正之文学也。

> 吾人谓戏曲小说家为专门之诗人,非谓其以文学为职业也。以文学为职业,餬餟的文学也。职业的文学家以文学为生活,专门之文学家为文学而生活。

正如叶嘉莹精辟的概括:"静安先生一向主张纯文学自有其独立之价值,因而乃极端反对以文学为载道之工具或借之以达成任何政治上之目的,或以之为手段来满足任何求名及求利之欲望。"③相对于文以载道、诗以言志等观念以及诗赋文取仕的职业性质,词体的心绪化特点及娱情遣兴功能超越了政治、利禄等功利目的,词体的审美特性合乎王氏的反功利文学观,具有纯文学的性质。不仅如此,王氏在《人间词话》中仍以纯文学标准要求原本已经较为纯粹的诗词艺术。他说:"人能于诗词中不为美刺投赠之篇,不使隶事之句,不用粉饰之字,则于此道已过半矣。"他喜欢五代北宋词,除了辛弃疾外尤不喜欢南宋词,其

---

① 王国维:《静安文集续编》,载《王国维遗书》(第三册),上海书店出版社1996年版,第559、660页。
② 周一平、沈茶英:《中西文化交汇与王国维学术成就》,学林出版社1999年版,第145、146页。
③ 叶嘉莹:《王国维及其文学批评》,河北教育出版社1997年版,第129页。

中就有"南宋有无谓之词以应社"①的功利性原因。

王氏的反功利文学观,还突出表现为他的游戏说和求真美学思想。这与他研究词学也有一定的关系。游戏说是西方关于艺术起源诸多理论中的一种,王氏受到叔本华意志哲学、康德美学中的趣味判断及艺术三类中的第三类"感觉游戏艺术"、席勒的文学起源于游戏的系统化论述等影响,在《文学小言》第二则中正式提出了"文学者,游戏的事业也⋯⋯故民族文化之发达非达一定之程度,则不能有文学,而个人汲汲于争存者,决无文学家之资格也"。词亦称诗余,但传统词学家多是从"三立"价值观作出界定,多含贬义。其实若从游戏说的角度说,本色歌词便是建立在唐宋人享乐心理基础上的、"人之势力用于生存竞争而有余,于是发而为游戏"②的艺术,体现了"文学者,游戏的事业也"的创作心态特征。王氏求真美学观受到康德、叔本华天才观、理念等思想的直接影响,以此反对理学"存天理,灭人欲"的教条框框。而词体的兴起与发展因不受言志、载道等文学观念的束缚,亦能比较自由地抒情,冲破了传统礼教的许多禁区。王氏不仅说"词人者,不失其赤子之心者也""词人之忠实,不独对人事宜然。即对一草一木,亦须有忠实之意,否则所谓游词也"③,而且主张只要不是游词④、儇薄语,那种有真实情思的艳词是可作的。显然,这不同于常州词派那种在比兴寄托思想下的艳词可作的主张。因此,在真与善之间,特别是有冲突时,他选择的是"真"。《人间词话》说:"'昔为倡家女,今为荡子妇。荡子行不归,空床难独守。''何不策高足,先据要路津。无为守贫贱,轗轲长苦辛。'可谓淫鄙之尤,然无视为淫词、鄙词者,以其真也。"淫鄙不可怕,可怕的是不真,是伪善。以真反思善,是王国维无功利文学观的一大特点,也是他选择词体的一个重要原因。

第四,王氏选择词体印证了他的文学史观。王氏依赖进化认识论、反功利文学观、生命解脱观及求真美学思想,解释了文体发展的规律性。即文体之间始终存在以新代旧的规律,旧体染指遂多,自成习套,带给"豪杰之士"的就是痛苦、困惑与压力,只有创造出新的文体,

①周济:《介存斋论词杂著》,载唐圭璋编:《词话丛编》,中华书局1986年版,第1629页。

②王国维:《静安文集续编》,《王国维遗书》(第三册),上海书店出版社1996年版,第624、625页。

③王国维:《人间词话删稿》,载唐圭璋编:《词话丛编》,中华书局1986年版,第4265、4266页。

④此游词是不真实、不忠实的词,不是"游戏之事业"的"游戏"的意思。

方能解脱,以慰藉他们抒发真实心灵的需要。而一种文体之内的发展,则必然是"始盛终衰"的,某一文体的发展主要是在文艺的大环境下,需要生存下去的自然结果,要生存就要加入进化的轨道。这既没有固定的本源,也不过多依赖外在因素,关键在于该文体的真实性与否,以及作家主观的解脱需要。王氏沿着"兴、盛、衰"的进化逻辑,既指出文体间的演变规律,也看出了某一文体自身的发展规律。《文学小言》第十三则云:

> 诗至唐中叶以后,殆为羔雁之具矣,故五季、北宋之诗(除一二大家外)无可观者,而词则独为其全盛时代。其诗词兼擅如永叔、少游者皆诗不如词远甚,以其写之于诗者不若写之于词者之真也。至南宋以后,词亦为羔雁之具而词亦替矣(除稼轩一人外),观此足以知文学盛衰之故矣。

在此段中,王氏通过诗词比较,从文体间演变规律,把他为何研究词的原因说得极为清晰。那种"乃复托于不重于世之文体以自见"者才是真文学,他喜欢五代北宋词,除了辛弃疾外尤不喜欢南宋词,抑或因为"逮此体流行之后,则又为虚玄矣"①。可见他对五代北宋词情有独钟,就是因为"最工之文学,非徒善创,亦且善因"②,所以最工之文学应在其前驱与后继之间诞生,是不为世重而自由发展时期,而非流行后的"殆为羔雁之具"的时期。验证于词,即唐为兴(前驱者),五代北宋极盛(最工者),南宋以后渐衰(后继者)。如此态度,从更为理性的层面说明了王氏研究词的求真态度。

第五,研究词学是王氏高尚之嗜好的表现,也体现了他培养完美人格的需要。王氏曾专门写过《人间嗜好之研究》,何谓嗜好?他说:"苟足以供其心之活动者,虽无益于生活之事业,亦鹜而趋之。如此者,吾人谓之曰'嗜好'。"嗜好的作用何在?他说:"虽嗜好之高尚卑劣万有不齐,然其所以慰空虚之苦痛而与人心以活动者,其揆一也。"中国人常说的消解苦痛的方法是"消遣",王氏认为这是"一切嗜好由此

---

① 王国维:《文学小言》,《王国维集》(第1册),周西山编校,中国社会科学出版社2008年版,第23页。
② 王国维:《人间词话删稿》,《王国维集》(第1册),周西山编校,中国社会科学出版社2008年版,第239页。

起也"。但是嗜好有层次区别,其中"最高尚之嗜好如文学、美术",因为这是起源游戏的,"亦不外势力之欲之发表"。如此说,王氏认为这不是"使文学、美术之价值下齐于博弈也",而是从心理学角度说,这些嗜好的"根柢皆存于势力之欲,而其作用皆在使人心活动,以疗其空虚之苦痛"。先要弄清问题的事实,而后才能谈论问题的价值。这个价值就是"若欲抑制卑劣之嗜好,不可不易之以高尚之嗜好,不然,则必有溃决之一日。此又从人心活动之原理出,有教育之责及欲教育自己者,不可不知所注意焉"。

至此,王氏研究嗜好,目的在于他的培养完美人格的美育思想。其实,王国维是中国近代较早提倡美育的学者。他在《论教育之宗旨》中云,"独美之为物,使人忘一己之利害而入于高尚纯洁之域,此最纯粹之快乐也。"又在《孔子之美育主义》中说孔子的教育"始于美育,终于美育",只是后来的"贱儒"们破坏了孔子的这一传统,"故我国建筑、雕刻之术,无可言者。至图画一技,宋、元以后,生面特开,其淡远幽雅,实有非西人所能梦见者。诗、词亦代有作者。而世之贱儒,辄援'玩物丧志'之说相诋,故一切美术,皆不能达完全之域。美之为物,为世所不顾久矣。庸讵知无用之用,有胜于有用之用者乎?"其中贯彻的还是他的反功利的文学观。他甚至在《教育偶感四则》之《文学与教育》中说:"生百政治家不如生一大文学家。何则?政治家与国民以物质上之利益,而文学家与以精神上之利益……且物质上之利益,一时的也;精神上之利益,永久的也。"正是基于如此认识,在有些人看来是玩物丧志、逢场作戏的歌词艺术,却成为王氏实践其纯文学观,启迪现代人人格精神的方式,而他的词学研究也始终落实着这个思路。

二、"词以境界为最上"的缘由探秘

目前人们已经习惯于从《人间词话》谈艺术哲学、美学,《人间词话》被定为一部艺术哲学著作,境界说则包括各种艺术样式的艺术本质。但是,在《人间词话》等著作中,王氏寻找词体个性的研究思路也是十分清楚的,他论诗、论曲往往是为了论词,况且在各种艺术样式中,他只说"词以境界为最上",个中理由何在?解决这个问题将能更进一步认识王氏的词学思想,以及词体在王氏治学中的突出地位。

　　首先,讨论《人间词话》学理性质是文学甚或为词学还是艺术哲学,我们的目的不是在三者之间做一个唯一性的决断,而是在强调王氏学思的多重性质的基础上展开的。前面指出的王氏选择词学研究的诸多原因,不仅影响了治学对象的选择,而且影响了他的治学思路。他"体素羸弱,性复忧郁"及性格上的感情与理性冲突,他学术趣味中的"可爱与可信""知真理与爱谬误"的徘徊,都使得他研究哲学具有诗化特色,而研究诗歌又具有哲学走向。王氏"既禀有忧郁悲观的天性,而又喜欢追索人生终极之问题"①,同时在他的问学经历中得到了进一步强化,体现了中西学术致思上的某些共同性。一方面是西方理念思想尤其是叔本华的"天才"以其天赋"专专焉力索宇宙之精神"(王国维《叔本华与尼采》文中引叔本华语)的表现,另一方面这种学术上的终极追问也是中国古代学术由"万殊"而求"一本"思路的延续。于是王氏论学特别重视由个人追问人类全体、由具体而抽象的直观能力。《〈红楼梦〉评论》云"美术之所写者,非个人之性质,而人类之性质也。惟美术之特质,贵具体而不贵抽象。于是举人类全体之性质,置诸个人之名字之下";《人间嗜好之研究》说真正之大诗人"遂不以发表自己之感情为满足,更进而欲发表人类全体之感情,彼之著作实为人类全体之喉舌"。因此,尽管王氏由哲学转入文学进而为词学,但哲学的影响仍然存在,学术致思的多重性是王氏一以贯之的性质,也使他的学术成果闪烁异样光彩。

　　境界说的提出就与王氏的学术致思特点有密切关系。他自认为特标境界的优势就是"探本"。王氏所探之本,兼有本原、本质及本然多层意思,乃是西方"理念"与中国"本末"思维融合的反映。气质、神韵、兴趣等范畴其实也是一种探本,对此王氏并没有否定,且适度肯定过这些术语揭示艺术美的某些贡献②,它们的缺点只是探本的程度不够,皆"犹不过道其面目,不若鄙人拈出'境界'二字,为探其本也","有境界,本也;气质神韵,末也"。由此可见王氏探本思维的坚决性,标举境界是王氏学术追问思致的直接结果,境界最能代表他的探本意图。一是一切意识的哲学追问。他认为哲学是最高的科学,是史、文等学科的根本,以致研究史、文等学科,唯有"寻求哲学根由",方为探本。

────────

① 叶嘉莹:《王国维及其文学批评》,河北教育出版社1997年版,第32页。
② 他在引述严羽《沧浪诗话》"盛唐诸公,唯在兴趣"一段后说"北宋以前之词亦复如是",就是说明。

二是寻觅各种意识形态的共同归宿和本原。王氏不是简单地探询某一类意识形态的本质问题,也非仅仅究及其哲学内蕴,而是诚如《奏定经学科大学文学科大学章程表后》所说的"文学中之诗歌一门尤与哲学有同一性质,其所欲解释者皆宇宙人生根本之问题"。由上我们明白了"境界"在王氏笔下所表现出的各类意识形态具有的一种系统质与特殊质的结构,具有在一本境界中又演化为哲学的、文学的、道德的等万殊境界的实践品格。而境界之所以比其他范畴更具有优势,是因为:

一是王氏在研究西方哲学、美学时,对认识论中的主体、客体及其二者关系感触尤深,境界一词直接体现了王氏能观认识论的结构图式。叔本华曾说"在静观的审美方式中,我们已经发现两个不可分割的组成部分",即"客体的知识"与"观照者的自我意识"①。王氏有我之境与无我之境及造境与写境等方面的划分,便是这个思维模式的直接反映。他的《人间词乙稿序》甚至说"原夫文学之所以有意境者,以其能观也",并多次诠释,艺术的本质就是这种"能观"的结果,人类的创美活动的本质就是主客体之间的交融。于是,在众多的美学传统范畴中,他认为只有意境(境界)的内涵如情与景浑融、意与境契合、物与我统一等,才较为清晰地贴近或吻合认识论特别是审美静观的模式,即指主客体相交融的精神空间。又,"境非独谓景物也,感情亦人心中之一境界",故以境界代替意境,理所当然,还能更好地表达审美静观那"两个不可分割的组成部分"。再,此时的王国维极不满意叔本华思想的主观化,因而他更加轻视那些缺少"客观的知识"而过于主观化的范畴,如神韵、气质、兴趣等。所以他说境界为本,其余为末也。

二是境界探本是王氏学术致思特点的本然体现。从王氏论述境界时的那份自信及惬心,都能感受到境界思想与他身心特点、治学的审美态度乃至人格要求的契合性。他由羸弱身体、忧郁天性而喜问宇宙人生之本质,由此谈论"诗人对宇宙人生,须入乎其内,又须出乎其外"的追问意识;他由反功利的审美态度而强调"真景物,真感情,谓之有真境界"的艺术本质论……而这一切无不转化为王氏个性观照下的倡导现代人格境界的理想。其实从王氏选择境界的过程看,首先是在

---

① 叔本华:《意志和表象的世界》英译本第1卷,1909年伦敦第七版,第253页。转引自佛雏:《王国维诗学研究》,北京大学出版社2000年版,第238页。

《孔子之美育主义》中萌发,其次才是在文学领域的运用,而在《人间词话》手稿中第二则较早出现的也是人生境界的三境界说。由此可见,现代人格的教育是他选择境界的一个重要原因。人生境界在王氏那里,又有审美境界和伦理境界,而由审美境界臻至伦理境界是他期求的最高理想,真与善是他的现代人格美的不可忽视的内容。这个思路虽然中国儒家伦理哲学也有,但王氏主要是直接接受了康德、叔本华等人哲思的终极关怀。王氏《〈红楼梦〉评论》的四个部分就是这个思想的反映。他说:"最高之善存于灭绝自己生活之欲,且使一切生物皆灭绝此欲,而同入于涅槃之境,此叔氏伦理学上最高之理想也。此绝对的博爱主义与克己主义,虽若有严肃论之观,然其说之根柢存于意志之同一之说,由是而以永远之正义说明为恶之苦与为善之乐。"①因此我们必须要强化王氏选择境界的伦理学依据。以境界说实践其美育思想,是王氏标举境界的一个初衷。

有一个问题常为大家忽视,即王国维教育思想的现代性是近代启蒙思想的延续。如龚自珍的许多命题都在王国维这里得到强化和重新解释,像龚氏以心力为基础的童心思想,与王氏以才力为基础的赤子之心;龚氏以心史为基础的入出说,与王氏以审美态度为基础的入出说;龚氏由女性而寄托人文启蒙意识,与王氏关于"生长于妇人之手"的李煜,却能在词中俨然有担荷人类罪恶之意的论述;还有龚氏提出的"完"与王氏的"完全之人物"等。如王氏《论教育之宗旨》云:"教育之宗旨何在?在使人为完全之人物而已。何谓完全之人物?谓使人之能力无不发达且调和是也。"一则"完全之人物,精神与身体必不可不为调和之发达",二则精神之中的"完全之人物,不可不备真善美三德"。这里既有王氏对身体羸弱的反思,也有强调自己精神追求的用意,而王氏三境界说实乃实践他"完全人物"的三个层次或阶段。

其次,境界为王氏探本的终极术语,虽是王国维判断一切艺术美的标准,但他在以此来分析艺术的特殊性时,还是有态度上的差别的。一则如《人间词乙稿序》说的,"文学之工不工,亦视其意境有无与其深浅而已",这个"亦"字表明意境是艺术审美本质之一;二则如后来在《宋元戏曲史》中说的,"元剧最佳处,不在其思想结构,而在其文

① 王国维:《静安文集》,《王国维遗书》(第三册),上海书店出版社1996年版,第394页。

章。其文章之妙,亦一言以蔽之曰:有意境而已矣",从语气上说,意境之于元剧审美本质的地位有所上升;三则在一般性、关键性基础上,王氏特别指出"词以境界为最上",词体在探求传统艺术美上,是最具有代表性的艺术样式。此种境界的艺术批评实践,仍然是他探本思致的直接体现,且这种思致也反映在他的词学研究的进程中。阅读《人间词话》手稿,我们发现,探求词体审美本质一直是王氏所追求的,但直到第三十一则才正式提出"词以境界为最上"。之前三十则中运用过意境、境界等范畴,但第二则出现的"三种之境界"指人生境界,而非词的境界。第二十二则说姜夔"不于意境上用力"及第二十六则的自我评价,已视意境为词的艺术特征,但还是停留在普遍性意义上。这两则用语用意与写于"光绪三十三年十月"的《人间词乙稿序》如出一辙,因此可以粗略断定它们的撰写时间相近。此时是王氏以境界论词的关键性阶段,这些论述资料都表明了这样一个思路,即在把意境有无、深浅看成文学的审美标准之一的情况下,"苟持此以观古今人之词,则其得失可得而言焉",从意境角度纵论词史得失。由此,王氏《人间词话》手稿第三十一则才有信心正式提出"词以境界为最上",且他在定稿中把手稿中"有境界则不期工而自工"变为"有境界自成高格,自有名句",至1913年的《二牖轩随录》中仍坚持修订意见,对境界之于词体的本质性地位予以进一步强调。至此,由王氏以境界探本思致尤其是探求词体审美本质的追问意识,足见他提出"词以境界为最上"的艰辛历程与审慎态度。

王氏何以如此突出境界之于词体的意义,关键在于前面说的,境界最宜于体现王氏审美观的认识论性质、现代人格孕育的内涵,以及词体所代表的王氏无功利、真、自由、游戏等文学艺术观。词体是王氏审美观照、探求宇宙根本精神的典型艺术样式,由此方能真正理解王氏的词学观。可以说王氏是凭借他对词的独特性认识的自信,全身心地贯注于词学研究中。他热衷填词,写出了《人间词话》,也整理出了《唐五代二十一家词辑》等词学文献上的成果,证明他此时既需"可爱"也要"可信"的慰藉心理;他以"要眇宜修"界定词体以及对李煜等人词的评价,不仅有其以忧郁天性追问宇宙人生终极意义的性格特征,实也通过对词人的评价及"词乃抒情之作,故尤重内美"实践其现代人格的启蒙意识……这一系列研究思路,又无不以早期歌词因合乎音乐抽象性、普遍性主题性质而形成的心绪化、以悲感为美的特点相吻合,王氏从词体中寻觅到了身心契合的认同感受。

因此,《人间词话》确实以"词"话为题,实不局限于论词,也论及了诗、曲、戏剧、小说,这些自然也是王氏文艺批评、艺术论的代表作,但结合上文的论述,我们在认识到王氏论词具有的哲学化特点的同时,也要关注他究心词学的用意,他对词体的偏爱。如此才能把握住王氏学术研究的多重思致特点。尽管哲学研究的文学性与文学研究的哲学化是王氏学术研究的一大特点,但就其词学研究而言,又有落实词体,探求词体本质的显豁的研究思路。如《人间词乙稿序》以意境有无与深浅纵论词史,《人间词话》指出境界"为探其本也"的思路是由论诗转入论词,由诗论启发词论,《清真先生遗事·尚论三》先是讨论了"一切境界无不为诗人设",进而把境界分为"常人之境界"与"诗人之境界",最后引出"(清真)先生之词,属于第二种为多",《人间词话附录》三十七则先从观照方式上,划分出政治家、诗人两大类型,接着又在诗人观照方式下规范词人的性质……这个思路可以说都具体落实在他的词学批评之中,他论及词之外的艺术样式,甚至有些则字数上以论诗等其他文体为多,但目的往往都是为了论词,所谓"不独作诗为然,填词家亦不可不知也"。

其实"借古人之境界为我之境界者"乃艺术创作的常识,各类艺术样式之间比较也是文学批评的常见视角,何况境界在王氏那里原本就是一个系统质。但我们不能因此忽视王氏论词始终存在着的"然非自有境界,古人亦不为我用"的用心。这种用心不仅表现在对词体的推尊上,而且表现在挖掘词体的不足上。所谓"诗之境阔,词之言长",以及他说词中缺少的两种气象等,但"求之于词"仍是他的论述目的。最能说明的可能是《人间词话》定稿的最后两则词话,表面是曲论,而实则仍是词论。这一是王氏通过对新兴文体(元曲)的激赏而批评元代词家因循词体写作,揭示文学发展、文体发展的两条规律——"创者易工,因者难巧""人有能者不能"的局限;二是回到"境界"论的中心论题——写真景物、写真感情的主张上去,呼应开头九则词话的主旨,"这是一个多么意味深长的结尾啊!"①

---

① 马正平:《生命的空间:〈人间词话〉的当代解读》,中国社会科学出版社2000年版,第37页。

三、王国维词学的地位

关于王国维词学的地位,或主传统词学的终结者,或主现代词学的奠基者。我在《晚清民初词学思想建构》中主张梁启超是传统词学的终结者。此后邓乔彬先生多次谈到:"而他将梁启超的论词思想视做传统词体观的终结,虽作'体'的限定,而实际上是否定了我将王国维作为传统词学终结与新变的意见,虽说梁之说多在于'外',而王说才入于'内',但就现代性而言,梁似乎更在王之上,更应具有'终结与新变'的资格。"①这里先交代我对这个问题思考的前提:王、梁两位词学思想都具有传统词学的终结与新变的特点,但诚如邓先生指出的那样,当两人比较时,梁氏论词更具有现代性,也即更宜于称为传统词学的终结者。而王氏论词之"新"并非是背离传统词学,而是恰恰在回归词学传统的用心下展开的,因此他不是传统词学的终结者,反而可以说是一种"发扬",由此方能更深刻地认识王国维词学研究体现的审美现代性的特点。

首先,如何客观认识王氏学术新旧结合的特点,是我们分析王氏词学与传统词学关系的前提。"不屈旧以就新,亦不绌新以从旧",即以客观事实为准的,用科学方法而取舍。这是公认的王氏治学的总体特点。但王氏一生学术趣味始终在变,且呈现出由新趋旧的取向,因此面对王氏,当有一个"治学时期"的观念。此为讨论王氏词学思想性质的一个前提。那么词学研究时期,他对待中西、传统与现代的用心如何? 1905年正月上旬,他在《论近年之学术界》中说中国古代学术的发展乃是"外界之势力之影响于学术岂不大哉",如"自汉以后……儒家唯以抱残守缺为事",而"佛教之东,适值吾国思想凋敝之后,当此之时学者见之如饥者之得食,渴者之得饮",至"自宋以后至本朝,思想之停滞略同于两汉,至今日而第二之佛教又见告矣,西洋之思想是也"。由此王氏在反对抱残守缺,当破中外之见,毋以为政论之手段,强调外来学术影响的同时,更突出了中国学术自强的用心。他不是西化,而是中国化。因此"(外来之思想)即令一时输入,非与我中国固有之思

---

① 参见邓乔彬为拙著《晚清民初词学思想建构》写的《序》,及邓先生《词学廿论》之《自序》。

想相化绝不能保其势力",这才是王氏学术之独立思想以及中国学术庶可有发达之日的基本前提①。王氏正是基于如此心态,由哲学转入文学研究的。因此与那些抱残守缺者明显不同,他极为注重新思想、新学语的输入。1905年2月下旬在《论新学语之输入》中,特别从"中西国民之性质各有所特长,其思想所造之处各异"角度指出,我国人特质为实际、通俗,所长在于实践方面,以具体的为满足,而西洋人特质在思辨、科学、长于抽象而精于分类等,于是"我中国有辩论而无名学,有文学而无文法"。故文学研究当注重吸收西洋人的优点,尤其表现为新思想、新学语的输入。因为"言语者思想之代表也,故新思想之输入即新言语输入之意味也。十年以前西洋学术之输入限于形而下之学方面,故虽有新字新语,于文学上尚未有显著之影响也,数年以来形而上之学渐入于中国……处今日而讲学已有不能不增新语之势"。

由此我们明白了王氏此时期文学研究的中西结合特点,但他仍然是在中国学术传统自身强大的认同感中实践的,他对西洋新思想、新学语的吸收,如同汉代后中国学术对佛教新思想、新学语的消化一样,而不是西化,也不是简单地超越中西、新旧之外的所谓的学术独立。因此我们对王氏的有些话就要多一个心眼。《人间词话》发表后的1911年、1914年王氏各有《国学丛刊》序。其第二序说到:"学之义不明于天下久矣。今之言学者,有新、旧之争,有中、西之争,有有用之学与无用之学之争。余正告天下曰:'学无新、旧也,无中、西也,无有用、无用也。凡立此名者,均不学之即徒,即学焉而未尝知学者也。'""事无大小、无远近,苟思之得其真,纪之得其实,极其会归,皆有裨于人类之生存福祉"②。此时,王氏无论旧学、新学,中学、西学,还是有用、无用之学都做出了一定成就,且在新旧结合、中西融通上也是当时最突出者之一,故而有斯言。同时此说也延续了他治学要探求宇宙之真理的一贯用心,亦始终建立在中国学术传统发展规律的认同心理之上,也是对当时治学视野的一种针对性说法。

这是我们理解王氏治学用心时十分关键的前提。于是我们确实看到了王氏在介绍新思想、新学语上的积极努力。且有一点为大多数人所忽视,即王氏其实是中国近现代一个重要的翻译家。通过翻译介

① 王国维:《静安文集》,《王国维遗书》(第三册),上海书店出版社1996年版,第520、521页。
② 王国维:《观堂集林》(外二种),河北教育出版社1999年版,第875、877页。

绍外来学术,又通过翻译影响自己的学术思想。这是近现代学术大师治学的普遍现象,在王氏学术研究上的表现亦十分突出。有学者曾对此做过专门的缕述和评论。尽管王氏在文学方面没有译著,但"从他的文论等论著中,可以看到他对西方的文学史、文艺思想是很熟悉的,他的文论所以成就和影响都大,正是因为贯入了西方资产阶级的哲学、美学理论",王氏"文学上的精力、功夫全用在独立的创作、研究上,使得他在文学上的成就、影响超过哲学、伦理学、心理学、教育学等方面"。同时王氏早期研究康德、叔本华除了他"体素羸弱,性复忧郁""人生悲观"思想等主观原因外,一个偏向客观的原因即是"王国维治哲学首先受日本学术界影响,而日本学术界流行的就是新康德学派,王国维所译的《哲学概论》等即为新康德派之类的著作,这是王国维攻治哲学重点于康德、叔本华哲学的一个原因"①。

王氏的翻译工作几乎贯穿其学术一生,然即便如此,也是建立在他对中国传统学术发展规律的认同心理上。他不是要终结中国学术传统,而是要基于中国学术壮大规律而延续其发展。这个心迹突出表现为由新趋旧的运动态势,即由主要介绍西方哲学,经过落实到中国旧文学研究中的中西结合,到专力古史考据的传统治学模式。因此王氏的文学研究时期,其延续中国学术传统的用心正处于越来越明显、强化的阶段。王氏文学研究大约集中在1902年至1911年这不到十年时期,其中第一组以《〈红楼梦〉评论》为代表的突出西方哲学、美学的论述视野的文章,呈现以新释旧的机械思致;第二组以《人间词话》为代表的逐渐强化旧文学批评特点的文章,呈现旧中出新的消化思致;第三组以《宋元戏曲考》为代表的强调旧学考据特点的文章,理论基本延续词学时期的思想,呈现"新"减"旧"涨的回归思致。由此我们知道了王氏词学研究性质的复杂性,以及具有的新旧学者皆乐意阅读的文本特点,但一个显著的发展旧学而非终结的治学用心是十分清楚的。这是我们判断王氏词学不是传统词学终结的有关学术态度的前提。尽管此时王氏在消化西方学术的程度上增强了,但也正反映了随着对新学认识的透彻,更激起旧学研究的自觉性,也印证了王氏关于中国传统学术发展中消化外来文化之规律的认同。

---

① 周一平、沈茶英:《中西文化交汇与王国维学术成就》,学林出版社1999年版,第136、25页。

其次,讨论王氏词学研究尤其是《人间词话》与传统学术特别是传统词学的关系,将有助于证明上述观点。我们基本的思想是,王氏词学研究确实体现词学思想的新变,但更反映出他延续、发展传统词学的用心,而不是终结。应该说,王氏针对传统词学的评论思致是十分清楚的。王镇坤说:"夫考先生之严屏南宋者,实有其苦心在。词自明代中衰,以至清而复兴。清初朱(竹垞)、厉(樊榭)倡浙派,重清虚骚雅而崇姜、张。嘉庆时张皋文立常州派,以有寄托尊词体而崇碧山。晚清王半塘、朱古微诸老,则又倡学梦窗,推为极则。有清一代,词风盖为南宋所笼罩,卒之学姜、张者流于浮滑,学梦窗者流于晦涩。晚近风气注重声律,反以意境为次要,往往堆垛故实,装点字面,几如铜墙铁壁,密不透风……先生目击其弊,于是倡境界之说以廓清之。《人间词话》乃对症发药之论也。"①如《人间词话删稿》说,"固哉,皋文之为词也","介存《词辨》所选词,颇多不当人意","近人弃周鼎而宝康瓠"等,皆可看出。对此,像人们所熟知的"词话"写作形式,即王氏在文学研究中由现代阐释性论文向古典感悟式著作方式转变;词学研究中一系列话题虽有西方学理依据,但更是传统文学批评固有命题的特点等,此处不再讨论,而只说些大家很少注意的王氏词学研究中承继传统词学惯性的几个问题。

一是王氏境界探本与清代词学研究中的特标一义现象。清代词学复兴的一个特点就是词学研究的学人化现象,而这个现象在学思上突出表现为承继一本万殊思维模式的特标一义。浙西词派主张清空雅正、张惠言以比兴说词、周济力求"非寄托不入,专寄托不出"、蒋敦复提出"有厚入无间"、刘熙载以"厚而清"论词、谭献强调"折中柔厚"、陈廷焯期求"沉郁"、王鹏运与况周颐树起"重拙大"词论旗帜……他们都是想探求词体本质所在,以一本统摄万殊。从这个意义上说,王国维提出"词以境界为最上",说境界探本,不能不说是清代词学探本思致的惯性延续。尽管他在中国宇宙大化哲学基础上,充实了西方哲学的理念思想、叔本华等人的天才意志及达尔文的进化学说,但词学研究的探本思致没有改变。

二是王氏青睐五代北宋词与清代学词门径上的逆归上溯现象。

①叶嘉莹:《王国维及其文学批评》,河北教育出版社1997年版,第237页。

与特标一义相吻合的是清代词家在选择学习对象上的特点,即呈现出由南宋向北宋、五代逆归的整体发展趋势。浙西词派主张学习南宋姜夔、张炎,周济提出"问途碧山,历梦窗、稼轩,以还清真之浑化",蒋敦复把周济的意思申说得更为清楚,要"力追南唐北宋诸家",陈廷焯说作艳词要"植根于温、韦"……至王国维则视五代北宋词为有境界的最典型的代表。清代学词门径的逆归规律,明显体现一种复古情结,是由万殊而一本学思的反映。当然这个复古,一则寻觅中国古代艺术精神。对词体而言,抑或可称为寻觅"他性"的原则。对大多数传统词家而言,是在寻觅传统士大夫的文化情结,即以儒家学说为根基的艺术态度。王国维的境界学说,从某种意义上说也是一个"他性"原则,只不过他承继中国古代学术得以发展的吸收消化外来思想的内在规律。二则寻觅传统歌词的本色性质,对词体而言,就是"自性"原则。因此王国维说"要眇宜修""以境界为最上"的词体,更倾向于一种本色的歌词。这样大家才易于理解他说的"诗有题而诗亡,词有题而词亡",为何不喜欢过分突出词语技巧的南宋词,主张"不隔"才有可能有境界,而"隔"就不可能有境界等相关学说。当然,王氏认同的歌词也不是所谓的伶工之词,而是有句有篇,践诺其探索精神的本色歌词。至于清代词家所追寻的词体自性是否合乎历史本然,则是另外一回事情,但逆归的发展趋势告诉我们,他们试图在揭示歌词的本色性。

三是王国维"一代有一代之文学"与清代尊词意识的发展。一部中国传统词学发展史,从一定程度上说就是一部尊词观念的流变史。综观这段历史,尊词观念的一个核心层面就是以诗(含文等,下同)为参照,以雅为旨归。而从尊词思致的逻辑发展走向上,呈现出唐五代两宋时期的"自诗观词,以雅为目"、元明及清前期的"诗词互观,以雅为尚"、及清后期的"自词观诗,以雅为本"的总体特点①。至此,晚清词坛尊词思想的一个突出特点是词体固尊,这是对早期以词为小道观念的一大突破。郑文焯《论词手简》言:"唐五代两宋词人,皆文章尔雅……可征词体固尊,非近世所鄙为淫曲篪弄可同日而语也。"况周颐《蕙风词话》卷一说词:"自有元音,上通雅乐。别黑白而定一尊,亘古今而不敝矣。"这里,"固尊""定一尊""亘古今"等

---

① 杨柏岭:《词的雅化与尊词观念的演变》,《安徽师范大学学报》(人文社会科学版)1999年第4期。

词语,充分说明了词体不必附庸诗文而尊,也不必因与诗文同源同理同工而尊,说明词体之尊的讨论至此可以告一段落。而王国维论词几乎不直接讨论"词为小道"的问题,不能不说是这个尊词思致的一个逻辑结果。因为他借助新的文学发展史,有了"一代有一代之文学"的理性判断,故而词体之尊的问题是不要过多讨论的。这不是背离清代词学的话题,而是深层的延续。对此,我们可以通过检查王氏在对待词与曲态度上的不同,进一步回答这个问题。在他看来,词与戏曲很不一样,《静安文集续编自序二》曾说:"因词之成功而有志于戏曲,此亦近日之奢愿也。然词之于戏曲,一抒情,一叙事,其性质既异,其难易又殊,又何敢因前者之成功而遽冀后者乎?但予所以有志于戏曲者,又自有故。"这个缘故就是"吾中国文学之最不振者莫戏曲若",得出这个"不振"的结论既有戏曲的现实状况也有西洋文化的参照。《文学小言》十四则说:"叙事的文学(谓叙事传、史诗、戏曲等,非指散文也),则我国尚在幼稚之时代,元人杂剧辞则美矣,然不知描写人格为何事,至国朝之《桃花扇》则有人格矣,然他戏曲则不称是……以东方古文学之国,而最高之文学无一足以与西欧匹者,此则后此文学家之责矣。"与对待戏曲的态度不同,王国维很少谈论词学不振,想必因为是抒情文学,而这又是中国古代文学的长项;词体以描绘人格为能事,而这也是王氏文学观的精髓所在。

鉴于上述理由,我们认为王国维词学不宜于为传统词学的终结,而与此相对的梁启超词学思想却有显豁的反思、超越特点。对此,我已有过专论①,故这里不再赘说。总之,通过上述诸多分析,我们对王氏词学研究中的审美现代性有了更深层次的认识,这乃是在延续中国学术自身发扬的初衷下的现代性走向。

[原以《审美现代性走向:王国维词学三论》为题刊于《文艺理论研究》2007年第5期,辑入本集有改动]

---

① 杨柏岭:《传统词体观的终结——梁启超词学思想评议之一》,《词学》第十四辑,华东师范大学出版社2003年版,第282—293页。

后　记

　　当接到学院通知,要求自选一本二十余万字的论文集时,我着实纠结了一番。这主要是在篇目选择上,是不顾论题的一致性而只选择自己中意的文章,还是选择相对集中的话题却可能参差不一。由此,徘徊不夺数月之久。最后定下以"词学范畴"为题的编选范围,主要基于两点考虑:一是词学范畴是我关注较多的对象,可以借此机会梳理一下前期的研究成果;二是在我看来,著述理当有一个轴心话题以及相对完整的逻辑架构。

　　自研习词学以来,精力多用于词学范畴的研究,与自己从事文艺学教学与研究的经历、范畴理论本身价值及其在中国词学史上的突出表现等均有关系。因此,一度曾有将词学范畴研究这个话题做下去的计划,也曾据此得到过安徽省教育厅人文社科基金、中华博士后一等资助基金立项,但终因注意力他移,上述项目均以论文形式结项,并没有得到系统而深入的研讨。如今我的科研兴趣转向了文本、词史,本集所收文章亦多是数年前所作,部分更是"少作"之篇,稚嫩处甚多。不过,对于一个研究者来说,编选论文集的意义还在于对过去问学生涯的一种纪念,因此,此次编选过程中还是尽力为之。一方面对辑入文章征引的文献予以校对,并补充了不少注释,另一方面对辑入文章从文字、论证到观点重加斟酌,对发现的问题尽可能地予以了修改。我想,这既是对自己有个交待,也是对读者的负责。

　　回想本集所收20篇文章,主要写于三个阶段:一是从祖保泉先生在安徽师大攻读硕士学位并留校工作阶段。祖先生将我引进学术之门,定下了专攻词学的研究方向以及由词论入手的路径。如《词的雅化与尊词观念的演变》《论王鹏运、况周颐的"重拙大"词说》《评陈廷焯"沉郁"词说》等文均写于这个时期。二是从邓乔彬先生在华东师大攻读博士学位阶段。在邓师指导下,完成了博士论文《近代词学思想构建》、著作《近代上海词学系年初编》，进一步确立以近代词学为主的研究领域。本集所收正变、比兴、词心、词品、境界、词史等范畴，以及周济、刘熙载、蒋敦复、谭献等词家的论题，便主要撰写于这个时期。三是从邓师在暨南大学做博士后阶段。期间，学习了邓师关于古代文学、画学的文化学、美学研究方法，完成了《唐宋词艺术特征及美学史地位》的出站报告，本集所收的唐宋部分的文章，以及有关王国维"境界"说与美学关系的思考便主要写于这个时期。另外，像《文廷式"写其胸臆"的词学主张及近代意识》等文属近期所撰。需要说明的，博士论文及博士后出站报告均已出版，分别成书为《晚清民初词学思想建构》（安徽大学出版社 2004 年版）、《唐宋词审美文化阐释》（黄山书社 2007 年版）。因此，本集所收部分文章虽经过修改，然与这两本书多有交叉，故而本论文集只是从"词学范畴"角度对前期从学经历及研究心得予以小结罢了。

最后，对学院领导策划此套丛书并将拙集纳入其中表示敬意，对责任编辑房国贵老师的辛勤劳动表示感谢。

杨柏岭

2014 年 7 月 6 日